Het boek van de galg

Van dezelfde auteur,
samen met Jørn Lier Horst

Nulpunt
Rookgordijn
Slagzij

Thomas Enger

Het boek van de galg

A.W. Bruna Uitgevers

Oorspronkelijke titel
Galgens bok
© Thomas Enger 2021
Published by agreement with Salomonsson Agency
Vertaling
Bianca Cornelissen
Omslagbeeld
© plainpicture/Carmen Spitznagel (landschap)
© plainpicture/mia takahara (persoon)
Omslagontwerp
Buro Blikgoed
© 2023 A.W. Bruna Uitgevers, Amsterdam

NUR 305

Van het lied op p. 72-73, 'Abide with me' van Herman Francis Lyte, is de vertaling van Pieter Schim van der Loeff (1837-1906) opgenomen.

Deel 1: Adam en Eva

1984

Het geschreeuw rukte haar uit haar slaap.

Ze ging rechtop zitten en legde een hand op haar voorhoofd; het duurde een paar seconden tot de muren tot stilstand kwamen. Ze kermde en grimaste van de pijn in haar onderlijf, buik, borst en rug, maar het geschreeuw naast haar, de tandeloze open mond en reeds bolle wangen, de gesloten ogen, het zijdezachte zwarte haar, vervulden haar in het diepst van haar hart met een blijdschap die al haar misère wegwaste. Ze rekte zich uit naar het kind – erop lettend dat ze de nek ondersteunde – en hield het allereerst voor haar gezicht en kuste het vervolgens op zijn wang en hoofdje, en fluisterde voorzichtig 'Sst' alvorens ze het kind tegen haar hals legde en met haar andere hand de zachte, zware katoenen luier ondersteunde.

Hoe kon het dat een kind zo lekker rook?

En wanneer raakte een pasgeborene die geur eigenlijk kwijt?

Ze sloot haar ogen en probeerde zich te herinneren hoe het was geweest met die andere kleine monsters in huis, maar ze slaagde er niet in. Het was allemaal één groot waas geweest de eerste maanden, net zoals de dagen nu waren.

Het kind ging door met huilen.

Het had zeker honger, dacht ze, waarna ze eerst één been en toen het andere uit bed gooide. Met onvaste passen – het kind nog steeds tegen haar hals gedrukt – wankelde ze de slaapkamer uit, de gang door voorbij de logeerkamer en de bibliotheek. Pas toen ze in de keuken was en de kok en zijn keukenhulp zag, die onmiddellijk stopten met waar ze mee bezig waren, besefte ze dat ze slechts een nachtjapon aanhad.

Wat maakte het ook uit.

De keukenhulp glimlachte en kwam een paar passen dichterbij. 'Wat een schatje,' zei ze, ook al kon ze alleen het achterhoofd van het kindje zien.

Ze kon nog steeds geen gelijkenis ontdekken, niet met zichzelf en niet met zijn vader. Of, nou ja... dacht ze na het kind lange tijd bekeken te hebben. De mond was hetzelfde als die van zijn vader, in elk geval zodra hij hem opendeed.

Misschien zou Ditlev het kind ooit wat beter bekijken, dacht ze, en het zich afvragen. Het was al verdacht genoeg dat ze zich achtenhalve maand geleden zo'n beetje aan hem vergrepen had.

Ze had aan haar lichaam gemerkt dat er die avond iets was veranderd. Als je drie zwangerschappen achter de rug had, dan wist je het. En Ditlev zou nooit zo helder van geest zijn om terug te rekenen in de tijd en het uit te vogelen, of zich überhaupt druk te maken over de vraag wanneer ze zwanger was geraakt.

'Hebben jullie al iets besloten over de naam?' vroeg de keukenhulp.

'Nee.'

'Zijn er ook geen kandidaten? Het is heel normaal tegenwoordig om kinderen naar een van hun voorouders te vernoemen.'

'Aurora...'

De keukenhulp draaide zich om naar de kok, die haar een scherpe blik toewierp.

'Sorry,' zei ze met gebogen hoofd. 'Het spijt me.'

Het kind kwam eindelijk tot bedaren.

Hoe zóúden ze het eigenlijk noemen?

Misschien iets wat naar zijn vader verwees. Ze glimlachte

inwendig. Ditlev zou het zich nooit realiseren. Alhoewel? Misschien ook wel. Misschien wílde ze diep vanbinnen wel dat hij het zich realiseerde.

Lille-Chris.

Ja, zo kon ze het kereltje noemen. In elk geval bij zichzelf.

Het aanrecht lag vol kruiden, knoflooktenen, wortels en aardappels. Heel veel aardappels.

'Waar is dat allemaal voor?' vroeg ze.

De kok en keukenhulp keken elkaar kort aan.

'Eh... voor de ontvangst, later vandaag,' zei de kok, terwijl hij naar Lille-Chris knikte, die in slaap gevallen leek te zijn – of misschien ook niet.

'Ik... was straal vergeten dat dat vandaag was. Met hoeveel zijn we?'

'Achtendertig,' antwoordde de kok.

'Lieve hemel.'

Het laatste waar ze op dit moment zin in had, was neppe glimlachen en slijmerige gelukwensen beantwoorden van mensen die zich totaal niet voor hen interesseerden. Het was allemaal toneel. Schijn.

'Heeft een van jullie mijn man gezien?'

'Nee, sorry,' antwoordde de kok.

De keukenhulp keek hem kort aan en zei: 'Ik heb hem vanochtend vroeg gezien, toen ik hier aankwam. Hij ging naar de golfbaan, geloof ik.'

Uiteraard. Hij moest natuurlijk eerst achttien holes spelen voordat hij het clubhuis in dook.

'Mama!'

Cornelia kwam de keuken binnenlopen en klampte zich aan haar moeders bovenbeen vast. Een scherpe pijn schoot via haar heup omhoog naar haar rug. Lille-Chris begon weer te krijsen.

'Hou daarmee op,' zei haar moeder toen Cornelia weigerde los te laten. 'Ik heb een baby in mijn armen. Hou op, zeg ik!'

Haar dochter keek op naar het strenge gezicht van haar moeder en deed ten slotte wat haar verteld werd.

Moeder ging met haar rug naar het aanrecht zitten, te vermoeid om een andere plek op te zoeken. Het deerde niet dat de kok en de keukenhulp haar de borst zagen geven. En wat viel er ook te zien? Bovendien hadden ze een geheimhoudingsverklaring getekend over alles wat er in dit huis gebeurde.

Ze maakte de bovenste knoopjes van haar nachtjapon los en legde het kind aan haar tepel. Een paar tellen later begon het te drinken.

Cornelia had een bal gevonden, die ze tegen de grond begon te stuiteren.

'Niet nu, Cornelia.'

Stuiter, stuiter, stuiter.

'Cornelia, kun je nu voor één keer lúísteren!'

Haar dochter liet de bal nog een paar keer stuiteren en stopte toen.

'Mag ik zwemmen?' Cornelia zette haar handen op haar heupen en draaide zich naar haar moeder om. 'Ik wil zwemmen, mama. Zélf.'

Haar moeder keek door het raam naar buiten. Wolken. De bomen wiegden heen en weer. Het kind zou het ijskoud hebben als het het water uit kwam.

'Prima,' zei haar moeder met een zucht. 'Ga jij maar zwemmen.'

Luid stampend liep Cornelia de keuken uit.

'Maar wel in het ondiepe blijven!' riep haar moeder haar achterna. 'Zó goed kun je nog niet zwemmen.'

Er kwam geen antwoord, enkel het geluid van wegstervende voetstappen en het hakken en snijden van de kok en de keukenhulp.

Kinderen, dacht ze.

Waarom kreeg je ze eigenlijk?

Lille-Chris was al een tijdlang gulzig aan het drinken toen zijn moeder haar hoofd omdraaide door een schreeuw van buiten.

'Mama!'

Het was Cornelia.

'Help!'

Haar moeder slaakte een zucht en ving een bezorgde blik op van de kok. 'Dit soort dingen doet ze nou altijd,' zei ze. 'Ze moet altijd in het middelpunt van de belangstelling staan. En met een baby in huis...'

Ze schudde haar hoofd.

'Help!'

'Het is nog erger dan anders,' ging haar moeder verder. 'Gisteren had ze zich zogenaamd pijn gedaan op school. Toen wilde ze dat Eli Marie haar naar de Spoedeisende Hulp zou brengen. Ze bloedde niet eens.'

Ze zuchtte diep.

'Mam...'

De kok en de keukenhulp keken elkaar aan.

Moeder stond op, om zich heen kijkend naar een doekje om bij het mondje van de baby te houden. Het was een stommiteit geweest om dit in de keuken te doen. Waar was Eli Marie in vredesnaam? Dat het zo ingewikkeld moest zijn om goede hulp te vinden tegenwoordig.

Moeder keek door het raam naar het zwembad. Ze zag Cornelia nergens. Die had zeker alweer genoeg van haar toneelstukje.

Met de baby tegen haar hals liep ze heen en weer en deinde zachtjes op en neer, op en neer. Streek over het achterhoofdje, de nek, het ruggetje. Rook aan de luier. Die mocht Eli Marie voor haar rekening nemen.

Een beweging voor het raam deed haar stilhouden. Ze zag Eli Marie in de tuin naar het zwembad lopen. Ze dook er gehaast in, met al haar kleren aan, en verdween onder water de diepte in. Vervolgens kwam ze weer boven met angst en paniek over haar hele gezicht getekend.

In haar armen...

Zonder het te merken sloeg moeder beide handen voor haar mond.

Dat ze Lille-Chris niet meer vasthad, merkte ze evenmin.

2021

1

De telefoon gaat al voor de derde keer in drie minuten. Ik werp snel een blik op het display en zie dat het weer hetzelfde onbekende nummer is. De eigenaar ervan is ook onbekend, heb ik ontdekt, wat nog een extra reden is om niet op te nemen. Ik heb een hekel aan telefonische verkopers.

Ik richt me weer op mijn kop thee en het manuscript.

Nog vijf weken en drie dagen tot de deadline.

Ik heb tot nu toe een derde kunnen vertalen. Ik probeer om zeven pagina's per dag te doen, maar dat is best moeilijk – in elk geval met een slecht boek en als je alleen maar zin hebt om te slapen. Te mógen slapen, voor de verandering. Vannacht heb ik tot iets na drieën wakker gelegen, om daarna voor een paar minuten lang in een chaotisch dromenland te belanden waar ik me niets van herinner.

'Jij hebt te veel demonen,' zegt Vegar altijd tegen me. 'Ga op Tinder.'

'Ik ben mijn vertrouwen in mannen verloren,' antwoord ik meestal. Mijn vertrouwen dat er ergens iemand rondloopt die kan leven met alles waar ik mee moet leven.

'Dat is niet waarvoor je op Tinder moet gaan,' zegt Vegar. 'Jij hebt iemand nodig om lol mee te hebben.'

Inderdaad, daar had je het. Kon ik me maar herinneren hoe.

Nu begint mijn mobieltje te piepen. Zelfde nummer.

Hmm.

Verkopers sturen geen sms'jes.

Ik ontgrendel mijn telefoon en staar naar de oplichtende woorden.

Ik heb je vader gevonden.

Mijn vader...

Mijn hart gaat tekeer als ik op het nummer druk en de telefoon tegen mijn oor houd. Ondertussen sta ik op. Na twee keer overgaan wordt er opgenomen. Hij – het is een man – zegt enkel 'Hallo' en wacht tot ik begin met praten.

'Wat...?'

De woorden blijven steken in mijn keel. Ik heb het warm.

'Mijn vader...'

Ik schraap mijn keel en probeer mijn woorden onder controle te krijgen, mijn vragen. Tot ik op mijn eerste en misschien wel belangrijkste vraag kom: 'Met wie spreek ik?'

Het duurt een paar seconden voordat hij antwoordt.

'Wie ik ben, doet er niet toe.'

Ik frons mijn voorhoofd.

'Maar ik weet wel wie jij bent,' gaat hij verder. 'En ik weet wie je vader is. Vermist, bijna twee jaar dood gewaand. Maar dat heb jij nooit helemaal geloofd, toch?'

Hij lijkt te genieten van wat hij zegt. Ik probeer te slikken, tevergeefs.

'Ik praat niet graag met mensen die ik niet ken,' zeg ik, en ik schraap mijn keel.

'En ik eet niet graag broccoli.'

Ik weet niet wat ik moet antwoorden.

'Wat wil je?' komt er ten slotte uit.

'Zoals ik al zei: ik heb je vader gevonden.'

'Dus?'

Daar moet hij om lachen.

'Wil je niet weten wat er met hem gebeurd is?'

'Jawel,' zeg ik zacht. 'Wat is er met hem gebeurd? Waar is hij?'

Hij begint weer te lachen, maar geeft geen antwoord.

Ik probeer mijn gedachten op een rijtje te zetten. 'Moet je horen...' zeg ik – de aanhoudende stilte aan de andere kant van de lijn wekt mijn irritatie. 'Als je wilt dat ik aan de lijn blijf, zul je me een naam moeten geven die ik kan natrekken. Jouw naam dus. En je kunt beter niet proberen me wijs te maken dat je een of andere rijke oom uit Amerika bent.'

Een paar seconden verstrijken.

'Je zult me niet vinden op internet.'

'Zo'n vermoeden had ik al.'

'En wat ik te weten ben gekomen, is belangrijker dan wie ik ben. Jouw vader...'

Het is alsof ik de man zijn hoofd zie schudden aan de andere kant van de lijn.

'Kun je me niet gewoon vertellen wat je wilt?'

'Wat ik wil?'

Hij begint weer te lachen. 'Is dat niet duidelijk?'

'Wil je... geld hebben?'

Daar geeft hij geen antwoord op.

Ik slik. 'Hoeveel?'

'Honderd.'

'Honderd...?'

'Honderdduizend kronen.'

'Honderdduizend?' roep ik.

'Dat is een kleine prijs om te betalen voor alles wat ik te weten ben gekomen.'

Ik zet een paar passen naar de muur toe. Draai me om en loop terug. 'Denk je echt dat ik zomaar honderdduizend kronen heb liggen?'

Hij geeft geen antwoord.

'Hoezo kom je hiermee bij míj? Waarom ga je niet naar mijn moeder toe?'

'Jij leek iets meer interesse te hebben om hem te vinden dan zij.'

'En dat weet jij...' stamel ik, 'omdat je mijn moeder zo goed kent?'

'Nee,' antwoordt hij. 'Dat weet ik omdat ik de krant lees.'

Ik veeg over mijn voorhoofd.

Hij heeft gelijk.

Mijn moeder had na verloop van tijd de hoop en het zoeken opgegeven. Ze had geen zin meer gehad om bij de politie en de media te zeuren. Ze wilde dat we zouden accepteren dat papa er niet meer was, ook al was het bizar dat hij zomaar verdwenen was.

'"Te weten gekomen", zeg je. Je hebt hem dus niet alleen gevonden, begrijp ik dat goed? Je bent ook te weten gekomen waarom hij ervandoor is gegaan?'

Er gaan een paar seconden voorbij. Dan zegt hij: 'Ja.'

Ik slik een aantal keer. 'Ik geloof je niet.'

'Je... gelooft me niet?'

'Nee, ik denk dat je me voor de gek probeert te houden.'

Het blijft even stil.

'Er is veel wat jij niet weet over je vader.'

'Nou, dat is misschien maar goed ook,' zeg ik. 'Jij bent vast zo'n vent die een iets groter piemeltje krijgt van mensen opbellen en een spelletje spelen met hun leven, maar ik kan hier niet naar luisteren. Veel succes ermee. Wie je ook bent.'

Ik tik op het nummer van Vegar, het een na bovenste in de gesprekkenlijst. Hij neemt meteen op. Voordat ik een woord kan uitbrengen, begin ik al te huilen. Ik kan niet meer stoppen.

'Wat is er aan de hand?' vraagt hij met bezorgde stem.

Uiteindelijk ben ik in staat stotterend te vertellen wat er gebeurd is.

'Jezus,' zegt hij. 'Wat is dat voor spelletje?'
'Ik weet het niet,' antwoord ik.
Een tijdlang zeggen we niets. De stem van de man – licht, koel en kalm – zwiert door mijn hoofd.
'Maar stel dat er iets van waar is,' zeg ik. 'Stel dat mijn vader nog leeft en dat die kerel hem echt gevonden heeft?'
'Nou,' zegt Vegar, 'vraag je eens af waarom iemand zoiets zou willen doen. Iemand vinden die niet gevonden wil worden?'
'Wat hij zei: om geld mee te verdienen.'
'Ja, maar meestal betaalt iemand hun dan op voorhand. Omdat iemand ze benadert en zegt: kun je mijn vader voor me zoeken? In dit geval is het tegenovergestelde het geval. Die vent komt naar jou toe zonder concrete informatie en wil niet eens zeggen wie hij is.'
Ik snap wat Vegar bedoelt.
'Het klinkt erg vergezocht,' voegt hij eraan toe.
Een paar seconden blijft het stil tussen ons, dan klinkt er een piepje van mijn mobiele telefoon: een sms. Van hetzelfde nummer.
'Shit.'
'Wat is er?'
'Hij heeft me een foto gestuurd.'
'Een foto waarvan?'
'Ik heb hem nog niet geopend.'
'Open hem dan!'
'Maar stel dat het een dickpic is of zo.'
'Dan zie je er weer eens een, voor het eerst in Joost mag weten hoeveel tijd. Daar ga je niet dood van. Kom op, open hem.'
Ik haal adem en druk op het icoontje.
'Jezus christus.'
Op de foto is een man te zien die opzijkijkt, alsof hij op het verkeer let om de straat over te steken. De foto is van een afstand schuin van boven genomen, als door een bewakingsca-

mera die op de ingang van een grijs gebouw is gericht. Hij heeft korter en minder haar dan de laatste keer dat ik hem zag, en hij lijkt ook een stuk dunner. Zijn kleren hangen slap en los om zijn lijf.

Maar er is geen twijfel mogelijk.

'Wat is er?' vraagt Vegar.

Ik blijf zitten en staar hem aan.

'Het is mijn vader,' zeg ik ten slotte.

'Je houdt me voor de gek.'

'Nee.'

'Wil je me de foto doorsturen?'

Ik doe wat Vegar vraagt. Het duurt hooguit een halve minuut, dan zegt hij: 'Je weet dat je foto's makkelijk kunt manipuleren, toch?'

'Denk je dat de foto nep is?'

Vegar aarzelt even. 'Ik weet het niet.'

Het wordt opnieuw stil.

'Wat ga je doen?'

'Ik weet het niet. Het is moeilijk uit te leggen, maar... het klonk eigenlijk wel alsof hij het meende.'

'Heb je geld nodig?'

'Welnee.'

'Je weet dat je het van me mag lenen als...'

'Ik ga jou niet om geld vragen, Vegar.'

'Toe nou. Stel je niet zo aan.'

'Stel jij je niet zo aan. Het gaat niet gebeuren.'

Vegar zucht.

'Ik zal die vent terugbellen,' zeg ik. 'Ik ga proberen een deal te sluiten.'

'Weet je dat wel zeker?'

'Nee.'

Ik weet het helemaal niet zeker. Dat is het enige wat ik wel zeker weet.

Maar ik moet het weten.

Ik heb zo lang om antwoorden gebeden, naar antwoorden gezocht.

Ik moet het weten.

2

Adam Borg blijft staan voor de halfopen deur. In de gang zit het meisje met haar rug tegen de muur op de vloer en staart leeg voor zich uit.

Voorzichtig zet Adam een stap in haar richting, hij trekt de deur een stukje naar zich toe. Het meisje beweegt niet. Een plas nattigheid heeft zich op de grond om haar heen gevormd. De onmiskenbare geur van urine vult zijn neus. En hij ruikt ook nog de geur van iets anders. Metaal, ijzer.

'Hoi,' zegt hij zo zacht als hij kan. 'Ik ben het, Adam.'

Hij doet een stap naar binnen.

'Herken je me nog? Van gisteren?'

Hij probeert oogcontact te krijgen, maar het kleine meisje blijft naar de muur voor zich staren. Vochtige strepen lopen over haar kleurloze wangen.

In het verlengde van de gang, in de woonkamer, ligt een man op de grond. Daarachter, deels aan het oog onttrokken door de salontafel, een vrouw. Haar gezicht is naar de bank toe gekeerd, maar ze beweegt niet. Ze bewegen geen van beiden.

Adam stapt vlug langs het meisje en loopt via de gang naar de woonkamer. De man ligt op zijn buik in een plas bloed. Niets wijst erop dat hij ademt, maar toch buigt Adam zich voorover en houdt twee vingers tegen de halsslagader van de man.

Geen hartslag.

Hij staat op; zijn knieën kraken. Hij loopt om de tafel heen naar de vrouw die er half onder ligt, duwt de tafel een stukje opzij zodat hij zijn knie op de grond kan zetten en ook een vinger tegen haar hals kan leggen.

Zwakke hartslag.

Direct begint zijn eigen hartslag te bonzen in zijn oren. Hij komt overeind en trekt zich een eindje terug van de tafel, terwijl hij vlug zijn telefoon en oordopjes tevoorschijn haalt; het duurt even voordat hij een van de dopjes op de goede plek weet te krijgen. Dan belt hij het alarmnummer van de politie.

'Dag, mijn naam is Adam Borg. Er... ligt hier een dode man. En een mevrouw die... ze is niet dood, maar...'

Hij duwt ook het andere oordopje in zijn oor en doet het eerst goed in, zodat het prettiger zit.

'Waar bel je vandaan, Adam?'

Hij knippert een paar keer kort met zijn ogen. 'Eh... in een woning in... Helsfyr.'

'Adres?'

'Fredrik Selmers vei 7, geloof ik.'

Aan de andere kant van de lijn klinkt geratel van een toetsenbord.

'Is het jouw woning?'

'Nee.'

'Maar er ligt daar een dode persoon, zeg je? En een mevrouw die ernstig gewond is?'

'Ja. Het lijkt erop dat ze allebei zijn neergeschoten. In elk geval de man.'

Op de achtergrond wordt een stoel weggeschoven, een telefoon gaat over.

'Wanneer is dit gebeurd?'

'Dat... weet ik niet.'

'Ken je hen?'

'Nee.'

'Waarom ben je dan in de woning aanwezig, Adam?'

'Dat... duurt een beetje lang om uit te leggen.'

'Goed. We komen eraan, blijf aan de lijn. Heeft die mevrouw spoedeisende hulp nodig?'

'Dat weet ik ook niet.'

'Kun je dat controleren?'

Adam zet een paar stappen naar de tafel toe en ziet vlak onder haar linkersleutelbeen vers bloed opwellen. De plek waarvan hij aanneemt dat ze daar geraakt is, wordt deels bedekt door haar lange bruine haar.

'Ze bloedt behoorlijk.'

'Kun je proberen het bloeden te stoppen?'

Adam kijkt om zich heen en ziet verderop een theedoek liggen in de keuken. Met een grote boog loopt hij om de dode man heen om hem te pakken. Met zijn tanden scheurt hij de theedoek in stukken. Weer terug bij de vrouw schuift hij de tafel een stukje bij haar vandaan, erop lettend dat hij het hoofd en de handen van de man niet raakt.

Hij veegt het haar van de vrouw opzij, zodat hij de plek waar ze geraakt is makkelijker kan zien. Voorzichtig tilt hij haar schouder van de vloer om het stuk stof eromheen te kunnen wikkelen en een knoop te maken op de plek waar ze het meeste bloed verloren lijkt te hebben. Daarna doet hij hetzelfde met het andere stuk textiel, zodat dat het eerste stuk bedekt.

'Zo,' zegt hij. 'Ik geloof dat het gelukt is. Een beetje, althans.'

'Goed zo, Adam. Zijn er nog meer mensen in de woning?'

Hij draait zijn hoofd om naar de gang, waar het meisje nog steeds apathisch voor zich uit staart. Adam vertelt wat hij ziet.

'Maar ze heeft geen verwondingen?'

'Niet fysiek, volgens mij. Maar ik denk dat ze in shock is.'

'En verder is er niemand binnen?'

'Wacht even, dan ga ik kijken.'

'Probeer niets aan te raken.'

Adams handen zitten onder het bloed. Hij wrijft ze zo goed als dat gaat schoon aan zijn kleren, terwijl hij opstaat en de gang in loopt via dezelfde weg als hij gekomen is. Hij stapt langs het meisje. De geur van urine is doordringend.

Hij trekt zijn jas over zijn hand, zodat die zijn vingers bedekt. Dan opent hij een van de deuren in de gang. Hij komt in een kamer met een opgemaakt bed vol sierkussens. Hij doet een van de oordopjes uit en luistert of hij iets hoort. Opent de garderobekast: leeg. Bukt en kijkt onder het bed, maar ook daar is niemand.

De volgende kamer onderzoekt hij op dezelfde manier, maar deze keer vergeet hij zijn vingers af te dekken. Er komen bloedvlekken op de deur. Hij probeert ze weg te vegen met de mouw van zijn jas, maar krijgt ze er niet helemaal af. Ook hier is niemand.

Achter de laatste deur in de gang treft hij een lege wc aan.

Terwijl hij neerkijkt op het meisje, dat nog steeds lijkbleek is, brengt Adam verslag uit van wat hij heeft gezien. Zonder met haar ogen te knipperen staart het meisje voor zich uit.

'En wat is jouw relatie tot deze mensen, Adam?'

Hij probeert zijn droge keel te bevochtigen en bedenkt wat hij moet antwoorden.

'Dat is ook nogal lastig uit te leggen.'

'Goed. Blijf waar je bent. We zijn er binnen een paar minuten. Blijf aan de lijn.'

3

'Wijn,' zegt Hedda Fisk hardop. Er is plek voor nog een paar flessen in de reistas die geopend op de grond staat. Een extra winterjas heeft ze niet nodig; ze gaan nog geen meter skiën. Wijn drinken daarentegen gaan ze wel doen.

Hedda kan zich de laatste keer dat ze zes dagen achter elkaar vrij was niet herinneren. Drie ervan brengt ze door in Geilo, met Inger en Therese. Daarna keert ze terug naar Oslo om het een beetje rustig aan te doen. Haar moeder opzoeken misschien, en haar vader. Of een spannend verhaal lezen – of nog makkelijker: er een kijken. Jezus, ze weet ook niet meer wanneer ze dát voor het laatst gedaan heeft, ze kan zich niet herinneren wanneer ze voor het laatst het gevoel had dat ze een normaal leven leidde. Het enige wat Hedda doet behalve werken, koken en proberen te slapen is een voetbalteam van achtjarigen coachen in Kjelsås. En dat doet ze eigenlijk alleen omdat Waage, haar baas, een dochter heeft die erin speelt. Ze waren op zoek naar een coach, had hij een keer verteld toen ze op weg naar huis waren nadat ze een dronken vechtpartij in Bøler hadden opgebroken. In een moment van zwakte had ze toen haar diensten aangeboden. Twee dagen later had ze de eerste training begeleid.

Inger en Therese leiden echter een heel normaal, saai leven. Volgens henzelf dan. Voor Hedda klinkt een acht-tot-vierbaan buitengewoon zalig. Inger is manueel therapeut en Therese is onderzoeksmedewerker bij het Museum voor universiteits- en wetenschapshistorie. Ze zijn allebei getrouwd, maar alleen Inger heeft een kind: een meisje van vier dat de paasdagen doorbrengt op Gran Canaria met haar grootouders, de kleine geluksvogel. Geen van Hedda's vriendinnen ziet zichzelf als erg gelukkig, maar dat is ook een van de vele dingen waar ze de komende dagen in Geilo grapjes over zouden maken.

Als ze maar niet te veel grapjes over Hedda maakten. Over wanneer zíj het geluk zou vinden. Ze had niet de puf om dat te gaan uitdiepen. 'Het komt als het komt,' zei ze meestal wanneer haar ouders ernaar vroegen; ook al was dat misschien, als ze eerlijk was tegen zichzelf, al gebeurd.

Ze is bijna klaar met pakken als de telefoon gaat, uren voordat ze in de auto zullen stappen. Zodra ze *Waage* op het display ziet staan, lijkt het alsof er een schokgolf door haar borst trekt. Een paar seconden overweegt ze of ze hem gewoon zal laten overgaan en achteraf zal zeggen dat ze onderweg naar Geilo pas had gezien dat hij had gebeld. Maar Waage weet dat ze haar mobieltje altijd bij zich heeft. Hij zal niet ophangen voordat ze heeft opgenomen.

'Wat aardig,' zegt ze.

Waage krijgt niet de kans om iets te zeggen.

'Je belt me om me een goede reis te wensen voor mijn paastripje naar de bergen. Dank je wel. Je bent de beste baas die ik me kan wensen.'

Op de achtergrond klinkt gesuis. Ze hoort dat hij in de auto zit. Als hij niet direct reageert, vervolgt ze: 'Het antwoord is nee, Waage. Ik kan niet, ik wil niet. Ik heb al geen vrij meer gehad sinds...'

'Het weekend?'

'Ik ging zeggen: kerst, op z'n minst zeven, acht jaar geleden.'

'Er is iemand vermoord in Helsfyr, Fisk. Dader onbekend.'

'En laat me raden: je hebt niemand anders die je kunt bellen?'

'Ik heb niemand anders die ik wíl bellen.'

Hedda neemt haar mobiele telefoon mee en blijft staan voor het keukenraam, kijkt naar buiten, waar de auto's aan beide kanten van de straat dicht op elkaar geparkeerd staan. Een man duwt een kinderwagen voort in het tempo van een vader met ouderschapsverlof en kijkt ondertussen op zijn mobieltje.

'Is dat omdat de rest kinderen heeft en een schoonmoeder?' vraagt ze.

'Dat ook. Maar vooral...'

'Is dat eigenlijk toegestaan?'

'Hè?'

'Om steeds weer de vakantieplannen te ruïneren van degenen die geen gezin hebben?'

Daar geeft hij geen antwoord op.

Hedda zucht diep.

Ze had moeten weten dat er zoiets ging gebeuren. Ze had zichzelf nooit moeten toestaan plannen te maken en zich te verheugen, haar koffer te pakken. Inger en Therese zouden teleurgesteld worden. Alweer. Het is niet de eerste keer dat ze moet afzeggen.

'Ga verder,' zegt ze, terwijl een vuilniswagen volhardend de nauwe straat door manoeuvreert.

'Hmm?'

'Je stond op het punt uit te leggen waarom je precies mij moest bellen. Waarom je niemand anders wílde bellen.'

'Geloof je me als ik zeg dat dat komt doordat ik met jou het liefst samenwerk?'

'Nee.'

'Als ik zeg dat het komt doordat jij de beste bent, dan.'

'Dan zeg ik: je kunt m'n...'

'Het hoeft niet per se lang te duren,' onderbreekt Waage haar. 'Maar ik wil in de beginfase wel graag het beste team erbij hebben. Als we de zaken snel onder controle hebben, laat ik je weer gaan, dat beloof ik. Dan kun je je vakantie voortzetten, iedereen happy.'

'Ik ben dan niet happy.'

'Jij bent nooit happy, Fisk. Maar goed ben je wel, behalve in squats, daar bak je niks van. Als rechercheur ben je daarentegen bijna van onschatbare waarde.'

'Bijna?'

'Ja, ik kan je ego natuurlijk niet al te veel oppoetsen.'

Hedda wil reageren, maar bedenkt zich dan en glimlacht. Ze werpt een korte blik op haar koffer, de kleding en wijnflessen. De meiden zouden er sowieso nog tot zaterdag zijn.

'Helsfyr, zei je?'

'Fredrik Selmers vei 7.'

'Vervloekt ben je, baas.'

4

Stemmen en zware voetstappen in het trappenhuis doen Adam zijn hoofd omdraaien naar de gang, waar het meisje nog steeds met haar benen tegen haar borst gedrukt zit. Haar hoofd rust op haar knieën.

'Ik geloof dat ze er zijn,' zegt Adam. Hij staat op van de vloer, waar hij de afgelopen minuten heeft gezeten, met zijn rug tegen de verwarming.

'Dat kan wel kloppen,' hoort hij als antwoord. 'Dan mag je nu ophangen, Adam. Je hebt het goed gedaan.'

'Ik hoop dat je gelijk hebt.'

Hij drukt het gesprek weg en loopt naar de keuken, leunt tegen de rug van een stoel en trekt zijn schouders op terwijl hij diep door zijn neus inademt. Dan komen ze binnen: ambulancemedewerkers en mensen in politie-uniform, goed uitkijkend waar ze hun voeten neerzetten, ook al dragen ze plastic hoesjes over hun schoenen. Allemaal kijken ze hem langdurig aan alsof ze zich afvragen wie hij is en of hij dit soms gedaan heeft.

Een man van halverwege de veertig schrijdt langzaam naar binnen alsof hij de baas is. Eerst kijkt hij om zich heen naar de vloer, de muren, het plafond. Het lijkt alsof hij niet eens geïnteresseerd is in Adam of de slachtoffers. Maar vervolgens richt hij zijn blik op hem en constateert: 'Adam Borg.'

Hij wacht niet op antwoord en zegt: 'Ole-Joakim Waage.'

De politieman komt een paar passen dichterbij en neemt Adam van top tot teen grondig op.

'Onderzoeksleider.'

Hij doet Adam denken aan een mooi toneelstuk dat hij jaren geleden eens heeft gezien: een man met rood haar die telkens als hij iets belangrijks ging zeggen zijn zonnebril afzette. Waage heeft geen rood haar en ook geen zonnebril, maar wel een beetje dezelfde arrogante lichaamshouding. Dezelfde blik. Alsof iedereen hem iets verschuldigd is.

Op dit moment was Adam die persoon.

'Nou.' Waage blijft hem bestuderen.

Adam slaat zijn armen over elkaar. Hij realiseert zich meteen dat hij zo misschien defensief overkomt en laat ze zakken, vouwt in plaats daarvan zijn handen voor zijn buik.

'Jij hebt ze dus gevonden.'

Adam knikt.

'Vertel eens wat je hier doet, Adam Borg.'

Hij wil een stap naar achteren doen, maar de stoel en tafel staan in de weg.

'Dat is... een beetje een lang verhaal.'

De politieman kijkt hem aan alsof hij wacht tot Adam begint met vertellen. Wat hem niet meteen lukt.

'Het spijt me,' zegt hij. 'Het is nogal... een geweld allemaal hier. Ik ben nog een beetje in shock, denk ik.'

'Neem rustig de tijd.'

Waage stopt een van zijn handen in zijn broekzak en brengt de andere naar zijn gezicht. Strijkt vluchtig over zijn kin.

Adam haalt diep adem en knikt met zijn hoofd naar de gang.

'Dat meisje daar... kwam ik gisterochtend tegen. Ze stond in de rij voor een pinautomaat op de Bogstadvei. Ik vond het nogal vreemd dat een meisje van haar leeftijd geld ging pinnen, dus hield ik haar even in de gaten. Toen ze aan de beurt was, leek het alsof het haar niet lukte om de automaat te bedienen, dus liep ik naar haar toe om haar te helpen.'

Adam krabt even aan zijn nek bij de haargrens.

'Ze had kennelijk geleerd om niet met vreemden te praten, want het duurde een tijdje voordat ik uit haar loskreeg dat de automaat het pasje had ingeslikt. Ik vroeg van wie het pasje was, omdat een kind van die leeftijd natuurlijk geen eigen pinpas heeft. Na enig aarzelen vertelde ze me dat hij van haar moeder was. Ik vroeg of haar moeder haar had gevraagd om geld te gaan pinnen, maar daarop kreeg ik geen antwoord.'

Adam pauzeert even en gaat dan verder.

'Ik heb de bank gebeld om te proberen uit te vinden wat we konden doen, maar ze konden niet helpen. Ze legen de automaten maar één keer per dag, zeiden ze, dus ik moest de volgende dag naar het dichtstbijzijnde bankfiliaal gaan, omdat de kans groot was dat het pasje daar afgegeven zou worden. Toen ik dat aan het meisje vertelde, begon ze te huilen.'

Achter Waage wordt de vrouw met de schotwond overgeheveld op een brancard die dwars over de salontafel geplaatst is. Ze heeft een zuurstofmasker over haar gezicht.

'Ik vroeg waar ze woonde. Toen ze "Helsfyr" zei, werd ik bezorgd. Ten slotte wist ik uit haar te krijgen dat ze Sofie heet en dat het niet de eerste keer was dat ze in haar eentje zo ver van huis was.'

Adam kijkt de politieman, die tot nu toe nog geen enkele aantekening heeft gemaakt, kort aan.

'Ik vroeg of haar moeder wist dat ze in het centrum was, maar daar wilde ze geen antwoord op geven. Ze had überhaupt geen zin om antwoord te geven op vragen over haar moeder. Ik vroeg of ik met haar mee mocht gaan naar huis, maar dat wilde ze niet. Omdat ik haar ook niet aan haar lot wilde overlaten, ben ik haar op een afstandje gevolgd met de metro. Om mezelf ervan te verzekeren dat ze heelhuids aankwam.'

Waage schijnt Adam nauwlettend op te nemen. 'En hier had je tijd voor? Midden op de dag?'

'Ik heb er tijd voor gemáákt. Als politieagent zul je vast wel verhalen gehoord hebben over kinderen die onderweg naar huis vermist raken.'

Daarop knikt Waage traag.

'Toen ik zag dat ze dit gebouw binnenging, was ik tevreden. Ik heb me omgedraaid en ben naar mijn werk gegaan.'

'Maar... waarom ben je hier nú?'

Adam zucht diep. 'Ik kon dat meisje niet uit mijn hoofd zetten. Ik vond dat haar moeder moest weten wat er was gebeurd. Iets zei me dat ze er misschien helemaal niets van wist. Het is niet normaal dat een kind van Sofies leeftijd in haar eentje door de stad zwerft.'

Adam krijgt niet het idee dat Waage het ergens op vindt slaan.

'Vind jij dat ik het niet had moeten doen, dan?'

'Ik vind helemaal niets,' antwoordt de politieman. 'Het is een vrije wereld. Ik denk alleen dat weinig mensen hadden gevonden dat het hen iets aanging.'

'Nou,' zegt Adam. 'Zo iemand ben ik niet. En ik betwijfelde dus of Sofie iets aan haar moeder zou vertellen.'

Om hen heen begint allerlei communicatieapparatuur met regelmaat te kraken, er klinkt statische ruis.

'Er is alleen één ding dat ik niet helemaal begrijp,' zegt Waage. 'Er woont geen Sofie op dit adres.'

Adam kijkt hem aan. 'Hoe bedoel je?'

'Niet meer. De vrouw die hier woont, woont hier alleen. Maar ze had ooit wel een dochter die Sofie heette. Die is drieenhalf jaar geleden overleden.'

5

De man neemt onmiddellijk op, alsof hij zit te wachten tot ik bel.

'Dus je gelooft me nu?'

'Dat heb ik niet gezegd. Het is me opgevallen hoe makkelijk het tegenwoordig is om foto's te bewerken.'

'Ik verzeker je dat ik niets met die foto heb gedaan,' zegt de man.

'En ik kan jou verzekeren dat ik niet met die lange, knappe buurman van zeshoog naar bed ben geweest, maar dat is voor jou niet meer dan een bewering.'

Daar geeft hij geen antwoord op.

'Heb je mijn vader gesproken?' ga ik verder. 'Heb je hem ontmoet?'

Er gaan opnieuw een paar seconden voorbij zonder dat de man antwoordt.

'Nee dus,' zeg ik. 'Dat wekt veel vertrouwen.'
'Ikzelf niet, nee.'
'Dus je kent iemand die contact met hem gehad heeft?'
'Ja.'
'En waarom neem jíj dan contact met mij op en niet hij? Of zij?'
Een paar seconden verstrijken zonder dat hij antwoordt.
'Ik moest eerst een paar dingen controleren,' klinkt het uiteindelijk.
'Wat voor dingen?'
'Dat ben ik niet van plan je nu te vertellen.'
'Maar je hebt de antwoorden gekregen die je nodig had?'
Hij wacht weer een paar seconden en zegt dan: 'Ja.'
Deze keer twijfel ik er nog meer aan of hij de waarheid spreekt.
'Als ik hiermee akkoord moet gaan...' ga ik verder. 'Als ik jou ook maar één kroon moet betalen, dan doen we het op míjn manier. Iets anders is niet aan de orde.'
Ik hoor hem even verschuiven.
'Wat wil dat zeggen?'
'Dat wil zeggen dat ik je in de ogen wil kunnen kijken als je me vertelt wat je te weten bent gekomen. Je krijgt niet één øre van me voordat ik weet of je de waarheid spreekt of niet.'
En hoe had je gedacht daarachter te komen, vraag ik mezelf ondertussen tevergeefs af. De man maakt echter geen bezwaar.
'Je hebt dit nog niet zo vaak gedaan, hè?'
'Jawel.'
Zijn antwoord komt snel. 'Dat heb ik wel.'
Ik geloof hem niet.
'Hoe dan ook,' zeg ik. 'Als je iets waardevols te weten bent gekomen, krijg je je geld. Maar ik ga geen geld overmaken naar welke rekening dan ook of betalen in fucking bitcoins. Ik betaal contant.'

Opnieuw blijft het stil.
'Prima,' klinkt het ten slotte.
'Prima?'
'Ja, dat is prima, wat mij betreft.'
Hij lijkt opgelucht.
Ik knik bij mezelf terwijl ik bedenk hoe de komende dagen eruit gaan zien. Ik zal moeten uitvogelen waar ik zoveel geld vandaan moet halen.
'Waar wil je afspreken?' vraagt hij.
Ik denk na. Aangezien ik niets weet over die man aan de andere kant, is het misschien slim om in een café of op een andere openbare plek af te spreken. Maar ik heb geen zin om overvallen te worden door emoties te midden van mensen en ook niet in toevallige voorbijgangers die kunnen opvangen waar we het over hebben. Alleen al de gedachte maakt me misselijk en angstig. En ik kan natuurlijk voorzorgsmaatregelen treffen...
'Hier,' antwoord ik. 'Bij mij thuis. We kunnen overmorgen afspreken, tussen tien en twaalf uur. Komt dat uit?'
Hij aarzelt even. 'Dat kan ik wel regelen, denk ik.'
De volgende seconden zeggen we geen van beiden iets.
'Je weet waar ik woon, neem ik aan?'
'Helsfyr,' zegt hij vlug. 'Fredrik Selmers vei 7.'
'Goed. Dan zien we elkaar woensdag.'

6

'Wát zeg je?'
'Leukemie,' zegt Ole-Joakim Waage. 'Heel tragisch, natuurlijk. Zo'n klein meisje.'
Adam slikt een paar keer luid en denkt na. Opnieuw voelt hij Waages blik op zich gericht. 'Wie is zij dan?' vraagt Adam. 'Dat meisje in de gang?'
'Weet ik niet,' antwoordt de politieman. 'Ze lijkt helemaal te

zijn dichtgeklapt. Het antwoord op die vraag zullen we nog moeten afwachten.'

Het blijft een tijdje stil tussen hen.

'Hoe kwam je binnen?'

'Hmm?'

'Hoe kwam je hier binnen?' vraagt Waage. 'In het gebouw. Hoe kwam je binnen?'

'Eh, de deur was open.'

'Bedoel je dat hij wijd openstond?'

'Nee, de deur was dicht, maar hij zat niet op slot. Ik heb eerst aangebeld, maar niemand deed open.'

'Waarom ging je naar binnen?'

'Ik dacht dat de deurbel misschien stuk was. Daarom trok ik aan de deur. Toen ik besefte dat ik naar binnen kon gaan... deed ik dat.'

Waage lijkt dit niet geloofwaardig te vinden.

'Ik was hier al voor de tweede keer,' legt Adam uit. 'Ik had geen zin om onverrichter zake weer weg te gaan.'

Waage denkt even na.

'Je zei dat je dat meisje in het centrum bent tegengekomen. Wat deed je daar?'

'Ik woon daar.'

'Je woont in de Bogstadvei?'

'Nee, in een zijstraat.'

Waage blijft Adam nauwlettend opnemen. 'Je hebt haar dus achtervolgd.'

'Ja. Of... nou ja... om te zeggen dat ik haar heb achtervolgd, klopt niet helemaal. Ik wilde alleen controleren of ze heelhuids thuiskwam.'

De politieman krabt op zijn achterhoofd, alsof hij even moet nadenken over wat Adam zojuist heeft gezegd. Achter hem wordt de vrouw de woonkamer uit gedragen.

'Je hebt dus nooit eerder met deze mensen te maken gehad?'

Adam schudt zijn hoofd.
'Dat weet je zeker?'
'Heel zeker.'
Waage bestudeert hem nogmaals van top tot teen.
Adam realiseert zich dat zijn kleren onder het bloed zitten en voelt dat hij begint te gloeien.
'Jij wilt ons dus wijsmaken dat je haar hebt proberen te redden?'
'Ik wil jullie helemaal niets wijsmaken,' antwoordt Adam met een kuchje in zijn handpalm. 'Ik vertel alleen wat er gebeurd is.'
Waage haalt zijn mobiel tevoorschijn en werpt een korte blik op het scherm, dan stopt hij hem terug in zijn jaszak.
'Voordat je hier naar binnen ging, is je toen iets bijzonders opgevallen in de omgeving? Ben je iemand tegengekomen? Iemand in het trappenhuis? Buiten? Mensen met haast, auto's die hard voorbijreden?'
Adam probeert na te denken. 'Ik geloof het niet.'
Een geheel in wit plastic geklede vrouw kwam de kamer binnen en begon foto's te maken.
'Je kunt hier niet blijven,' zegt Waage. 'We hadden eigenlijk meteen al naar buiten moeten gaan. Fisk?'
Waage maakt een 'kom eens hier'-beweging met zijn hoofd naar een in uniform gestoken vrouw met blond, kortgeknipt haar die zojuist is binnengekomen. 'Ik wil graag dat jij je over deze meneer hier ontfermt.'
De vrouw komt een paar passen dichterbij, maar ontwijkt Adams onderzoekende blik.
'Wat heb je nodig?' vraagt ze met een zucht aan Waage.
'De hele mikmak,' zegt de politieman. 'Hij moet grondig onderzocht worden. Zorg dat er geen sporen verloren gaan onderweg naar het politiebureau. Dat betekent dat hij wat plastic aan zijn lijf zal moeten krijgen. En zijn handen moeten ook bedekt worden.'

'Ik zal me over hem ontfermen.'

'En als hij onderzocht is: neem een formele verklaring af.'

'Goed. Blijf hier even staan.'

De politieagent werpt Adam een korte blik toe en loopt de woonkamer uit. Om hen heen lichten de muren nog steeds op door het geflits.

'Eens kijken of ik het goed begrijp,' zegt Waage, terwijl hij zijn blik weer op Adam vestigt. 'Jij maakt dus contact met een volslagen onbekend meisje in het centrum van Oslo. Een meisje dat er geen blijk van heeft gegeven dat ze hulp nodig heeft. En nadat ze je aanbod om haar naar haar huis te vergezellen heeft afgeslagen, volg je haar alsnog hiernaartoe. Maar je praat op dat moment niet met haar moeder, je wacht tot vandaag.'

'Ik had geen tijd gisteren,' zegt Adam. 'En ik wilde alleen...'

'Wacht even,' valt Waage hem in de rede. 'Ik ben nog niet klaar. Dus als je dat eindelijk doet, ga je hier het gebouw binnen, en tevens haar woning, waar twee personen zijn neergeschoten. En als wíj aankomen,' vervolgt Waage, 'krijgen we al snel in de gaten dat je hier binnen wel het een en ander hebt aangeraakt, wat ons werk aanzienlijk bemoeilijkt.'

Waage kijkt hem aan.

'Als jij mij geweest was,' zegt Waage. 'Hoe had je dit alles dan geïnterpreteerd?'

'Geïnterpreteerd?' vraagt Adam, en hij slikt. 'Ik... ik snap niet wat je bedoelt.'

Waage zegt niets.

'Denk je dat ík dit gedaan heb?' vraagt Adam. 'Denk je dat ík hem heb vermoord?' Hij wijst naar het lichaam op de grond.

'Voorlopig denk ik niets,' antwoordt Waage. 'Ik herhaal alleen wat jij me verteld hebt en probeer het te plaatsen.'

'Je bedoelt dus dat ik ook heb geprobeerd die vrouw te vermoorden? Vóórdat ik haar probeerde te redden?'

Ook nu doet Waage niets anders dan hem aanstaren.

'Waarom heb ik de klus dan niet afgemaakt in plaats van jullie te bellen?'

Waage wil iets zeggen, maar bedenkt zich.

'Waarom ben ik er niet gewoon vandoor gegaan? En waar is mijn wapen?'

De politieman zegt niets.

'Moet ik mijn advocaat bellen? Is dat wat je bedoelt?'

'Zeg je nu dat je een advocaat hebt, Borg?'

'Is daar ook iets mis mee?'

Het volgende ogenblik krijgt Waage een telefoontje. Terwijl hij zijn mobiel naar zijn oor brengt, kijkt hij Adam aan en zegt: 'Als jij van mening bent dat je een advocaat nodig hebt, zal ik je uiteraard niet tegenhouden.'

Hij neemt het telefoontje aan en zegt tegen de persoon aan de lijn: 'Wacht even.'

Dan kijkt hij naar Adam en zegt: 'Blijf hier staan tot Fisk terugkomt. En raak niets meer aan. Je hebt al genoeg bewijsmateriaal vernietigd.'

7

'Hè, wat doe jíj hier?'

Hedda, die net met haar halve bovenlijf over de kofferbak van een patrouillewagen hangt, komt omhoog en kijkt in het glimlachende gezicht van Elisabeth Kaluza.

'Ging jij niet weg met Pasen?'

Hedda duwt de plastic overall die ze gepakt heeft onder haar arm. 'Niet vragen,' zegt ze, terwijl ze de kofferbak met een harde klap dichtslaat. 'Ik had nu in de auto moeten zitten en oude A-ha-nummers moeten meebrullen.'

'Met jouw zangstem?'

'Dat is het punt nou juist.'

Kaluza glimlacht. 'In elk geval hoef je niet naar Tryvann

met een stel kinderen die niet kunnen skiën en er ook geen zin in hebben.'

'Willen ze dat niet meer?'

'Als ze tegelijkertijd Netflix konden kijken misschien, ja.' Ze rolt met haar ogen. 'Ze hebben overal schijt aan, zeg ik je.'

Hedda vergrendelt de auto. 'Al die Instagram-vriendelijke, pompeuze, kaartspelende blokhutorgasmes ook die je met Pasen voorgeschoteld krijgt op elke tv-zender.'

Kaluza glimlacht.

'Ik word er niet goed van,' vervolgt ze. 'Zet die kinderen voor een scherm en prop er af en toe een paar kaasknabbels in. Dan hebben de volwassenen meer tijd voor een wijntje.'

'Jij hebt echt je roeping gemist, Hedda, je had vertegenwoordiger moeten worden voor de rechten van ouders.'

'Het is geen schande om van richting te veranderen.'

Kaluza glimlacht opnieuw. 'Je bent in elk geval op de hoogte van één van de regels van de piste.'

Samen lopen ze naar de ingang. Behoedzaam over de ijzige, oneffen ondergrond. De kou dringt direct door in hun wangen. Bijna komt Kaluza ten val, maar ze weet zich nog net vast te grijpen aan Hedda's arm, waardoor ze haar evenwicht terugvindt.

'Voorzichtig.'

Kaluza houdt Hedda nog even vast. Dan laat ze los.

In gelijke tred lopen ze de trap op.

'Ik stel voor om helemaal bovenaan te beginnen en dan naar beneden toe te werken,' zegt ze.

'Je hebt het over de buren, neem ik aan?'

'Vanzelfsprekend.'

Ze wisselen een blik. Dan beginnen ze allebei te lachen.

'Succes binnen,' zegt Kaluza als ze voor de deur van Eva Kranz' woning staan.

'Jij ook, boven.'

Kaluza volgt de trap verder omhoog. Terwijl haar collega

wegloopt, kijkt Hedda haar lang na. Daarna vouwt ze de plastic overall open en bedenkt dat het tijd wordt om haar hersenen eens goed aan het werk te zetten.

'Trek deze maar even aan,' zegt ze tegen de man die in de keuken nog steeds tegen een stoel geleund staat. Adam Borg is van gemiddelde lengte en heeft vriendelijke, blauwe ogen – hij is niet bang om haar aan te kijken en wendt zijn blik niet af nadat Hedda zich heeft voorgesteld.

De huid van zijn gezicht ziet er gehard uit, alsof hij veel buiten in de felle zon is geweest. Zijn haar is kortgeknipt en niet gestyled. Zelfs door zijn outdoorjas heen kan Hedda zien dat hij goedgetraind is. Pezig en sterk.

'Maar laten we dat buiten in de gang doen,' zegt ze. 'Dan staan we niet in de weg.'

Voor de deur van de woning helpt Hedda hem de witte beschermende overall aan te doen. Daarna trekt ze zakjes over zijn handen. Als ze elkaar aankijken, stapt Hedda naar achteren en bekijkt de kleding tevreden.

'Waar gaan we heen?'

'Nu gaan we naar het politiebureau.'

Achter de betonblokken voor Fredrik Selmers vei 7 zijn de eerste vertegenwoordigers van de pers al opgedoken. Gelukkig is er niemand bij die Hedda persoonlijk kent en de neiging gehad zou kunnen hebben haar te overstelpen met vragen. Ongestoord kan ze met Adam Borg en een beambte van wie ze zich de naam niet herinnert naar haar auto wandelen – een Ford waarvan ze nooit zeker weet of het een S-Max, C-Max of T-Rex is – en terugrijden naar het centrum. Iets zegt haar dat deze zaak niet zomaar een-twee-drie opgehelderd zal zijn, zoals Waage hoopte.

Op het politiebureau escorteert ze Adam Borg naar een onderzoekskamer, waar een forensisch assistent zijn plastic kleding uittrekt en verzamelt, om vervolgens alles in aparte zakken te stoppen. Dan neemt ze met een wattenstaafje monsters van zijn handen, die nog steeds onder het opgedroogde bloed zitten.

'Wat onderzoeken jullie eigenlijk?' vraagt Borg.

'In de eerste plaats wiens bloed het is,' zegt de forensisch medewerker. 'Maar ook of er kruitsporen op je handen zitten. Op je mouwen.'

'Dat is niet zo.'

'Misschien heb je gelijk,' antwoordt ze zonder hem aan te kijken. 'Maar we moeten het natuurlijk wel controleren.'

Ze neemt ook Borgs vingerafdrukken en neemt een paar centiliter bloed bij hem af. De hele procedure duurt misschien een kwartier. Na afloop krijgt Borg een setje nieuwe kleren die niet echt passen, maar hij klaagt niet.

Hedda neemt hem mee naar de vijfde verdieping, waar de rechercheurs van de afdeling Zware Delicten werken en kantoor houden.

'Wanneer zei je dat je advocaat zou komen?' vraagt ze, terwijl ze zich naar Borg omdraait.

'Zo snel mogelijk. Ik heb geen idee wat dat betekent voor een advocaat.'

'Wil je intussen een kop koffie?'

'Graag, dank je.'

Hedda gaat er voor hen beiden een halen en gebaart dan dat ze verder moeten lopen, de open kantoortuin in. Ze gaan zitten aan het bureau waaraan ze al bijna dertien jaar zit. Zelfs haar stoel is onveranderd.

Voorzichtig neemt Hedda een slokje van haar koffie.

Borg volgt haar voorbeeld. 'Hmm, lekkere koffie.'

'Nieuwe machine,' zegt Hedda. 'De grote baas is in zijn nopjes.'

Daar moet hij om glimlachen.

'Misschien kunnen we in de tussentijd even babbelen?' stelt ze voor.

'Tja, we moeten toch íéts doen tijdens het wachten.'

'Om te beginnen...' zegt Hedda, terwijl ze haar handen om haar kop vouwt, '... hoe gaat het met je?'

Borg kijkt op. 'Hoe bedoel je?'

'Je hebt vandaag een dode persoon gezien. Er zijn twee mensen neergeschoten, een heleboel bloed. Zulke dingen hebben meestal wel effect op mensen.'

Borg kijkt naar zijn mok, terwijl hij na lijkt te denken over zijn antwoord.

'Ik denk dat ik altijd al een redelijk dikke huid heb gehad,' zegt hij.

Hedda kan zich er iets bij voorstellen.

'Maar inderdaad, wat ik vandaag heb gezien en gedaan, zal ik waarschijnlijk niet gauw vergeten.'

'Nee, waarschijnlijk niet, nee,' zegt ze, en een ogenblik overweegt ze of ze hem zal aanraden professionele hulp te zoeken. Ze besluit van niet. Borg wekt niet de indruk dat hij iemand is die naar een psycholoog gaat.

'Vertel eens iets over jezelf,' zegt ze in plaats daarvan.

Borg spreidt zijn armen. 'Wat wil je weten?'

'Wat dan ook. Wie je bent, wat je tot nu toe allemaal hebt gedaan in je leven. Ben je getrouwd, heb je kinderen...?'

'Ik heb geen kinderen, in elk geval,' zegt Borg. 'Voor zover ik weet althans.'

Daar moet Hedda om lachen.

'Ik run een jacht- en viswinkel in Frogner. Ik verkoop materialen, organiseer zo nu en dan een excursie. Jacht, educatie, dat soort dingen.'

'Dus je bent een buitenmens.'

'Ik ben zelf niet veel in de buitenlucht de laatste tijd, maar... ik help graag anderen om hun hobby's in stand te houden.'

'Ben je altijd al zo iemand geweest?'

Hij wacht even met antwoorden. 'Mwah. Toen ik klein was, wilde ik slager worden.'

'Slager?'

Hedda's wenkbrauwen schieten omhoog.

'Volgens mijn moeder, ja. Zelf herinner ik me er niets van.'

Ze lacht weer.

'Het is een fatsoenlijk beroep, zoals er zoveel zijn,' zegt hij. 'Maar ik ben blij dat ik terecht ben gekomen in de branche waar ik nu in zit.'

'Kom je hiervandaan?'

Adam knikt.

'Ik woon hier al mijn hele leven.'

Hedda schat hem op halverwege de dertig. Hij doet haar denken aan Lars Monsen, maar dan zonder snor en geruit flanellen overhemd. De enige die wegkomt met een snor is Tom Selleck.

Na een korte pauze vraagt Borg: 'Denk je dat ze het overleeft?'

Hedda zuigt haar longen vol lucht en bedenkt wat ze moet antwoorden. Het zou kunnen dat Eva Kranz de persoon die haar heeft neergeschoten gezien heeft. Een groot deel van het onderzoek staat of valt misschien wel met wat Eva hun kan vertellen.

'Ik denk en hoop,' zegt ze, 'dat je erin geslaagd bent haar leven te redden.'

8

Ik beweeg mijn oogleden.

Langzaam.

Het lukt me om ze open te doen. Te knipperen.

Er verschijnt iets wits. Mijn ogen prikken ervan. Ik zie niet goed wat het is.

Muur.

Ik draai mijn hoofd om.

Er zijn muren om me heen.

Ik knipper nog een paar keer, probeer mijn blik neer te slaan en mezelf te bekijken. Het lukt niet.

Ik kan mijn vingers bewegen. Mijn arm optillen. Niet de linker. De linker is stijf. De rest van mijn lichaam is gevoelloos, zwaar. Ik vertel mijn benen dat ze zich moeten bewegen, maar ze willen niet luisteren.

De kamer wordt scherper. Ik hoor machines piepen. Een vaag gezoem ergens vandaan. Een deur die wordt dichtgeslagen. Geratel van een karretje op de gang voor de kamer waarin ik me bevind. Stemmen die door elkaar heen praten, maar ik versta geen woord.

Waar ben ik?

Ik probeer te slikken. Mijn mond en keel zijn gortdroog.

Ziekenhuis.

Ik ben in een ziekenhuis.

Het tempo van het gepiep is toegenomen. Ik zie een scherm waar *118* op staat, met een klein hartje eronder. Of staat het erboven?

Het volgende ogenblik gaat de deur open. Een verpleegkundige komt binnen.

'Kijk eens aan,' zegt ze. Ik kan niet opmaken of ze jong of oud is, klein of groot.

'Je bent wakker,' gaat de opgewekte stem verder. 'Hoe voel je je?'

Ik probeer het te bepalen. Het lijkt wel of ik vastgeketend ben. Ik ben moe. Ik zou zo in slaap kunnen vallen.

'Waar ben ik?'

Ik klink als een oude vrouw.

'Je bent op de intensive care van het Ullevål-ziekenhuis,' krijg ik te horen. 'Op de verkoeverkamer.'

Ver... koe... Ik volg het niet helemaal.

'Heb je dorst? Wil je iets drinken?'

Ik probeer na te denken. Probeer te knikken. Maar ik weet niet zeker of het me lukt. De verpleegkundige lijkt het als een ‘ja’ op te vatten, want ergens begint een kraan te stromen. Ze komt terug met een plastic bekertje, een rietje en een brede glimlach.

‘Ik zal je even een stukje overeind zetten. Vind je dat goed, Eva?’

Ze drukt op een knop. Onder me begint het te brommen. Mijn bovenlijf komt langzaam omhoog, ik krijg een groter deel van de kamer te zien. Er is verder niemand. Ik heb een raam. Boven de wastafel hangt een spiegel, maar ik heb geen zin om naar mezelf te kijken.

De verpleegkundige houdt het bekertje vast en stopt het rietje voorzichtig in mijn mond.

‘Ik zal de chirurg laten weten dat je wakker bent,’ zegt ze, terwijl ik een paar kleine slokjes neem. ‘Ik zet je bekertje hier neer,’ gaat ze verder, waarna ze even met haar hoofd naar het nachttafeltje knikt. ‘Zeg het maar als je meer wilt.’

Ze knipoogt. ‘Ik ben zo terug.’

Het is weer stil in de kamer.

Ik zak wat meer onderuit in bed. Het is een zacht bed. Een lekker bed. Ik denk dat ik in slaap ga vallen.

Ja.

Ik ga in slaap vallen.

Ik slaap en word wakker, slaap en word wakker. Af en toe zie ik gezichten, hoor ik stemmen, maar ik krijg niet helemaal mee wat ze zeggen.

Dan doet het pijn.

Ik vraag om een pijnstiller. Ik weet niet wat ze me geven, maar al snel ben ik weer helemaal weg.

In en uit dromenland.

Alles is in orde. Warm. Aangenaam. Zelfs vertrouwd.

Ik ben blij. Gelukkig. Ik ben bij Sofie. We zijn bij de crèche. Ze komt op me af en springt in mijn armen. Ik druk haar stevig tegen me aan. Snuif haar geur op. Geef haar een kus. Zeg dat ik van haar houd.

Ik lach. Zij lacht.

Ik draag haar. Hoewel ze allang groot genoeg is om zelf te lopen.

We maken pannenkoeken.

Met Sofie naast me, die regelmatig te horen krijgt dat ze haar handen ver bij de kookplaat en koekenpan uit de buurt moet houden. Ze vraagt of ze de mislukte exemplaren mag proeven. Ik antwoord dat we ze kunnen delen.

We doen er veel te veel suiker op. Veel te veel bosbessen. Een paar minuscule druppels citroensap. Sofie eet met haar hele gezicht. Wordt blauw om haar mond, haar tanden, vergeet dat ze met mes en vork hoort te eten. Gebruikt haar kleren om zich schoon te vegen. Raakt deurknoppen en muren aan.

Ze klemt haar teddybeer tegen zich aan. Haar pop. Poppen. Wil niet onder het dekbed, maar ik leg het toch over haar heen. Nadat ze in slaap gevallen is.

Morten die me kust. Die me wil. Op de bank, in bad, in bed.

Die me niet meer wil.

Niet nadat ik hem heb verteld over Sofie, van wie hij wil dat ik haar weg laat halen, maar die ik van plan ben koste wat kost te houden.

Papa.

Mama.

Ziekenhuis.

Die afschuwelijke mededeling, dat klotewoord.

Het bleke gezicht.

Het steeds magerder gezicht. Het haarloze hoofd.

De tranen.

Ik doe een poging te lachen.

Zij doet een poging te lachen.

Daarna doen we geen pogingen meer.

Lachen kan niet meer.

Als ik mijn ogen weer opendoe, zie ik twee mensen voor me zitten, ieder op hun eigen stoel, een stukje bij elkaar vandaan. De man heb ik op tv gezien. De vrouw... nog nooit. Ze is blond en redelijk knap. Met sproetjes. Het lijkt alsof ze overal liever wil zijn dan hier, maar het is niet moeilijk te begrijpen waaróm ze hier zijn, of wat voor werk ze doen.

'Ik geef het toe,' zeg ik – mijn stem werkt amper. Allebei kijken ze abrupt naar me op, en ze wisselen een onzekere blik.

'Grapje,' voeg ik eraan toe. 'Sorry.'

Ik hoor dat mijn stem bedwelmd klinkt van de verdoving.

De man komt omhoog van zijn stoel. 'Ole-Joakim Waage,' zegt hij, een beetje verwaand haast. 'Onderzoeksleider.'

Snel draait hij zijn hoofd om naar zijn vrouwelijke collega. 'Dit is Hedda Fisk.'

Ze knikt me kort toe.

'We hebben je arts gesproken,' gaat Waage verder. 'Heeft iemand je verteld wat er met je gebeurd is?'

Ik weet nog vaag dat ik naar een man met een openhangende witte jas heb geluisterd. Ik herinner me niet hoe hij heette en ook niet veel van wat hij zei, maar ik weet wel dat ik geluk gehad heb. Als het schot me maar een centimeter naar rechts had getroffen, en een klein stukje lager, dan was ik veel meer bloed verloren, in veel kortere tijd.

De politiemensen staan allebei op en komen een paar stappen dichterbij.

'We hebben een aantal vragen en hopen dat je ons kunt helpen die te beantwoorden,' zegt Waage. 'Kun je dat aan, denk je?'

Ik denk even na. 'Ik herinner me maar weinig van wat er gebeurd is,' zeg ik.

Maar ik herinner me wel dat Sofie hier was.

Ze wás hier.

Bij mij. Bijna vier jaar lang.

'Misschien komt het wel weer boven,' zegt de politieman.

'Laten we het om te beginnen eens hebben over... de man die in jouw appartement was. Bjørn-Erik Bakkerud.'

Dus zo heette hij.

Ik slik.

'Is dat... wás dat... een goede vriend van je?'

Ik schud mijn hoofd. 'Ik had hem nooit eerder gezien... Welke dag is het vandaag?'

'Woensdag,' zegt Waage. 'Het is woensdagavond. Iets over halfnegen.'

'Is hij... dood?'

Er gaan enkele ogenblikken voorbij voordat de politieman knikt en ja zegt.

Hij wacht nog even.

'Maar je had hem voor vandaag dus nog nooit gezien?'

Ik haal me hem vlug voor de geest. Zijn nerveuze gedragingen. Hoe hij niet in staat was stil te zitten op zijn stoel. Zijn hoofd dat...

'Nee.'

'Wat deed hij bij jou thuis?'

Ik sluit mijn ogen en herbeleef de telefoongesprekken, zijn stem, de foto van mijn vader die hij me gestuurd heeft. Wat hij me over mijn vader vertéld heeft.

Ik denk dat ik moet overgeven. Gelukkig verdwijnt de misselijkheid net zo snel weer als hij kwam opzetten.

'Wat weet je over mijn vader?' vraag ik, en ik slik een paar keer.

Waage werpt een korte blik op Fisk en zegt: 'Redelijk wat. We hebben destijds onderzoek gedaan naar zijn verdwijning, uiteraard. Althans, ik heb dat niet zelf gedaan, maar... velen van ons.'

Niet genoeg, wil ik zeggen, maar met alles wat ik inmiddels weet, maakt het misschien weinig verschil.

'Die man,' pers ik eruit. 'Bakkerud. Hij zei dat hij mijn vader had gevonden.'

'Was hij daarom bij jou thuis?'
Ik knik.
Ik leg uit hoe de ontmoeting tot stand gekomen was en dat ik hem honderdduizend kronen moest betalen voor de informatie over mijn vader.
'Waren er nog meer mensen die van die ontmoeting op de hoogte waren?'
Ik probeer na te denken.
'Vegar,' zeg ik met een kuchje.
'Wie is dat?'
'Vegar Ventura. Mijn beste vriend. Ik geloof niet dat ik het aan iemand anders heb verteld.'
Waage haalt een notitieboekje uit zijn jaszak.
'Adam Borg,' zegt hij, terwijl hij iets opschrijft. 'Zegt die naam je iets?'
Ik knipper een paar keer met mijn ogen. 'Zou dat moeten?'
Waage spreidt zijn armen. Ik doe mijn best in mijn herinneringen te graven.
'Nee. Niets.'
'Weet je het zeker?'
'Ja.'
Daarop knikt hij langzaam.
'Hij heeft jullie gevonden,' zegt de politieman ten slotte.
Daar begrijp ik niets van.
'Hij zegt dat hij gisteren in het centrum van Oslo een meisje is tegengekomen dat vertelde dat ze Sofie heette,' vervolgt Waage. 'En dat zei dat ze jouw dochter was.'
'Wat?'
'Ze had kennelijk ook je bankpasje bij zich.'
Mijn bankpasje.
Ik was op zoek geweest naar dat pasje. Ik had me niet kunnen herinneren waar ik het had neergelegd nadat ik geld had gepind voor...
Een gedachte komt bovendrijven.

Nee.
Jawel.
'Dat moet Alexandra zijn geweest,' zeg ik.
De politiemensen kijken elkaar nogmaals aan.
'Wie is Alexandra?'
Ik haal adem. 'Alexandra is... een meisje op wie ik af en toe pas. Ze wonen op de vijfde verdieping, zij en haar vader. Ze kwam naar me toe... gisteren? Eigenlijk zou ze ook blijven logeren, maar... daar had ik de puf niet voor, één dag voordat die vent zou komen, dus daar... hadden we wat onenigheid over, daarna ging ze weg.'
Ik merk dat de nevel een beetje begint op te trekken.
Na even te hebben nagedacht, zegt Waage: 'Het zou kunnen dat Alexandra heeft gezien wat er bij jou thuis is gebeurd.'
'Hoe bedoel je?'
Waage vertelt dat Alexandra in de gang op de grond had gezeten en leeg voor zich uit had gestaard. Ze had ook haar plas laten lopen.
Ik sluit mijn ogen.
Arm meisje.
'Er wordt voor haar gezorgd door mensen die gespecialiseerd zijn in stress- en traumapsychologie,' zegt Fisk. 'Ze is in de allerbeste handen.'
Maar waarom was ze juist vandaag naar me toe gekomen? Daar hadden we niets over afgesproken. Hoewel het soms wel gebeurde dat ze even binnenliep om gedag te zeggen of huiswerk te maken. Of omdat ze zin had om samen broodjes te bakken.
'Waarom pas je zo vaak op haar?'
Het is Fisk die de vraag stelt.
'Alexandra... is een paar jaar geleden haar moeder verloren,' antwoord ik. 'Overdosis. Het was natuurlijk... afschuwelijk voor Alexandra, dus af en toe spring ik een beetje bij als haar vader wat ruimte nodig heeft of... Alexandra zelf.'

Waage gaat door met aantekeningen maken.
'Ze... heeft het niet zo makkelijk, dat arme kind. Er zit veel boosheid en verdriet in haar. Ze is onder andere betrokken geweest bij een paar vechtpartijen op school. Echte, fysieke vechtpartijen. En ik weet dat ze steelt en liegt en...'
Ik schud mijn hoofd. 'Ik heb geprobeerd haar te helpen zoveel ik kon, maar... ze kan niet echt omgaan met teleurstelling en afwijzing.'
Ik zuig mijn adem snel naar binnen. 'Ze begreep niet waarom ze gisteren niet bij me mocht logeren, en toen ik haar geen goede reden kon geven, werd ze woedend. Ze zei dat ik niet meer om haar gaf en dat ik niets met haar te maken wilde hebben. Ze... ze moet mijn bankpasje hebben meegenomen toen ze wegging, om me te straffen. Het ligt meestal in een mandje op de schoenenkast bij de voordeur.'
Ik merk dat ik moeite krijg om mijn ogen open te houden.
'Eva,' zegt Hedda Fisk, en ze zet een stap naar voren. 'Het zou echt goed zijn als je ons kon vertellen wat er eerder vandaag gebeurd is. Zoals jij het je herinnert.'
Ik voel opnieuw druk op mijn borst.
'Kun je dat aan, denk je?'
Haar stem klinkt mild. Ik heb vooral zin om te slapen. Om Sofie weer te zien, om haar lach te horen.
Ik zucht en zeg: 'Ik kan het proberen.'

9

De afspraak was dat hij tussen tien en twaalf zou komen. Het is nu precies op de helft.
Waar blijft hij in vredesnaam?
Eerst zei ik tegen mezelf dat ik niet zou gaan opruimen, stofzuigen en schoonmaken. Vervolgens deed ik het toch, puur om de tijd te verdrijven.
Ik vraag me af of ik hem iets moet aanbieden. Maar wat zet

je een man voor die bij je langskomt om geheimen over je vermiste vader met je te delen? Een gebakje?

Koffie of thee moet maar voldoende zijn. Of water. Thee heb ik niet, nu ik erover nadenk.

Het is al halftwaalf als er aangebeld wordt. Ik sta zo goed als klaar in de gang en til de hoorn op. Blaf iets harder dan mijn bedoeling was: 'Ja?'

'Ik ben het... Johan Hansen.'

'Nou, je hebt het gevonden,' zeg ik een tikje sarcastisch.

Daar reageert hij niet op.

'Eerste verdieping,' zeg ik, ook al heb ik het gevoel dat hij dat zelf wel weet. Ik doe de deur open en blijf staan in de deuropening, terwijl ik wacht en luister of ik voetstappen hoor. Hij haast zich niet. Elke stap op de trap voelt als een zware stoot tegen mijn borst.

Dan verschijnt hij in het zicht.

Johan Hansen. Of hoe hij ook heten mag.

Ik weet niet wat ik verwacht had. Een man van in de vijftig, misschien. Dik, viezig. Deze heeft ook overgewicht, maar hij is zo'n vijftien jaar jonger. Hij doet me een beetje denken aan een groot kind met een rode baard die hij wanhopig heeft opgespaard en die hem ongetwijfeld een mannelijker gevoel geeft. Alles aan die vent wekt weerzin in me op.

'Hallo,' zegt hij. En ook al is het maar één woord, ik hoor dat ook hij zenuwachtig is. Hij is buiten adem van de trap. Ik haal mijn mobieltje tevoorschijn, dat ik achter mijn rug heb verstopt, en houd het omhoog. Voordat 'Johan Hansen' de kans krijgt zijn gezicht af te wenden of dekking te zoeken, heb ik al een foto genomen. Het duurt niet meer dan een seconde, dan wordt het trappenhuis gevuld met het onmiskenbare zoefgeluid van mijn telefoon als de foto de ontvanger bereikt.

'Johan Hansen' blijft staan en kijkt me met halfopen mond aan.

'Naar wie heb je die gestuurd?' vraagt hij.

'Een goede vriend van me,' zeg ik, denkend aan Vegar, die het afgelopen uur bezorgd heeft zitten afwachten. 'Wat dacht je dan, dat ik zomaar een wildvreemde man in mijn eigen huis zou uitnodigen?'

De haargrens van de man is vochtig geworden, er staan zweetdruppeltjes op zijn bovenlip.

'Dat...' stamelt hij, 'was niet netjes.'

'Het is ook helemaal niet netjes om mensen voor honderdduizend kronen af te persen,' zeg ik. 'Vooral als het over hun familie gaat. Personen die hun het dierbaarst zijn.'

We blijven staan en kijken elkaar enkele ogenblikken aan.

'Wil je dit nog steeds doen?' vraag ik.

Hij wacht even en knikt.

'Oké,' zeg ik. 'Kom dan maar binnen.'

Ik duw de deur open en stap naar binnen. 'Johan Hansen' doet hem niet achter zich op slot. Wat ik opvat als een goed teken. Hij trapt zijn schoenen uit, maar zet ze niet op het krantenpapier dat ik heb neergelegd voor natte winterzolen.

'Wil je... iets hebben?' vraag ik, terwijl ik mijn binnenste voel samentrekken.

'Nee, dank je.'

Nee, dank je. In elk geval beleefd.

Ik loop op de hoek van de bank af, waar ik altijd zit als ik lees of tv-kijk. Ik trek mijn benen op zodat ik iets heb om me aan vast te klampen. De rode vetzak – zijn gezicht is ook rood – gaat zitten in de relaxfauteuil die ik al een tijdlang de deur uit wilde doen.

'Heb je het geld?' vraagt de man, terwijl hij me aankijkt.

'Hmm.'

'Mag ik het zien?'

Ik sta op en loop naar de keuken, waar ik een crèmekleurige envelop heb klaargelegd die veel te groot is voor het bedrag dat erin zit. Het ziet er niet uit alsof er überhaupt iets in zit. Dat valt de man ook op als hij hem in handen heeft.

'Dit is geen honderdduizend,' zegt hij.

'Nee,' zeg ik. 'Maar de rest krijg je als deze ontmoeting z'n vruchten afwerpt.'

Zijn zachte, bolle wangen verstrakken. Zijn blik verhardt.

'We weten allebei dat je geld nodig hebt,' zeg ik. 'Als dat niet het geval was, had je zoiets als dit nooit gedaan. En dat...' Ik knik naar de envelop. '... is geld. Het is geen honderdduizend kronen, maar het is geld. En behoorlijk veel geld ook.'

Hij blijft zitten en kijkt me enkele ogenblikken aan voordat hij nogmaals een blik werpt op de envelop.

'Hoeveel is het?'

'Zevenendertigduizend.'

Hij schudt zijn hoofd.

'Dat was wat ik bij elkaar kon krijgen op zo'n korte termijn,' zeg ik.

Hij knijpt even in de envelop. Kijkt een paar seconden naar de vloer.

'Wat wordt het?' vraag ik – het is nu of nooit. 'Waar is mijn vader? Wat heeft hij gedaan?'

'Johan Hansen' lijkt diep na te denken, dan zegt hij: 'Hij... is betrokken bij het verhullen van een misdaad.'

Ik kijk hem aan. 'Waar heb je het over?'

'Je vader was betrokken bij...'

'Ja, dát heb ik wel begrepen,' onderbreek ik hem. 'Vertel me gewoon wat dat inhoudt. Misdaad? Wat voor misdaad?'

Daar wil hij niet meteen antwoord op geven.

'Wanneer heeft die misdaad plaatsgevonden?'

Hij aarzelt even en zegt: 'Een aantal maanden voordat hij verdween.'

Ik kan het niet rijmen. Niet mijn vader. Hij zou nooit aan iets crimineels hebben meegewerkt.

'Wat was er gebeurd?'

'Daar...' De rest van het antwoord houdt hij achterwege.

'... kunnen we het verder over hebben als ik de rest van het geld krijg.'

'Maar het kan geen opgeloste misdaad zijn, of een misdaad waarnaar nog een onderzoek loopt,' vervolg ik. 'Dan zou hij nog gezocht worden.'

'Zeker.'

'Dus...'

Ik probeer na te denken.

'Die misdaad is nog niet aan het licht gekomen?'

'Dat klopt.'

Ik probeer te bedenken om wat voor type misdaad het kan gaan. Om snel tot de conclusie te komen dat het wel van alles kan zijn.

'Maar wat ik niet begrijp,' zeg ik, 'is waarom je hiermee bij míj komt. Waarom ga je niet naar de politie?'

Hij blijft even stil.

Dan dringt het tot me door. 'Jij wilt alleen maar geld verdienen. Rechtvaardigheid of dit openbaar maken is voor jou niet van belang.'

Hij haalt kort zijn schouders op.

Ik heb spijt dat ik die zevenendertigduizend heb gepind. Misschien heeft die griezel zelf wel iets op zijn kerfstok waardoor hij niet meer contact wil hebben met de politie dan nodig. Hoe langer ik naar hem kijk, hoe meer hij eruit begint te zien als een schurk. Een oplichter.

'Hoe komt het dat jij weet dat mijn vader daarbij betrokken was?'

'Ik ben goed in informatie vergaren.'

'Daar ben jij beter in dan de politie, met andere woorden.'

'Dat is niet zo moeilijk als je de juiste contacten hebt en weet waar je moet zoeken.'

De nervositeit van zojuist is verdwenen. Hij lijkt nu zelfverzekerder.

'Je zei dat mijn vader betrokken was bij het verhullen van

een misdaad. Wat houdt dat in? Wat heeft hij werkelijk gedaan?'

'Niets.'

'Niets?'

'Nee.'

'Dus... hij heeft alleen zijn mond gehouden over wat hij weet?'

'Juist.'

'Hij neemt dus iemand in bescherming?'

'Zo zou je het kunnen zien, ja.'

'Is het iemand die hij kent?' vraag ik.

Hij kijkt me vluchtig aan, maar geeft geen antwoord.

'Je zei dat je iemand kent die contact heeft gehad met mijn vader.'

'Zei ik dat?'

'Ja, dat zei je aan de telefoon. Wat is dat voor iemand?'

Hij aarzelt even en zegt dan: 'Dat is niet zo belangrijk.'

'Weet hij of zij misschien niet dat je hier bent? Dat je hier geld aan probeert te verdienen?'

Opnieuw blijft het stil in de fauteuil, wat op zich al antwoord genoeg is.

'Zijn er nog meer mensen die hiervan weten?'

'Die zijn er ongetwijfeld.'

'Maar niet dat jíj weet?'

Hij schudt zijn hoofd.

'Waar is hij?'

'Wie?'

'Mijn vader.'

De man met het rode haar wacht even.

'Hij... is niet in Noorwegen,' zegt hij dan.

'Dat was niet wat ik vroeg. Ik vroeg waar hij is.'

Hij kijkt me aan. 'Dat is ook een van die dingen waar we het over kunnen hebben als je nog drieënzestigduizend kronen ophoest.'

Ik zucht.

'Maar waarom weggaan uit Noorwegen als er sprake is van een misdaad waar niemand van weet?'

'Dat kun je beter aan je vader vragen.'

Het volgende moment gaat de deur open. Ik leun naar voren om te zien wie het is. Waarschijnlijk niet Alexandra, gezien ons geruzie de vorige dag. Vegar kan het ook niet zijn, want die klopt altijd aan. De naderende voetstappen klinken snel, besluitvaardig. Is het soms een van de buren die...

Het eerste wat ik zie, is het vuurwapen.

Daarna de vlam die eruit komt, met een scherpe pof!

Vervolgens wordt de loop van het pistool ook op mij gericht.

10

'Kun je degene die je heeft neergeschoten omschrijven?'

Ik sluit mijn ogen. Ik zie alleen het uitgestoken wapen, niet het gezicht van de persoon zelf.

'Probeer goed na te denken,' zegt Waage nadat ik nee heb geantwoord.

De angst heeft zich als een open wond onder mijn ribben genesteld. Het doet pijn als ik ademhaal.

'Het ging allemaal zo snel,' zeg ik, en ik knipper een paar keer met mijn ogen.

'Kun je iets vertellen over de lengte van die persoon?' vraagt Fisk.

Ik hoor haar liever. Haar stem is minder dwingend.

'Hij was van gemiddelde lengte, volgens mij.'

'Dus ongeveer één meter tachtig? Zou dat kunnen kloppen?'

Mijn oogleden zijn zwaar en ik kan ze moeilijk openhouden.

'Ik weet het niet.'

De politieman maakt aantekeningen. 'Verder heb je niets meegekregen?'

De machine naast me begint sneller te piepen.
'Ik geloof van niet.'
'Heb je de handen van die persoon gezien? Die het vuurwapen vasthielden?' vraagt Fisk.
Ik sluit opnieuw mijn ogen en probeer adem te halen. Ik zie alleen de vlam uit de mond van het pistool komen.
'Sorry.'
Ik kan mezelf nauwelijks verstaan.
'We weten dat het lastig is,' zegt Fisk vriendelijk. 'Maar we zouden hier niet zijn als het niet heel belangrijk was. Kun je je iets anders herinneren? Heb je bijvoorbeeld gezien of hij iets op zijn hoofd had?'
Ik haal kort adem. Denk na. Ik merk hoe ongelooflijk uitgeput ik ben.
'Soms duurt het een tijdje voordat je het je herinnert,' zegt Fisk met een begripvolle glimlach. 'Maar dan herinner je je ineens vaak veel meer dan je had verwacht.'
Ik weet niet wat ik hierop moet zeggen.
'Goed,' zegt Waage. 'Je had dus niet de kans om erachter te komen wat Johan Hansen, oftewel Bjørn-Erik Bakkerud, over je vader had ontdekt, behalve dat hij medeplichtig was aan het verhullen van een misdaad en zich naar verluidt niet in Noorwegen bevindt?'
Ik knik traag.
'Denk je dat dat de reden is dat die man langskwam om jullie neer te schieten?'
Ik denk er een paar seconden over na.
'Ik zie weinig andere redenen,' antwoord ik. 'Alleen dat die Bakkerud iets had ontdekt wat zo gevoelig lag dat we dood moesten.'
Ik voel een gedachte opkomen die tot de oppervlakte probeert door te dringen, maar het lukt me niet hem helder voor de geest te krijgen.
'Ik weet niet of ik dit nog volhou,' zeg ik.

'Dat geeft niet,' zegt Fisk. 'We kunnen morgen wel terugkomen.'

Waage werpt haar een vlugge blik toe en draait dan zijn hoofd weer om naar mij.

'Nog een laatste vraag,' zegt hij. 'Als het mag.'

Ik ben bijna niet in staat mijn ogen open te houden.

'Die persoon die binnenkwam en jullie neerschoot... Hij schoot Bjørn-Erik Bakkerud zo in zijn voorhoofd, waardoor hij vrijwel op slag dood was. Jou daarentegen heeft hij niet bijzonder goed geraakt. En hij heeft ook maar één keer geschoten. Hij heeft niet het zekere voor het onzekere genomen en gezorgd dat hij je goed geraakt had. Waarom niet, denk je?'

Ik had hier nog niet bij stilgestaan. 'Geen flauw idee,' antwoord ik. Mijn lichaam zakt diep weg in het bed. 'Ik denk dat ik meer pijnstillers nodig heb.'

'We zullen het onderweg naar buiten doorgeven aan de verpleging,' zegt Fisk. 'Ontzettend bedankt, Eva. Je hebt ons goed geholpen.'

Het voelt niet zo.

11

Op een van de muren van de kantoortuin tikt een klok acht uur voorbij. Alleen het geluid van een tv die ergens aanstaat, dringt door tot aan Hedda's bureau, waar ze een getuigenverslag van een van de buren doorbladert, eerder die dag met ijver samengesteld door Elisabeth Kaluza.

Van dit moment van de dag houdt Hedda het meest.

Als ze aan het werk is, tenminste. Als er weinig anderen zijn en ze in staat is zichzelf te horen denken. Het probleem is alleen: wát denkt ze?

Dat Pasen morgen echt losbarst en dat Inger en Therese inmiddels in Geilo aangekomen zullen zijn. Een paar uur geleden heeft ze een foto van hen gekregen; in de auto, glimlachend en zingend. Het is moeilijk om te focussen, wat haar een beetje irriteert.

Als Waage met snelle passen de lift uit komt, kijkt ze op van haar papieren.

'Waar zit jíj op te kauwen?' vraagt ze als hij bij haar is. Het ruikt naar worst of kebab, dingen die hij graag naar binnen werkt rond deze tijd van de dag.

'Goede vraag,' antwoordt hij. 'Het is niet te eten, in elk geval.'

Uit zijn broekzak haalt hij een verfrommelde plastic verpakking tevoorschijn, die hij openvouwt en laat zien. Hedda begint te lachen.

'Chocolate Decadence?'

Er staan plaatjes van pure chocolade op de voorkant.

'Als je me had geblinddoekt en dat spul in mijn mond had gestopt, had ik nooit geraden dat het naar chocola moest smaken.'

Hij trekt een grimas. 'Decadentie,' zegt hij, terwijl hij met lichte afschuw verder kauwt. 'De laatste keer dat ik keek, betekende dat zoiets als "achteruitgang" of "verval" – misschien vooral in moreel opzicht. Maar ik vind het ook heel toepasselijk wat smaak betreft.'

'Waarom éét je zoiets, Waage?'

Hij wendt zijn blik een moment af en lijkt ietwat gegeneerd als hij antwoordt: 'De kinderen hebben me een weegschaal gegeven voor mijn verjaardag.'

'Niet waar.'

'Wat wil zeggen dat mijn vrouw vindt dat ik een paar kilo kwijt moet raken, aangezien zij zonder twijfel degene is die hem gekocht heeft.'

Hedda kan niet voorkomen dat ze moet glimlachen.

'Maar je bent helemaal niet dik, Waage.'

Ze probeert aan Waages lichaam te zien waar al die extra

kilo's zich genesteld hebben, maar ze heeft het nooit bijzonder aandachtig bestudeerd.

'Ik wist niet dat je jarig was, baas. Gefeliciteerd nog.'

'Dank je, ik word er helemaal warm van.'

'Jezus,' zegt hij, en hij schudt zijn hoofd. 'Het smaakt verdorie naar schimmel. Laten we maar gaan vergaderen.'

De recherchekamer zit al halfvol als Hedda binnenkomt met haar notitieboekje, mobiele telefoon en waterfles. Ze gaat naast Kaluza zitten, die net een appje typt als hun benen elkaar onder de tafel raken. Ze kijkt op. De vluchtige glimlach verdwijnt meteen weer.

'Een bericht aan het thuisfront?' vraagt Hedda.

'Arild wil weten wanneer ik "op kom dagen", zoals hij het omschrijft.'

Ze rolt met haar ogen en schudt haar hoofd. Ze gooit er een antwoord uit en legt haar mobieltje op tafel met het scherm omlaag. Aan de andere kant naast Kaluza zit Tormod Jahre, de korpschef. Hij werpt een blik op zijn horloge, slaat zijn benen over elkaar en leunt een stukje achterover. Vóór hen klapt Waage drie keer in zijn handen, wat de kamer tot rust brengt.

'Goed,' zegt hij. 'Laten we doornemen wat we tot nu toe hebben.'

De eerstvolgende minuten is hij bezig met het opsommen van de harde feiten: tijdstippen, de namen van de slachtoffers en in het kort hun achtergrond.

'We moeten voorzichtig zijn met het doen van aannames,' zegt hij, 'maar als twee mensen die elkaar nooit eerder hebben gezien binnen enkele minuten na hun eerste ontmoeting worden neergeschoten – op het huisadres van een van de slachtoffers – dan is het niet gek om ervan uit te gaan dat de aanleiding voor hun ontmoeting het focuspunt is, en met name de vraag hoe de dader kon weten dat deze ontmoeting plaats zou vinden.'

Hij kijkt de kamer rond.

'Fisk en ik zijn net in het ziekenhuis geweest, waar Eva Kranz ons heeft verteld dat Bjørn-Erik Bakkerud als eerste van hen werd neergeschoten, bij wat nu een pure executie lijkt te zijn. Klaarblijkelijk had Bakkerud ontdekt dat Eva's vader betrokken was bij het verhullen van een misdaad. Wát voor misdaad is voorlopig niet duidelijk, maar dat uit te vinden, uiteraard samen met het opsporen van de dader, is onze belangrijkste opdracht de komende uren en dagen.'

Waage richt zijn blik op Tormod Jahre, die zijn handen tot een driehoek heeft gevouwen en zijn lippen op elkaar heeft geperst.

'De dader stelde geen vragen toen hij Eva's woning binnenkwam,' gaat Waage verder. 'Wat betekent dat hij waarschijnlijk niet geweten kan hebben wat Bakkerud haar allemaal had verteld. Het is ook onwaarschijnlijk dat de persoon die dit heeft gedaan een tweede poging zal doen, gezien het feit dat ze ons al heeft gesproken. Maar voorlopig staat er beveiliging op de gang voor Eva's kamer in het ziekenhuis.'

'Het klinkt niet als iets persoonlijks,' zegt Kaluza.

'Hmm?'

'Zo'n directe liquidatie,' gaat ze verder. 'En poging tot een tweede liquidatie. Vermoedelijk uitgevoerd met een vuurwapen met geluiddemper, gezien het feit dat geen van de buren iets heeft gehoord. Het klinkt als een opdracht, uitgaande van wat je vertelt over Eva's vader en een misdrijf dat nog niet aan het licht gekomen is. Iemand probeert te voorkomen dat het uitkomt.'

'Absoluut,' zegt Waage na een paar tellen te hebben nagedacht. 'We moeten het criminele circuit maar een beetje wakker schudden. Onze oren te luisteren leggen, kijken of er wat opduikt. Dat geld, die zevenendertigduizend die Bakkerud zou krijgen, is overigens blijven liggen, maar het kan zijn dat de dader de envelop niet heeft opgemerkt.'

Hij krabt even op zijn achterhoofd. 'We moeten kijken hoe we dat meisje, Alexandra, aan het praten kunnen krijgen. Dat lijkt voor nu een uitdaging te kunnen worden, maar het zal wel van belang zijn. Ze kan de dader gezien hebben.'

Waage draait zich om naar het whiteboard en schrijft er in grote letters *Alexandra* op.

'Hoe oud is ze?' vraagt Kaluza.

'Zeven, acht jaar ongeveer,' antwoordt Waage. Dan vervolgt hij: 'We moeten Bjørn-Erik Bakkeruds leven ook binnenstebuiten keren. We moeten uitvinden met wie hij de afgelopen tijd contact heeft gehad. Volgens Eva zei Bakkerud dat het makkelijk was om informatie te achterhalen als je wist waar je moest zoeken en als je de juiste contacten had.'

Waage schrijft *Bakkerud* op het whiteboard en zet een streepje onder zijn naam; ernaast noteert hij *woning* en *computerapparatuur*. 'Verder moeten we de verdwijning van Eva's vader nog een keer doorlopen. Hij is bijna twee jaar geleden verdwenen. Hoe staat het met het onderzoek? Zijn er nieuwe sporen opgedoken?'

Iedereen zwijgt.

'Ik heb zelf niet aan die zaak meegewerkt,' gaat Waage verder. 'Maar jij wel, Fisk. Kun je misschien kort uiteenzetten wat je je ervan herinnert?'

Hedda zucht en probeert haar gedachten op een rijtje te zetten.

'Het was een doodgewone dinsdag in april, als ik me niet vergis. Vlak na Pasen, volgens mij. Peter Kranz zou zoals gewoonlijk naar zijn werk gaan die dag en vertrok ook 's ochtends van huis. Maar hij verscheen niet op kantoor en kwam nooit meer thuis. Hij is wel gezien op Oslo Centraal, waar hij in een trein naar Stockholm stapte, maar sindsdien heeft niemand hem meer gezien. Hij is nooit in Stockholm opgedoken, de Zweedse politie heeft hem niet kunnen vinden op de beelden van de bewakingscamera's van het centraal station.

Hij kan natuurlijk overal zijn uitgestapt en simpelweg naar het zuiden en de rest van Europa zijn doorgereisd. Wat betreft de theorie dat hij zichzelf van het leven zou hebben beroofd, zoals sommigen van ons hebben geopperd...'

Hedda pauzeert even en gaat dan verder: 'Het schijnt dat hij een moeilijke periode doormaakte. Een kapotte knie waarvan hij kennelijk gehandicapt en depressief raakte. Ook had hij problemen op zijn werk, hij was een aantal cliënten kwijtgeraakt, geheel onverwacht. Het viel zo op dat mensen uit zijn omgeving erover begonnen te praten. Volgens zijn vrouw drukte dat zwaar op hem. Voordat hij verdween, loste hij de hypotheek af en stortte hij een berg geld op haar rekening. Ook nam hij een heleboel contant geld op. Is dat iets wat je doet als je van plan bent jezelf van het leven te beroven?'

Hedda's vraag bleef onbeantwoord in de lucht hangen.

'Oké. Bedankt, Fisk,' zegt Waage. 'Sara... welke forensische sporen hebben we uit het appartement?'

Hij richt zich tot Ann-Mari Sara, een forensisch rechercheur die haar mond zelden opendoet, behalve tijdens een vergadering als deze. Ze is een beetje een legende geworden op het hoofdbureau van Oslo, zo gesloten is ze, alsof woorden een valuta zijn waar ze spaarzaam mee om moet gaan.

'Bloed,' antwoordt ze. 'Heel veel bloed. Plus een paar vingerafdrukken, die we nog onderzoeken. We hebben twee kogelhulzen aangetroffen op de grond, standaard negen millimeter. We hebben de woning en de rest van het gebouw doorzocht, dit laatste alleen globaal. Geen spoor van een vuurwapen.'

'Die monsters die bij Adam Borg zijn afgenomen,' zegt Waage. 'Is daar iets uit voortgekomen?'

'Geen sporen van kruitresten,' antwoordt Sara.

Hedda voegt eraan toe: 'Zijn verhaal lijkt ook te kloppen. De videobeelden van de pinautomaat van gisterochtend tonen Adam samen met het meisje, precies zoals hij verteld heeft. Ook al zit er geen geluid bij de opname, het is duidelijk dat hij haar probeert te helpen.'

Hedda merkt dat ze met name hier blij om is. Het heeft iets ontroerends en moois dat een man zich op die manier ontfermt over een kind dat hij niet kent. De forensische bevindingen, of het gebrek daaraan, hebben bovendien haar vertrouwen dat Adam niets met de aanslag te maken kan hebben, versterkt. Het zou vreemd geweest zijn als hij eerst Bakkerud had geliquideerd en daarna Eva had neergeschoten zonder de klus af te maken, om vervolgens de politie te bellen.

Tegelijkertijd is er aan Adam Borg ook iets merkwaardigs waar Hedda niet de vinger op kan leggen. Misschien het feit dat hij niet echt aangeslagen leek door wat hij had meegemaakt. Maar dat lag vast aan de shock, concludeert ze. Niet iedereen is in staat helder over te komen bij alles wat hij zegt en doet terwijl hij onder de loep wordt gelegd tijdens een verhoor op het hoofdkantoor van de politie. Niet als je net een dode persoon en zoveel bloed hebt gezien.

Waage richt zijn blik op Kaluza. 'Jij hebt de buren gesproken.'

'De buren die thuis waren, tenminste,' antwoordt Hedda's collega. 'Geen van hen heeft iets verdachts gehoord. Niet aan de voorzijde en ook niet aan de achterzijde. Dat meisje, Alexandra, woont op de vijfde verdieping. Haar vader, die trouwens uit Oekraïne komt, lag naar eigen zeggen te slapen toen het gebeurde.'

Tien minuten later heeft Waage de belangrijkste aanwijzingen binnen het onderzoek samengevat en de taken verdeeld. Veel daarvan waren bij hemzelf terechtgekomen. En bij Hedda.

Als de vergadering voorbij is, neemt Kaluza Hedda even apart en vraagt: 'Ben je... nog lang op kantoor vandaag?'

Hedda zucht diep. 'Nog een tijdje, in elk geval. Ik heb verder toch weinig zinnigs te doen.'

Kaluza knikt langzaam.

'Jij moet denk ik naar je gezin?' vraagt Hedda.

'Ja... eigenlijk wel.'

Ze kijken elkaar een paar seconden aan. Achter hen lopen Waage en Jahre langs, die verwikkeld zijn in een discussie over wat ze de pers al dan niet zullen meedelen.

'Het is niet anders,' zegt Hedda tegen haar collega, en ze gaat achter haar bureau zitten.

En zo zal het ook altijd wel blijven, denkt ze bij zichzelf.

'Vrolijk Pasen.'

12

De eenpersoonskamer van Eva Kranz ligt helemaal aan het einde van een lange gang. Voor de deur zit een politieagent met zijn blik op zijn mobieltje gericht. Hij ziet er nog slaperiger uit dan een krantenjongen. Eén been leunt zwaar op het andere. De agent schrikt op en komt overeind als Adam op hem afloopt, direct op zijn hoede.

'Adam Borg,' zegt hij met een glimlach. 'Ik vroeg me af of het mogelijk is Eva te bezoeken?'

De dienstdoende agent kijkt op een vel papier dat hij voor zich heeft.

'Ik zie niet dat je toestemming hebt om haar te bezoeken,' zegt hij kortaf.

'O, het was me niet duidelijk dat... Oké. Wat is ervoor nodig om die te krijgen?'

'Dat moet ik even navragen bij... Wacht even.'

De agent ontgrendelt zijn mobieltje en werpt een snelle blik op het scherm. Brengt dan de telefoon naar zijn oor. Terwijl hij praat, wendt hij zijn blik niet van Adam af.

'Dag Fisk, je spreekt met Olsen. Er is hier ene Adam Borg die zich afvraagt of hij Eva Kranz mag bezoeken.'

Er gaan een paar seconden voorbij. Nog steeds kijkt agent Olsen enkel en alleen naar Adam.

‘Oké. Bedankt.’

Hij hangt op.

‘Het is in orde,’ zegt Olsen. ‘Wat ons betreft, tenminste, het kan zijn dat Eva geen bezoek wil op dit moment. Hoe dan ook, ik moet wel mee naar binnen en ik moet eerst je zakken controleren. Je kunt hier tekenen.’

Agent Olsen overhandigt Adam een vel papier dat vastzit aan een hard schrijfbord met een klemmetje aan de bovenzijde. Adam noteert zijn naam in een kolom en kijkt hoe laat het is: 11.21 uur. Dan maakt hij de pen weer vast aan het klembord. Hij laat Olsen net zo lang op zijn jas- en broekzakken kloppen tot hij tevreden is.

De behoefte om Eva op te zoeken was ontstaan toen Adam de vorige avond het journaal had gekeken op tv. De eerste vijf minuten van het uitgebreide journaal waren geheel gewijd aan de gebeurtenissen in Helsfyr. Er werd meermaals herhaald dat het niet duidelijk was hoe een van de slachtoffers eraan toe was. Adam móést weten of Eva nog ademde. Hij moest haar zíén ademen.

Als Adam de kamer binnenkomt, ligt Eva op haar zij met haar rug naar hen toe. Hij wacht tot dienstdoend agent Olsen op een stoel naast de deur is gaan zitten. Dan schraapt hij zijn keel en zegt zachtjes ‘Hallo’. Eva probeert haar hoofd om te draaien, maar dat lukt haar niet. Adam loopt een stukje naar haar toe. Wacht tot hij oogcontact heeft.

‘Ik ben Adam Borg,’ zegt hij.

Eva’s gezicht is bleek weggetrokken. Ze heeft blauwe, bijna paarse wallen onder beide ogen. Haar oogleden gaan traag op en neer, op en neer. Adam ziet dat ze een poging doet om rechtop te gaan zitten, maar ze slaagt er niet in.

‘Ik was de persoon die...’

Adam bedenkt zich. Er gaat een lang ogenblik voorbij. Ze knikt aarzelend.

‘Ik... wist niet zeker of ik je kon bezoeken.’

Hij maakt een beweging met zijn rechterhand, waarin hij een boeket rode en gele tulpen vastheeft.

'O,' zegt Eva.

Adam kijkt zoekend om zich heen naar een vaas, maar ziet er geen.

'Je kunt ze wel daar op tafel leggen,' zegt Eva; haar stem klinkt broos en traag. 'Ik zal een van de verpleegkundigen vragen ze in water te zetten.'

Adam legt het boeket weg.

'Ontzettend bedankt.'

Adam blijft bij de tafel staan.

'Kom alsjeblieft wat dichterbij,' zegt Eva. 'Ik kan niet zo hard praten.'

'Tuurlijk.'

Hij glimlacht en trekt een stoel naar zich toe die naast het bed staat. Hij wil niet té dichtbij gaan zitten.

'Hoe... hoe gaat het met je?' vraagt hij.

Ze doet opnieuw een poging zich om te draaien.

'Kun je me even helpen?' vraagt ze, en ze knikt naar een apparaat naast het bed. 'Druk even op die pijl daar, dan gaat het hoofdeinde van het bed omhoog.'

Hij staat vlug op en doet wat ze vraagt. Er klinkt gebrom. Hij slaat haar gade terwijl ze langzaam overeind komt in een meer zittende houding. Ze ontwijkt zijn blik.

'Zo, ja,' zegt ze met een grimas, terwijl ze langzaam op haar rug rolt. 'Dat is genoeg.'

Adam stopt en gaat weer zitten.

'Dank je.'

Een bedrukte stilte daalt neer.

'Het gaat niet al te slecht,' zegt Eva. 'Afhankelijk van hoe je het bekijkt.'

Ze is niet alleen uitgeput, denkt Adam, ze komt ook verdrietig over. Alsof zo'n beetje alle leven en blijdschap uit haar gezogen zijn.

'De artsen zeggen dat het goed gaat,' vervolgt ze. 'Dat zal dan wel zo zijn.'

Het klinkt niet alsof ze er zelf in gelooft.

'Doet het... pijn?'

Hij knikt naar het bovenste deel van haar borst.

'Het had erger gekund,' antwoordt ze. 'Ze houden me onder verdoving.'

Bij dat laatste glimlacht ze. Haar lippen zijn zo droog dat ze bijna lijken te barsten.

'Hoe... lang moet je hier blijven?'

'Ik weet het niet. Tot ik mezelf kan redden, neem ik aan.'

'Is er... niemand die je kan helpen?'

'Jawel,' zegt ze. 'Die... is er vast wel.'

Adam krijgt niet de indruk dat ze de waarheid spreekt. Er daalt opnieuw een stilte neer. Ze kijken elkaar aan.

'Dus jij was degene die...'

Ze onderbreekt zichzelf. Maakt haar zin niet af.

Stilte.

Stilte.

Adam voelt een constante behoefte de stilte ergens mee op te vullen, maar weet niet waarmee. Er zijn oneindig veel dingen die hij haar zou willen vragen, maar hij wil niet opdringerig of zeurderig overkomen.

'De politie heeft me verteld waarom... hoe...'

Adam knikt. 'Weet je hoe het gaat met... dat meisje?'

Eva beweegt langzaam haar hoofd van de ene naar de andere kant.

'Ze hebben me niets verteld.'

Het wordt weer benauwd in de ruimte. Het lijkt alsof Eva elk moment in slaap kan vallen. Adam vraagt zich af of het een vergissing was om hierheen te komen. In elk geval vandaag.

'Weet je... waarom het gebeurd is?' vraagt hij.

Eva zucht.

‘Sorry,’ zegt Adam snel. ‘Je hoeft geen antwoord te geven.’

‘Nee, het geeft niet.’

Eva lijkt na te denken. Alsof ze haar herinneringen terughaalt. Adam heeft spijt dat hij het gevraagd heeft, maar het was al zo lang stil.

Ze begint te vertellen.

Over haar vader, over wie Adam lang geleden in de krant heeft gelezen, en over een mogelijk nog niet aan het licht gekomen misdrijf. Hij onderbreekt haar niet, ook al brandt hij van de vragen. Als er een lange pauze valt, durft Adam weer deel te nemen aan het gesprek.

‘Denk je dat je vader nog leeft?’

Ze kijkt hem aan met een iets wakkerdere blik.

‘Laat ik het zo zeggen: ik heb nooit geloofd dat hij dood is. Het sloeg gewoon nergens op dat hij zich van het leven zou hebben beroofd. En die foto van hem, die kan niet heel lang geleden genomen zijn.’

‘Maar je hebt geen idee waar hij kan zijn?’

Ze schudt haar hoofd.

Adam kijkt haar lange tijd aan.

‘Ik ken je vader natuurlijk niet,’ zegt hij dan, ‘maar... misschien houdt hij zich verborgen.’

‘Hoe bedoel je?’

Adam denkt na over de juiste manier om het te verwoorden. ‘Het lijkt me voor de hand liggen dat hetgeen hij weet iemand in gevaar brengt. Misschien is hij op de vlucht voor de persoon of personen die achter dat... misdrijf zitten? Misschien was hij bang dat iemand ook hem zou vermoorden?’

Deel 2: Peter en Magdalena

1990

De deur sloeg met een klap open. De jongen keek op naar zijn moeder, die binnen was gekomen en haar handen op haar heupen zette.

'Zit je hier nu nog steeds?' En voordat hij antwoord kon geven: 'Hoorde je me niet roepen?'

Ze had een strakke zwarte jurk aan met doorzichtige mouwen, zwart nylon aan haar benen, zwarte schoenen met hoge hakken. Daarbij droeg ze een cirkelvormig hoofddeksel in dezelfde kleur, dat koket scheef stond. Lille-Chris kon zien dat ze naar de kapper was geweest.

Zelfs van een afstandje rook hij de geur van een buitensporige hoeveelheid parfum vermengd met een andere sterke geur, die nog intenser werd toen zijn moeder de kamer verder in liep en vlak voor hem een diepe zucht slaakte. Onmiddellijk begon ze met haastige, ruwe bewegingen zijn kleren te fatsoeneren.

'Die schoenen,' zei ze terwijl ze omlaagkeek. 'Wat heb je ermee gedáán?'

Ze bukte zich en bevochtigde haar vinger, wreef over een stukje van zijn schoen en stond weer op, nu nog roder in haar gezicht.

'Kom op.'

Ze greep de jongen bij zijn arm en trok hem mee de gang in. Ze marcheerden langs de bibliotheek – *klik-klak-klik-klak* – en bleven staan voor de grote slaapkamer die vroeger van zijn ouders was, maar nu van zijn zus.

Zijn moeder draaide zich naar de jongen om en wierp een

laatste blik op zijn kleren, zijn schoenen, zijn haar.

'Oké,' zei ze met een diepe zucht. 'Laten we... naar binnen gaan.'

De rest van het gezin stond rond Cornelia's bed. Er waren ook wat andere mensen bij: mannen in witte jassen en één man met een stille, ernstige blik. Hij zei niets, omklemde slechts het zwarte boek in zijn handen.

Moeder begon te huilen.

Ze huilde en huilde. Liep naar het bed en legde haar hand op de deken.

'Laten we het maar doen, dan is het voorbij.'

De stem van vader.

Moeder schudt haar hoofd.

'Het heeft geen zin om nog langer te wachten,' zei vader.

'Dat heeft het wel!'

Haar ogen liepen over. 'Stel dat... stel... We kunnen dit niet doen,' piepte ze. 'Stel dat ze wakker wordt!'

'Ze wordt niet wakker. Ze is dood. Ze is al zes jaar dood, Jørgine.'

Moeder ging door met huilen.

'We hadden dit al veel eerder moeten doen,' ging vader verder, en hij schudde zijn hoofd.

Lange tijd sprak niemand.

Toen zei moeder dat ze moesten zingen. Dat ze ervan uitging dat iedereen de psalm had ingestudeerd die ze had uitgekozen. Lille-Chris zag de ogen van zijn zus naar boven wegdraaien. Haar broer staarde slechts voor zich uit.

Moeder begon:

Blijf bij mij, Heer, want d'avond is nabij!
De dag verduistert, Heere, blijf bij mij!

Een paar anderen deden mee. Lille-Chris kende tekst noch melodie.

Als and're hulp m' ontbreekt, geluk m' ontvliedt,
der hulpeloozen hulp, verlaat mij niet!

Toen ze klaar waren, bleef iedereen met gebogen hoofd staan. Lille-Chris wachtte tot iemand iets zou zeggen. Zou doen. Het duurde een hele tijd voordat dit gebeurde.

Ten slotte zei zijn moeder: 'Oké.'

De jongen begreep niet precies wat er gebeurde, maar de mannen in witte jassen begonnen op knoppen te drukken. Iets wat eruitzag als de pomp van een trekharmonica stopte met pompen. De apparaten stopten met geluid maken.

Tranen stroomden over de wangen van zijn moeder alsof niets ze kon tegenhouden. De man in de donkere kleren liep naar haar toe en legde een hand op haar schouder, fluisterde een vreemd woord. Ze draaide zich naar hem om en drukte haar gezicht tegen zijn borst. Klampte zich vast.

Vader liep naar Cornelia toe en drukte een kus op haar voorhoofd. Hij legde zijn hoofd op de deken en huilde zacht. Toen hij weer opstond, keek hij naar moeder met een vonkje woede in zijn betraande ogen.

Een lange pieptoon vulde de kamer.

Moeder barstte in een nieuwe vlaag van tranen en gejammer uit.

Deze keer stopte ze niet meer.

Lille-Chris vond het een merkwaardige dag. Een vreemde sfeer. Iedereen leek voortdurend naar de grond te staren. Zelfs zijn broers en zussen, die anders altijd boos en chagrijnig waren en de hele tijd ruzie met hem maakten, lieten hem met rust. Hij wist dat dit niet zo zou blijven.

Ineens, aan het einde van de middag, kwam Poes binnenlopen uit het bos. Het gebeurde weleens dat hij wegliep en een paar weken wegbleef voordat hij weer thuiskwam, zijn vacht helemaal smerig. Meestal deed zijn moeder hem dan in bad, maar Lille-Chris had niet de indruk dat dat vandaag zou gebeuren.

Hij verruilde zijn nette kleren voor zijn Superman-pak dat hij met kerst had gekregen – compleet met cape en masker – en besloot de kat zelf maar te wassen. Hij tilde hem op en droeg hem naar de badkamer. Daar vulde hij de wasbak met water, terwijl hij de kat over zijn zachte, vuile vacht aaide. Voorlopig zat hij stil.

Toen de wasbak bijna vol was, zette hij de kraan uit en dacht aan zijn zus. Hij was nog maar een paar dagen oud geweest op de dag dat ze verdronk, maar het was nogal vreemd, vond hij, om niet precies te weten wat er was gebeurd. Niemand wilde erover praten.

Hij keek in de spiegel boven de wastafel. Het was lastig iets te zien door het masker heen, maar toch hield hij ervan. Het kleine beetje dát hij zag, kreeg er als het ware meer betekenis door. Het werd intenser.

Lille-Chris pakte Poes met beide handen beet en zette hem in het water, greep hem zo stevig mogelijk vast, omdat de kat begon te kronkelen en te stribbelen. Opnieuw dacht hij aan Cornelia, terwijl hij het hele hoofd van de kat onder water duwde en zichzelf bleef bekijken in de spiegel.

Het was een merkwaardig gevoel.

Een soort geborrel in zijn lijf. Hij had nooit eerder zoiets gevoeld. Niemand zou de kat missen. Het enige wat hij zich afvroeg, was wat hij er na afloop mee moest doen. Het bos, misschien. Het zou wel moeten lukken om hem daar ergens te begraven.

Maar Poes was sterk en volhardend. Lille-Chris was niet in staat te voorkomen dat hij uit zijn vingers glipte en uit de wasbak sprong. Drijfnat rende hij de deur uit.

Nog steeds bleef Lille-Chris voor de spiegel staan – met natte benen, handen, een nat bovenlijf en natte kleren – terwijl zijn hart tekeerging in zijn borst. Hij had niet door dat

hij bloedde, op de plek waar de kat hem had gekrabd.
Had zijn zus ook zo gevochten en gekronkeld?
Dat was wat Lille-Chris zich afvroeg toen hij de stop uit de wasbak trok en zijn handen afdroogde. Daarna liep hij naar de keuken om te kijken of er iets lekkers te eten was.

2021

1

Het duurde een aantal weken voordat Peter besefte hoe hij hier de straat moest oversteken. Nu loopt hij gewoon zonder stoppen de weg op, tussen de auto's, fietsen en motoren door. Wonderlijk genoeg gaat dat altijd goed. Hij heeft nog nooit iemand aangereden zien worden, maar iedereen toetert.

Peter steekt een van de bruggen over de brede rivier over onderweg naar zijn vaste restaurantje. Dat is zijn activiteit voor vandaag, zijn uitje. Iets eetbaars binnenkrijgen, iets voedzaams. Hoewel... echt voedzaam is de noedelsoep niet. Misschien een stukje kip ergens, waarvan hij niet zeker weet of het wel kip is. Maar het gaat erin. De soep is erg krachtig. Zout.

Hij gaat naar binnen en plaatst zijn bestelling door naar een gerecht op de foto's aan de muur achter de bedrijfsleider te wijzen, die hem elke keer weer met een onverschillige blik verwelkomt. Geen teken van herkenning. Precies zoals Peter het graag heeft. Hij gaat zitten en kijkt door het raam naar het verkeer en rumoer buiten. Iedereen heeft haast. Altijd.

Binnen een minuut krijgt hij zijn eten. Hij wacht even tot de soep wat afgekoeld is. Toen hij hier pas was, brandde hij zich voortdurend.

Hij heeft net een paar lepels soep naar binnen gewerkt, als er een man naast hem komt zitten die hem een vluchtige glimlach toewerpt. Je ziet meteen dat hij niet hiervandaan komt. Hij haalt zijn mobiele telefoon tevoorschijn. Peter gaat door met eten. Zo nu en dan wordt zijn blik getrokken door wat er op het scherm naast hem gebeurt.

Buitenlandse websites.

Peter eet nog wat lepels soep.

'Is hij lekker?' vraagt de man plotseling in gebroken Engels. Nu pas valt het Peter op dat hij niets eet. Hij heeft alleen een kop thee voor zijn neus. Peter heeft het gevoel dat hij de man ergens van kent.

'Ik gokte op Engels,' zegt de man met een kortstondige glimlach. Hij is een paar centimeter langer dan Peter. Kortgeknipt haar, grijzend bij de oren. Tien, misschien vijftien jaar jonger dan Peter zelf. 'Ik probeer de stad een beetje te verkennen. Heb je nog goeie tips?'

Peter knippert een paar keer met zijn ogen, staart naar de soep.

Hebben ze hem gevonden? Is dát wat er aan de hand is?

Zo kalm als hij kan, legt hij zijn lepel neer, staat op en loopt weg. Zonder antwoord te geven of om te kijken, niet voordat hij aan de andere kant van de rivier is. Hij kan onmogelijk zien of de man van het restaurant hem gevolgd is; er zijn zoveel mensen overal. Maar dat is ook een voordeel, hij kan makkelijker opgaan in de omgeving. Zich verstoppen.

Hij neemt niet de handigste, kortste of meest voor de hand liggende weg naar huis. Pas als hij de deur van zijn minuscule gehuurde appartement achter zich op slot draait, lukt het hem om rustiger adem te halen.

Kan het echt zo zijn dat ze hem gevonden hebben? Of was het gewoon een of andere vent die behoefte had aan aandacht en wat toeristisch advies?

Peter gaat op de bank zitten en neemt een slok uit de fles op tafel. Het brandt in zijn borst. De fles blijft hem aanstaren. Er komen stemmen uit. Geroep. Opnieuw brengt hij hem naar zijn lippen. Dan nog een keer. En nog een keer.

Hij gaat liggen en staart naar het plafond. Naar de ventilator die steeds maar rondjes draait. Het lijkt alsof er beneden op straat iemand ruzie heeft, maar hij weet het niet zeker. Als de lokale bevolking met elkaar praat, lijkt het altijd alsof ze tegen elkaar schreeuwen.

Nog één dag, denkt hij. Nog één dag zonder hen.

Dan, zonder dat hij het voelt aankomen, is hij plotseling aan het huilen. Aan het snikken zelfs.

Hij mist hen zo erg.

Hij grijpt naar de fles om de laatste druppels naar binnen te laten glijden, maar op de een of andere manier glipt hij uit zijn handen en belandt op de vloer. Gelukkig breekt hij niet, maar rolt onder de bank.

Met een diepe zucht zakt Peter onderuit in de kussens van de bank. Een paar ogenblikken blijft hij liggen en haalt adem. Het voelt alsof zijn hoofd vijftig kilo weegt.

Maar hij móét die laatste druppels hebben.

Dus rolt hij op zijn zij en laat zich op de grond vallen. Zijn schouder raakt de vloer het eerst, daarna zijn hoofd. Een pulserende, verlammende pijn dringt door het schild van promillages heen.

Het is alsof hij één wordt met de ventilator. Alles draait rond. Hij vraagt zich af of hij iets gebroken heeft, maar het lukt hem zich op zijn zij te draaien om de fles te zoeken onder de bank. Hij strekt zijn hand en vingers uit, maar de fles ligt buiten zijn bereik.

Hij doet een uiterste poging zich er kronkelend naartoe te manoeuvreren en maakt zich zo lang als hij kan. Er ligt stof en vuil onder de bank, maar dat kan hem niet schelen. Deze keer weet hij de fles met zijn vingertoppen beet te pakken. Hij trekt hem naar zich toe en er komen nog wat andere voorwerpen mee, waaronder iets hards wat onder de bank vandaan rolt.

Een golfbal.

Met kloppend en bonzend hoofd pakt Peter de bal op. Hij beseft meteen welke bal het is. De handtekening, het haastige gekrabbel op een mooie herfstdag bij de Oslo Golfclub. Een van de gelukkigste dagen van zijn leven.

Hij knijpt zo hard in de bal dat zijn knokkels wit zien. Hij probeert het gekrabbel eraf te wrijven, maar dat lukt niet. Dan smijt hij de bal van zich af, zonder te weten wat hij zal raken. Er valt iets stuk. Het zal hem worst wezen.

Het is een teken, denkt hij.

Dat hij uitgerekend vandaag uitgerekend díé bal moest vinden, na zijn ervaring in het noedeltentje.

Stel dat ze hem wél gevonden hadden?

Zo mag het niet eindigen, denkt hij. Iemand moet weten wat hij gedaan heeft, wat hij heeft laten gebeuren. Hij trekt de fles naar zich toe en zet hem aan zijn mond. Een paar druppels belanden ernaast.

Maar hoe krijgt hij dat voor elkaar?

De ventilator draait rondjes boven hem. Zijn hele lichaam doet pijn. Maar terwijl hij ligt na te denken, te missen, verlangen, huilen, háten... krijgt hij een idee.

2

Magdalena staart naar de klok aan de muur. De gigantische ronde klok waarvan de mensen op haar school zo blij waren dat ze hem vorige week eindelijk weer aan de praat hadden gekregen. De wijzers lijken bijna niet te bewegen. Ze probeert ze met haar gedachten voort te duwen, zodat de dag snel voorbijgaat.

Ze weet wat iedereen zegt, dat school zo belangrijk is als je iemand wilt worden in het leven. Je moet allerlei vreemde dingen leren, ook al weet iedereen dat je er later niets aan zult hebben.

De muren van het klaslokaal zitten vol schimmel en ongetwijfeld ook asbest. Dat is een van de dingen die ze geleerd hebben bij natuurwetenschappen, wat asbest is. Een verzamelnaam voor vezelachtige mineralen die bestaan uit waterstof-magnesiumsilicaten. Geweldig om te weten. *Not.*

Klik.

Een stapje verder.

Een stapje dichter bij het einde van de dag. Het voelt alsof ze haar leven vergooit. Maar wat moet ze er anders mee doen? Wat moet ze worden?

Het is niet makkelijk om wat dan ook te worden als je in Tarlabaşi bent opgegroeid, de oudste krottenwijk van Istanbul, zoals iedereen het noemt.

Het is moeilijk om er weg te komen.

De plek waar de straten zo smal zijn dat er kleren te drogen hangen tussen de ramen aan beide kanten van de straat. Waar de auto's zo oud zijn dat ze zwarte uitlaatgassen uitspuwen die zich aan de muren vasthechten, zowel binnen als buiten. Waar het altijd naar afval ruikt. Riool. Stront. Vuil. Vooral als het regent, wanneer alle oude geurtjes als het ware weer tot leven gewekt worden, totdat de zon verschijnt en ze opwarmt, uitdroogt. *Rewind*, zeg je in het Engels. *Repeat.*

Dat is waar ze zich mee bezighouden.

Ze doen wat ze altijd gedaan hebben, steeds opnieuw. Zonder dat er iets verandert.

Dat is niet wat Magdalena wil.

Zij wil een ander leven. Liefst in een ander land.

's Middags en 's avonds, een paar keer per week, en soms ook in het weekend, werkt ze in een hotel. Haar vader heeft haar aan het baantje geholpen. Daarna voelde hij zich heel groot en belangrijk, misschien juist omdát ze uit Tarlabaşi komen. Ze weet dat ze blij en dankbaar zou moeten zijn, maar ze haat het om te moeten vertellen dat ze op dezelfde plek werkt als haar vader, om naast hem in de auto te moeten zitten op weg naar huis. Haat het om naar zijn verhalen te luisteren, de geur van zijn vieze zweetkleren te ruiken.

'Ik hoop dat jij alles zult krijgen wat ik niet heb gehad,' kan hij soms zeggen, meestal nadat hij een paar glazen raki opheeft. Daarom dramt hij zo door over school en dat ze zo veel mogelijk haar best moet doen. Misschien vindt hij echt dat ze Tarlabaşi achter zich moet laten. Maar wie moet hem dan helpen met moeder? Met haar kleine broertje?

Buiten, als de school uit is, brandt de zon in haar ogen. Als Magdalena naar haar toe loopt, staat Melek te roken bij het fietsenrek voor het hek. Ze omhelzen elkaar.

'Wil je een trekje?'

'Nee, dank je.'

Magdalena wil niet dat haar kleren gaan ruiken. Dat haar moeder zich zorgen maakt.

Ze gaan op weg naar huis door de spits, herrie, het stof en de warmte. Een langsrijdende auto mindert vaart. Twee mannen werpen Melek een lange blik toe, lang als ze is, met haar slanke benen. Volle borsten. Melek gaat iemand worden, denkt Magdalena. Het enige wat ze nodig heeft, is ontdekt te worden door de juiste persoon.

Ze passeren de Galatatoren, waar zoals gewoonlijk een overdaad aan toeristen op zoek is naar de 'ware Istanbul-ervaring' in het Europese deel. Ze lopen langs het enige legale bordeel van de stad. Magdalena merkt dat Meleks blik blijft hangen bij de beveiliger die voor de deur staat.

'Ik heb gehoord dat je daar vierhonderd euro op één avond kunt verdienen,' zegt ze dromerig.

'Zet dat maar uit je hoofd,' zegt Magdalena. 'Daar wil je níét werken. Bovendien moet je eerst achttien zijn.'

Melek haalt haar neus op. 'Je moet erúítzien als achttien,' zegt ze. 'Dat is wat anders.'

Ze zou zowaar voor achttien kunnen doorgaan, denkt Magdalena. Zijzelf daarentegen... Met haar 1,58 meter ziet ze er misschien nog wel jonger uit dan ze is. En haar borsten zijn zo plat als een dubbeltje. Bovendien zijn haar lachkuiltjes minuscuul.

'Iedereen zegt dat je niet lager kunt zinken dan dat,' zegt Melek.

'Dat is ook zo.'

'Weet je dat zeker?'

Magdalena kijkt haar aan.

'Volgens mij is het een manier om vooruit te komen in de wereld.'

'Door je lichaam te verkopen?'

'Door geld te verdienen,' zegt Melek. 'Zo moet je het zien.'

Magdalena trekt een gezicht. 'Je gaat me toch niet vertellen dat je dat serieus overweegt, hè Melek?'

Haar vriendin kijkt haar aan en zegt: 'Nee, zeg.'

Maar Magdalena is er niet van overtuigd dat Melek het meent.

Ze gaan allebei naar huis. Alsof het nog niet genoeg is dat ze haar huiswerk moet doen, moet Magdalena haar broer ook nog helpen met het zijne. Als ze de keuken binnenkomt, zit hij met een boek voor zijn neus.

'Hoi loser,' zegt ze.

'Dag slet.'

Ze kijkt hem een paar seconden aan en antwoordt dan: 'Ik zal toch eerst seks met iemand moeten hebben gehad voordat je me zo kunt noemen.'

Daarop begint hij te blozen.

'Wat ben je aan het lezen?' vraagt ze.

'Ik ben niet aan het lezen,' zegt hij. 'Het is wiskunde.'

'O ja, dat was ik even vergeten,' zegt Magdalena. 'Je kunt natuurlijk niet lezen.'

Hij steekt zijn middelvinger op.

Magdalena loopt naar de woonkamer en treft haar moeder

aan op haar vaste plek: in haar rolstoel voor de tv. Ze geeft haar een kus op haar kruin en voelt een beverige, liefdevolle hand op haar arm. Haar moeder wendt haar blik niet af van het scherm.

'Kijk,' zegt ze. 'Nu probeert ze hem weer terug te krijgen.'

'Wie?'

Ze noemt een naam die Magdalena niet kent.

'Dat zal haar vast wel lukken. Hoe gaat het vandaag, mam?'

'Ach,' zegt ze met een zucht. 'Hetzelfde als altijd.'

Magdalena's moeder heeft parkinson. Ze gaat met de dag achteruit. Heeft steeds meer hulp nodig. Waarschijnlijk zal het niet lang meer duren voor ze overlijdt, maar daar probeert Magdalena niet aan te denken.

Ze maakt het avondeten klaar en helpt haar broer met zijn huiswerk. Daarna kleedt ze zich om en neemt de bus naar het hotel. De vijfenvijftig minuten gaan snel voorbij. Terwijl de bebouwing overgaat in bos, kijkt ze uit het raam.

Als ze aankomt, is haar vader al aanwezig; ook vandaag draait hij weer een dubbele dienst. Ze vangt een glimp van hem op als hij af en toe een blik uit de keuken werpt. Hij probeert haar te begroeten en doet een paar pogingen om oogcontact te krijgen, maar ze zwaait niet terug.

Er verblijft een grote groep in het hotel, zogezegd allemaal mannen van middelbare leeftijd. Ze komen niet uit Turkije, dat ziet ze meteen; ze hebben allemaal een lichte, bijna witte huidskleur. Een van de andere serveerders vertelt haar dat de eigenaar vanavond aanwezig is. Magdalena heeft geen idee wie dat is en het kan haar ook weinig schelen, maar ze beseft dat ze maar beter haar best kan doen, en liefst nog een beetje meer.

Magdalena is niet oud genoeg om alcohol te serveren, maar daar heeft niemand zich ooit druk om gemaakt. Ze serveert hun bier en wijn met de grootste vanzelfsprekendheid, en altijd met een geoefende glimlach. Ze probeert erachter te komen waar ze vandaan komen. Wat haar niet lukt.

Wat ze wel weet, is dat deze mensen geld hebben. Veel geld. Dat was te zien aan hun horloges, het ene nog mooier dan het andere. Ze zou er een weeksalaris om durven verwedden dat het geen namaak was.

Ze probeert te glimlachen naar de mensen, die naarmate ze hun meer glazen serveert ook tegen haar beginnen te praten. Ze willen weten hoe ze heet, waar ze vandaan komt. Magdalena geeft zo kort mogelijk antwoord, zonder onbeleefd te zijn. Ze merkt dat een van hen, een oudere vrouw met buitensporig veel make-up, haar wat langer dan gebruikelijk aankijkt over de rand van haar glas champagne. De vrouw heeft een Louis Vuitton-handtas. Dat had Melek moeten zien, denkt Magdalena.

Het wordt een stuk later dan normaal.

De eigenaar wil niet dat de keuken sluit of dat ze stoppen met serveren, zelfs niet als de gasten zich naar een ander gedeelte van het hotel begeven. Het feest gaat door. Met meer mensen. Magdalena denkt aan school. Dat ze pas laat thuis zal zijn.

Als ze het eindelijk voor gezien houden, houdt de elegante vrouw met de Louis Vuitton-tas haar staande als Magdalena een paar glazen afruimt van de tafel waaraan ze zit. Met onvaste benen staat de vrouw op en maakt met een hoofdknikje duidelijk dat ze een eindje bij de anderen vandaan moeten lopen.

'Slechts een kleine attentie,' zegt ze, terwijl ze Magdalena een opgevouwen bankbiljet aanreikt.

Magdalena kijkt er niet naar, maar voelt dat het gloednieuw is.

'Voor jou,' zegt ze. 'Uitsluitend voor jou. Dank je wel voor de buitengewoon goede service.'

Magdalena maakt een kniebuiginkje als ze het aanneemt. Werpt een snelle blik op het bankbiljet, dat een andere kleur heeft dan de biljetten waar ze normaliter mee in aanraking komt. Misschien is het buitenlandse valuta, denkt ze bij zichzelf, terwijl ze haar warmste glimlach laat zien.

'En bedankt voor een buitengewoon prachtig uitzicht.'

Eerst snapt Magdalena niet wat de vrouw bedoelt.

'O,' zegt ze als het tot haar doordringt. Maar ze weet niet hoe ze moet reageren. Haar wangen beginnen te gloeien. Het is haar opgevallen dat mannen op die specifieke manier naar haar zijn gaan kijken, maar niet dat vrouwen dat ook deden. Vooral niet zulke óúde vrouwen.

'Koop iets moois voor jezelf,' zegt de vrouw. 'Bedankt voor deze avond, en een fijne nacht. Ik hoop dat ik je morgen weer zie.'

Ze draait zich om en loopt achter de anderen aan. Pas als ze de hoek om is, kijkt Magdalena weer naar het bankbiljet.

Het is vijfhonderd euro.

Nee.

Ze heeft twéé briefjes gekregen. Ze waren zo nieuw dat ze bijna aan elkaar vastgeplakt zaten. Magdalena kijkt in de richting die de vrouw op ging, maar ze is weg.

Duizend euro.

Alleen al van de gedachte aan zo'n bedrag versnelt haar ademhaling. Het is veel meer dan ze in een halfjaar aan fooien verdient. Ze vraagt zich af of ze de vrouw achterna moet gaan, want het kan niet haar bedoeling geweest zijn om allebei de briefjes weg te geven. Maar dan bedenkt ze zich.

Koop iets moois voor jezelf.

Misschien dat het toch haar bedoeling was geweest?

Magdalena beseft dat ze van alles voor haar familie kan kopen met zoveel geld. Haar moeder heeft medicijnen nodig. Ze hebben eten nodig, kleren. Een nieuwe pan zou ook best handig zijn. Maar... misschien kon ze ook iets moois voor zichzelf kopen? Zij heeft dat geld tenslotte verdiend. Door te serveren, glazen af te ruimen en te glimlachen. Door beleefd antwoord te geven op vragen.

Door... zichzelf te zijn.

Magdalena sluit haar ogen en voelt hoe ze vanbinnen groeit.

Jezus. Duizend euro.

Dat is véél geld.

3

Peter staat op van de grond. Het kost wat tijd. Hij heeft een paar wankele passen nodig voordat hij zijn evenwicht vindt. Dan begeeft hij zich naar de keukentafel, waar zijn opengeklapte laptop staat. Hij start het apparaat op en gaat zitten, beseft dat hij eigenlijk iets had moeten nemen om op krachten te komen. Maar als hij wil slagen in zijn plan, moet hij zo helder mogelijk zijn.

Zijn hoofd voelt leger dan een paar minuten geleden, toen het plan in hem opkwam. Toen had hij vol ideeën gezeten. Nu schijnt hij zich niets meer te kunnen herinneren.

Desondanks legt hij zijn vingers op het toetsenbord en begint.

Dit zijn mijn memoires.

Nee, dat vindt hij niets. Te pretentieus. Hij gaat ook niet zijn levensverhaal vertellen, alleen het laatste deel, het belangrijke.

Hij denkt even na. Hoe was het begonnen?

De golfbal op de vloer voor de tv moedigt hem aan.

Aan wie dit leest.

Beter, denkt hij. Wie dat zou zijn, daar heeft hij nog geen flauw idee van. Zijn vingers voelen stijf. Het is lang geleden dat hij iets heeft geschreven.

Ik schrijf dit voor het geval ik de komende tijd kom te overlijden. Als dat gebeurt, is het mijn eigen schuld. Het is ook mijn schuld dat ik in deze situatie terecht ben gekomen.
Ik ben stom geweest.
Naïef.
Laf.
Ik heb me laten verblinden, verleiden. Misschien omdat ik wilde zijn zoals zij. Me belangrijk wilde voelen.

Peters gedachten komen nu makkelijker, maar hij realiseert zich dat hij te snel gaat.

Het begon op een mooie herfstdag.
Ik zou meedoen aan de Bankers Open, een golftoernooi voor mensen en bandieten uit de financiële wereld, of ze nu werkzaam waren in private banking, zoals ik, of simpelweg verdomd veel geld hadden. Een zekere interesse in golf was natuurlijk wel handig, maar het was genoeg als je een trolley met clubs kon voortduwen.
Er zijn een hoop redenen dat de Bankers Open zo'n grote rol heeft gespeeld in mijn leven, maar in de eerste plaats heeft het ervoor gezorgd dat ik een balletje kon slaan met Christian William Berner en Carl Figenschou junior. Als je niet weet wie dat zijn: zoek het op. Kort samengevat: Berner is de eigenaar van een van de grootste tankerrederijen ter wereld, goed voor ruim zeventig miljard kronen, een olie- en shippingmagnaat met een vinger in de pap bij bijna alle branches sinds hij in de jaren tachtig zijn bedrijf begon – oorspronkelijk met het vervoer van Iraanse olie vanuit de Perzische Golf ten tijde van de Irak-Iranoorlog. Er wordt vaak van hem gezegd dat hij misschien niet alles bezit, maar wel alles bepaalt. Hij heeft veel mensen rijk gemaakt – ook dat wordt over hem gezegd – maar in de eerste plaats hebben zij hém rijk gemaakt.

Een persoon die zijn gunsten niet nodig heeft, maar ze evengoed ontvangt, is Carl Figenschou junior, een van de succesvolste investeerders van Noorwegen. De afgelopen jaren heeft hij zich ontpopt tot een ijverig kunstverzamelaar. Op Berners zestigste verjaardag, wat jaren geleden, gaf hij zijn vriend een potloodtekening die naar verluidt gemaakt is door een jonge Pablo Picasso. Hij is een aantal jaartjes jonger dan ik, misschien halverwege de vijftig, maar nog steeds vrijgezel, zoals dat heet. Hij wordt vaak omschreven als een van de begerenswaardigste 'vrijgezellen' van Europa, ook al weegt hij minstens 135 kilo en is hij niet bepaald knap.

Hoe dan ook.

Met deze twee zou ik dus gaan golfen op Bogstad, de mooiste baan van Noorwegen. De eerlijkheid gebiedt te zeggen dat ik dit geweldig vond.

Voordat we de eerste hole zouden afslaan, zoals de traditie voorschrijft, werd ik door geen van beiden begroet. En eerlijk gezegd had ik in hun plaats zelf ook mijn slag afgewacht, aangezien ik de laagste handicap had. Ik wilde de ronde niet beginnen met gekibbel, dus deed ik mijn best mezelf te vermaken, te ontspannen. Ik ging ervan uit dat we na een tijdje wel aan de praat zouden raken.

Figenschou was een afschuwelijk slechte golfer. Hij sloeg voortdurend naar rechts en speelde vals als een malle. Vond ballen die niet van hem waren en speelde daar dan op door. Berner was een heel ander verhaal. Hij was vijftig kilo lichter en had een kalme, zachte swing. Hij deed me denken aan Fred Couples. Hij sloeg niet zo ver, maar meestal wel meteen goed. En hij kende de regels.

Na een tijdje begonnen ze ook interesse in mij te tonen. Ze stelden vragen over mijn werk en gezin. Bij elke slag, elke hole, voelde ik me meer op mijn gemak in hun gezelschap.

Voor de afslag bij de achtste hole, een par-3 van 136 meter,

waagde ik het zelfs te zeggen: 'Misschien is het een idee om een zwaardere club te gebruiken bij deze hole.'
Ik knikte naar het exemplaar dat Carl Figenschou junior in zijn hand had. 'Je hebt een ijzer acht, zie ik.'
Figenschou keek me sceptisch aan. 'Wil je zeggen dat ik met een zeven moet gaan spelen?'
'Nou ja,' zei ik, 'ik zou zelfs een zes overwegen.'
'Een ijzer zés?'
Ik weet dat je je niet mag bemoeien met wat andere spelers doen op de baan, maar ik kon me niet inhouden.
'Als je naar die boomtoppen daarboven kijkt,' legde ik uit, 'dan zie je dat er een beetje tegenwind staat. Je landt al snel te dichtbij, vooral omdat het ook nog heuvelopwaarts is.'
Figenschou keek me enkele ogenblikken nadenkend aan. Daarna liep hij naar de trolley om een andere club te pakken. Hij sloeg zo hard als hij kon. De bal ging voor de verandering met een mooie boog de green op en kwam een beetje aan de rand neer, maar rolde nog een stukje verder.
Met een brede glimlach draaide Figenschou zich naar me om en zei: 'Dat was een goeie tip. Dank je wel.'
'Graag gedaan.'
'Hoe heette je ook alweer, zei je?'
'Peter. P...'
'Jij hebt er verstand van, Peter.'
Ik voelde een inwendige trots.
'Misschien haal je een birdie,' mengde Berner zich in het gesprek, zich richtend tot Figenschou.
'Een birdie nu,' zei Figenschou grijnzend, met een knipoog naar Berner, 'en een birdie vanavond.'
Hierop begon hij te bulderen van het lachen. Ik begreep niet wat hij bedoelde.
Nadat Berner in de bunker terecht was gekomen, was het mijn beurt. Ik koos voor een ijzer zeven, simpelweg omdat ik me op m'n gemak voelde bij die club en omdat ik wat

verder sloeg dan Figenschou. Ik nam mijn positie in en richtte. Concentreerde me. Plantte mijn rechtervoet in het gras, zorgde dat ik mijn linkerarm gestrekt hield en bleef stevig staan.
Toen...
'Mooi!' riep Figenschou.
'Heel mooi inderdaad,' stemde Berner met hem in.
Mijn slag was inderdaad perfect. Ik had het direct gevoeld. De bal klom omhoog en maakte een mooie baan, met een minieme draw, precies zoals ik ze het liefst sla. De bal legde een perfecte koers af, recht op de green af, en met wat draw zou de bal hopelijk doorrollen naar de hole.
Ik zag hem op het plateau en op de green stuiteren. Vlakbij stonden twee mensen toe te kijken. Ik zag ze de bal volgen met hun blik. Vervolgens hoorde ik ze allebei 'Yes!' roepen van boven, en doordat ze wild in hun handen begonnen te klappen, besefte ik wat er gebeurd was.
Ik had een hole-in-one geslagen.
Ik liet de golfclub vallen. Sloeg mijn handen voor mijn gezicht. Een gelukzalig gevoel trok door mijn lijf, sterker dan ik ooit had ervaren. Terwijl ik Berner en Figenschou met gespreide armen op me af zag komen, drong het onwerkelijke tot me door: ik had een hole-in-one geslagen.
Toen ik de bal uit de hole had opgehaald, zei Figenschou: 'Met die bal kun je niet verder spelen, Peter.'
'Nee, zeker niet,' zei Berner. 'Daar moet je voorzichtig mee zijn. Lijst hem in, als dat kan. Stel hem tentoon.'
Ik kneep even in de bal, als om te voelen of hij echt was. Ik kon niet stoppen met glimlachen. Figenschou sloeg zijn arm om me heen.
Toen we een eindje van de hole waren weggelopen, hield ik hen staande en zei: 'Jongens, mag ik jullie om een gunst vragen?'
Ze keken me aan.

'Er is niet veel plek, maar... zouden jullie die bal misschien willen signeren?'
Berner en Figenschou keken elkaar aan.
'Omdat jullie mijn getuigen zijn, bedoel ik.'
Ik vroeg me af of ik niet te informeel was geweest. Ik had hen ook 'jongens' genoemd, alsof ze mijn vrienden waren. Geen van beiden had nog een glimlach op zijn gezicht.
Maar toen begonnen ze te lachen.
'Natuurlijk doen we dat,' zei Berner.
Ik diepte een watervaste stift op uit mijn tas. Berner tekende een grote B met een streep eronder. Figenschou volgde zijn voorbeeld met een gekriebel waar ik niets uit kon opmaken. Het maakte niet uit.
Na afloop, in het clubhuis, was ik het middelpunt van alle eenenveertig deelnemers. Figenschou vertelde over de tips die ik hem had gegeven, zowel bij hole acht als daarna. Ik was een heuse golfgoeroe. En dit werd nog versterkt door het feit dat ik derde was geworden in het toernooi.
Later die avond kwam Berner met een troebele blik op me af wankelen en zei: 'Je moet een keer meegaan naar mijn eigen golfbaan, Peter. In Turkije. Over een week of twee, drie maken we een reisje met mijn privéjet. Voor twee of drie dagen.'
'Birdies by day en birdies by night,' zei Figenschou, die zich bij ons had gevoegd om deel te nemen aan het gesprek. Ik keek naar mijn glas. Ik kon niet geloven dat ik hier stond, tussen deze mensen, en dat ik zojuist hartelijk was uitgenodigd.
'Natuurlijk ga ik mee,' zei ik, zonder me af te vragen of het wel uitkwam met mijn werk of Amalie. 'Ik verheug me er nu al op.'

Peter neemt een pauze. Zijn vingers zijn moe van al het schrijven. Hij voelt het ook in zijn hoofd. En niet in de laatste plaats in zijn hart. Het doet pijn om alles te herbeleven, die ervaring die in eerste instantie alleen maar mooi was. Maar daarna kwam natuurlijk al dat andere.

4

Er is iemand in de gang. Zware, langzame voetstappen die deze kant op komen. De vrouwen in dit land zijn slank en licht.

Dit is een man.

Peter denkt weer aan de man die hij tegenkwam in het restaurant.

De voetstappen blijven staan. Peter houdt zijn adem in. Hij verroert zich niet. Er zit geen naambordje op de deur, dus misschien is dat de reden dat de man voor de deur blijft staan. Om te luisteren. Om erachter te komen of hij hier woont.

De man loopt door naar boven.

Langzaam laat Peter zijn adem los. Een paar seconden later wordt er een eindje verderop aangeklopt. Hij hoort stemmen, mensen die blij zijn elkaar te zien.

Je bent paranoïde geworden, zegt hij tegen zichzelf. Maar misschien ook niet.

Hij kijkt naar het scherm voor zich, naar de woorden die hij geformuleerd heeft. Het volgende waar hij over moet vertellen, is de reis naar Turkije.

Ik had nooit eerder in een privévliegtuig gevlogen. Ik had geen idee wat ik moest verwachten, maar misschien geen verlaten vertrekhal. Dat was wat ik aantrof in de GA-terminal, vanwaar alle privévluchten vertrekken op Gardermoen. Bij de veiligheidscontrole stonden slechts twee beveiligingsmedewerkers.

Aan de andere kant werd ik opgewacht door Dennis, een in uniform gestoken Zweed die de copiloot was van Berners vlucht, besefte ik. Desondanks stond hij erop mijn handbagage te dragen.

Hij begeleidde me naar het asfalt buiten, waar een klein vliegtuig – het ziet er namelijk behoorlijk klein uit vanaf vijftig meter afstand – op ons stond te wachten. Op de laatste meters naar de vliegtuigtrap was een rode loper uitgerold.

'Wanneer vertrekt het vliegtuig?' vroeg ik.

Daar moest Dennis om lachen.

'Als iedereen aan boord is,' antwoordde hij.

Ik voelde me net een klein jongetje. Vliegen met een privévliegtuig was iets waar ik altijd van gedroomd had, maar waarvan ik nooit had verwacht het te mogen meemaken. Een droom die niet alleen had gedraaid om het vliegtuig op zich, maar evengoed om de situatie zo rijk te zijn dat je je een dergelijke luxe kon permitteren. Om niet samen te hoeven reizen met mensen die je niet kende of met wie je niet samen wílde reizen. Om niet opgepropt te hoeven zitten.

Ik had evenmin verwacht dat dít ervan zou komen. Deze reis in het bijzonder, bedoel ik.

Ik had misschien verwacht dat mensen als Berner dergelijke dingen zeiden, maar niet dat ze het ook meenden. Maar toen dook die officiële uitnodiging van Elsa Horverak, Berners persoonlijk assistent, op in mijn mailbox. We zouden drie dagen lang golfen, eten en het ervan nemen, allemaal op kosten van Berner.

Ik maakte tijd vrij in mijn agenda en kreeg zelfs groen licht van Amalie, ook al hadden we strikt genomen een eetafspraak staan op een van de dagen. 'Ik ben zo trots op je,' zei ze. 'Je hebt dit echt verdiend.'

Ik had geen flauw idee wie er verder nog meegingen, maar ik nam aan dat Carl Figenschou junior er een van was. En inderdaad zat hij aan boord in een van de acht stoelen die het vliegtuig telde, wijdbeens en omvangrijk. Toen ik binnenkwam, begon hij te juichen en omhelsde hij me alsof ik

een goede oude vriend was. Alleen dat al was een absurde ervaring.
Hij stelde me voor aan de andere aanwezigen in het vliegtuig en vertelde hun over onze golfwedstrijd en mijn fameuze slag. Onmiddellijk kreeg ik een speciale status binnen de groep.
Onder Figenschous vrienden bevond zich ook een vrouw van middelbare leeftijd die ik herkende. Jørgine Solstad was al onderdeel geweest van de society sinds ze op jonge leeftijd was getrouwd met een man die steenrijk was geworden met de export van kweekzalm. Alles aan haar was nep: botox, implantaten. En veel te veel parfum en make-up. Ook zij stond op toen ik mijn hand uitstak om haar te begroeten. Ze keek me met een doordringende blik aan en zei met een diepe, zwoele stem: 'Dus jij bent hole-in-one-Peter.'
Het voelde alsof ze met haar ogen mijn ziel probeerde te doorboren.
'Aangenaam,' zei ik.
Ze keek me extra lang aan. Nam me van top tot teen op. Als ik niet beter had geweten, had ik gedacht dat ze zelfs een tevreden 'hm-m' aan haar lippen liet ontsnappen, alsof ik een lekker hapje was. Het was een beetje ongemakkelijk, maar ik glimlachte evengoed.
'Ga jij ook mee golfen?' vroeg ik.
Hier moest ze om lachen.
'Hij is nog grappig ook. Nee, zeg, golf is niet helemaal mijn ding. Ik kijk liever toe.'
Ze gaf me een knipoog.
Ik kreeg het gevoel dat ze het over iets compleet anders had. 'Maar toen Christian vroeg of ik mee wilde gaan naar zijn resort in Turkije, zei ik natuurlijk geen nee. Tegen Christian zeg je geen nee. En nu krijg ik meteen de kans om kennis te maken met al die knappe vrienden van hem.'
Ze streek heen en weer over mijn ene arm.

Toen Berner zelf arriveerde – met zonnebril, ook al was het warm noch zonnig – ontstond er spontaan gejuich onder alle aanwezigen, inclusief mij. Er werden beurtelings in overvloed knuffels en omhelzingen uitgewisseld. Jørgine trakteerde hij bovendien nog op een hele lading complimentjes, en zij hield zijn handen extra lang in die van haar.
'Dan zullen we maar vertrekken,' kondigde hij aan.
Nog geen minuut later waren de vliegtuigmotoren opgestart en begonnen we te taxiën. Pas op dat moment kon ik de details van het vliegtuig in me opnemen. De brede leren stoelen en vanillekleurige wanden. Elegante tafeltjes. Een overdadig gevoel van luxe. Alle stoelen konden worden uitgevouwen tot een volwaardig bed, werd me verteld.
Ik weerstond de neiging mijn mobieltje tevoorschijn te halen om alles vast te leggen, ik wachtte liever tot iemand me voorging.
Na een kort stukje vaart te hebben gemaakt, kwam het vliegtuig los van de grond. Het opstijgen ging een stuk steiler dan ik gewend was. De druk van de lucht tegen de romp was ook veel voelbaarder, waar ik in het begin nogal misselijk van werd. Eerlijk gezegd had ik weinig op met vliegen, maar ik probeerde desondanks van elk moment te genieten.
Berner zelf veranderde in een soort steward zodra we op kruishoogte waren. Hij leek het geweldig te vinden om ons eten en koffie te serveren. Voor iedereen had hij een eigen plateau met eten: roerei, ham, kaas, paté. En we aten met verguld bestek. Daarnaast kreeg iedereen zijn eigen zakje met schoonmaakdoekjes, met het logo van Berners bedrijf erop. En uiteraard dronken we uit echt kristal.
Terwijl ik zat te genieten, kreeg ik het overweldigende gevoel dat dit niet te overtreffen was. Beter kon het niet worden. Het was aangenaam om zo lekker te zitten, eten en genieten van de vrijheid. Dit was het echte leven.
Na een overtocht waarbij ik meermaals een nieuw glas

champagne had moeten weigeren omdat ik bang was te snel te dronken te worden, landden we op luchthaven Atatürk. Later op de dag zouden we nog gaan golfen en daar wilde ik graag de puf voor hebben, ik wilde goed spelen. Ik had immers een status en reputatie hoog te houden. Ook in Turkije ging alles snel, zonder wachtrijen. We werden naar een klaarstaande auto gebracht, die ons naar het golfhotel reed, waar we werden ondergebracht in de prachtigste suites; iets beters of mooiers kon ik me niet voorstellen. Hierna gingen we de golfbaan op.

Voor de gelegenheid had ik nieuwe golfkleren gekocht en wat meer uitgegeven dan ik normaliter gedaan zou hebben, maar waarschijnlijk had ik me de moeite kunnen besparen, want in het clubhuis werden we direct de golfshop binnengeleid, waar we werden uitgerust met alles wat we nodig hadden. Ieder van ons mocht een rondje doen op de drivingrange en we kregen speciaal afgestemde golfclubs voor elke ronde die we zouden spelen. Er was natuurlijk geen sprake van dat we gingen lopen. We zouden rijden.

Het weer was prachtig en warm: achtentwintig graden in de schaduw. De wagens waren uitgerust met koeltassen vol water, plus andere lekkere dingen als we die liever wilden.

Op de baan was het alsof iedereen telkens verwachtte dat ik de bal zo de hole in zou slaan. Bij de eerste holes werd daar nog een ding van gemaakt, maar toen het tot iedereen doordrong dat je zulke slagen doorgaans maar één keer in je leven meemaakt, of misschien wel nooit, doofde het vuur en was ik slechts een doodgewone amateurspeler – waar ik me een stuk prettiger bij voelde, ook al werd het daardoor nog onwerkelijker dat ik hier onderdeel van mocht zijn. Wie was ik nou helemaal?

Na onze sessie kwamen we eerst bij elkaar in de hotelbar voor een biertje en cocktail. Vervolgens was het tijd voor een diner in het restaurant van het hotel. Alles wat we wilden eten, werd met de grootste vanzelfsprekendheid opgediend. De beste wijn, de zorgvuldigst geselecteerde ingrediënten. Sigaren, cognac... flessen die ongetwijfeld tienduizenden kronen kostten. Ik zat aan tafel en luisterde naar de gesprekken, knikte en glimlachte, droeg af en toe iets bij, ook al voelde ik me enigszins een buitenstaander.

Na het eten begaven we ons naar een aangrenzende ruimte waar een feest al in volle gang was. Ik had geen idee of het andere hotelgasten waren of nog meer vrienden van Berner. Er heerste een goede sfeer. Veel uitzonderlijk mooie vrouwen, allemaal jong. Velen van hen kwamen naar me toe om een praatje te maken, ze leken zeer geïnteresseerd in wie ik was en wat ik deed.

Ik dronk meer dan goed voor me was. Ik moest de etiquette van het reisgezelschap volgen, dat minder beschaafd bleek dan ik had verwacht. Verschillende leden werden buitensporig dronken.

Jørgine Solstad zwierde vleierig van de ene naar de andere arm, ik bleef zo ver mogelijk bij haar uit de buurt. Ten slotte liep ik naar de veranda voor wat frisse, maar evengoed aangenaam warme lucht.

'Heb je het naar je zin, Peter?'

Ik draaide me om en keek recht in Carl Figenschous wazige blik.

'O, eh... ja,' antwoordde ik. 'Zeker.'

'Het is mooi hier, hè?'

'Prachtig.'

'Haal je straks ook een hole-in-one?'

Hij glimlachte en knikte naar een van de dames, die net naar het toilet ging.

'Hole-in-one,' herhaalde hij. 'Of een hole-in-two, misschien?'

Hij knipoogde en lachte luid om zijn eigen grap. Die eigenlijk geen grap was, zoals ik niet veel later zou beseffen, aan-

gezien een van de andere reisgenoten het feest arm in arm met een van de jongedames verliet.

'Je bent hier niet thuis, Peter,' zei hij. 'Neem het ervan. Geniet van het leven. Iets zegt me dat je dat tot nu toe niet al te vaak hebt gedaan.'

Ik had zin om te vragen wat hij daarmee bedoelde, maar liet het gaan.

'We zijn vrienden onder elkaar,' zei hij, en hij sloeg me op de schouder. 'En onze gastheer verwacht dat je je vermaakt.'

Ik draaide mijn hoofd om en zag Berner op een diepe leren bank zitten. Hij leek midden in een verhaal verwikkeld, in zijn element. Rond de tafel zaten meerdere vrouwen.

'What happens in Turkey...' *lalde Figenschou in slecht Engels,* '... stays in Turkey.'

Hij knipoogde opnieuw.

'Daar is het feestje met de birdies.'

Hij verdween naar binnen. Vanaf de plek waar ik stond, kon ik de geluiden horen. Gelach. Ik voelde het zachte briesje tegen mijn verhitte wangen en de uitnodigende blik van een bijzonder mooie vrouw kruiste de mijne.

'Geniet van het leven,' had Figenschou gezegd. Ik weet nog dat ik dacht: wanneer heb ik dat voor het laatst gedaan?

Ik keek omlaag naar mijn glas en sloeg het in één teug achterover, denkend dat ik wel een refill *kon gebruiken, zowel wat mijn glas betrof als voor mijn leven in het algemeen. Wat een vergissing zou dat blijken te zijn.*

5

Magdalena kan niet slapen.

Ze kan aan niets anders denken dan de twee biljetten die branden in haar tas en de vrouw met de mooie, dure kleren.

'Ze wil je vast uit de kleren hebben,' zegt Melek als ze elkaar de volgende ochtend op school zien.

'Nee, nee,' zegt Magdalena, en ze schudt haar hoofd. 'Zo iemand was ze niet.'

De vrouw met de Louis Vuitton-tas was minstens vijfenzestig. Dames van die leeftijd hielden zich niet met zulke dingen bezig. Of wel?

Magdalena is een beetje bang om later op de dag weer naar haar werk te gaan. Die vrouw zal er ook zijn. Misschien zal ze er iets voor terug willen hebben?

'Wat ben je stil, lieverd.'

Magdalena richt haar blik op haar vader. Hij doet alleen de avondshift vandaag, dus rijdt ze met hem mee naar hun werk.

'Ik ben gewoon moe,' antwoordt ze.

Hij knikt. 'Ik hoop dat het niet zo laat wordt als gisteren,' zegt hij. 'Met die Noren...' Hij smakt met zijn tong en schudt zijn hoofd.

Noren, denkt Magdalena. Uit Noorwegen, dus. Op school hebben ze over Noorwegen geleerd, maar ze weet weinig meer dan dat ze rijk zijn en dat het er koud is. En donker.

Als de groep Noren binnenkomt na het spelen van hun middagronde, ziet ze de vrouw niet. Pas bij het avondeten duikt ze op, gekleed in een lange witte rok. Haar tas is eveneens wit. Gucci deze keer.

De vrouw wiegt met haar billen terwijl ze naar de anderen toe loopt. Een man met een zongebruind gezicht en golvend blond haar komt haar tegemoet. Hij haalt zijn sigaar uit zijn mondhoek en kust haar op beide wangen. Andere mensen komen om hen heen staan en geven haar net zoveel aandacht. Ze lijkt ervan te genieten.

De Noren eten in een aparte ruimte, een zogenaamde chambre séparée, maar Magdalena wordt vanavond ergens anders ingedeeld. Waardoor ze zich afvraagt of haar baas misschien iets heeft meegekregen van wat er de vorige dag gebeurd is. Overal in het hotel hangen camera's. Of misschien had een van de andere obers geroddeld, omdat ze de fooi met niemand had gedeeld? Ze probeert er niet aan te denken.

Na het vijfgangendiner, dat een eeuwigheid duurt om op te dienen, eindigt iedereen in de feestzaal. Magdalena probeert haar rondes in de buurt van de vrouw met de witte rok te doen, omdat ze haar graag nogmaals wil bedanken. Ze vindt dat ze dat hoort te doen. Maar als ze wat glazen afruimt van de tafel waar de vrouw zit, keurt ze Magdalena geen blik waardig. De keer daarop evenmin. De derde keer zet ze slechts haar glas op het dienblad dat Magdalena in haar handen heeft en gaat verder met haar gesprek.

Magdalena vreest dat ze iets verkeerd gedaan heeft.

Dan, plotseling, glimlacht de vrouw naar haar als ze aan tafel komt met een nieuwe fles champagne en een emmer ijs. Hierdoor wordt Magdalena nog onzekerder. Ze doet haar best te glimlachen en geen fouten te maken.

Korte tijd later laat ze een glas vallen.

Ze had een paar druppels op het dienblad gemorst, waardoor het nog glibberiger werd en een van de hoge champagneglazen eraf gleed en zo op de grond viel. Ze had het gevoel dat iedereen naar haar keek en haar uitlachte.

Ze bukt, trekt haar rok zo ver mogelijk richting haar knieen. Een van hen roept in het Engels 'Helemaal omlaag, op je knieën', waardoor de anderen beginnen te schateren. Ze krijgt het warm tot aan haar kruin. Haastig staat ze weer op en gaat de mop halen. Ze is bang om terug te gaan, maar probeert zich af te sluiten voor de muziek, de voeten om haar heen, de stemmen, het geroep, de rook. Het is maar een glas, zegt ze tegen zichzelf, het is maar een glas. Het is maar een glas. Ze dweilt en dweilt, maar de vloer wordt niet droog.

De rest van de avond is ze niet meer in staat te glimlachen. Ze kan niemand meer in de ogen kijken, want het enige wat ze ziet en voelt, is spot en gelach. Ze wil alleen maar naar huis.

Gelukkig is de avond vandaag sneller voorbij. Als Magdalena een tafel vol as en gemorste drankjes schoonmaakt, hoort ze langzame voetstappen achter zich: *klik-klak-klik-klak*. Ze draait zich om en kijkt recht in een paar ogen die niet hetzelfde zijn als de laatste keer dat ze haar zag. Toen was ze vrolijk geweest. Nu is de vrouw in de witte rok serieuzer.

'Dag meis,' zegt ze met kalme, warme stem.

Magdalena kan haar niet aankijken.

'Hé,' zegt de vrouw, en ze komt een stap dichterbij. Ze legt een koude hand op Magdalena's arm. 'Je hebt best een zware avond gehad.'

Bijna moet Magdalena huilen, maar het lukt haar om te knikken.

'Ontzettend bedankt,' zegt ze.

'Bedankt...? Hoezo?'

'Voor... het geld dat u me gisteren gaf.'

'O.'

'Dat was erg... aardig.'

De vrouw glimlacht.

'Hoe heet je?'

'Magdalena. Magda.'

'Hoe oud ben je, Magda?'

'Ik ben... achttien.'

Daar moet de vrouw weer om glimlachen.

'Waar woon je?'

Magdalena aarzelt even en zegt dan: 'In de stad.'

'In Istanbul, bedoel je?'

'Ja.'

'Waar in Istanbul?'

Ze kijkt naar haar nagels.

'Vlak bij het centrum.'

De vrouw knikt traag en doet haar tas open, terwijl Magdalena haar blik vastpint op het leer, de gouden G, de glinsterende ringen om de vingers van de vrouw – vast en zeker echte diamanten. De vrouw haalt er een zilverkleurig foedraal uit en maakt het open. Pakt er een dunne bruine sigaret uit en vraagt of Magdalena er ook een wil.

'Cigarillo's,' zegt de vrouw. 'Davidoff. Perfect van grootte. Smaak.'

Magdalena wil niet weigeren, dus vist ze er eentje op, in de hoop dat haar vader het niet ziet. De vrouw heeft een elegante aansteker – eveneens zilverkleurig – waarmee ze een vuurtje maakt dat ze naar Magdalena ophoudt. Weifelend en zonder goed te weten hoe ze zich moet gedragen, lukt het haar hem aan te krijgen.

Ze begint te hoesten. De rook brandt tegen haar gehemelte.

'Je moet niet inhaleren,' zegt de vrouw. 'Dat is het ding met cigarillo's. Je moet nooit inhaleren, de rook alleen in je mond houden en dan langzaam laten ontsnappen.'

Magdalena wacht even. Dan probeert ze het opnieuw. Deze keer blaast ze snel uit. Het smaakt afschuwelijk, ze is nu al draaierig. De geur, sterk en bijtend, vult haar neusgaten.

'Weet je,' zegt de vrouw, waarna ze een trekje neemt. 'Niets van dit alles heeft ook maar enige betekenis.'

Magdalena weet niet wat ze bedoelt.

'Hoe oud je bent,' gaat de vrouw verder. 'Waar je vandaan komt. Het belangrijkste is wie je bént. Wie je wílt zijn.'

Ze kijkt Magdalena aan. 'Je bent een jonge vrouw. En een geweldig móóie jonge vrouw ook. Je hebt alles om te kunnen worden wat je wilt. Om veel geld te verdienen.'

Ze neemt nog een trekje van de cigarillo. 'Als je het maar zelf wilt.'

Magdalena, die weke knieën heeft gekregen, neemt eveneens een trekje en moet opnieuw hoesten. Ze wacht tot de vrouw verdergaat.

'Hoe dan?' vraagt ze ten slotte. Ze is niet in staat nog langer te wachten.

Een paar tellen wordt de vrouw in beslag genomen door de

gloed van de cigarillo. Dan zegt ze: 'Je wordt zeker per uur betaald?'

Magdalena knikt.

'Hoeveel verdien je?'

Magdalena noemt het bedrag, maar de vrouw zegt er niets over.

'Ik kan je helpen,' zegt ze in plaats daarvan.

'Hoe bedoelt u?'

De vrouw wacht even met antwoorden.

'Als ik je vertel dat je maar liefst tweeduizend euro op één avond kunt verdienen. Misschien vijf, zes in een weekend. Wat zeg je dan?'

6

Peter haalt een fles water uit de koelkast en neemt een paar grote slokken, dan gaat hij weer achter het toetsenbord zitten.

Hij heeft redelijk wat voortgang geboekt met dit project.

Hij is blij met de energie die hij ervan krijgt, ook al is het moeilijk om zijn herinneringen terug te halen en ze te verwerken door erover te schrijven.

Hij denkt aan de reis terug vanuit Turkije, toen hij bijna geen woord had gezegd. De schaamte had zich in zijn borst vastgeklauwd en hij was bang geweest om Amalie onder ogen te komen. Carl Figenschou junior maakte zich schijnbaar nergens druk om. Hij was bijna voortdurend aan de drank. Jørgine Solstad hield hem gezelschap. Nippend van haar champagne, terwijl ze hartelijk om zijn grappen lachte.

Toen Peter die middag thuiskwam, had hij zich vermoeider gevoeld dan in tijden. Maar van Amalies onthaal met open armen en haar ontelbare vragen raakte hij nog uitgeputter. Zijn slechte geweten knaagde aan hem. Amalie, die hij al kende sinds ze zestien waren. Die zijn hele leven aan zijn zijde had gestaan. Die een man als hij had, die ze vertrouwde en aanmoedigde. Zelfs nu, bijna twee jaar later, moet hij nog bijna huilen bij de herinneringen aan Turkije.

Anderhalve maand later zat er een nieuwe uitnodiging bij de post. Elsa Horverak had het grote genoegen hem namens haar baas uit te nodigen voor Christian Berners jaarlijkse kerstgala in zijn privéresidentie op Bygdøy. Volgens de geruchten zou het feest een gemaskerd bal zijn, in de eerste plaats omdat het een onevenaarbare party voor celebrity's was, maar ook omdat de Noorse roddelbladen steeds weer poogden erachter te komen wie er uitgenodigd was en wie er achter de maskers schuilgingen als de dag daar was. Peter werd verzocht om donderdag 17 december vrij te houden als hij Berner de grote eer wilde bewijzen van zijn deelname.

'Dan zul je dus een masker moeten kopen,' zei Amalie tegen hem toen hij over de uitnodiging vertelde. 'Jij die er nooit van gehouden heeft zich te verkleden.'

'Ik gá me ook niet verkleden,' zei Peter. 'Ik zet alleen een masker op.'

Zijn echtgenote glimlachte. Ze moest bijna lachen. 'Je kunt zo'n casanovamasker opzetten.'

Alleen al bij de gedachte keerden zijn ingewanden zich om.

'Of zo een als Zorro heeft. Dát zou je goed staan.'

Ze lachte. 'Dan moet je eigenlijk ook een zwaard hebben, maar het is natuurlijk de vraag of dat mag.'

'Heel grappig.'

Amalie stopte niet met lachen.

'Het lijkt wel of je bang bent,' zei ze na een tijdje.

'Ja, een beetje wel.'

'Waarom?'

Peter wachtte even voordat hij antwoord gaf. 'Dat gaf je zelf al aan: ik hou er niet van me op te doffen en te verkleden.'

Met een zucht voegde hij eraan toe: 'Wees maar blij dat je niet mee hoeft.'

Ook al had ze best mee gekund als ze had gewild, maar dat

had hij haar niet verteld. Waarom niet? Misschien dat hij een vermoeden had gehad van wat er zou gebeuren?

Hij gaat weer achter het toetsenbord zitten.

Ik kocht een zogenoemd Venetiaans Bauta-masker voor het aanzienlijke bedrag van 250 kronen. Toen ik het thuis voor de spiegel uitprobeerde, voelde ik me een volslagen idioot. Ook al had Amalie me onophoudelijk gevraagd haar mijn outfit te laten zien, of er op z'n minst een foto van te nemen, ik weigerde pertinent. Het masker zou ik na gebruik weggooien.

Ik nam een taxi naar Bygdøy, waar de paparazzi dicht opeen stonden bij de ingang van Berners prachtpaleis. Er waren ook een aantal televisiezenders aanwezig en ik merkte dat de chauffeur me een paar keer extra opnam via de achteruitkijkspiegel alvorens hij me een klein stukje bij alle auto's vandaan afzette. Ik zette mijn masker op en wandelde zo kalm als ik kon in de richting van de fotografen. Onmiddellijk merkte ik hoe hun lenzen mijn kant op draaiden. En zonder dat ik er iets aan kon doen, voelde ik mezelf ook net een celebrity toen ik daar liep. Ik genoot ervan.

In de hal ontblootte een opgezet jachtluipaard zijn tanden. We hingen onze jassen en mantels op en kregen het verzoek onze mobiele telefoons in te leveren, opnieuw uit consideratie voor Berners privéleven en 'de integriteit van het feest', zoals een van de bewakers het uitdrukte. Een stukje verderop in het huis werden we ontvangen door bedienden die ons iets bruisends te drinken aanboden.

In de grote hal, waar iedereen van zijn welkomstdrankje nipte, speelde een strijkkwartet klassieke muziek. Aan de muren hingen schilderijen. Een zelfportret van Berner en – naar ik aannam – zijn voorvaderen. Stuk voor stuk corpulente mannen met een krachtige kaaklijn en een uit-

straling die respect en onderdanigheid opeiste.
Er waren ook andere opgezette dieren. Vogels. Foto's met jacht- en landschapsmotieven die zo uit de National Geographic geplukt leken te zijn. Op een ervan stond Berner zelf. Hij of iemand uit zijn gezelschap had een koedoe geschoten en hij poseerde trots bij het dode dier.
Jørgine was niet moeilijk te herkennen. Zoals veel van de dames droeg ze slechts een masker voor haar ogen, in combinatie met een knalrode, nauwsluitende jurk. Ze zag eruit alsof ze zich prima vermaakte. Bij gebrek aan een gesprekspartner, omdat ik niemand kende, stapte ik op haar af. Ze stond naast een jongeman gekleed in een smetteloos witte smoking en – o, lieve help – een casanovamasker.
'Hé, Peter!' schreeuwde ze bijna uit toen ik onthulde wie ik was. Ze omhelsde me en kuste me op beide wangen, ook al droegen we allebei ons masker. Haar parfum sloeg op mijn keel.
'Wat fijn je te zien,' zei ze verrukt. 'Het was zó leuk om je erbij te hebben in Turkije.'
'Inderdaad, bedankt voor je gezelschap laatst,' zei ik.
'Dit is Preben, mijn zoon.'
Van achter zijn casanovamasker keek Preben me recht aan terwijl hij me stevig de hand drukte. Daarna dwaalde zijn blik over mijn hoofd heen af, hij was ongetwijfeld op zoek naar iemand anders van meer belang.
Om ons heen was het een rumoer van jewelste: geklets en gelach. Ik zag een man met een hoge hoed en stok. Ook viel mijn oog op Tormod Jahre, de hoogste baas van de Oslose politie, die zijn masker om de seconde afzette, waarschijnlijk omdat het onprettig voelde.
'Wat voor werk doe je, Preben?' vroeg ik. Nergens was uit af te leiden dat hij van plan was zelf een gesprek te beginnen.
'Offshore,' antwoordde hij, alsof daarmee alles gezegd was.

In verdere uitleg had hij geen interesse.
Niet veel later kwam Berner aanlopen. Hij was makkelijk te herkennen, omdat hij slechts een zwart masker rond zijn ogen droeg.
Allereerst kuste hij Jørgine op beide wangen en daarna drukte hij Preben en mij de hand.
'Mijne heren,' zei hij plechtig. 'Wat ontzettend leuk dat jullie konden komen.'
Hij keek me aan en vroeg: 'Hoe gaat het met je golfswing?'
'Stijf en houterig, zo in de winter,' antwoordde ik. 'Ik heb niet de puf om binnen tegen een kunststof wand te gaan trainen.'
'Dan moet je nog maar een keer mee naar Turkije.'
'Bedankt, maar dat...'
'Ik ga er met Nieuwjaar naartoe. Kun je dan?'
'Dat...'
Hij sloeg me hard op de schouder.
'Dat is dan geregeld. Mooi zo!'
Zijn blik gleed snel verder naar een paar andere aanwezigen, naar wie hij knikte. Ik zag dat hij verder moest, maar toch nam hij me even apart en zei: 'Zorg dat je blijft tot na middernacht.'
Ik stond op het punt een beleefd excuus te gebruiken om te weigeren; dat ik beter naar huis kon gaan, dat ik morgen moest werken, et cetera.
Maar Berner dempte zijn stem en zei: 'Dan begint de lol hier pas echt.'
Hij knipoogde kort en liep verder.

Peter kijkt op van het scherm en trekt zijn schouders op, laat ze dan langzaam weer zakken. Hij weet dat hij die avond naar zijn innerlijke stem had moeten luisteren. Het zal hem eeuwig spijten dat hij dat niet had gedaan.

7

Ik had natuurlijk gewoon naar huis kunnen gaan.

Dat was wat de meeste mensen deden. Maar de manier waarop Berner me apart had genomen, voelde als een unieke uitnodiging, alsof alleen de harde kern deelhad aan hetgeen hij na middernacht had gepland.

En zoals Jørgine zei: tegen Christian Berner zeg je geen nee.

Nadat de klok twaalf uur had geslagen, begaven we ons naar een paleiszaal waar een dj veel te harde muziek aan het draaien was. Op strategische plekken verspreid over de ruimte waren diverse bars opgezet. Tegen deze tijd hadden de gasten van het feest hun masker afgezet. Letterlijk. Meerderen van hen hadden kennelijk meer op dan alleen alcohol. Dat soort zaken ging zonder twijfel vrijelijk rond zonder dat ik er iets van had meegekregen.

Ondertussen was er een groepje schaars geklede meisjes gearriveerd. Ik herkende twee van hen van het hotel in Turkije. Eerst snapte ik niet wat ze daar deden, of sommigen van hen misschien naar Noorwegen waren verhuisd, of dat ze ook goede bekenden waren van Berner. Maar dat betwijfelde ik.

Een van hen leek erg onzeker en niet op haar gemak, alsof ze niet wist wat ze moest doen of wat er van haar verwacht werd. Het meisje zag er behoorlijk jong uit. Ik keek om me heen, op zoek naar Tormod Jahre, maar de chef van de Oslose politie was kennelijk al naar huis. Ten slotte stelde het meisje zich op bij een van de bars.

Omdat ik niets meer in mijn glas had, liep ik naar haar toe en ging naast haar staan. Onmiddellijk merkte ik dat ze een beetje bevroor. Ze deed een stapje opzij, bij me vandaan.

'Hoi,' zei ik.

Ze draaide snel haar hoofd naar me om. Een geoefende glimlach vormde zich om haar lippen.
'Hoi.'
Een uitzonderlijk iele meisjesstem.
'Hoe heet je?' vroeg ik. Zelfs een dergelijke simpele vraag deed me overkomen als een oude viezerik.
'Magdalena,' zei ze. 'Maar iedereen noemt me Magda.'
'Magda,' herhaalde ik. 'Dat is een mooie naam.'
Ik werd misselijk van mijn eigen woorden. 'Hoe oud ben je, Magda?'
Ze keek onzeker om zich heen en zei: 'Achttien.'
De bartender kwam vragen wat ik wilde drinken. Ik maakte een handbeweging naar Magdalena, als om aan te geven dat zij als eerste mocht bestellen. Ik hoopte dat ze een glas water zou vragen.
In plaats daarvan zei ze: 'Een Aperol Spritz, alsjeblieft.'
'Maak 'm niet te sterk,' voegde ik er haastig in het Noors aan toe. 'Ik neem een Lagavulin, als je dat hebt.'
Ik draaide me om naar het meisje en zag dat Carl Figenschou junior van een afstandje naar ons stond te kijken met een schaapachtige glimlach om zijn lippen. Ik schudde mijn hoofd, als om duidelijk te maken dat ik geen interesse had in het jonge meisje. Figenschou trok een zuur gezicht en glimlachte toen breed.
Omdat ik niets meer kon verzinnen om Magda te vragen, nam ik mijn drankje mee en liep het buitenterras op om een frisse neus te halen. Door het raam zag ik Carl Figenschou mijn plekje aan de bar innemen. Hij stond dicht op het tengere meisje, zijn omvangrijke buik raakte bijna haar arm. Hij praatte aan één stuk door. Glimlachte, lachte.
Het meisje lachte niet.
Ik begreep niet wat ze daar deed. De anderen leken meer getraind in conversatie, in aantrekkelijk zijn. Ik twijfelde of ze er alleen voor de sier waren of dat Berner ze had inge-

huurd om zijn vrienden van dienst te zijn. Of het bij dergelijke feesten gebruikelijk was ook daarop te trakteren. Tot op de dag van vandaag is het antwoord me niet bekend.

Het geluid van een aansteker deed me omdraaien. Ik keek recht in de ogen van Jørgine.

'Heb je het naar je zin, Peter?' vroeg ze. 'Vermaak je je een beetje?'

'Ja hoor, ik eh... het...'

Ik wierp opnieuw een blik op het grote raam.

'Zit je ergens mee?'

Alweer draaide ik me om naar de festiviteiten binnen. Ik voelde me misselijk. Ik wist niet wat ik moest zeggen. Of ik iets moest zeggen. Moest vragen.

Ik kon me er niet toe zetten.

'Ga naar binnen,' zei Jørgine tegen me. 'Haal iets te drinken, neem het ervan. De gastheer verwacht van je dat je je vermaakt.'

Dat was kennelijk het refrein bij deze mensen.

Binnen in de feestzaal zag ik geen spoor van Figenschou of Magdalena. Ook Berner was er niet.

Ik besloot naar huis te gaan.

Ik trok het niet meer om daar te blijven.

8

'*Well, hello there.*'

Magdalena draait zich om naar een grote man met een flemende glimlach. Hij was haar in Turkije ook opgevallen. Zijn gezicht was opgezwollen, zijn wangen groot als ballonnen. Hij gaat bijna boven op haar staan. Ze doet een stapje opzij, maar hij volgt haar.

Ze probeert te doen wat haar gezegd is, lief glimlachen en vriendelijk zijn, maar dat is niet makkelijk. Het eerste drankje voelt ze al in haar benen.

‘Wat vind je van Noorwegen?’ schreeuwt de grote man.

De geur van alcohol en eten walmt haar tegemoet.

‘Het is mooi hier,’ zegt ze. Haar glimlach voelt stijf. ‘En koud.’

Daar moet hij om lachen.

Het was twee dagen geleden dat ze de vrouw met de mooie tas weer was tegengekomen in het hotel. Magdalena was blij geweest om haar te zien. De vrouw had haar met een warme omhelzing begroet, vol complimentjes. ‘Magdalena,’ had ze gezegd. ‘Mooie Magdalena. Wat léúk om je weer te zien. Ik heb je gemist.’

Alleen al het feit dat de vrouw zich haar naam herinnerde, bezorgde Magdalena een warm gevoel. Het was bijna alsof ze een oude tante of haar oma ontmoette.

Later die avond vroeg de vrouw of Magdalena nog had nagedacht over het voorstel, het aanbod dat ze haar had gedaan de laatste keer dat ze elkaar zagen. Als ze eerlijk was, had Magdalena bijna niets anders gedaan. Ze hadden geld nodig. Haar moeder was achteruitgegaan en ze hadden te horen gekregen dat de huur in het nieuwe jaar omhoog zou gaan.

‘Ik zou wel een mooie vrouw als jij kunnen gebruiken voor een feestje over twee dagen,’ had de vrouw gezegd. ‘Kun je dan?’

Magdalena had snel nagedacht. Ze dacht niet dat ze die dag moest werken.

‘Je zult wel moeten blijven overnachten. Is dat een probleem? Je krijgt tweeënhalfduizend euro voor de klus.’

Tweeënhalfduizend.

Ergens anders de nacht doorbrengen was lastiger te regelen geweest, maar ze had gedacht dat ze misschien zou kunnen ‘overnachten’ bij Melek. Melek was gelukkig niet moeilijk te overtuigen geweest. Integendeel, ze had haar zelfs aangemoedigd om naar het feest te gaan.

Om drie uur, twee dagen later, had Magdalena de vrouw

weer ontmoet in het hotel. Opnieuw had ze haar met een stevige omhelzing begroet. De nervositeit die Magdalena vooraf had gevoeld, was bijna onmiddellijk verdwenen.

'Ben je klaar?'

Magdalena had geknikt.

'Kom.'

Samen liepen ze naar de limousine die buiten stond te wachten. Toen ze instapten, zaten er al vier meisjes in, keurig opgemaakt en uitgedost. Eerst werd Magdalena hier weer een beetje nerveus van, maar daarna had ze bedacht dat het eigenlijk alleen maar goed was. Het leek alsof ze wisten wat er ging gebeuren, ook al kreeg ze niet de indruk dat de meisjes elkaar kenden.

Dat ze het land uit zouden gaan, ontdekte Magdalena pas toen de auto stopte voor het vliegveld.

'En mijn paspoort dan?' had ze gevraagd. 'Ik heb geen paspoort.'

'Daar hoef je je geen zorgen om te maken,' antwoordde de vrouw. 'Je hoeft je nergens zorgen om te maken, je hoeft er alleen maar voor te zorgen dat je jezelf bent en lief glimlacht. Dat je vriendelijk bent.'

Hierna begaven ze zich naar een piepklein vliegtuig. Dat alleen al was een avontuur. Ze had nooit eerder gevlogen. Maar ze had er vaak van gedroomd om naar het buitenland te vliegen. En nu hoefde ze er niet eens voor te betalen. Integendeel, ze zou ervoor betaald wórden.

Het waren een overweldigende middag en avond geweest.

In Noorwegen regelde de vrouw met de mooie tas – Magdalena wist nog steeds niet hoe ze heette – dat ze soepel langs de douane kwamen. Omdat er verder niemand was, ging dat heel snel. En ze waren ook snel bij de stad waar ze zich nu bevonden: Oslo. Waar ze werden ondergebracht in een hotel dat halverwege een grote, brede straat zat. De vrouw met de tas nam Magdalena zelfs mee om te winkelen bij een van de winkels naast het hotel en kocht een mooie zwarte jurk voor haar die god weet hoeveel gekost moest hebben. Al die tijd had ze naar haar geglimlacht en tegen haar gepraat. Als de aardige, lieve tante die Magdalena nooit had gehad.

Na afloop ging de vrouw mee naar Magdalena's hotelkamer en legde een vel papier voor haar neer dat ze moest tekenen.

'Wat is dat?' vroeg ze.

'Dat... is een geheimhoudingsverklaring.'

Het was een woord dat Magdalena niet helemaal begreep.

De vrouw legde het uit: 'Het is slechts een formaliteit. Wat er op het feest gebeurt, is niet openbaar en mag niet publiekelijk bekend worden. Niemand heeft daar iets mee te maken, simpel.'

Ze knikte naar het vel papier. 'We willen er gewoon zeker van zijn dat na afloop niemand er iets over vertelt.'

Ze glimlachte alsof dit heel vanzelfsprekend was.

Magdalena las de tekst, die in het Engels was opgesteld, maar de woorden drongen niet goed tot haar door.

Desondanks zette ze haar handtekening.

'Probeer te ontspannen en plezier te hebben,' was het laatste wat Melek tegen Magdalena had gezegd voordat ze vertrok.

Nu, in deze grote kamer, naast die grote, walgelijke man, lukte geen van beide. Ze had voortdurend pijn in haar buik.

'Ben je weleens in een huis als dit geweest?' schreeuwt de man. Er parelen zweetdruppeltjes op zijn voorhoofd en bovenlip.

Magdalena schudt haar hoofd en kijkt omhoog. Het plafond moet minstens acht meter hoog zijn. De man neemt een grote slok van zijn drankje en bestelt er nog een voor hen allebei.

'Heb je al een rondleiding gehad?'

Ze brengt haar glas naar haar mond en zegt: 'Nee.'

'Kom,' zegt de man, en hij pakt haar bij de arm. 'Laat me je even rondleiden.'

Voordat ze kan protesteren, lopen ze al bij de bar weg. Lief glimlachen, vriendelijk zijn, herhaalt ze bij zichzelf als een soort mantra, terwijl haar blik op een van de andere meisjes valt, die vlak naast een man op een leren bank zit. Hij heeft zijn hand op haar dijbeen, strijkt erover, op en neer, zonder dat ze er iets op tegen lijkt te hebben.

Magdalena kijkt zoekend rond naar de vrouw die haar hierheen heeft gebracht, maar ze ziet haar nergens. De man leidt haar naar een ander deel van het huis, waar minder mensen zijn. Ze hoort stemmen. Hij praat, wijst naar de muren en het plafond, vertelt iets over een schilderij. Hij heeft zelf ook een groot huis, zegt hij, maar vooral appartementen, op verschillende plekken in Europa. 'Maar nog niet in Turkije, haha.'

Ze lopen een smalle gang in. Langs de plek waar ze hun jas moesten ophangen en hun mobiele telefoon moesten achterlaten. Magdalena hoopt dat de rondleiding gauw voorbij is, zodat ze terug kunnen gaan. In dit deel van het huis zijn weinig andere mensen. Het is stil. Ze moet naar de wc.

De man begroet een bekende die hun met een scheve glimlach tegemoet komt lopen. Ze merkt dat zijn blik over haar lichaam glijdt en trekt de strakke jurk een stukje omlaag, maar het voelt alsof je alles kunt zien.

Plotseling kan ze bijna horen wat haar vader tegen haar gezegd zou hebben: 'Je ziet eruit als een hoer, Magda. Je bént een hoer. Je moest je schamen.'

Ze voelt zich misselijk.

Verderop zijn een paar deuren. Ze lopen langs de opgezette kop van een groot dier dat ze nog nooit gezien heeft. De dikke man is opgehouden met praten, maar ze hoort hem zwaar ademen. Dan gaat hij langzamer lopen. Hij stopt bij een deur die op slot zit en die hij probeert te openen. Ze lopen verder naar de volgende deur, een eindje verderop. Die is open. Hij duwt hem verder open. Steekt zijn arm uit om Magdalena uit te nodigen naar binnen te gaan.

Ze kijkt om zich heen. Er is verder niemand.

Ze vindt dit niet prettig.

'Waar gaan we naartoe?' vraagt ze, en ze hoort haar stem trillen.

'Kom,' zegt hij. 'Ik wil je iets laten zien.'

Maar wat dan?

Ze kan de vraag niet uitspreken.

Hij laat haar voor zich naar binnen gaan. Ze draait zich naar hem om. Hij glimlacht niet meer. Ze kijkt naar de muren. Schilderijen. Opgezette vogels; een ervan hangt aan het plafond, alsof hij over hen heen vliegt.

Verderop in de kamer is een doorgang naar een andere ruimte. Daar is het donkerder, er brandt slechts een klein lampje. Magdalena kan een bank onderscheiden, met een tafeltje ernaast.

'Daar moeten we naar binnen,' zegt hij, en hij knikt.

'Daar?'

'Ja,' zegt hij. 'Daar.'

Ze kijkt hem aan. Hij legt een hand op haar schouder en duwt haar in de richting van de andere ruimte. Haar hart gaat tekeer in haar keel. Ademhalen gaat moeilijk. Ze wil hier niet zijn, in haar eentje, met deze man. Ze wil zich omdraaien en teruggaan. Ze wil dat de vrouw die haar hierheen gebracht heeft komt, zodat ze met hem kan praten en zorgt dat hij weggaat.

Lief glimlachen, vriendelijk zijn.

Nee.

Ze kan niet lief glimlachen en vriendelijk zijn. Ze wil hier niet zijn.

Ze blijft staan.

Ze kan niet samen met hem die kamer binnengaan.

Kan het niet.

Wil het niet.

Dus blijft ze staan en probeert zich om te draaien, maar de

man voert de druk op haar schouder alleen maar op en duwt haar vooruit.

'Nee,' jammert Magdalena. 'Niet...'

Maar hij geeft geen antwoord. Blijft haar slechts verder duwen. Ze probeert opnieuw te stoppen, probeert zich los te wurmen uit zijn greep, maar dan begint hij ook met zijn andere hand te duwen. Nog harder.

'We gaan daar naar binnen,' zegt hij. 'Of we kunnen het gewoon hier doen.'

Hier?

Het doen?

Ze kijkt hem aan. Met grote ogen.

'Zeg nou niet dat je niet weet waarvoor je hier bent,' snauwt hij, terwijl hij haar de open schuifdeur door duwt. De hoge hakken van haar schoenen zijn zo dun dat ze bijna haar evenwicht verliest.

Haar keel en borst trekken samen. Ze kijkt om zich heen in het donker. Er zijn geen ramen. Maar ze ziet een deur. Ze loopt ernaartoe. Hij zit op slot. Ze probeert het slot open te draaien, maar haar handen beven zo erg dat het niet lukt.

Hij is weer achter haar.

Grijpt haar schouders vast en draait haar om.

Magdalena gilt.

Daarop slaat hij een grote klamme hand voor haar mond en duwt haar tegelijkertijd hardhandig tegen de deur, ze voelt de deurklink in haar rug boren. Ze kermt van de pijn.

'Geen woord,' sist hij. 'Niet één kik. Begrijp je me?'

Ze blaast haar adem uit door haar neus. Snel, sneller.

'Hou je op met gillen?'

Magdalena knijpt haar ogen samen, tranen stromen over haar wangen. Het voelt alsof ze knikt.

Hij laat los. Ze kan weer ademhalen.

Hij staat voor haar. Een boom van een vent, het is onmogelijk om langs hem te komen.

'Alsjeblieft,' smeekt ze. 'Niet...'

Ze krijgt de woorden er amper uit.

Hij zet een stap naar achteren. Kijkt op haar neer, zijn mond halfopen. Hij begint aan zijn riem te sjorren. Doet hem af.

Magdalena sluit haar ogen.

Nee, zegt ze inwendig.

Nee. Lieve god, nee. Alsjeblieft.

Hij doet de rits van zijn broek open en zegt: 'Ga zitten.'

Hij maakt plaats zodat ze naar de bank in de kamer kan lopen. Ook al wil ze niet. Kan ze niet, is ze er niet toe in staat. Ze wil niet gaan zitten. Wil niet doen wat hij wil dat ze doet.

Melek zei dat ze nee moest zeggen als iemand haar vroeg iets te doen wat ze niet wilde.

En ze zégt ook nee.

Hij luistert gewoon niet.

De tranen stromen steeds harder, waardoor ze almaar moeilijker kan zien. Hij trekt haar naar de bank. Legt beide handen op haar schouders en duwt haar naar beneden. En nog verder naar beneden. Magdalena verzet zich uit alle macht, maar hij is te sterk, te groot.

Ze belandt op de bank.

Voor hem.

Hij prutst weer aan zijn gulp. Ze kan niet meer slikken. Niet meer zien. Niet meer ademhalen.

'Je bent nog maagd, toch?'

Magdalena knijpt haar ogen dicht.

De tranen stromen over haar wangen.

9

Peter gaat een nieuwe fles halen vanonder het aanrecht.

Halico.

Extreem goedkope wodka. Zo smaakt het ook, maar daar heeft hij zich nog nooit druk om gemaakt. De eerste slokken doen het geschreeuw in zijn borst verstommen en brengen zijn hart iets tot bedaren.

Hij herinnert zich nog steeds hoe hij zich voelde toen hij zijn jas en mobiele telefoon ging halen in Berners protserige garderobe. Hij wilde niets liever dan naar huis gaan.

Peter neemt de fles mee naar de keukentafel. Voordat hij gaat zitten, opent hij het raam, ondanks de herrie van buiten. Hij gaat terug naar zijn stoel, zijn toetsenbord. Terug naar die nacht.

Ik wilde net een taxi bestellen, toen mijn aandacht getrokken werd door geluiden uit het huis. Ik bleef staan en spitste mijn oren. Ergens verderop in het huis was iemand in nood.
Ik liep een eindje in die richting en passeerde een opgezette elandenkop die aan de muur hing. Kwam bij een deur die dicht was, maar waarachter het geluid te horen was.
Er was zonder twijfel iemand in nood.
Iemand die huilde.
Een stukje verderop sijpelde licht door een openstaande deur. De kier van de deur was groot genoeg om naar binnen te kijken, maar ik zag niets. Ik duwde de deur wat verder open en keek in een grote kamer waar een enorme steenarend aan het plafond zweefde. Ik zag geen mensen, hoorde slechts die geluiden: een man die kreunde, hijgde en agressief gegrom uitstootte. Geritsel van kleding. Een meisje dat huilde. Snikte. Het was niet moeilijk te raden wat er gebeurde.
Ik liep verder de kamer in. Zag hem in het donker een stukje verderop in de aangrenzende kamer. Carl Figenschou junior met haar voor zich op een chaise longue, terwijl hij woorden uitspuwde tussen opeengeklemde kaken; woorden die ik niet kon verstaan. Zijn broek hing om zijn enkels. Magdalena had een riem om haar nek.

Haar hoofd was achterovergetrokken in een onnatuurlijke houding. Een paar van haar vingers zaten klem onder de riem. Tranen stroomden uit haar paniekerige ogen en haar lippen waren vreemd uitgerekt. Een vreemd geluid ontsnapte aan haar mond.

Tot nu toe had geen van beiden me gezien, maar ik was niet in staat te spreken of te bewegen. Ondertussen werd het gezicht van het meisje steeds blauwer. Het gejammer zachter, minder krachtig.

Carl Figenschou junior hield niet op.

Niet voordat ze stopte met zich verzetten. Op dat moment verslapte hij pas zijn greep op de riem. Het hoofd van het meisje viel voorover. Toen hij haar heupen losliet, bleef ze onbeweeglijk voor hem liggen.

Carl Figenschou hapte onafgebroken naar adem. Zijn longen piepten.

En wat deed ik?

Ik bleef daar zwijgend staan, terwijl mijn hart uit mijn borst wilde breken. Met voeten die niet in beweging kwamen, omdat ik niet in staat was ze te vertellen dat dat moest.

Het meisje bewoog nog steeds niet.

'Shit.' Carl Figenschou greep haar beet en draaide haar om. Haar gezicht viel opzij, in mijn richting. Het leek alsof ze naar me staarde, zonder te knipperen.

Vlug trok Carl Figenschou zijn broek op van zijn enkels. 'Verdomme,' zei hij. 'Verdomme nog aan toe.'

Hij bukte en hield zijn oor bij haar mond. Een vinger tegen haar hals.

'Shit, shit, shit!'

Met zijn grote lijf over haar heen probeerde hij leven in haar te duwen en te blazen, maar hij hield geen ritme. Het leek bijna alsof hij zelf geen zuurstof kreeg.

Figenschou gaf het op.

Bleef slechts naar haar staan staren. Zwetend en hijgend. Nog steeds was ik niet in staat iets te zeggen of te bewegen. Figenschou verdween uit het zicht, aan de rechterkant, deed een poging een deur daarbinnen open te krijgen. Het meisje bleef achter op de chaise longue. Ze verroerde zich niet.
Toen pas dacht ik eraan om adem te halen.
Ik was bang.
Misselijk.
En ik had mijn mobiele telefoon in mijn hand.
Zonder goed te weten waarom, in elk geval op dat moment, opende ik de camera en nam een foto. En een tweede. Ik liep een stukje dichterbij en zette ook de videofunctie aan, filmde een stukje van de kamer waarin ze lag.
Stemmen op de gang.
Voetstappen die dichterbij kwamen.
Ik stapte achteruit naar de deur waardoor ik was binnengekomen en bleef staan op de drempel. Ik hoorde dat Figenschou terug was met een paar anderen; wie, kon ik niet horen. Omdat ik er redelijk zeker van was dat iedereen zich in de aangrenzende kamer bevond, sloop ik de gang op en stopte mijn mobieltje in de borstzak van mijn jas, terwijl ik mijn best deed adem te halen, na te denken en te doen alsof er niets was gebeurd. Beveiligingsmedewerkers kwamen met snelle passen aanlopen. Ze schonken me geen aandacht. Terwijl ze me passeerden, hield ik mijn blik strak op de grond gericht. Hetzelfde deed ik toen ik langs de deur liep; ik keek niet naar binnen, maar haastte me erlangs, terwijl ik zo stil mogelijk probeerde te doen.
Het voelde alsof alles in me in beweging was. Ik voelde mijn voeten niet in mijn schoenen, merkte niet dat ik ademhaalde. Ik verwachtte elk moment mijn naam te horen roepen. Maar dat gebeurde niet.

10

'Leuk feest?'

De taxichauffeur, een jonge man met een paardenstaart, keek me aan in de achteruitkijkspiegel. Ik vroeg me af of hij de angst in mijn ogen kon zien.

Ik deed ze dicht en dacht: ik had haar kunnen redden.

Ik had naar binnen kunnen gaan toen ze nog ademde. Ik had hem weg kunnen duwen, dat duivelse zwijn van een mens.

Waarom deed ik dat niet?

Waarom deed ik dat godverdegodverdomme niet?

Ik ging thuis in de woonkamer op de bank zitten. Amalie lag gelukkig één verdieping hoger te slapen. Ik ging ervan uit dat Berner of iemand anders op het feest 112 had gebeld en dat de politie zich ondertussen over Carl Figenschou junior zou ontfermen. Ik zakte steeds dieper weg in de bank. Ineens hoorde ik de geluiden uit Magdalena's mond, die gorgelende, half verstikte geluiden, en ik schrok op en sprong overeind, liep naar de gootsteen in de keuken en wierp me eroverheen. Alles kwam eruit, alles wat ik in de loop van de avond gegeten en gedronken had. Zo bleef ik staan tot ik het geluid van voetstappen achter me hoorde.

'Jezus, Peter.'

Ik was niet in staat me om te draaien.

'Hoe oud ben je nou eigenlijk?'

Ik hield me vast aan het aanrecht. Amalie snoof en liep naar de badkamer. Ik greep mijn kans en ging naar bed.

Toen ik wakker werd, was het iets over halftien. Mijn hoofd voelde alsof het vastzat in een bankschroef. Ik had lang geleden al op mijn werk moeten zijn, maar het lukte me niet om meer dan een paar stappen achter elkaar te zetten. In eerste instantie naar de badkamer. De douche. Ik nam een paar hoofdpijntabletten en ging naar de woonkamer beneden om de tv aan te zetten. Ik had verwacht livebeelden te zien van Berners residentie, maar op het nieuws hadden ze het over de post die problemen had om alle pakjes voor kerst te verwerken, en dat iedereen die vanaf nu nog iets verstuurde, er niet op kon rekenen dat het pakketje voor kerstavond aan zou komen. Ook was er sprake van ernstige kerstdrukte op de vliegvelden. Er stonden lange rijen voor de douane. Geen woord over de doodslag.

Ik checkte de onlinekranten.

Daar was het hetzelfde.

Ik weet nog dat ik dacht: misschien is er een zinnige reden voor dat de dood van Magdalena nog niet gemeld is bij de politie. Maar ik kon moeilijk bedenken wat. Het ambulancepersoneel moest het altijd melden als ze een dode persoon aantroffen. En meestal was het een korte route van de politie naar de pers.

Even na elven werd er beneden aangebeld. Ik liep naar het raam van de woonkamer en verwachtte half om buiten politieagenten te zien, maar ik zag niemand, alleen een bijzonder mooie burgerauto. Met zware, krachteloze benen liep ik naar beneden om open te doen. Ik keek in het ernstige gezicht van een man met grijs haar en een witte, goedverzorgde baard. Zijn lange zwarte jas stond een stukje open bij de kraag en ik zag een stropdas en een wit overhemd.

'Ludvig Hessel,' zei hij bijna zangerig, zonder me de hand te reiken. Ik slikte, zo'n beetje al het vocht was uit mijn keel verdwenen. 'Ik heb een aantal keren geprobeerd je te bellen. Ik ben zelfs bij je kantoor langsgegaan, maar daar zeiden ze dat je vandaag niet op je werk was verschenen.'

De kou van buiten sloeg het huis in. Ik had veel te weinig kleren aan.

'Ik ben senior partner bij advocatenkantoor Hessel, Lund en Jacobsen,' ging hij verder. 'Zoals je misschien weet, is

Christian William Berner een van mijn cliënten. Mag ik even binnenkomen?'
'Waar... gaat het over?'
'Het duurt wat lang om dat hier in deuropening uit te leggen. En het is koud.'
De adem van de man vormde wolkjes in de lucht. Het was inderdaad koud, en zelf had ik geen pantoffels aan. Ik trok de deur een stukje verder open en liet hem binnen.
'Bedankt.'
Binnen in de hal trok de advocaat de overschoenen uit die zijn glimmend zwarte handgemaakte schoenen beschermden. Zijn lange jas hield hij aan. Ik vatte het op als een teken dat dit hopelijk gauw voorbij zou zijn.
Ik ging hem voor naar de eerste verdieping, waar we aan de keukentafel gingen zitten. Ik was te moe om hem iets aan te bieden. De advocaat tilde zijn mahoniebruine koffertje op zijn schoot en opende het met een klik.
'Mijn cliënt heeft me gemachtigd om een zekere delicate kwestie met u te bespreken.'
Hij haalde twee vellen papier tevoorschijn en legde ze voor zich op tafel. Hij deed het koffertje weer op slot en zette het op de grond, leunde naar voren en vouwde zijn handen terwijl hij me doordringend aankeek.
'Gezien het feit dat tijd geld is, en tijd uitgerekend vandaag een cruciale rol speelt, lijkt het me gepast om meteen ter zake te komen. We weten allebei waarvoor ik hier ben, nietwaar, meneer Franz?'
Ik was niet in staat te slikken, maar slaagde erin te stamelen: 'Kranz.'
'Hmm?'
'Het is Kranz,' zei ik. 'Met een k.'
'O. Pardon. Uiteraard.'
Omdat ik verder niets zei, vervolgde hij: 'Mijn cliënt heeft een aanbod voor u.'

Ik reageerde niet. De advocaat schoof een van de vellen papier naar me toe.
Ik besefte meteen wat het was.
Ik zag een aantal woorden, een bedrag.
Ze wilden dit onder het tapijt vegen.
Het trillen van mijn handen bracht het papier aan het wapperen. Mijn gedachten tuimelden over elkaar heen. Ik zweette en had het koud tegelijk. Bevochtigde mijn lippen, terwijl ik me afvroeg of ze dit bij iedereen deden die op het feest was geweest nadat de klok twaalf had geslagen.
Vast niet. Alleen degenen die het gezien hadden. Die het wisten.
Hoe konden ze weten dat ik het had gezien?
Ik was er zeker van dat niemand me in de kamer had opgemerkt. De beveiligingsmedewerkers hadden andere dingen aan hun hoofd gehad.
Ik las de conceptovereenkomst nog eens en registreerde een formulering die ging over mijn mobiele telefoon. Onderdeel van de overeenkomst was dat de advocaat hem bij zijn vertrek mee zou nemen, dat de inhoud niet elders was opgeslagen of was bewerkt.
Dat was het moment dat ik het doorkreeg.
Ze wisten dat ik foto's had gemaakt.
Ze wisten dat ik het dode lichaam van Magdalena had gezien. En aangezien niemand mij had gezien, moesten er daarbinnen camera's hebben gehangen.
Met andere woorden: ze hadden me op band.
En ze wilden mijn zwijgen afkopen en het bewijs vernietigen.
'Even kijken of ik het goed begrijp,' zei ik. 'Ze gaan dus een miljoen kronen naar me overmaken, zo ongeveer per direct, als ik mijn telefoon afsta?'
'En... de gebeurtenissen van gisteren onder ons houdt. Dat hebt u correct opgevat, meneer Kranz.'

Ik knikte langzaam, alsof ik het aanbod overwoog.
'Wat zijn jullie van plan met dat meisje te doen?' vroeg ik – ik was zo razend dat ik het trillen van mijn stem niet kon bedwingen. 'Haar in zee dumpen?'
'We zullen er natuurlijk voor zorgen dat ze naar de wens en behoefte van haar ouders begraven wordt. Haar familie zal ook naar behoren gecompenseerd worden.'
'Gecompenseerd,' zei ik snuivend. 'Wat wil dat zeggen?'
'Ik heb niet de autorisatie om u dat te vertellen.'
'Nee, vanzelfsprekend.'
Het sarcasme droop van mijn stem.
'Wat gebeurt er met Figenschou?'
De advocaat keek me een ogenblik aan. Hij hoefde geen antwoord te geven, ik zag het al aan hem.
Geen snars. Er zou geen mallemoer gebeuren.
Ik weet nog dat ik op dat moment dacht dat dit de reden was dat ik die foto's had gemaakt. Een soort onderbewuste overtuiging dat iets als dit zou kunnen gebeuren.
'Dit...' De advocaat pauzeerde even. '... had natuurlijk nooit mogen gebeuren. Het was een afschuwelijk ongeluk.'
'Een ongeluk?'
De advocaat keek me aan. 'Het was werkelijk niet de bedoeling dat...'
'Het was een ongeluk dat Figenschou zijn riem om haar nek had gebonden? Dat hij niet stopte toen ze geen adem...'
Ik wendde mijn blik af.
Om te weten wat ik had gedaan, of niet had gedaan...
Dat fragiele, levenloze meisje. Haar ogen die me aankeken. Zelfs in de dood keken ze nog beschuldigend.
'Het is in het belang van beide partijen dat we dit vriendschappelijk oplossen, meneer Kranz.'
Er was iemand gedood. In Berners villa. Berner probeerde zijn goede vriend te redden van een lange gevangenisstraf en tegelijk zijn eigen naam en reputatie te beschermen.

'Wat er gisteravond is gebeurd...' ging de advocaat verder met een killere ondertoon in zijn stem. 'En dan heb ik het over het feit dat u foto's hebt genomen van het eigendom van mijn cliënt, iets waarover alle genodigden voorafgaand aan het feest zijn geïnstrueerd dat níét te doen...'
Hij doorboorde me met zijn donkerbruine ogen. '... is niet het enige wat mijn cliënt heeft gezien dat u hebt gedaan.'
Ik keek hem aan.
'Hoe bedoelt u?'
'U... hebt het wel heel gezellig gehad, meneer Kranz. In Turkije?' zei hij op vragende toon.
Mijn lijf werd koud.
'In kamer 122,' voegde hij eraan toe, voor het geval ik zijn uiteenzetting niet had begrepen.
Ik sloeg mijn handen voor mijn gezicht. Had Berner daar ook camera's gehad?
'Wat denkt u dat uw echtgenote ervan zegt als...'
'Nee,' zei ik, en ik keek op. Het woord rolde trillend over mijn lippen. Ik hief ook mijn vinger naar hem op, maar het leek geen effect te hebben. De advocaat bleef nog net zo kalm. Hij staarde terug, bijna verveeld.
'Ik wil dat u nu gaat,' zei ik.
'Meneer Kranz...'
'Ga...'
Een tijdje keek hij me aan. Ik kon niet stoppen met beven.
'Wat moet ik tegen mijn cliënt zeggen?'
De advocaat boog naar voren, alsof hij zijn schoenveters moest strikken.
'U kunt uw cliënt vertellen...' zei ik terwijl ik opstond. Maar ik kon niet bedenken wat ik moest zeggen. Advocaat Hessel stond eveneens op en pakte zijn koffertje.
'Ik laat deze hier achter,' zei hij, met een knikje naar de vellen papier op tafel. 'En ik wil u ten strengste aanbevelen er goed over na te denken, en als u dat hebt gedaan, te tekenen.'

Daarop haalde hij een visitekaartje tevoorschijn en legde het op tafel. Ik beantwoordde zijn ernstige blik.

'En wat moet dat betekenen?'

Daar reageerde hij niet op.

'Wat bedoelt u daarmee?' drong ik aan.

'Ik bedoel,' zei hij met een diepe zucht, 'dat u beter niets kunt doen waar u later spijt van krijgt. Maar neem snel een beslissing. Tijd is... zoals ik al zei...'

Hij zag geen noodzaak zijn zin af te maken.

'Een prettige dag verder, meneer Kranz.'

11

Peter kan zich het geluid nog herinneren van de voetstappen van de advocaat die zijn huis verliet. Hoe hij behoedzaam de deur sloot. Het knerpen van zijn overschoenen op de sneeuw en het ijs buiten. Het starten en wegrijden van zijn auto. De stilte in huis die volgde en zijn trommelvliezen geselde.

Hij weet ook nog wat hij dacht: dat hij die conceptovereenkomst moest opbergen voordat Amalie thuiskwam. Het allerliefst wilde hij de papieren in de open haard smijten en naar de politie gaan. Erop gokken dat de hele machine zijn werk deed.

What happens in Turkey, stays in Turkey.

Op dat moment was Peter achtendertig jaar met Amalie samen geweest, waarvan ze er tweeëndertig getrouwd waren. Het was een mooi huwelijk geweest, een goed leven samen. Hij had nooit iets te klagen gehad. Maar dat had hem er niet van weerhouden het toch te doen.

Hij had ook aan Eva gedacht en hoe erg ze hem zou haten. Het zou allemaal in de media zijn gekomen. Hij zou iedereen tegen zich gekregen hebben. In het omgekeerde geval, als hij de overeenkomst had getekend en het had laten gaan, zou hij hebben bijgedragen aan het geheimhouden van het ombrengen van een onschuldig meisje. Waardoor een rijke man kon doorgaan met zijn rijkemannenleven en zich misschien nog aan anderen zou vergrijpen. Dat zou Peter medeplichtig gemaakt hebben aan nieuwe misdaden.

Daar kon hij niet mee leven.

Maar hij kon ook het leven van een ander niet te gronde richten. Zijn eigen gezin niet te gronde richten.

Daarom bedacht hij dat er iets moest zijn wat hij kon doen, iets om te zorgen dat hij zelf geen problemen kreeg. Als hij naar de politie ging, zou hij kroongetuige worden in een eventuele rechtszaak. Maar Tormod Jahre, de chef van het politiekorps van Oslo, was een goede vriend van Berner. En op andere vlakken was het ook risicovol. In een rechtszaak zou de tegenpartij er alles aan doen om hem zwart te maken, dan zou hetgeen er gebeurd was in kamer 122 in Berners golfhotel weer in beeld komen. In het ergste geval kon hij aangeklaagd en veroordeeld worden voor medeplichtigheid omdat hij niet tussenbeide was gekomen en de doodslag niet voorkomen had toen hij de kans had. Bovendien zou hij zich machtige vijanden op de hals hebben gehaald. Levenslang.

Daarom had hij een plan bedacht.

Ik hoorde niets meer van advocaat Hessel. Ik had een sms'je, een herinnering, misschien zelfs – God verhoede het – een tweede avondlijk bezoekje verwacht terwijl Amalie thuis was. Maar dat gebeurde niet.

's Avonds zat ik samen met mijn vrouw op de bank een tv-programma over mishandelde dieren te kijken die gered werden, iets waar ik buitengewoon emotioneel van werd. Nadat Amalie naar bed was gegaan, bleef ik nog even zitten en dacht na over wat ik de volgende dag zou doen. Of ik werkelijk zou kunnen uitvoeren wat ik me had voorgenomen. Het was nog niet te laat om van gedachten te veran-

deren. Ik had geen garanties dat mijn identiteit en mijn aandeel erin verborgen zouden blijven.
Tegen de tijd dat ik opstond en de slaapkamer in wankelde, was het net twee uur geweest. Het was koud in de slaapkamer. Té koud. Dus deed ik het raam dicht.
Ik draaide me om naar Amalie.
Ze had een zijden slaapmasker voor haar ogen. Het masker dat ik een aantal jaren geleden voor haar had gekocht. Ze was er dol op.
Ik probeerde naast haar te gaan liggen, trok het dekbed goed over me heen en staarde naar het plafond, luisterend naar de zware, slapende ademhaling naast me, terwijl ik angstig de volgende dag tegemoetzag. Tegelijkertijd was het alsof haar masker en zij mijn blik aantrokken. Ook al leek het niet bijzonder veel op het masker dat Magdalena had gedragen, ik moest eraan denken, en aan haar.
Ik kon daar niet gewoon blijven liggen, dus stond ik zo zachtjes mogelijk op. Ik ging op de bank zitten en drukte op de afstandsbediening, terwijl er een vuur oplaaide in mijn borst.

De volgende dag hoefde ik pas om negen uur op mijn werk te zijn. Toen ik buitenkwam, zag ik dat de zijdeur van de garage openstond en dat een van de ramen verbrijzeld was. Ik vloekte inwendig. Er waren in de weken daarvoor meerdere inbraken geweest in de buurt. Ik ging naar binnen om te kijken wat de dieven hadden meegenomen, maar eenmaal binnen bleef ik abrupt staan. Naast de auto stond een man met een bivakmuts op. Een zwarte jas, gehandschoende handen. Op de motorkap lag een hamer.
Hij stapte naar voren en zei: 'Dag, Peter.'
Hij kwam een paar stappen dichterbij.
Ik was niet in staat te bewegen, ook al was het maar een klein eindje naar de uitgang. Hij bleef vlak voor me staan

en zei: 'Je hebt een mooi leven, Peter. Groot huis, mooie auto. Mooie garage.'
Hij draaide zich om naar de zwarte BMW *alvorens hij zijn blik weer op mij richtte. 'En een mooi gezin heb je ook. Amalie. Eva.'*
Ik wist niet wat ik moest zeggen.
'Wie ben je?' wist ik ten slotte uit te brengen. 'Wat doe je hier?'
Het volgende ogenblik balde hij zijn vuist. Voordat ik doorhad wat er gebeurde, werd alle lucht uit me gezogen. Ik voelde een pijn in mijn buik. Mijn hele lichaam wilde dubbelklappen, maar de man greep me vast en hield me overeind. Ik hapte naar adem.
Hij maakte een hoofdbeweging van links naar rechts, waarbij de botten van zijn nek kraakten – een geluid dat me altijd al had doen huiveren, op dat moment meer dan ooit.
'Je telefoon,' zei hij toen ik enigszins was bijgekomen.
'Wat?'
Hij liet me los en zei: 'Geef me je telefoon.'
Hij maakte een bevelend gebaar met zijn hand. Toen ik niet meteen deed wat hij zei, kwam de klap. Ik wankelde naar achteren. Mijn gezicht was compleet verlamd en alles begon te duizelen. Ik kwam tot stilstand tegen de muur achter me. Vervolgens kwam de pijn.
Bloed liep uit mijn neus.
De man kwam achter me aan en rukte mijn jas van me af, begon in mijn jaszakken te graven, haalde mijn mobieltje eruit.
'Ontgrendel het scherm,' zei hij.
Ik hield mijn neus vast en boog mijn hoofd achterover. Mijn hand was plakkerig en warm, mijn gezicht gevoelloos. De man duwde het mobieltje in mijn andere hand. Ik toetste de code in.
Hij ging een paar passen naar achteren, terwijl hij iets deed

op de telefoon. 'Mooi gereedschap heb je hier liggen,' zei hij, terwijl hij nog steeds bezig was op mijn telefoon. 'Zelfs fatsoenlijk touw, daar hou ik wel van.'
De man legde de telefoon op de motorkap en pakte de hamer die daar lag, maakte een kras in de lak en legde hem in zijn hand.
'Je weet vast wel dat zachte, korte slagen oppervlakkig blijven,' zei hij, 'maar dat zware en langzame een stuk dieper gaan. Dat spreekt voor zich.'
Het volgende moment schoot er een onwerkelijke pijn door mijn knie. Mijn been zakte onder me vandaan, maar voordat ik het kon uitschreeuwen, bedekte een gehandschoende hand mijn mond. De geur en smaak van leer en bloed vermengden zich. Ik sloot mijn ogen en schreeuwde in de handschoen; het voelde alsof ik zou flauwvallen. Opnieuw hield hij me overeind. Toen ik in staat was mijn ogen open te doen, bevond de hamer zich vlak voor mijn gezicht.
'Het is ontzettend tragisch, wat er met Sofie gebeurd is,' zei hij. 'Arme Eva, die helemaal alleen in dat kleine tweekamerappartementje in Helsfyr moet wonen. En bijna geen vrienden heeft.'
Ik kon niets uitbrengen. Mijn ogen stroomden over. De pijn gierde nog steeds door mijn lijf.
'Ik hoop dat ik hier niet meer terug hoef te komen,' zei hij. 'Maar als dat nodig is, als ik erachter kom dat je met iemand hebt gepraat of dat van plan bent, dan neem ik deze mee.'
Hij hield de hamer voor mijn neus omhoog. 'En daarna ga ik ermee naar Helsfyr.'
Er klonk geen agressie in zijn stem. Het voelde als ijskoude naalden die in mijn slapen prikten. Ik kneep mijn ogen dicht. De tranen drongen zich op.
'Ik geloof dat we elkaar begrijpen. Of niet, Peter?'
Ik knikte vlug.
'Mooi zo. Dan is er niets aan de hand.'

12

Vijf weken later werd Peter ontboden op het kantoor van advocaat Ludvig Hessel. Een jonge vrouw in een donkerblauw colbertje en een witte blouse glimlachte gastvrij toen hij vertelde wie hij was. Ze keek op een vel papier dat voor haar lag, schoof haar stoel naar achteren en zei: 'Neemt u daar maar even plaats.'

Ze wees naar een knalrode bank met een duur ogende muurschildering erboven. 'Ik zal zeggen dat u er bent.'

Niet veel later was ze weer terug.

'Hij komt u zo halen.'

Het was een groot advocatenkantoor. Veel werkplekken, grote ramen. De telefoon stopte niet met rinkelen, waarop Peter zijn nieuwe telefoon tevoorschijn haalde. Geen oproepen of berichten.

Amalie wist natuurlijk niet dat hij hier was. Hij had haar ook niet verteld over het contract dat hij bij zich had, of wat er eigenlijk die dag in de garage gebeurd was. Hij was blij dat hij een goedgelovige echtgenote had, die uiteraard niet begreep hoe hij het voor elkaar had gekregen om van de eerste verdieping de trap af naar beneden te glijden en zo verkeerd terecht te komen, of hoe er door dat ongeluk bloed op de betonvloer in de garage was beland. Maar op een paar vragen in het ziekenhuis na, vroeg ze niet verder.

In het kantoor van Hessel gingen er vijftien minuten voorbij zonder dat er iets gebeurde. Nog een kwartier verstreek. Toen Peter er iets meer dan veertig minuten zat, pakte hij de krukken die hij had gekregen en hinkte nogmaals naar de receptie.

'Pardon,' zei hij. 'Ik had om tien uur een afspraak met advocaat Hessel.'

De vrouw wierp een blik op de klok aan de muur.

'Hmm,' zei ze, en ze stond op. 'Ik zal het even navragen.'

Ze verdween via een gang en was in een mum van tijd weer terug.

'U kunt nu binnenkomen,' zei ze. 'Excuseer dat u moest wachten.'

'Dat geeft niet.'

Peter strompelde verder en kwam bij een openstaande deur met de naam van de advocaat erop. Binnen zat advocaat Ludvig Hessel, gekleed in het wit met een gesteven overhemd en opgerolde mouwen. Rode stropdas. Toen Peter binnenkwam, keek hij niet op van het document dat hij aan het lezen was, maar zei slechts: 'Sluit de deur, alstublieft.'

Peter deed wat hem werd opgedragen. Hij liep een paar passen verder de kamer in. Hessel zette zijn bril recht en ging door met lezen. Peter bleef staan en wachtte tot hij hem een stoel zou aanbieden of simpelweg iets zou zeggen. Hij deed geen van beide.

'Kan ik iets voor u doen, meneer Kranz?' klonk het ten slotte.

Peter keek hem aan.

'Ik... kom om het contract af te geven.'

'Welk contract?'

Zijn ogen gleden nog steeds vluchtig over het document voor hem.

'Eh... het contract dat u voor de kerst bij mij thuis hebt achtergelaten.'

Hessel ging nog steeds door met lezen.

Peter zette een paar stappen in zijn richting.

'Ik heb ze allebei bij me. Getekend.'

Nog steeds geen reactie van de advocaat. Hij legde enkel het vel papier dat hij zojuist had uitgelezen aan de kant.

'En waarom denkt u dat een dergelijk contract, op dit moment, van enige waarde zou zijn voor mijn cliënt?'

'Pardon?'

De advocaat begon weer te lezen.

'Hallo!'

Peter bonkte met een van zijn krukken hard tegen het grote bureau waaraan de advocaat zat. Hierop richtte hij voor het eerst langzaam zijn blik op, enigszins ongemakkelijk, alsof hij bang was dat iemand de uitbarsting had gehoord. De advocaat schoof een stukje naar achteren, zette zijn bril af en leunde achterover.

'Meneer Kranz,' begon hij, 'u hebt het over een aanbod dat u vorig jaar is gedaan. Een aanbod dat vanzelfsprekend zijn geldigheid verloor op het moment dat ons ter ore kwam dat u het voornemen had in te gaan tegen de in het betreffende contract genoemde voorwaarden.'

'Hoe bedoelt u?'

Hessel beantwoordde Peters blik zonder een spier te vertrekken.

'U weet heel goed wat ik bedoel.'

Peter wist niets uit te brengen.

'U had een uitweg,' ging de advocaat verder. 'Maar u koos ervoor die niet te nemen.'

Peters wang gloeide. Hij was blij dat hij zijn krukken had om op te leunen.

'Ik zie het eerder zo dat jullie die verbrijzeld hebben,' zei hij ten slotte. 'En deze hebben jullie ook verbrijzeld.'

Hij wees op zijn verwoeste knie. 'Het geneest niet zo goed als de artsen gehoopt hadden. Ze zeggen dat er een kans is dat ik de rest van mijn leven mank zal lopen. Die vent die u gestuurd hebt...'

'Meneer Kranz...'

'Die heeft me mijn rechterknie ontnomen. Nu doe ik niet heel veel in mijn vrije tijd, maar af en toe speel ik nog weleens een partijtje golf. Daar weet uw baas wel het een en ander van. Dat zal niet makkelijk meer gaan nu, dankzij die bruut die u bij me langsgestuurd hebt.'

'Meneer Kranz, ik heb geen...'

'Ach, kom nou toch,' zei Peter snuivend. 'Ik ben misschien wel gek, maar ik ben niet dom.'

'Uiteraard.'

Zijn toespraak leek niet veel indruk te hebben gemaakt op de advocaat.

'Was er verder nog iets?' vroeg hij. 'Ik heb een grote zaak die ik moet voorbereiden. Praat maar even met mijn secretaresse op weg naar buiten.'

'Waarom zou ik met uw secretaresse willen praten?'

'Als ik haar goed inschat, zal ze graag willen weten waar de factuur voor dit uur heen mag.'

'Factuur... U maakt een grapje, zeker?'

De advocaat trok zijn stoel een stukje dichter naar de tafel. Hij keek op en zei: 'Meneer Kranz, zie ik eruit als iemand die vaak grapjes maakt?'

Hij pakte een nieuw document en begon het te bestuderen.

Peter greep zijn krukken zo stevig beet dat zijn knokkels wit werden.

'Ik wens u een prettige dag, meneer Kranz. Doet u de deur dicht op weg naar buiten. Ik wens u en uw gezin het allerbeste.'

Als hij terugdacht aan dat gesprek werd Peter nog steeds razend. 3.300 kronen wilde de advocaat hebben voor die vijf minuten.

Naderhand, toen hij terugdacht aan zijn ontmoeting met de advocaat, was er één ding in het bijzonder dat hem dwarszat: het contract verloor zijn geldigheid op het moment dat hun ter ore was gekomen dat hij het voornemen had in te gaan tegen de in het betreffende contract genoemde voorwaarden.

Ze moesten dus geweten hebben dat hij contact had gezocht met Tom Rustad van *Dagens Næringsliv* en hem had verteld dat hij een scoop voor hem had, waarbij anonimiteit een absolute, bindende vereiste was. Ze zouden elkaar die dag om twaalf uur ontmoeten in een café in het centrum.

Hoe kon Ludvig Hessel dat weten?

Peter had het met niemand gedeeld. Een journalist van Rustads kaliber zou ook niemand over hun afspraak hebben verteld.

Het antwoord kreeg Peter toen hij thuiskwam. Hij herinnerde zich hoe advocaat Hessel zich op een bepaald moment naar voren had gebogen om zijn schoenveters te strikken. Toen Peter hetzelfde deed, in dezelfde stoel, en onder het tafelblad keek, vond hij een piepklein microfoontje.

Dat was het moment dat hij besefte met wat voor tegenstander hij te maken had. Hoe moeilijk hij het nog zou krijgen. Dat hij altijd een gevaar zou vormen voor hen, wat betekende dat hijzelf en zijn dochter eveneens gevaar zouden lopen. Tegelijkertijd wist hij dat hij zichzelf onmogelijk nog in de ogen zou kunnen kijken en dat hij niet in staat zou zijn verder te leven alsof er niets gebeurd was.

En nu zit hij hier, bijna twee jaar later, in zijn eentje en eenzamer dan ooit. Sinds hij die onbekende man was tegengekomen in het noedelrestaurant, is hij zijn woning niet uit geweest. Telkens als er een geluid had geklonken in het trappenhuis, had hij zich afgevraagd of ze hem hadden gevonden.

Hij scrolt door alles wat hij de afgelopen dagen geschreven heeft. Woorden die niets waard zijn zonder de foto's die hij heeft gemaakt, of zonder zijn directe getuigenis. De foto's zelf heeft hij nog wel, ook al had de man met de bivakmuts zijn mobiele telefoon meegenomen en ongetwijfeld de cloud waarin hij ze had opgeslagen, gewist. Nadat Peter contact had opgenomen met Tom Rustad, had hij de foto's gekopieerd naar een USB-stick. Het plan was om Rustad ze in alle rust op zijn eigen apparaat te laten overzetten.

Peter had hem in zijn laptoptas gedaan, die een zijvakje met rits had. De enige tas die hij bij zich had toen hij Noorwegen verliet. Hij staat op en vindt de tas op de bodem van de garderobekast in de gang.

Hij pakt de USB-stick eruit en vouwt zijn hand eromheen, een klein, licht voorwerp dat plotseling ontzettend waardevol lijkt; alleen al door het in zijn hand te houden, gaat zijn hart sneller kloppen. De wortel van al het kwaad staat op dit kleine dingetje.

Hij neemt het mee naar de keukentafel en gaat zitten, maar steekt hem niet meteen in de USB-poort van zijn computer. De gedachte aan de beelden deed hem denken aan alle foto's die hij op zijn telefoon had bewaard. Alle fysieke herinneringen aan Amalie en Eva, die ongetwijfeld eveneens voorgoed weg waren. Ook dat kwam door Berner.

Hij herinnert zich een foto die hij gemaakt had van Amalie op een mooie herfstdag in het Frognerpark. Ze hadden koffiegedronken en een kaneelbroodje gegeten bij Herregårdskroen. Het was nog warm genoeg geweest om buiten te zitten en te genieten van de felle herfstzon. Hij herinnert zich een zomerse foto langs de waterkant, Amalie met een zonnehoed, haar voeten in het water.

Een golf misselijkheid stijgt op vanuit zijn middenrif.

Hij mist haar zo ontzettend.

Alle ellende die hij haar had aangedaan. Dingen waarvan ze niet eens wist.

En Eva, de arme ziel.

Sofie.

Van haar had hij ook zoveel foto's gehad. Pasgeboren, piepklein. Een beetje groter, op de grond, glimlachend. Zonder tanden. Daarna op een strand badend in de zon, rondwaggelend op twee beentjes, haar gezicht wit van de zonnebrandcrème en met een rode plastic schep in haar hand. Hij had ook filmpjes van haar gemaakt.

Inmiddels is Peter aan het huilen.

Vier jaar was ze geworden. Vier jaar.

Hij had foto's van golfbanen waarop hij had gespeeld. Water, bomen, een mooie green op Kjos, in de buurt van Jessheim, op een middag dat het bijna onmogelijk was geweest om te spelen door de mist, die het golvende landschap had ingepakt in een magische sluier. Tijdens zijn golfronde met Berner en Figenschou junior had hij ook een aantal foto's gemaakt, een klunzige selfie op een paar meter achter hen, hopend dat ze het niet zouden merken.

Als hij eraan denkt, hoort Peter Figenschous bulderende lach bij hole acht. De brede grijns. De high fives achteraf. Zijn smerige glimlach op het terras van het golfhotel in Turkije. Die zieke, zieke glinstering in zijn ogen terwijl hij...

Peter steekt de USB-stick erin en wacht een paar seconden terwijl het apparaat zijn werk doet. Dan verschijnt het icoontje op het bureaublad. Hij klikt het open.

Daar zijn ze. Geordend in kolommen en rijen.

De foto's die hij genomen had van Magdalena, het filmpje dat hij had gemaakt na afloop, toen ze levenloos op de chaise longue lag met een riem om haar nek. Het geteisterde gezicht. De geopende ogen.

Peter staat op het punt te breken, maar dan wordt hij vervuld van een woede die zo sterk is dat het lijkt alsof zijn slapen zullen openbarsten. Woede tegenover Carl Figenschou junior, tegenover Jørgine Solstad, maar misschien nog wel het meest van allemaal tegenover Christian William Berner, de man die al zijn macht en spierkracht had aangewend om hem dit leven op te leggen, dit bestaan. Berner had alles van hem afgepakt.

Wat nu?

Peter dacht weer aan Tom Rustad. In combinatie met die foto's was het verhaal dat Peter de afgelopen dagen had opgeschreven goud waard. Maar Peter moet nog steeds zijn anonimiteit bewaren. Hij kan niet terugreizen; dan zou hij veel te veel moeten uitleggen en verklaren. En het belangrijkste: de bedreigingen jegens Amalie en Eva zouden niet verdwijnen. Er zou geen twijfel over bestaan van wie die foto's en dat filmpje afkomstig waren. Ze konden de dreigementen aan het adres van zijn dochter in werking stellen.

Maar... denkt hij.

Niet als hij niet meer in leven is.

Niet als iemand hem hier dood aantreft. Dan hebben ze geen reden meer om hem te straffen. Een overleden persoon kun je niet straffen.

Peter is opgewonden en bang tegelijk van zijn eigen gedachten. Hij heeft er vaak over gedacht een einde te maken aan zijn leven, maar hij had er nooit de kracht voor gevonden en was nooit sterk genoeg geweest om het daadwerkelijk door te zetten.

Nu moet hij het doen.

Hij gáát het doen.

Hij heeft nog steeds het e-mailaccount dat hij had gebruikt om via internet een vals paspoort te bestellen. Hij logt in en ziet dat hij duizenden e-mails heeft ontvangen. Allemaal spam. Hij opent een nieuw bericht en richt het aan Tom Rustad.

Dag Tom,

Jou deze e-mail sturen zal het laatste zijn wat ik doe in mijn leven. Hierna is het voorbij.

Hij neemt een grote slok uit de wodkafles. Het brandt, doet pijn. Huilend schrijft hij verder.

Het meisje van de foto en het filmpje heet Magdalena en kwam uit Turkije. Ze is vermoord in het huis van Christian Berner – dat heb je goed gelezen, de miljardair – tijdens het jaarlijkse gemaskerde bal, bijna tweeënhalf jaar geleden.

Wat ze daarna met haar hebben gedaan, weet ik niet, maar ik betwijfel of ze een fatsoenlijke begrafenis heeft gekregen, of dat haar familie te horen heeft gekregen wat er met haar is gebeurd.

Ik ben niet geheel onschuldig wat haar dood betreft.

Ik had moeten ingrijpen toen ik de kans had. Maar ik deed het niet. Waarom niet? Daar probeer ik sindsdien elke dag een antwoord op te vinden, maar ik kom niet verder dan dat ik te laf en te zwak ben. Daardoor is ze er niet meer, een meisje dat haar hele leven nog voor zich had. Daardoor is mijn leven verwoest.

Je vraagt je ongetwijfeld af waarom ik contact opneem met jou en dit niet naar de politie stuur. Ik vertrouw de politie niet. Ik weet dat de korpschef in Oslo een goede vriend is van Berner. Jij bent hopelijk in de positie dit op een onafhankelijke manier aan te pakken en ervoor te zorgen dat de verantwoordelijken ontmaskerd en opgepakt worden.

Tegelijkertijd moet ik je waarschuwen. Dit zijn machtige mensen. Ze schuwen geen enkel middel om hun 'goede naam' en reputatie in stand te houden. Ga voorzichtig te werk, en succes.

Peter voegt de foto's en het filmpje bij en klikt op VERZENDEN, hoort de melding dat alles verstuurd is. Hij bedenkt dat hij de tekst die hij de afgelopen dagen geschreven heeft er niet bij heeft gedaan, maar misschien is dat niet noodzakelijk, gezien hetgeen hij geschreven had in de e-mail zelf. Hij schreef ook liever niet zijn eigen naam eronder. Het e-mailaccount stond op een valse naam. Maar dat besefte Tom Rustad misschien wel.

Peter neemt nog een slok.

En daarna nog een, terwijl een bijna vrome stilte de kamer vult.

Het is voorbij.

Zijn leven, de hele ellende... alles is voorbij. Een overweldigende opluchting maakt zich van hem meester en hij ontspant tot in zijn diepste wezen, voor het eerst sinds hij zich kan heugen.

Hij gaat een einde maken aan zijn leven.

Deze keer gaat het hem lukken. Hij neemt alle pillen in die hij heeft, met wat hulp van zijn goede vriend Halico. Godzijdank verkopen ze hier spul dat sterk genoeg is, zonder dat je er een recept voor nodig hebt.

Hij loopt naar de badkamer en haalt het potje met pijnstillers dat hij een paar dagen geleden heeft gekocht. Hij maakt het open en stopt een van de pillen in zijn mond, spoelt hem weg. Daarna nog een. En nog een. Peter weet dat er waardiger eindes te bedenken zijn dan dit, maar dit is het beste wat hij zichzelf te bieden heeft, na alles wat hij heeft veroorzaakt.

Hij neemt weer een tablet en zet de fles nogmaals aan zijn mond. De goedkope wodka smaakt beter dan ooit.

Deel 3: In naam van de vader

1997

'Ga je vader halen. We gaan eten.'

Lille-Chris keek op naar zijn moeder, die bezig was alles uit te pakken op het aanrecht.

Alweer afhaaleten.

Hij verlangde naar de tijd dat ze een kok hadden. Toen was er tenminste wat meer leven in huis. Zijn broers en zussen waren het huis uit gegaan om te studeren of te werken. De enkele keren dat ze thuiskwamen, gingen ze er altijd weer snel vandoor. En hij had ook geen kat meer om mee te spelen.

'Waar is hij?'

'Goede vraag,' antwoordde zijn moeder met een zucht. 'Waarschijnlijk in zijn kantoor.'

De deur van zijn vaders kantoor was gesloten. Lille-Chris klopte erop, maar kreeg geen reactie. Hij klopte nog een keer – hij mocht in geen geval zomaar naar binnen gaan – en trok aan de deurklink. De deur gleed naar hem toe.

Zijn vaders voeten maakten geen contact met de vloer. Het leek alsof hij zweefde. Met een touw om zijn nek dat hij had vastgemaakt aan een haak in het plafond. Zijn ogen waren gesloten. Schuin onder hem lag een omgevallen krukje. Het was nat onder hem. De geur deed Lille-Chris denken aan hoe zijn eigen bed soms rook in de ochtend.

Het rook ook nog ergens anders naar.

Had zijn vader in zijn broek gepoept?

Lille-Chris zette een stap naar binnen, terwijl hij nog steeds naar zijn vader omhoogstaarde. Het was een beetje vreemd om zijn eigen vader te zien zonder kleur in zijn gezicht.

Vanuit de keuken riep zijn moeder: 'Kom op, het eten wordt koud!'

Lille-Chris bleef nog even staan. Hij kon zijn blik niet losmaken. Maar ten slotte kon hij niet anders dan achteruit de kamer uit lopen en teruggaan, want zijn moeder riep alweer.

'Komt hij nog of niet?' vroeg ze toen Lille-Chris de keuken binnenkwam.

'Nee,' antwoordde hij, en hij ging zitten.

'Nou ja,' zei zijn moeder met een zucht, en ze schudde haar hoofd. 'Dan moeten we maar zonder hem gaan eten. Zoals gewoonlijk.'

Hij begon te eten. Biefstukreepjes met rijst en groenten. Het was best lekker.

'Had ik gezegd dat je al mocht beginnen?'

Lille-Chris keek op.

'Sorry.'

Zijn moeder nam haar wijnglas mee van het aanrecht. Deed er extra lang over, dacht hij, voordat ze ging zitten.

'Zo. Ga je gang, eet smakelijk.'

De volgende minuten verstreken in stilte. Lille-Chris dacht aan zijn vader. Aan de levenloze ogen. De voeten die de grond niet raakten.

'Ik ben bijna jarig,' zei hij.

'Dat is zeker waar.'

Zijn moeders blik was troebel. Vanochtend had ze rondgestommeld in een half openhangende ochtendjas. Met een glas in de ene hand en een sigaret in de andere.

'Wat nou?' zei ze toen Lille-Chris haar onthullende outfit zag. 'Heb je nog nooit een harige poes gezien?'

En dat was niet het enige wat hij meer dan één keer te veel had gezien.

'Wat wil je hebben?' vroeg ze.

'Ik weet het niet.'

'Geld?'
'Ja, misschien. Of...'
'Wat?'
'Nee, laat maar. Geld is prima.'
Ze verschoof een stukje biefstuk op haar bord.
'Waar dacht je aan?'
'Laat maar zitten, mam.'
'Maar ik wil het weten.'
'Echt?'
'Ja, natuurlijk.'
Lille-Chris dacht even na, terwijl hij een stukje broccoli in zijn mond stopte, hoewel hij niet van broccoli hield. Zijn moeder had gezegd dat het goed voor hem was, dus at hij het.
'Ik zou thuis wel een verjaardagsfeest willen houden.'
'Een feest?'
'Ja, met wat vrienden of zo.'
Daar moest ze om lachen. 'Of zo?'
'Ja, of...'
'Aan welke vrienden dacht je?'
Ze keek hem met een spottende glimlach aan. 'Kom op, laat horen. Welke vrienden heb jij die zo lief, leuk en aardig zijn dat je ze bij ons thuis wilt uitnodigen?'
Daar gaf hij geen antwoord op.
'Die jongen die wasmiddel in je rugzak goot? Wil je hem uitnodigen? Is hij het naar wie je wilt dat ik glimlach en die ik moet vragen of hij zijn hotdog in een gewoon broodje of in een rolbroodje wil hebben?'
Lille-Chris zei niets, ook al was dat van dat wasmiddel inderdaad gebeurd. Er waren ook wat andere dingen voorgevallen, als hij eerlijk was, maar dat had hij haar niet verteld.
'Je weet wat je vader van zulke dingen vindt.'
Hij schoof zijn broccoli een stukje opzij.
'Laat maar zitten,' zei hij zacht.

'Hmm?'

'Laat het gewoon zitten.'

Ze aten in stilte verder. Een stukje biefstuk viel van Lille-Chris' vork en belandde naast zijn bord.

Met een klap legde zijn moeder haar bestek op tafel. 'Wat heb ik je gezegd over eten als een varken?'

Lille-Chris keek op.

'Kijk nou eens naar jezelf.'

Ze wees naar de vlekken op zijn trui, op de voorkant en de mouwen. Daarna sprong ze overeind en rukte zijn bord van tafel, bukte voorover en zette het hardhandig op de grond. Een stukje wortel viel ernaast.

'Hier,' zei ze. 'Als je eet als een varken, moet je maar een varken zijn. Vooruit. Op de grond.'

Hij aarzelde enkele seconden.

'Nee, nee,' zei zijn moeder toen hij zijn vork pakte. 'Varkens gebruiken geen bestek. Vooruit. Op de grond.'

Lille-Chris deed wat ze zei; hij ging op zijn handen en knieen zitten.

'En zo blijf je zitten tot het op is.'

Na het avondeten, na het gillen van zijn moeder – hard, lang en schel – en nadat de politie en ambulance weer vertrokken waren, ging Lille-Chris naar zijn slaapkamer. Hij dacht aan zijn klasgenoten. Zijn vrienden.

Zijn moeder had gelijk.

Je kon hen amper vrienden noemen.

Hij begreep hen niet. Of misschien waren zij het die hém niet begrepen? Hij hield niet van dezelfde dingen als zij. Ze zeiden en deden dingen die hij niet snapte.

Maar misschien kon hij zijn best doen om iets meer te zijn zoals zij?

Hij ging voor de passpiegel staan en probeerde te glimlachen, ook al viel er niets te glimlachen. Hij probeerde te glimlachen op een manier die ánderen zou laten glimlachen. Maar hoe deed je dat eigenlijk?

Eerste poging. Nee, onecht. Hij maakte wat bewegingen met zijn mond om zijn gezichtsspieren meer te laten ontspannen. Volgende poging: iets beter, misschien, maar nog steeds bij lange na niet perfect. Het duurt even om het goed te krijgen, dacht hij. Derde poging: nee, het lukte hem niet. Hij moest er gewoonweg langer op oefenen. Goed kijken naar degenen die dit konden.

Misschien kon hij hulp vragen aan zijn moeder? Luisteren naar wat zij erover zei en hoe zij het deed? Hij had gezien hoe ze zich gedroeg tegenover gasten. Dan was ze als het ware een andere persoon en glimlachte ze de hele tijd, ook al wist hij zeker dat ze het niet meende.

Misschien kon hij beter even wachten met haar hulp vragen, besloot hij. Daar was het misschien niet de dag voor.

Het werd elf uur.

Lille-Chris ging naar bed. Hij controleerde of er een matrasbeschermer onder het laken zat en deed het licht uit. Zijn moeder was met iemand aan het praten, leek het. Het klonk bijna alsof ze lachte.

Hij kneep zijn ogen dicht en rolde zich op zijn zij. Trok de dekens goed om zich heen en zoog zijn longen vol met diepe ademhalingen. Niet veel later was hij in slaap gevallen en droomde van de keer dat hij voor het eerst samen met zijn vader een hert schoot. Ze liepen midden in een natgeregend bos. Zware druppels vielen van de bomen, ook al was het gestopt met regenen. Er hing een vochtige geur van hout, mos en hei. Hij hield van die geur. Het deed hem denken aan de dood.

Ze namen hun positie in.

Daar hield hij niet van.

Ze moesten zo stil zijn.

Na een veel te lange tijd fluisterde zijn vader: 'Daar? Zie je dat?'

Lille-Chris zag het.

Een majestueus hert dat een paar passen zette en toen bleef staan, even at en nog een paar passen verder liep.

'Het is een hinde,' fluisterde zijn vader.

'Een hinde?'

'Ja, zo noem je het vrouwtje. Heb je dan helemaal niets geleerd?'

Daar gaf de jongen geen antwoord op.

'Bereid je voor.'

Zijn vader hief het geweer, kalm. Legde het in de juiste positie. Keek door het vizier. Lille-Chris deed hetzelfde. Verloor zijn evenwicht, waardoor hij even een stap opzij moest zetten.

Zijn stap opzij maakte geluid.

De hinde hief haar kop en spitste haar oren. Een aantal seconden bleven ze doodstil zitten. De vacht van het hert was roodbruin. De kop, poten en onderkant waren grijzer en lichter dan de rest van het lijf.

Lille-Chris knipperde een paar keer met zijn ogen en probeerde zo rustig mogelijk te ademen. Plaatste het wapen stevig tussen zijn schouder en borstspieren, zoals zijn vader hem had geleerd. Het geweer lag stabiel. Hij was klaar om te schieten, klaar om te doden. Lille-Chris had zijn vader nooit verteld dat hij de voorkeur gaf aan heel andere manieren van doden.

Een krakend geluid deed hem opschrikken, hij knipperde een paar keer met zijn ogen. En zonder dat hij op dat moment besefte waar de gedachte vandaan kwam, kwam het in hem op wat de beste manier moest zijn om iemand van het leven te beroven. Ook dat had zijn vader hem geleerd. Eerder die dag. Geluidloos, effectief.

Licht uit de gang viel op de muur tegenover Lille-Chris. Onvaste voetstappen over de vloer. Zijn moeder had geen pantoffels aan.

'Slaap je?' vroeg ze.

Haar stem klonk laag, fluisterend. Ze kwam een paar passen de kamer in. Bleef staan voor het bed. Haar zijden negligé gleed van haar lichaam. Ze stapte eruit. Lille-Chris zag enkel zijn moeders schaduw, een donker silhouet dat langzaam dichterbij sloop. En achter haar: een goudachtig schijnsel.

2021

1

Een tram blijft op gelijke snelheid met Hedda's Ford. Welke van de twee het meeste ratelt, weet ze niet zeker, maar ze gaan allebei naar het centrum – een route die ze blindelings zou kunnen afleggen als al die stoplichten onderweg er niet waren geweest.

Als ze voor de ingang van het Bislett-stadion moet wachten voor rood, moet ze denken aan haar vader, die het altijd persoonlijk opvatte als hij een paar seconden moest wachten om verder te mogen rijden. Een rustige, bedaarde man in het dagelijks leven, maar in het verkeer gebeurde er iets met hem. De minste vertraging of aarzeling van een auto voor hem kon de hevigste razernij ontketenen.

Hedda zou ziek van angst zijn geweest, van zorgen en vragen, als hij, zoals Peter Kranz, op een dag gewoon was verdwenen. Dat was ook wat er met Eva was gebeurd. Het is één ding om te weten wat er gebeurd was met iemand om wie je gaf, om een antwoord te hebben. Een verdwijning is iets heel anders. En voor Eva komt alles nu weer boven, alleen zijn er deze keer nog veel meer vragen, met nog een extra laag angst erbovenop, aangezien Eva's eigen leven in gevaar was, en misschien nog steeds is.

Een herinnering uit haar jeugd komt bovendrijven.

Ze waren bij iemand op bezoek geweest – Hedda weet niet meer wie – en tot laat gebleven. Toen ze eindelijk voor hun huis parkeerden, deed ze alsof ze sliep, zodat haar vader haar naar boven zou dragen, naar haar slaapkamer. Ook al hoorde ze aan zijn ademhaling en kreunen – ongetwijfeld omdat hij ergens pijn had – dat het zwaar was, ze had haar greep om zijn nek en schouders niet losgelaten. Ze was niet 'wakker' geworden. Zelfs nu nog, al die jaren later, herinnerde ze zich hoe hij had geroken: een mengeling van tabak en aftershave. De geur van geborgenheid en onvoorwaardelijke liefde.

Het is even na tien uur in de ochtend als Hedda aanbelt bij het Centrum voor Stress- en Traumapsychologie, dat een eigen etage heeft in een gebouw op een steenworp afstand van het gerechtsgebouw van Oslo. Als ze uit de lift stapt, wordt Hedda opgewacht door een psycholoog die zichzelf voorstelt als Petronella Harket.

'We hebben elkaar aan de telefoon gesproken,' zegt ze. 'Ik heb de verantwoordelijkheid voor Alexandra.'

'Dag. Hedda Fisk.'

Ze schudden elkaar glimlachend de hand.

'Hoe is het met haar?'

'Nou,' zegt Petronella. 'Soms heb ik het gevoel dat ik een beetje tot haar doordring, dat ze hoort wat ik zeg en er enigszins op reageert, maar ze heeft nog geen woord gezegd.'

Hedda weet dat de kans klein is dat zij, nog een onbekende vrouw, het voor elkaar zal krijgen dat Alexandra zich openstelt, althans niet bij de eerste poging. Maar ze moet het proberen.

'Heeft ze iets gegeten? Gedronken?'

'Niet zoveel. We hebben wat dingen geprobeerd, aan haar vader gevraagd wat ze lekker vindt en zo, maar verder dan een handje chips en een beetje limonade zijn we niet gekomen. Maar dat is niet zo erg op dit moment, als we maar íéts in haar krijgen.'

'Is haar vader er?'

'Ja, hij is bij haar in de kamer.'

'Oké, laten we maar naar binnen gaan.'

Hedda laat de psycholoog voorgaan. Zodra ze binnenkomen, springt een man die volgens Hedda Alexandra's vader moet zijn, op van zijn stoel en komt snel op haar af. Hedda weet weinig meer over hem dan dat zijn voornaam Volodymyr is en dat hij, zoals alle Oekraïense mannen, drie namen heeft: een voornaam, de voornaam van zijn vader met genderspecifieke uitgang en een achternaam. Geen van alle zijn makkelijk uit te spreken, dus heeft ze zich voorgenomen het niet te proberen.

Alexandra's vader is een lange man met een brede, platte neus, krachtige jukbeenderen en dik, kortgeknipt haar.

'Dag,' zegt Hedda. 'Ik ben...'

'Je gaat niet met mijn dochter praten.'

Volodymyrs gebroken accent komt er op een agressieve toon uit.

Eh... het spijt me,' zegt Hedda zacht. 'Maar... dat ga ik wel. Ik heb geen keus, vanwege het onderzoek.'

'Ze praat niet met jou of wie dan ook van de politie. Daar is het nog te vroeg voor.'

Hedda stapt een stukje opzij, zodat ze Alexandra kan zien. Het kleine meisje zit in een zithoek en kijkt tv; een programma over Amerikaanse scholieren die er allemaal vreselijk Amerikaans uitzien. Hedda hoopt dat het meisje hun gesprek niet hoort.

'Volodymyr,' zegt Petronella op milde, vriendelijke toon. 'Hier hebben we het over gehad. Het is belangrijk dat de politie haar wat vragen kan stellen.'

'Dat bepaal ík wel. Ze is míjn verantwoordelijkheid. Míjn kind.'

'Er is niemand die iets anders beweert,' zegt Hedda met een blik op de man voor haar, bij wie het zweet op zijn bovenlip staat. 'Maar er is een ernstig misdrijf gepleegd en we moeten doen wat we kunnen om deze zaak op te helderen. Dat betekent dat we je dochter moeten spreken.'

Volodymyr zet zijn handen op zijn heupen. Het lijkt alsof hij verder wil protesteren, maar hij zegt niets. In plaats daarvan kijkt hij kort op zijn mobieltje, op de klok op het schermpje.

'Ik beloof...' zegt Hedda, en ze legt haar hand mild op zijn arm, '... dat ik heel voorzichtig zal zijn.'

Met tegenzin laat Volodymyr haar langs. Langzaam nadert Hedda de bank waar Alexandra op zit. Petronella loopt mee en wijst Alexandra erop dat ze bezoek heeft en even pauze moet nemen van de televisie. De psycholoog wacht een paar seconden en zet dan de tv uit. Het plotseling zwarte scherm heeft geen zichtbaar effect op Alexandra; ze blijft er nog steeds naar staren. Petronella werpt Hedda een bemoedigende glimlach toe en trekt zich dan terug.

Een aantal jaren geleden had Hedda een cursus gevolgd in het verhoren van kinderen die iets hebben meegemaakt waarvan de politie misschien op de hoogte zou moeten zijn. Er bestaat geen recept voor hoe je hen zover krijgt vrijuit, accuraat en gedetailleerd te praten, maar er zijn wel wat strategieën die de moeite waard zijn om te proberen.

Hedda wacht even, dan gaat ze in een stoel naast het tv-meubel zitten. Ze trekt hem wat dichterbij en zegt: 'Hoi, Alexandra. Mijn naam is Hedda. Hedda Fisk. Fisk is mijn achternaam. Je moest eens weten hoeveel mensen me daarnaar gevraagd hebben door de jaren heen.'

Met een imitatiestem voegt ze eraan toe: 'Wat voor vis ben je? Stokvis?'

Alexandra ligt half onderuitgezakt op de donkergrijze bank. Haar benen heeft ze tegen haar lichaam aan omhooggetrokken. Hedda slaat haar benen over elkaar en probeert ondertussen oogcontact te maken. Ze weet dat het voor veel kinderen lastig is om openlijk over pijnlijke, gênante of persoonlijke ervaringen te praten. De wil van een kind, had Hedda op de cursus geleerd, om over een ervaring te praten waarbij de dader een onbekende is, hangt meestal samen met hoe goed de relatie van het kind met de eigen ouders is, met name de moeder. Alexandra, dat arme kind, heeft al jaren geen moeder meer, en de persoon die ze misschien als een tweede moeder had beschouwd in de periode daarna, is de persoon die de vorige dag is neergeschoten en gewond geraakt. Met andere woorden: extra lastig.

Hedda weet dat ze vertrouwen moet uitstralen, een goede en – indien mogelijk – 'ontspannen sfeer voor de dialoog' moet creëren. De inleidende fase van het contact is essentieel. Ze werpt een snelle blik op Volodymyr, die met zijn armen over elkaar een paar meter verderop staat en alles in de gaten houdt. Dan begint ze een beetje over zichzelf te vertellen, zodat Alexandra kan wennen aan haar stem. Hedda vertelt hoe oud ze is, waar ze woont, en dat ze een kat heeft die Hermelien heet.

'Omdat ik van Harry Potter hou.'

Alexandra staart recht voor zich uit.

Hedda ziet dat het meisje een knuffel op haar schoot heeft. Een aapje.

'Ik had er ook zo een toen ik klein was. Mischa, noemde ik hem. Ik kan me niet herinneren waarom. Hoe heet die van jou?'

Alexandra antwoordt niet.

'De mijne was jarig op 8 oktober,' gaat ze verder. 'Is dat niet gek? Wat we ons allemaal kunnen herinneren?'

Nog steeds geen reactie.

Hedda denkt enkele ogenblikken na.

'Alexandra, ik... moet je een paar vragen stellen,' zegt ze. 'Het kan zijn dat je je niets herinnert van de dingen waar ik naar vraag. Dat is prima. Je hoeft ook geen antwoord te geven, dat is ook oké. Het is aan jou.'

Alexandra knippert een paar keer met haar ogen.

'Aan de andere kant is het belangrijk om de waarheid te vertellen. Als je dat kunt. Dat kan ons heel erg helpen. En ik heb je hulp nodig, Alexandra. Heb je zin om te proberen mij te helpen?'

Ook nu kwam er geen antwoord van het meisje.

'Je bent een slimme meid. Ik denk dat je weet waarvoor ik hier ben.'

Alexandra zit er nog steeds kalm en catatonisch bij. Opnieuw kijkt Hedda naar de vader van het meisje, die haastig aan de stoppels op zijn kin krabt.

'Je bent gisteren Eva's woning binnengegaan,' zegt Hedda, die zich weer tot Alexandra richt. 'Midden op de dag.'

Hedda wacht even voordat ze verdergaat: 'Kun je me vertellen wat je je herinnert van wat er is gebeurd? Wat je gezien hebt?'

Alexandra begint met haar duimnagel over een stukje vel aan haar andere duim te wrijven.

'Wat deed je toen je de gang binnenkwam?'

Alexandra antwoordt nog steeds niet.

'Je... hebt iemand gezien, toch?'

Hedda weet dat je geen leidende vragen moet stellen, maar als een situatie helemaal op slot zit, zijn er soms weinig andere opties.

'Zag je Eva?'

Alexandra buigt haar hoofd, maar antwoordt niet.

'Zag je nog iemand ánders dan Eva?'

Als je geen antwoord krijgt, probeer dan een vraag te stellen met twee mogelijke keuzen, gebaseerd op wat het kind je al heeft verteld. Deze tip van haar cursus is nu op zich niet erg nuttig, maar Hedda vraagt het evengoed: 'Was het koud of warm in Eva's woning?'

Het meisje houdt op met friemelen aan haar duim. Ze kijkt ook op, en Hedda krijgt het gevoel dat het haar misschien gelukt is om tot haar door te dringen.

Maar er komt nog steeds geen antwoord.

Hedda probeert het nog eens met dezelfde ondervragingsstrategie, maar het meisje is en blijft volledig gesloten.

Tot slot: geef het kind het gevoel dat de ondervraging goed gegaan is.

'Ik begrijp dat het moeilijk is,' zegt Hedda. 'En het is helemaal oké om nu niets te zeggen. Is er iets wat jij wilt weten?'

Geen aanstalten tot het stellen van vragen.

'Het is allemaal oké, Alexandra,' zegt Hedda met warme stem. 'Ontzettend bedankt dat ik met je mocht praten.'

Volodymyr zet een stap naar Hedda toe en wil iets zeggen, maar Hedda houdt hem tegen door haar hand op te steken.

'Laten we dat buiten op de gang doen.'

Petronella geeft haar een waarderend knikje. Terwijl ze de kamer uit loopt, zegt Hedda tegen haar: 'Bel me als er iets verbetert. Ik kom later vandaag misschien nog even terug. Even kijken hoe de dag verloopt.'

Daarna, buiten op de gang, zegt Volodymyr: 'Dit was precies wat ik zei. Het was te vroeg.'

'Daar had u inderdaad gelijk in,' geeft Hedda toe. 'Maar het is belangrijk om een dergelijk proces zo snel mogelijk te beginnen. Het is niet zeker of het ons bij een tweede of derde poging wel zal lukken, maar dat betekent niet dat we het niet moeten proberen.'

Hedda is er niet zeker van of hij begrijpt wat ze bedoelt.

'Wat deed ú eigenlijk gisteren rond twaalf uur?'

'Ik? Ik... was weg.'

'Weg?'

'Ja, ik had een afspraak met een vriend.'

'Wie dan?'

'Eh... Mikhail.'

'Mikhail. Oké. Komt hij ook uit Oekraïne?'

'Inderdaad.'

Hedda kijkt hem aan. Volodymyr trekt zijn schouders een

stukje naar achteren, weet niet goed waar hij moet kijken.

'En de dag ervoor, rond dezelfde tijd?'

'Dat... weet ik niet meer.'

'Dat weet u niet meer.'

'Nee.'

'U weet dat uw dochter op dat moment alleen in het centrum was?'

'Ja. Dat... heb ik gehoord, ja.'

'Wat vindt u daarvan?'

'Nou, dat is niet...'

Hij slaat zijn blik neer.

'Dat is niet best, natuurlijk.'

'Had ze niet op school moeten zijn?'

'Jawel.'

Hedda pauzeert even en denkt na.

'Het is ook niet de eerste keer.'

'Hoezo?'

Volodymyr kijkt Hedda aan.

'Dat ze alleen naar het centrum gaat.'

'Wie heeft dat gezegd?'

'Alexandra.'

'Tegen wie?'

Hedda ziet het gezicht van Adam Borg voor zich, maar ze noemt hem niet.

'Waarom wil je dat weten?' vraagt ze in plaats daarvan.

'Omdat ze nog weleens kan liegen.'

Hedda knikt langzaam.

'Het is opvallend dat u dat zegt,' antwoordt ze. 'Die indruk heb ik ook van u.'

2

Ik was volgens mij net weer in slaap gevallen toen de deur openging. Vegar komt zoals gewoonlijk binnen met een grote glimlach. En hij heeft bloemen bij zich.

'Ik dacht dat ik de eerste was,' zegt hij met een knikje naar de tulpen die in een vaas op tafel staan.

'Hoi,' antwoord ik, nog steeds slaapdronken. Er staat gelukkig geen medelijden in zijn ogen, en ook geen paniek. Hij gedraagt zich heel normaal als hij naar me toe komt en vooroverbuigt om me een kus op mijn voorhoofd te geven. Hij ruikt lekker, net als altijd, een lichte hint van kokos.

'Hoi,' zegt hij teder, terwijl hij mijn gezicht streelt en me aankijkt. 'Jezus, wat goed dat je nog leeft.'

'Zo voelt het niet.'

Daar moet hij om lachen. Hij richt zich op en loopt naar de tulpen. Als hij geen kaartje vindt, draait hij zich met een vragende blik naar me om.

'Ze zijn van Adam,' zeg ik.

'O?'

Hij houdt zijn hoofd een beetje schuin en glimlacht sluw.

'Weet je zeker dat hij niet nog een appel bij zich had?'

Ik kijk hem aan.

'Hallo!' zegt hij, en hij spreidt zijn armen. 'Adam en Eva?'

Ik trek een grimas.

'Adam,' zegt Vegar plechtig. 'Gevormd uit de aarde en leven ingeblazen door de neus van God.'

'Dat klinkt smakelijk.'

'En hij werd ook negenhonderddertig jaar oud.'

'Een beetje aan de oude kant, zelfs al heb ik nog acht levens over.'

Vegar glimlacht en gaat op de stoel naast het bed zitten, slaat zijn benen over elkaar. 'Ik moet je de groeten doen van Anna en de kinderen.'

'Dank je. Groeten terug.'

'Hoe was hij?'

'Wie? Adam?'

'Hmm?'

Toen hij eerder vandaag wegging, had Adam gevraagd of hij me zo nu en dan een berichtje mocht sturen, 'gewoon om te checken hoe het met je gaat'. Eerst aarzelde ik een beetje, omdat ik nog steeds niet wist of ik wel contact met hem wilde, maar uiteindelijk gaf ik hem toch mijn nummer. Hij stuurde me direct een berichtje, terwijl hij nog in de kamer stond: *Hoe gaat het met je?* Daar moest ik om lachen.

'Stil,' zeg ik.

'Saai, dus.'

'Dat wil ik niet zeggen. Het was meer dat hij goed nadacht over wat hij ging zeggen. Ik hou er wel van als mensen er niet zomaar dingen uitflappen.'

'Zoals ik?'

'Haha.' Dan, iets serieuzer: 'Dat is wat Morten altijd deed. Hij had overal een mening over. Hij hoefde niet na te denken, hij zei en deed gewoon. En dat was dan zeg maar de waarheid. De enige optie.'

'Zo te horen mis je hem.'

'Ik mis hem noch die idiote moeder van hem.'

Vegar kijkt vlug op zijn telefoon en stopt hem dan terug in zijn jaszak.

'Over moeders gesproken: is jouw moeder al langs geweest?'

Ik schud mijn hoofd. 'En ik wil haar hier ook niet hebben. Ik heb geen energie voor al die doemgedachten van haar.'

'Gelooft ze nog steeds dat ze elke dag dood kan gaan?'

'Ze gelooft nog steeds dat ze elke minúút dood kan gaan. En zelfs dit...' Ik gebaar met mijn hand om me heen. '... had ze ongetwijfeld over háár laten gaan. Daar ben ik nog niet klaar voor.'

Vegar knikt.

Ik gaap zo wijd dat mijn kaakspieren er pijn van doen.

'Heb je Adam over je vader verteld?'

Ik knik. 'Ik vond dat ik hem een verklaring schuldig was.'

'Hoe reageerde hij daarop?'

'Tja, hij werd een beetje... bezorgd, misschien. Om mij.'

'Dat is wel schattig.'

Ik rol met mijn ogen en trek een gezicht naar Vegar.

'Is de politie hier vandaag geweest?'

'Ja, die ene man. Waage, of hoe hij ook heet.'

'Wie niet waagt, wie niet wint. Wat zei hij?'

'Ze hebben de buren en omwonenden ondervraagd,' antwoord ik, terwijl de lucht langzaam aan mijn longen ontsnapt. 'Maar het lijkt erop dat niemand iets bijzonders heeft opgemerkt.'

'Of ze willen het jou niet vertellen,' zegt Vegar. 'De politie, bedoel ik.'

'Zou kunnen, ik weet het niet.'

'Ze hebben een oproep voor tips gedaan, zag ik.'

'Ja, dat doen ze altijd. En het duurt natuurlijk een tijdje voordat de uitslagen van de testen en onderzoeken en zo binnen zijn. Alle forensische sporen die ze nalopen.'

Op de gang rijdt een ratelende trolley voorbij.

'Is er nieuws over Alexandra?'

Ik schud mijn hoofd. Ik zie haar zo voor me. Dat kleine, fragiele wezentje.

'Het schijnt tot nog toe onmogelijk te zijn om iets uit haar los te krijgen.'

'Misschien is het goed als ze ziet dat je nog leeft.'

Ik kijk Vegar aan.

'Als dát de reden is dat ze zo dichtgeklapt is,' gaat hij verder, 'omdat ze denkt dat jij ook dood bent, dan zou het kunnen helpen als ze je ziet. Misschien is het makkelijker voor haar om met jóú te praten in plaats van met een psycholoog of de politie, nadat ze heeft gezien dat alles in orde is met je.'

Het is een goed idee. Dat zal ik de politie laten weten.

Ik laat mijn hoofd naar rechts vallen. Ik kijk nog een keer naar de bloemen, ook al willen mijn oogleden liever dichtvallen.

Ik houd van tulpen.

'En Eva werd geschapen uit een rib,' zegt Vegar. Hij heeft gezien waar mijn blik door getrokken werd. 'Uit Adams lichaam.'

'Arme kerel.'

'Jullie kunnen toch... sowieso wel "iets scheppen" met behulp van een ander lichaamsdeel?' zegt hij met een knipoog.

Ik trek opnieuw een gezicht naar hem. 'Het duurt nog wel een paar maanden voordat dit lichaam zulke dingen aankan, denk ik.'

'Zeg, je bent alleen hierboven neergeschoten, hoor,' zegt Vegar, en hij klopt op zijn eigen schouder.

Ik heb niet de puf hem te corrigeren wat betreft de plek van de schotwond. Maar we moeten allebei even glimlachen. En glimlachen is fijn.

3

Voordat Bjørn-Erik Bakkerud werd doodgeschoten in de woning van Eva Kranz woonde hij in Tøyen, vlak bij de botanische tuin. Hedda heeft afgesproken met haar baas voor het gebouw van Bakkeruds tweekamerappartement. In het trappenhuis ruikt het naar kruiden.

'Wees voorbereid,' zegt Ole-Joakim Waage. 'Het ziet er niet uit daarbinnen.'

'O?'

'Een typische vrijgezellenwoning,' zegt Waage.

'Ah. Grote tv, grote speakers, volslagen afwezigheid van enige vorm van groen?'

'Inclusief groene zeep,' zegt hij. 'Het enige wat ontbreekt, is een kalender met schaars geklede dames aan de muur.'

'Hmm, ik heb er zin in.'

Hij overhandigt haar twee plastic hoesjes om over haar schoenen te doen. Ze stappen naar binnen, Hedda eerst. In de gang ligt een jas op de grond, half over een dichtgebonden vuilniszak gegooid waar een vieze stank uit komt. Ernaast staat een doos van een elektronicawinkel vol lege enveloppen en papier. Overal in de hal liggen schoenen en opgedroogd vuil van de met zout bestrooide straten. De vloer knarst van het grind dat naar binnen is gelopen via dikke zolen van winterlaarzen.

'Bjørn-Erik "Bønna" Bakkerud,' zegt Waage, alsof hij het voorleest van een vel papier. 'Tweeëndertig jaar oud, geboren 24 juli op een boerderij in Gudbrandsdalen. Zoon van Guro en Trond-Ivar. Ongetrouwd, geen kinderen. Naar Oslo verhuisd op zijn eenentwintigste. Zijn ouders hadden in het dagelijks leven weinig contact met hem. Hij heeft de afgelopen jaren voor verschillende IT-bedrijven gewerkt, en ook een tijdje voor *Dagens Næringsliv*. Bij zijn laatste werkgever is hij ontslagen wegens boventalligheid. Daarvoor was hij ruim zeven maanden werkloos.'

'Bønna had geld nodig,' stelt Hedda vast. 'Vandaar zijn poging om Eva Kranz te chanteren.'

'Wellicht, ja,' zegt Waage. 'Volgens Eva wekte hij niet de indruk dat hij het vaker had gedaan.'

De hele woonkamer is gecentreerd rond een groot bureau met drie beeldschermen erop, met luidsprekers aan weerszijden. Overal kronkelen kabels tussen grote stofvlokken door. Op de grond staat een verzameling anderhalveliterflessen cola, sommige maar halfleeg. Een pizzadoos staat een stukje open, met korsten van een pizza erin en wat verfrommelde vellen wc-papier, vermoedelijk van de rol die op het bureau staat, naast de blikjes Red Bull.

'Dat is neem ik aan het hoofdkwartier van Bakkeruds leven,' zegt Hedda, wijzend op de beeldschermen en snoeren. 'De vraag is nu hoe hij iemand als Peter Kranz kon opsporen, terwijl niemand, zelfs wij niet, daar eerder in was geslaagd.'

'Als dat waar is, dat hij hem heeft gevonden.'

'We hebben toch de foto gezien die Bønna naar Eva heeft gestuurd? En hij wist te vertellen dat Peter betrokken was geweest bij een misdrijf. Alles wijst erop dat die informatie in het verkeerde keelgat is geschoten. Zo erg zelfs dat hij werd vermoord. Bovendien was iemand ervan op de hoogte dat hij met Eva had afgesproken, aangezien hij bij haar thuis is vermoord en niet hier.'

'Hoe is hij aan die informatie gekomen?' vraagt Waage. 'En hoe heeft iemand anders dat achterhaald?'

Hij beantwoordt de vragen niet. In plaats daarvan zegt hij: 'Ik heb onze IT'ers gevraagd alle computerapparatuur op te halen. Daar hebben we waarschijnlijk het meest aan. Bakkerud lijkt me niet het type dat analoog te werk gaat, met fysieke aantekeningen of zo.'

'Het kan wel even duren voordat we daar toegang toe krijgen,' zegt Hedda met een knikje naar de computer. 'Ik wed dat hij hem beveiligd heeft.'

Iets in Hedda's jaszak begint te trillen. Ze pakt haar telefoon eruit en ziet dat Elisabeth Kaluza haar een foto heeft gestuurd. Ze drukt hem weg.

'Wat is onze mening?' zegt ze. 'Nog steeds dat iemand uit het criminele circuit dit heeft gedaan?'

'Die moord heeft alle schijn van een pure liquidatie,' zegt Waage. 'Naar binnen, pang, klaar en weg. Niets wijst erop dat er emotie in het spel was. Maar in kaart brengen waar al onze bekenden uit de onderwereld waren ten tijde van de moord, schiet niet zo op. En het zou natuurlijk ook een eerste opdracht van een nieuwe speler geweest kunnen zijn. Er zijn een hoop aanwijzingen dat het niet heel professioneel is uitgevoerd.'

'Alexandra's vader heeft een tijdje als uitsmijter gewerkt,' zegt Hedda. 'De stap van het uitgaansleven naar het criminele circuit is meestal niet zo groot.'

'En hij liegt, zei je?'

Hedda knikt. 'Tegen Kaluza zei hij dat hij lag te slapen op het tijdstip van de moord. Tegen mij zei hij dat hij bij een vriend was. Mikhail.'

'Gorbatsjov?'

Hedda glimlacht even en gaat verder. 'Je had zijn gezicht moeten zien toen ik hem vertelde dat hij eruitzag als een leugenaar. Alle kleur trok gewoon...'

Ze maakt een wegwuivend gebaar met haar hand.

'En wat zei hij?'

'Niets.'

'Dat zegt voorlopig genoeg.'

'Na afloop heb ik die psycholoog gebeld. Volodymyr is een paar minuten na mij vertrokken. Volgens de psycholoog vindt Alexandra het overduidelijk niet prettig als hij er is. Ze bevriest helemaal als hij tegen haar praat of haar een knuffel probeert te geven.'

'Hmm.'

'Haar psycholoog denkt dat Alexandra hem misschien associeert met de schutter, omdat de aanslag waarschijnlijk is uitgevoerd door een man. Maar het zou ook kunnen dat ze bang voor hem is, omdat ze weet dat hij het heeft gedaan.'

'Klinkt als iets wat we moeten uitzoeken.'

'Dat zal ik doen.'

'Hoe wilde je dat aanpakken?'

'Daar heb ik nog niet goed over nagedacht.'

Waage begint te lachen.

'Probeer die Mikhail-figuur te pakken te krijgen,' zegt hij.

'Volodymyr heeft hem vast ingefluisterd wat hij moet zeggen, denk je niet?'

'Als hij zichzelf een alibi probeert te verschaffen wel, ja. Maar doe het toch maar.'

Ze lopen een tijdje rond in het appartement. Pakken wat papieren op, kijken in lades en kasten, zonder iets interessants te vinden.

‘Laten we hier weggaan,’ zegt Waage. ‘Ik heb behoefte aan koffie.’

‘En ik heb behoefte aan ontsmettingsmiddel.’

Als ze buiten op straat staan, zegt Hedda: ‘Ik ga nog even naar Helsfyr.’

Waage draait zich naar haar om. ‘Wat ga je doen? Inbreken bij die... Hoe heet hij...? Voldemort?’

‘Verleidelijk,’ antwoordt Hedda. ‘Maar Kaluza heeft niet alle buren in het trappenhuis te pakken kunnen krijgen, omdat ze wegging met Pasen. En er zijn nog wel wat deuren in de omgeving waar we kunnen aankloppen. Iemand moet die moordenaar toch hebben zien komen of gaan.’

‘Dus je wilt het bureauwerk aan mij overlaten, zoals gewoonlijk?’

‘Je mag gerust meegaan, als je wilt. Dan gaat het sneller.’

‘Nee, ik heb op zich al genoeg te doen.’

‘Wat heb je dan te klagen?’

Met een glimlach stappen ze allebei in hun eigen auto. Hedda legt haar handen op het stuur en blijft nog even zitten.

Witte Donderdag.

Ze vraagt zich af wat Inger en Therese nu aan het doen zijn in Geilo. Waarschijnlijk liggen ze languit op de bank een rolbroodje te eten, met een kater omdat het veel te laat geworden was gisteravond.

Wat een geluk weer.

Hedda haalt haar telefoon tevoorschijn en kijkt naar het bericht dat Kaluza haar gestuurd heeft. Het is een foto van de slalompiste in Tryvann. Kaluza met een helm op. Het lijkt alsof ze in de lift naast een van de kinderen zit – wie van de kinderen kan Hedda niet zien met die gigantische skibrillen.

Kaluza schrijft:

Geschikt voor Instagram of aan de muur in zo'n vakantie-huisje?

Daar moet Hedda om glimlachen.

Dan komt er een nieuw bericht, van dezelfde afzender.

Mis je.

4

Een van Tom Rustads grootste vergissingen in het leven en zijn werk als journalist was om zijn werkmail op zijn mobiele telefoon te ontvangen. Hij had een tijdlang geprobeerd zijn e-mails alleen te openen als hij iets nodig had, maar algauw kreeg hij de neiging er voortdurend naar te kijken, op elk vrij moment, voor het geval er iets binnenkwam wat hij gewoonweg niét mocht missen. Uit angst een nieuwtje mis te lopen of dat een concurrent ermee aan de haal zou gaan, had Tom zijn telefoon zo ingesteld dat hij een waarschuwing kreeg bij elke mail die binnenkwam, wat in feite voortdurend het geval was. Met als resultaat dat hij nooit echt vrij had.

Niet dat dat veel uitmaakte. Hij had geen kinderen om voor te zorgen en ook geen partner. Niemand had er last van, behalve hijzelf. Eigenlijk heeft niemand Tom nodig, behalve Roger.

Roger was een tam konijn dat Tom drie jaar geleden had moeten aanschaffen nadat hij een weddenschap had verloren van zijn vader. Een feit waar weinig mensen van op de hoogte zijn, afgezien van zijn vader, en dat wil Tom graag zo houden. Maar de weddenschap had erin geresulteerd dat hij een huisdier moest nemen 'voor de gezelligheid en om mee te knuffelen', zoals zijn vader met een grote grijns had gezegd, want hij had gewed dat zijn zoon de veertig zou passeren zonder levenspartner te vinden – een soort omgekeerde-psychologieweddenschap waar Tom in een moment van zwakte mee had ingestemd.

Maar Tom is een man van zijn woord en dit leidde ertoe dat hij nu opgescheept zat met Roger, een huiskonijn met een pluizige witte vacht dat niet veel meer deed dan eten en slapen of af en toe een beetje rondbanjeren door Toms konijnenproof appartement. Zijn aanwezigheid deed Tom goed, ook al kwam er bij de verzorging van een konijn flink wat meer kijken dan hij had verwacht.

Het was belangrijk, vertelde de dame van wie hij Roger adopteerde, om Roger 'goede leefomstandigheden te bieden', wat er in de praktijk op neerkwam dat hij een hok met waterbakjes en een veilige slaapplek of andere schuilplekjes moest regelen. Roger hield ervan om onder de bank te slapen, met als gevolg dat hij steeds weer tevoorschijn kwam met een vacht die onder het stof zat. Met andere woorden: Tom had een rasechte stofbaal in huis.

Op dit moment trippelt Roger op zijn dooie akkertje over de antislipmat, kennelijk zonder enige interesse in Tom, die met een kritische en enigszins berustende blik zijn ongelezen werkmails doorneemt – wat hij het liefst tussendoor doet op de automatische piloot als hij een moment vrij heeft. Het ergst zijn de e-mails van afdelings- en teamleiders – met een cc naar iedereen – waar vervolgens íédereen godbetert naar álle anderen op antwoordt, of het nu een simpel 'oké' of een duimpje omhoog is. Zelden besteedt Tom er meer dan een of twee seconden aan voordat hij ze naar de digitale prullenbak verbant. Het leven is gewoonweg te kort, hij heeft belangrijkere dingen te doen. In de praktijk is dat, afgezien van de zorg voor Roger, stukken schrijven over grote spelers in de financiële branche die in het grijze gebied tussen goed en kwaad opereren. Af en toe bevinden ze zich ruimschoots aan de criminele kant van de grens.

Gelukkig weten Toms leidinggevenden van *Dagens*

Næringsliv dat hij niet in een kantoor, of – God verhoede het – een kantoortuin thuishoort. Hij laat te allen tijde het níéuws bepalen waar hij is en wat hij doet, vanuit de gedachte dat de Arbowet voor watjes is en dat hij wel kan slapen als hij oud is – of nadat de kwestie gepubliceerd is.

Het komt weleens voor dat er tussen de reclame, persberichten en 'tips' door spannende informatie binnenkomt. Vijf dagen geleden had hij een e-mail ontvangen waarvan de inhoud al zijn nieuwsporiën had opengezet. Een aanklacht tegen multimiljardair en celebrity Christian Berner, van een tot nog toe onbekende afzender, met een potentiële omvang die Tom van zijn leven nog niet had meegemaakt. Dat een man van Christians status en autoriteit betrokken zou zijn bij het ombrengen van een minderjarig Turks meisje in zijn eigen huis was explosief nieuws. Maar aan een aanklacht en wat beelden alleen had Tom niet genoeg. Om te beginnen had hij een bron nodig die de beweringen in de e-mail openlijk kon verdedigen.

Daarom had hij contact opgenomen met Bjørn-Erik Bakkerud, een voormalig IT-medewerker van de krant, die erom bekendstond dat hij kon toveren met een toetsenbord. Tom had hem om hulp gevraagd bij het achterhalen van de afzender, onder voorwaarde van vertrouwelijkheid, ook al had de persoon in kwestie duidelijk laten doorschemeren dat hij zichzelf van het leven zou beroven nadat zijn mail Toms inbox had bereikt.

Tom voelde zich er niet echt prettig bij om een dergelijke e-mail met een ander te delen, maar Bønna – zoals iedereen hem noemde – vertrouwde hij wel. Ze hadden een prettige werkrelatie gehad.

Al na enkele uren kwam Bønna bij hem terug met een naam: Sebastian Torstveit. Een valse naam, vermeldde hij er onmiddellijk bij, want hij had geen informatie kunnen vinden over een persoon met deze naam. Een bewering die bevestigd werd door Toms eigen zoekactie. Wat Bønna echter wel met zekerheid kon zeggen, was dat de mail verzonden was vanuit de stad Hanoi in Vietnam en dat de bijlagen – foto's en een filmpje – echt waren. Om het exacte adres van de afzender te achterhalen had hij hulp nodig van de plaatselijke politie, en dat was zelfs voor hem moeilijk te regelen, aldus Bønna.

Hoe hij dit allemaal had uitgevogeld, wist Tom niet, maar het maakte ook niet uit. Hij had wat antwoorden om mee aan de slag te gaan. En er was natuurlijk ook nog de mail zelf. De foto's en het filmpje, het dode meisje. De manier waarop de mail was verwoord gaf Tom bovendien het gevoel dat het waar was wat er stond. Dergelijke beweringen schudden mensen niet zomaar uit hun mouw.

Het gemaskerde bal was een jaarlijks terugkerend evenement bij Berner thuis, wist hij zich te herinneren. In Turkse kranten had Tom een aantal artikelen gevonden over een vijftienjarig meisje genaamd Magdalena dat werd vermist, maar tot nog toe was er niets wat haar in verband bracht met Noorwegen. Hij had alle Noorse kranten die dat jaar over het gemaskerde bal hadden geschreven, doorgenomen om een overzicht te krijgen van de aanwezigen. Als Magdalena op het feest aanwezig was geweest, moest iemand haar gezien hebben. Maar hij wilde het zo lang mogelijk uitstellen om te gaan rondbellen naar celebrity's, omdat het gerucht daarvan dan binnen de kortste keren op Berners mahoniehouten bureau in Aker Brygge zou belanden. En Berner kende iedereen en had iets tegen iedereen, wist Tom. Iedereen was hem wel iets verschuldigd.

Het is nog te vroeg voor Tom om naar de politie te gaan. Als hij dat doet, moet hij honderd procent zeker weten dat hij zijn zaakjes op orde heeft en dat hij een verzameling aan informatie kan opdienen om van te smullen, liefst dagen achtereen. Bovendien had 'Sebastian Torstveit' hem gewaarschuwd voor

Berners connecties met de wetsdienaren. De vraag wat zijn volgende stap moest zijn, was dus uitgegroeid tot een niet-onaanzienlijke hoofdpijn.

Zijn mobieltje begint weer te trillen. Een nieuwe e-mail. Deze keer van de persafdeling van de politie.

POLITIE

Persbericht van het district Oslo

Bekendmaking slachtoffer moord in Helsfyr

De politie van Oslo heeft in overleg met de nabestaanden besloten de naam van het slachtoffer van de moord in Helsfyr afgelopen woensdag bekend te maken. De om het leven gebrachte persoon is de tweeëndertigjarige Bjørn-Erik Bakkerud. Bakkerud was...

'Jezus christus,' zegt Tom hardop. Hij blijft zitten en staart met open mond naar de woorden, de zinnen, de naam. Dan leest hij verder over het strategisch en forensisch onderzoek dat gaande was naar een voorlopig onbekende dader. Verder wilde de politie er op dit moment niet over uitweiden.

Hij had natuurlijk meegekregen dat er een moord was gepleegd en een poging tot moord was gedaan in Helsfyr, maar hij was te veel in beslag genomen geweest door zijn eigen nieuws om goed op de details te letten.

Maar Bønna...

Jezus.

Hij merkt dat hij bedroefd en bang tegelijk is. Maar hij wordt vooral nieuwsgierig. Dus terwijl Roger smoezelig en traag langs zijn voeten beweegt, klapt hij het scherm van zijn laptop open en opent de webbrowser om zich te informeren over de moord. Geen van de grote media heeft vermeld wat

Bakkerud op de plaats delict deed of wie het tweede slachtoffer is.

Het adres waar de aanslag werd gepleegd, staat wel vermeld. Tom zoekt het op. Er wonen achtendertig mensen op Fredrik Selmers vei 7. Het tweede slachtoffer moet een van hen zijn. Hij scrolt door de lijst, maar vindt geen naam die hem bekend voorkomt.

Of toch.

Ja, hij vindt er wel een.

Eva Kranz.

De dochter van Peter Kranz, de man die verdwenen was nadat hij contact had opgenomen met Tom over een scoop waarvoor ze met spoed hadden moeten afspreken. Over de telefoon had Peter alleen willen zeggen dat het ging over 'een paar van de rijkste en machtigste mensen van heel Noorwegen'. Maar hij was nooit komen opdagen voor hun ontmoeting. Later had Tom nog een keer geprobeerd contact met hem te krijgen, maar het enige antwoord dat hij kreeg, na vele pogingen, was dat Peter 'zich vergist' had en dat Tom hem niet meer moest bellen.

Toen was hij verdwenen.

Nu, enkele dagen nadat hij contact had gehad met Bakkerud over een zeer gevoelige e-mail die eveneens betrekking had op een van de machtigste en rijkste mannen van Noorwegen, afkomstig van een anonieme persoon die zich klaarblijkelijk in Hanoi bevond, werd Bakkerud vermoord in het gebouw waar Peters dochter woonde.

Toevallig?

De mail die hij had gekregen, was rechtstreeks aan hemzelf gericht: *Hoi Tom*. Alsof ze oude bekenden waren.

Dus misschien...

Tom voelt zijn bloed door zijn aderen bruisen. Hij moet deze aannames bevestigd zien te krijgen. Maar hoe krijgt hij dat voor elkaar zonder de politie te alarmeren?

Hij zou het rechtstreeks via Eva kunnen proberen.

Een paar weken nadat Peter verdwenen was, had hij haar gebeld om over zijn contact met Peter te vertellen. Hij heeft niet het idee dat ze daarmee naar de politie is gegaan, dan zou hij wel iets gehoord hebben. Kennelijk was haar interpretatie dezelfde als die van haar vader: dat hij 'zich vergist' had en dat het niet de moeite waard was om bij stil te staan.

Tom besluit haar een berichtje te sturen.

Hoi. Ik ben Tom Rustad, van Dagens Næringsliv. *Ik hoop dat het goed met je gaat. Zou ik je wat vragen kunnen stellen, ook al is het Pasen? Het gaat over je vader.*

Zoef.

Terwijl hij op antwoord wacht, klikt Tom zijn digitale correspondentie met Bønna Bakkerud weer tevoorschijn. Hij leest zijn woorden: dat hij verder niets had kunnen achterhalen.

Maar misschien had hij dat wel gedaan?

Zijn mobiel piept.

Hoi. Lig nog steeds in het ziekenhuis, het zal dus even moeten wachten. Waarom wil je me spreken over mijn vader?

Nog steeds in het ziekenhuis.

Haastig schrijft hij dat het bijna twee jaar geleden is dat Peter verdween en dat het daarom een goed moment is voor de krant om de verdwijningszaak weer onder de aandacht te brengen. Of ze weet of er nieuwe informatie bovengekomen is?

Zoef.

Hij is tevreden over zijn antwoord. Het is ontwapenend en hij kaatst de bal terug.

Maar hij krijgt geen reactie.

Wat misschien wel een reactie op zich is.
Roger is blijven staan bij Toms voeten. Tom pakt het schaaltje met brokjes van de keukentafel en buigt zich voorover, kriebelt Roger zachtjes over zijn kop; het is een mooi mollig beestje. Hij denkt aan de laatste zinnen van de e-mail uit Hanoi.

Dit zijn machtige mensen. Ze schuwen geen enkel middel om hun 'goede naam' en reputatie in stand te houden. Ga voorzichtig te werk, en succes.

Mensen.
Dus... meer dan alleen Berner.
Tom gaat rechtop zitten. Roger lijkt voldaan, want hij loopt naar de bank en gaat eronder liggen om te slapen.
Het is niet meer dan een kwestie van tijd, denkt Tom, voordat de politie kennis krijgt van zijn communicatie met Bønna. Wat betekent dat hij maar weinig tijd heeft om zijn zaak naar buiten te brengen. Ze zouden hem zelfs kunnen aanklagen voor het feit dat hij hen niet direct heeft gebeld om hen te informeren. Maar daar is Tom eigenlijk niet echt bang voor. Hij kan zich altijd beroepen op bronbescherming.
Wat moet hij hier nu mee doen?
Wat is het béste om te doen?
En nog belangrijker misschien: hoe kan en moet hij zichzelf beschermen?
Er is een manier om een doorbraak te bewerkstelligen in dit verhaal, zegt hij bij zichzelf. Magdalena was Turks. Dan moet er daar toch iemand zijn die iets weet?

5

'Oké, dank je wel. En een fijne dag nog.'
Terwijl de deur achter haar dichtvalt, draait Hedda zich om. Er valt niets meer te halen bij de buren. Sommigen zijn nog

weg vanwege Pasen en waren ook vóór de aanslag al niet thuis, dus van hen zou ze toch geen getuigenis hebben gekregen. Maar geen van de personen die ze wél gesproken heeft, wil de verantwoordelijkheid op zich nemen voor het feit dat de buitendeur woensdagochtend niet op slot had gezeten.

Misschien willen ze niet toegeven dat iets wat zij gedaan hebben ertoe geleid heeft dat de dader het gebouw binnengekomen is, denkt Hedda. Maar met zoveel bewoners zou een van hen toch wel opengedaan hebben als er iemand had aangebeld. Dat gebeurt aan de lopende band, overal.

Iemand uit de onderwereld daarentegen... Moest ze daarop inzetten?

Nou ja, dat was misschien niet van belang. De deur hád immers opengestaan.

Hedda loopt terug naar de auto. Net als ze de motor wil starten, ziet ze een beweging vanuit haar ooghoek, en ze draait haar hoofd om naar de persoon die de entree nadert. De vader van Alexandra, Volodymyr, draait het slot open en duwt de deur met een bruusk gebaar achter zich dicht. Het lijkt erop dat hij haast heeft. Hedda kijkt op haar horloge: het is iets na tweeën.

Ze komt in de verleiding bij hem aan te bellen – vooral om te kijken hoe het er bij Alexandra thuis uitziet – maar voorlopig heeft ze geen concrete vragen voor Volodymyr, behalve dan of hij degene is die Bjørn-Erik Bakkerud vermoord heeft en Eva Kranz heeft neergeschoten. En dat is een vraag die ze hem liever niet wil stellen zonder dat Waage erbij is, en bij voorkeur pas als ze concrete bewijzen heeft om hem mee te confronteren.

Wat had hij gedaan op het moment van de aanslag? Sliep hij? Of had hij afgesproken met zijn vriend Mikhail?

Was zijn dochter de reden dat hij de klus niet had afgemaakt? Was dat waarom hij probeerde te verhinderen dat Hedda het meisje zou ondervragen?

Ze krijgt niet de kans haar gedachte af te maken, want Volodymyr komt alweer naar buiten. In één hand draagt hij een kleine, zwarte plastic tas. Hedda wacht even voordat ze de auto start en volgt hem met haar blik via de buitenspiegels om te zien waar hij naartoe gaat. Volodymyr stapt achter het stuur van een grote witte Opel Vivaro en rijdt weg.

Hedda gaat hem achterna en blijft op ruime afstand, maar niet zo ver dat ze hem uit het oog verliest. Ze heeft geluk: er is niet veel verkeer met Pasen. Het is eenvoudig om hem te volgen tot aan de Grenseveien en daarna verder het centrum in. Toch moet ze bij de Hasler Torg stoppen voor rood licht en vervolgens na de kruising flink gas geven om hem weer in te halen.

Bijna is het haar gelukt, maar op de rotonde op de Carl Berners Plass raakt ze achterop doordat tram 17 net aan komt rollen uit de richting van Sinsen. Het lijkt erop dat Volodymyr onderweg is naar Grünerløkka. Een ogenblik overweegt ze haar zwaailicht op het dak te plaatsen en het verkeer aan de kant te dwingen, maar dan lost het op en kan ze haar achtervolging voortzetten.

Bij het Esso-station op de Trondheimsvei slaat de grote Opel rechts af en passeert de Sofienbergschool. Als hij bijna aan de andere kant van het Sofienbergpark is, parkeert Volodymyr aan de rechterkant van de weg voor de deur van een Kroatisch restaurant. Achter zijn auto is een lege plek, maar het zou te veel aandacht trekken als Hedda daar zou parkeren, dus stopt ze een meter of dertig verderop langs de stoep. Daarvandaan slaat ze de situatie gade via haar buitenspiegel en ziet Volodymyr uitstappen.

De vader van Alexandra heeft de plastic zak bij zich. Hij belt aan bij een van de appartementen, werpt een vlugge blik om zich heen en duwt de deur achter zich dicht.

Hedda kijkt nogmaals hoe laat het is: iets over halfdrie.

Terwijl ze bedenkt wat ze moet doen, blijft ze zitten en

wacht. Er kunnen natuurlijk veel redenen zijn dat Volodymyr hier op dit moment moet zijn. Misschien bezoekt hij een vriend of vriendin, of misschien heeft het met zijn werk te maken. Maar hoort hij eigenlijk niet bij zijn dochter te zijn?

Hedda stuurt een berichtje naar Alexandra's psycholoog en vraagt haar hoe het gaat. Het antwoord van Petronella Harket komt meteen:

Ze heeft nog wat gegeten en rondgelopen, dus dat is een goed teken, maar ze wil nog steeds niet praten.

Na een paar minuten komt Volodymyr weer naar buiten met een nieuwe plastic tas in zijn hand. Hij stapt in zijn auto en maakt een draai van honderdtachtig graden. Dertig seconden later doet Hedda hetzelfde. Al snel wordt haar duidelijk dat hij onderweg is naar huis. Bij Valle Hovin stopt ze bij een bushalte en laat hem gaan.

De vraag is nog steeds: waarom heeft Volodymyrs dochter niet zijn prioriteit? Ook al heeft ze zelf geen kinderen, Hedda weet wel dat ze haar nageslacht nooit alleen zou laten met een vreemde – therapeut of niet – als er zoiets traumatisch gebeurd was.

Kaluza zou dat evenmin gedaan hebben.

Ik mis je.

De moeder van drie die Hedda nooit op 'die' manier bekeken had, maar die na verloop van tijd steeds vaker in de sportschool was opgedoken wanneer zij er was. De vrouw met wie ze altijd zo makkelijk had kunnen samenwerken, kunnen lachen, bij wie ze zich zo fijn, prettig en comfortabel voelde, een band die – zo had Hedda zich tijdens een van haar intervalsessies op de loopband gerealiseerd – verder ging dan vriendschap en een klik.

Waar wil je dat het toe leidt, vraagt ze zichzelf af terwijl ze zich weer tussen het verkeer manoeuvreert. Wil je dat ze haar man verlaat? Met wie ze al bijna twaalf jaar getrouwd is? Wil je dat ze een nieuw leven begint met jóú, in het openbaar? Met kinderen die er misschien niets van begrijpen? Wil jij de persoon zijn die een gezin uit elkaar rukt? Kun je ermee omgaan om daar de verantwoordelijkheid voor te dragen?

Zoveel vragen en zo weinig antwoorden.

Net als in haar onderzoek.

6

Ik zet mijn voeten op de grond, blij dat ik hulp en ondersteuning krijg van twee verpleegkundigen.

'Oef,' zeg ik. 'Duizelig.'

Een paar tellen lang draait alles om me heen. Dan krijg ik de vloer en de muren weer in mijn greep.

'Het zijn de medicijnen,' zegt een van hen, een vrouw die me heeft verteld dat ze uit Nord-Odal komt, ook al weet ik niet precies waar dat ligt. Ze had het over iets met 'Nes' en 'Sand', maar er moeten wel vijftien plaatsen in Noorwegen bestaan die zo heten. Voor mijzelf noem ik haar Vorma, omdat ze blijkbaar in de buurt van die rivier is opgegroeid.

Aan mijn andere arm heb ik een man die niet ouder dan in de twintig kan zijn. Ik geloof dat hij Jens heet. De verpleegkundigen helpen me in een rolstoel, Vorma rolt me de gang op. Een agent in uniform kijkt op en staat op van zijn stoel, alsof ik de president ben of zo. Hij volgt ons de ziekenhuisdeuren door, voor het geval er een mafkees met een uzi opduikt.

De politie was te spreken geweest over Vegars voorstel om mij te laten praten met Alexandra. En omdat ik niet bepaald mobiel ben momenteel, hebben ze haar over laten komen uit het crisiscentrum. In de kamer waar ik word binnengerold, zit ze aan een tafel met wat vellen papier en tekenpotloden voor haar neus. Dat er plotseling allemaal mensen in haar buurt zijn, is niet genoeg om Alexandra te doen opkijken van de scherpe lijnen die ze tekent.

Een vrouw van halverwege de dertig die tegenover haar aan tafel zit, staat met een glimlach op en komt op ons aflopen.

'Petronella Harket,' zegt ze. De manier waarop ze de r half inslikt, laat er weinig twijfel over bestaan dat ze uit Bergen komt. 'Leuk je te ontmoeten.'

Ik noem ook mijn volledige naam en kijk of Alexandra op mijn stem reageert. Ze gaat door met tekenen alsof er niets gebeurd is.

'Ik... zou graag even met haar alleen zijn,' zeg ik.

'Hmm?'

'Ik ken Alexandra al sinds haar vijfde. Misschien praat ze makkelijker als we alleen zijn.'

De therapeut lijkt bezwaar te willen maken, maar dan zegt ze: 'Ik wacht op de gang.'

Ze glimlacht en voegt eraan toe: 'Roep maar als er wat is.'

Vorma rolt me tot voor de tafel waaraan Alexandra zit, zo dichtbij dat ik haar kan aanraken als ik mijn hand uitsteek.

'Heb je nog iets nodig?' vraagt Vorma me.

'Nee, dank je,' zeg ik. 'Alleen dat ene... waar we het over gehad hebben.'

Ook zij gaat weg. Plotseling is het stil in de kamer. Alexandra en ik zijn alleen met zijn tweetjes. Zoals al zo vaak het geval is geweest.

Het begon een aantal weken voordat haar moeder overleed.

Ik weet niet waarom, maar om een of andere reden leek het alsof we ons tot elkaar aangetrokken voelden. Vanaf onze eerste ontmoeting in het plantsoentje voor ons huis tijdens de gezamenlijke voorjaarsschoonmaak. Ze vond als het ware haar weg naar me toe op de plek waar ik onkruid tussen de tegels vandaan stond te trekken. Ook toen zei ze niets, maar ze hield nieuwsgierig alles wat ik deed in de gaten. Ik vroeg of ze me wilde helpen, en dat wilde ze.

Ik leerde haar hoe ze onkruid moest wieden. Dat haar handen en knieën vies werden, vond ze niet erg. Na afloop hielp ze me al het onkruid in zwarte plastic zakken te doen, nog steeds zonder een woord te zeggen.

Een paar dagen na het overlijden van haar moeder ging ik bij Volodymyr langs met bloemen. Alexandra stapte achter hem vandaan de gang in, ik boog me naar haar toe. Ze huilde niet, maar liet me haar omhelzen en vasthouden, lang genoeg om de trilling in haar kleine lichaam te voelen.

Meteen heb ik hun allebei gezegd dat Alexandra altijd beneden bij me langs mocht komen als ze daar zin in had, wanneer dan ook, maar het duurde nog een paar weken voordat ze de eerste keer langskwam. Ook die keer sprak ze weinig, bleef ze alleen bij me in de buurt. We keken tv, hingen op de bank. De keer daarna speelden we een spelletje kaart. Ik leerde haar pesten. Ze glimlachte voor het eerst in tijden toen ze won en eindelijk mij kon pesten.

'Nu kun je me aankijken, Alexandra,' zeg ik. 'Ik ben het.'

Ik ben er nog, wil ik zeggen, maar ik wil haar niet herinneren aan wat er gebeurd is. Nog niet. Ze wil nog steeds haar hoofd niet opheffen.

'Het is fijn om je weer te zien,' zeg ik. 'Ik heb je gemist.'

Ik kijk naar het vel papier voor haar. Strepen in diverse kleuren, die samen, of elk voor zich, iets uitdrukken. Ik pak een vel papier en een potlood, begin wat te tekenen. Lucht, zon, een berg, een dal met bomen en aarde, een klein rood huis. Lange tijd zijn onze potloodkrassen het enige geluid in de kamer.

Er wordt aangeklopt.

De deur gaat open. Het is Vorma. Ze heeft een schaal met witte broodjes bij zich.

'Perfecte timing,' zeg ik met een glimlach als ze de schaal op tafel zet. 'Alexandra begon net honger te krijgen.'

Ik had met Vorma afgesproken dat ze na ongeveer tien minuten binnen zou komen. Snel trekt ze zich weer terug. De hemelse geur heeft zich al door de kamer verspreid.

'Ze zijn niet zo lekker als de broodjes die wij samen bakken,' zeg ik tegen Alexandra terwijl ik er eentje pak. 'Maar het kan ermee door, denk ik.'

Alexandra geeft geen antwoord. Ik zie haar een blik op de broodjes werpen.

Witte bolletjes zijn het lekkerste wat ze kent. Ik kan me zelfs niet herinneren hoeveel keren ze op zondag speciaal naar me toe kwam om broodjes te bakken.

Alexandra legt haar tekenpotlood weg en pakt er een. Zelf zit ik al op mijn broodje te kauwen als ze aarzelend haar mond opendoet en een hapje neemt.

'Er had iets meer kardemom in gemogen,' zeg ik met volle mond. 'Wat denk jij? Van kardemom kun je nooit genoeg hebben.'

Alexandra zegt niets, maar kauwt en slikt. Neemt nog een hapje.

In stilte zitten we te eten. Ik denk aan wat Hedda Fisk heeft gezegd: dat ik Alexandra open vragen moet stellen en zo vrij mogelijk aan het woord moet laten, liefst in combinatie met tekeningen. En als dat niet werkt: haar moet vragen haar ogen te sluiten en zich voor te stellen wat er gebeurd is. Haar een duwtje in de goede richting moet geven, misschien aan de hand van steekwoorden.

Alexandra stopt met kauwen. Ik realiseer me dat ik haar beter niet kan aankijken.

'Sorry.'

Het woord komt eruit als een fluistering.

'Hmm?'

Ze herhaalt het niet.

'Ik hoorde je niet,' zeg ik. 'Wat zei je, lieverd?'

'Sorry.'

Iets krachtiger deze keer.

'Hoe... bedoel je? Waarvoor zeg je sorry?'

'Omdat... omdat ik je bankpasje heb meegenomen.'

'Ach,' zeg ik. Ik had helemaal niet meer aan het pasje gedacht.

Voor het eerst slaat ze haar ogen op en kijkt me aan. Knippert, waardoor er een traan over haar rechterwang rolt.

Ik strek mijn hand uit naar die van haar. Knijp er zachtjes in.

'Daar moet je niet aan denken,' zeg ik. 'Dat is niet belangrijk. Het enige wat telt, is dat wij hier allebei zijn en dat alles goed komt.'

Haar therapeut zou ongetwijfeld bezwaar gemaakt hebben bij het doen van zo'n belofte, maar dat was dan jammer.

'Alexandra,' zeg ik. 'Het is wel belangrijk dat we praten over... wat er is gebeurd. Wat er met míj is gebeurd,' ga ik verder. 'En wat jij hebt meegemaakt. Wat je hebt gezien.'

Ze pakt haar bolletje met twee handen vast. Draait het een paar keer rond tussen haar vingers. Haar blik is weer bevroren. Ze staart voor zich uit.

'Ik weet dat het niet prettig is,' zeg ik. 'Maar het is belangrijk. De politie doet er alles aan om degene die dat heeft gedaan te vinden.'

Dat had ik waarschijnlijk niet moeten zeggen. Ik had beter niet kunnen vertellen dat de man die mij neerschoot nog steeds rondloopt. Misschien maakt het haar bang.

'We hoeven het er niet nú over te hebben,' voeg ik er haastig aan toe. 'Pas als jij er klaar voor bent.'

Alexandra laat het bolletje even met rust. Dan scheurt ze er een stukje af en stopt het in haar mond. Kauwt er langzaam op. Kauwt en kauwt en kauwt. Slikt.

'Kun je me vertellen wat je je herinnert, lieverd? Kun je me vertellen wat je hebt gezien?'

'Ik zag een spook.'

7

'Een spook?'

Ole-Joakim Waage kijkt me met grote vraagtekens in zijn ogen aan.

'Ze meende het niet letterlijk, denk ik,' antwoord ik terwijl ik hem het vel met Alexandra's provisorische tekening aangeef. Het moet een persoon met een masker op voorstellen.

Diepe rimpels verschijnen in Waages voorhoofd als hij de onregelmatige potloodlijnen bestudeert. 'We moeten haar in contact brengen met een professionele tekenaar,' mompelt hij.

Veel succes, zeg ik bij mezelf.

'Ze zei dat hij van top tot teen in het wit gekleed was,' vervolg ik. 'Als een spook.'

'En zei ze verder nog iets?'

Hedda Fisk neemt de ondervraging over.

Ik haal adem, probeer in gedachten terug te gaan.

'Ze zei dat het spook, die man met het masker, over mij heen gebogen stond toen ze binnenkwam en dat hij zijn wapen op mij gericht hield. Voordat hij het op haar richtte.'

Fisk krabt met een pen op haar hoofd.

'Zo te horen heeft ze hem overrompeld,' zegt ze, evenzeer tegen zichzelf als tegen Waage. 'Terwijl hij...'

Ze onderbreekt zichzelf, maar ik weet welke kant haar gedachten op gaan. Ik dacht precies hetzelfde: de dader had nog een tweede keer op me willen schieten om het karwei af te maken, maar toen kwam Alexandra binnen. Ze had dus mijn leven gered, iets waarover ik aarzelde het haar te vertellen. Maar wat ik niet begrijp, is waarom hij mij niet ook had neergeschoten, waarom hij Alexandra niet had gedood, een potentiële levende getuige?

Ik word misselijk bij de gedachte. Het blijft een paar seconden hangen en trekt dan weer weg.

Ik ga verder: 'Volgens Alexandra... liep die man met het

masker daarna recht op haar af. Ze was doodsbang dat hij haar ook zou neerschieten, het arme kind.'

'Maar hij bedreigde haar niet?' vraagt Waage.

Ik kijk hem aan. 'Vind je dat nog niet bedreigend genoeg, dat een man met een rokend pistool in zijn handen op haar afloopt? Nadat hij eerst zijn wapen op haar heeft gericht?'

'Tja.'

'Ik denk dat Alexandra al het andere wat ze heeft meegemaakt, heeft verdrongen.'

'Heb je haar gevraagd of ze zich herinnert of hij de trap op- of afliep?' vraagt Fisk.

Ik kijk haar aan. 'Nee, dat heb ik niet gevraagd.'

Een bonzende pijnscheut trekt vanuit mijn slapen door mijn hoofd. Het bed, dat anders altijd zo comfortabel aanvoelt, duwt in mijn rug.

'Maar Alexandra is dus naar binnen gegaan?' vraagt Waage.

'Dat zei ze, ja. De deur stond open.'

Ik heb zoveel broodjes gegeten dat ik er niet goed van ben.

'Oké,' zeg ik, 'ik weet dat jullie op meer antwoorden hadden gehoopt, maar ik denk dat jullie het hiermee moeten doen. Misschien dat er later nog wat komt, als Alexandra iets meer tijd heeft gehad.'

'En jij herinnert je ook niets?' vraagt Waage.

Ik meen een zekere wanhoop in zijn stem te bespeuren. Ik sluit mijn ogen en probeer terug te gaan in mijn herinnering. Een opgave die het bonken in mijn slapen alleen maar verergert.

'Nee,' zeg ik. 'Maar er is wel iets wat me een beetje dwarszit. Hoe kon die man met dat masker zo nauwkeurig weten wanneer hij moest langskomen? Ik bedoel: hoe wist hij dat Bjørn-Erik Bakkerud precies om die tijd bij mij zou zijn?'

'Dat hebben wij ons ook afgevraagd,' zegt Fisk.

'En, wat denken jullie?'

Fisk en Waage kijken elkaar kort aan.

'Dat een van jullie het misschien aan iemand heeft verteld.'

Ik schud mijn hoofd. 'Ik heb het alleen aan Vegar verteld.'

'Zou híj het tegen iemand gezegd kunnen hebben?'

De vraag komt van Fisk.

'Dat betwijfel ik ten zeerste. Hebben jullie het hem niet gevraagd?'

'Daar zijn we nog niet aan toegekomen. Het is ook niet heel voor de hand liggend dat Bakkerud het tegen iemand gezegd heeft, afgaande op wat jij ons hebt verteld over jullie gesprekken.'

Wat ik heb verteld toen de politie de eerste keer bij me kwam, weet ik niet meer, maar ik kan me vaag herinneren dat ik niet de indruk had dat Bakkeruds poging om mij af te persen iets was wat hij vaker had gedaan, of dat hij het samen met iemand anders deed.

Ik denk na. 'Wat is dan nu de stand van zaken?'

Fisk werpt Waage een korte blik toe. Die zegt: 'Microfoons.'

Ik trek mijn wenkbrauwen op.

'Dat een van jullie woningen, die van jou of Bakkerud, werd afgeluisterd, waardoor iemand jullie gesprekken kan hebben onderschept en erachter kan zijn gekomen wanneer jullie elkaar zouden ontmoeten.'

Het idee dat zoiets gebeurd kon zijn, maakt me bang. Het klonk zo... gepland. Georganiseerd.

'We zijn bezig jullie woningen te controleren,' zegt Fisk. 'Over een paar uur weten we meer.'

Ik knik.

'Je had het over Vegar,' gaat Fisk verder. 'Je vriend. Zijn er nog anderen met wie je de laatste tijd veel contact hebt gehad?'

Ik kijk omlaag. 'Nee.'

'Geen vriendje of vriendin, of ex?'

Ik moet lachen bij de gedachte. 'De laatste persoon met wie ik iets gehad heb, was Morten. De "vader" van Sofie.' Ik maak twee aanhalingstekens in de lucht met mijn vingers. 'We kenden elkaar al een tijdje voordat we iets met elkaar kregen. Het duurde ongeveer... een jaar of zo, voordat ik zwanger werd. Daarna heb ik hem weinig meer gezien. Tot...'

Ik denk even na. 'Nou ja... tot een paar dagen geleden, eigenlijk. Begin deze week, volgens mij.'

Fisk en Waage wisselen een blik uit.

'Het begin van déze week?' vraagt Fisk.

Ik knik. 'Ik kwam hem tegen bij het boodschappen doen.'

'En jullie hebben met elkaar gepraat?'

'Niet meer dan een paar zinnen uit beleefdheid. Maar later die dag stuurde hij me een berichtje waarin hij zei dat het leuk was me weer te zien. Met een hartje erbij.' Ik rol met mijn ogen. 'De dag daarop vroeg hij of ik een keer een biertje met hem wilde drinken. Daar heb ik ook niet op gereageerd.'

'Wat voor werk doet hij?'

Ik blaas mijn adem hard uit.

'De laatste keer dat ik ernaar vroeg: private banking.'

'Net als je vader?'

'Eh... ja.'

'En wat was de achternaam van je ex, zei je?'

'Skaanes.'

Ik zie dat Waage het opschrijft.

Fisk werpt me een meelevende blik toe. 'Je zult wel moe zijn,' zegt ze.

'Ja,' zeg ik met een zucht, dankbaar voor de signalen dat er een einde aan het gesprek lijkt te komen.

'We zullen je verder met rust laten. Als je nog iets te binnen schiet, neem je contact met ons op, toch?'

Ik knik en denk met een licht gevoel van walging aan Morten. Er was iets aan de manier waarop hij naar me keek toen hij in die winkel naar me toe kwam. Bijna alsof hij op me had staan wachten. Hij woont niet eens in dit deel van de stad.

Ik probeer het van me af te zetten.

Slapen, zeg ik tegen mezelf. Dat is het beste aan neergeschoten worden en volgepompt zijn met medicijnen. Ik kan eindelijk slapen.

8

In een tijd van het jaar dat mensen graag dromen van de zomer en een biertje op het terras kan een onverwacht reisje naar een land als Turkije zeer welkom voelen. Begin april zijn ook op die breedtegraad de temperaturen nog niet heel zomers, maar afgezien van de noordenwind toch goed en wel negentien graden in de schaduw. Dit alles maakt van Tom Rustad een opgewektere man als hij uit de taxi stapt voor het Soho House, een hotel dat volgens de advertenties gelegen is in het centrum van Istanbul.

Voordat hij vertrok, had Tom een kijkje genomen op Magdalena's Instagram-account – dat gelukkig nog niet verwijderd was – en door de foto's gescrold die ze had gepost. Ze had één vriendin in het bijzonder – Melek – die op veel foto's terugkwam. Haar foto was eveneens afgebeeld bij een van de Turkse artikelen die Tom had gevonden over Magdalena's verdwijning. Eerst had hij gedacht dat hij misschien kon samenwerken met een Turkse journalist die hopelijk in fatsoenlijk Engels iets meer kon vertellen over het politieonderzoek dan hijzelf bij elkaar had weten te sprokkelen via Google Translate, maar hij wilde er geen mensen bij betrekken die hij niet vertrouwde. Een journalist zou misschien op eigen houtje gaan graven en de Noorse autoriteiten bellen om zijn neus in de zaak te steken. Bovendien: op die manier zou de overheid erachter komen, en dan niet via hemzelf.

Na een nacht onrustige slaap en een ontbijt van witbrood, yoghurt en fruit begint hij aan de dag. Melek had een eigen Instagram-account, dat Tom besloot te volgen en doorzoeken. Ze had de gewoonte om alle plekken waar ze foto's postte te taggen, waardoor Tom er zeker van was dat ze in het Beyoğlu-district woonde. Met name één café kwam op veel van haar foto's voor. Een taxi brengt hem ernaartoe.

Tom stapt de donkere ruimte binnen en bestelt een kop thee bij een man die hem met een sceptische blik van onder tot boven opneemt. In geen geval de juiste persoon om een gesprek mee te beginnen, schiet het door Toms hoofd terwijl hij de thee aanneemt en achterin gaat zitten, vanwaar hij zicht heeft op iedereen die komt en gaat. Hij weet dat hij opvalt. Het is erg rumoerig in het café, maar dat deert hem niet. Het zijn fijne geluiden: mensen die blij zijn om elkaar te zien, die met zogenaamd agressieve gebaren en wild met hun armen zwaaiend in gesprek zijn. Gesprekken die eindigen met een glimlach en een klap op de schouder.

Een jongen van een jaar of zeventien, achttien komt binnen. Terwijl hij op zijn beurt wacht aan de bar, loopt Tom naar hem toe en verontschuldigt zich in het Engels, hij vraagt of de jongen een meisje genaamd Melek kent dat in de omgeving woont. De jongen schudt zijn hoofd. Gedurende het uur dat volgt, probeert hij het bij zowel meisjes als jongens van rond dezelfde leeftijd die het café binnenkomen, om steeds weer hetzelfde antwoord te krijgen. Het is weinig zinvol om hun een van Meleks vele selfies te tonen.

Na een tijdje krijgt Tom honger en bestelt hij een portie köfte met pitabrood en een pul lokaal gebrouwen bier. Hij is bijna klaar met eten als een van de cafémedewerkers naar hem toe komt.

'Waarom wil je Melek spreken?'

Tom kijkt naar hem op: een man die eruitziet alsof hij elk moment zijn vuisten kan ballen en hem mee kan sleuren naar een achterafsteegje als Toms antwoord hem niet bevalt. De man is gekleed in een spijkerbroek en een verwassen zwart T-shirt. Zijn buik puilt eronder uit. Een lichte, behaarde huid. Beide armen onder de tatoeages. Op zijn linkerschouder heeft hij een leeuw die angstaanjagend brult.

Tom veegt zijn mond af en legt zijn bestek weg. 'Ik kom uit Noorwegen,' zegt hij. 'Ik werk daar als journalist voor een van de grootste kranten. Ik zou Melek graag spreken over een vriendin van haar die tweeënhalf jaar geleden verdwenen is.'

'Welke vriendin?'

'Magdalena Ural.'

Bij het horen van de naam fronst de man zijn voorhoofd.

'En hoe ken je haar?'

'Ik ken haar niet. Maar ik probeer erachter te komen wat er met haar is gebeurd.'

'Waarom?'

'Omdat...'

Tom bedenkt wat hij moet antwoorden. Hij merkt dat andere cafébezoekers hun gesprek nu ook volgen.

'Omdat het verkeerd is als een vijftienjarig meisje zomaar verdwijnt zonder dat haar familie weet wat er met haar is gebeurd.'

'En waarom maak jij je daar druk om?'

'Omdat... het belangrijk is om je ergens druk om te maken. Dat is zelfs een van de belangrijkste dingen in het leven.'

De man lijkt niet erg onder de indruk, hij blijft simpelweg staan en kijkt op Tom neer.

'En je komt uit Noorwegen, zeg je?'

'Ja.'

Ook dit lijkt geen indruk te maken.

'Ga terug naar Noorwegen. Er is hier niemand die met je wil praten.'

9

Politiewerk.

Voordat Hedda zich had aangemeld voor de politieacademie had ze een beeld in haar hoofd gehad van mannen en vrouwen in uniform die aan één stuk door op pad waren met een spannende opdracht, die overal waar ze kwamen respect en erkenning genoten, behalve dan misschien van de boeven die ze moesten vangen. In werkelijkheid, zo had ze al snel ingezien, ging het om zwaar werk dat vaak op het depressieve af nergens toe leidde. De ene na de andere mislukking, uren aan de telefoon, alleen maar om potentiële sporen af te vinken op een lijst zonder einde.

Nadat Hedda de dag begonnen was met een vergeefs telefoontje naar Morten Skaanes, besloot ze om bij Eva's ex langs te gaan, die geregistreerd stond op een adres aan de Tidemands gate in Frogner. Een oorverdovende stilte verwelkomde haar toen ze aanbelde. Ook de buren die thuis waren, konden niet zeggen waar Skaanes zich bevond.

Op een normale werkdag zou Hedda zijn doorgereden naar zijn werk of daar misschien zelfs zijn begonnen, maar op Goede Vrijdag zijn alle banken dicht. Dus belt ze op weg terug naar kantoor Skaanes moeder en stelt zich voor met haar volledige naam en titel.

'Wat is er?'

'Ik probeer uw zoon te bereiken. Weet u...'

'Waarom wil je Morten spreken?'

'Eh...'

'Hij heeft niets verkeerd gedaan.'

'Dat heb ik ook niet beweerd, ik wil hem alleen spreken.'

'Ik weet niet waar hij is.'

'Hoe kunt u weten dat hij niets verkeerd heeft gedaan?'

Daar geeft ze niet direct antwoord op.

'Nou ja... je kent je eigen kinderen wel.'

'Is dat zo?'

Hedda denkt aan de vele moordenaars op de wereld en vraagt zich af of hun ouders het op enig moment hadden zien aankomen.

'Jouw toon staat me niet aan,' zegt Skaanes moeder.

En de jouwe mij ook niet, zou Hedda graag antwoorden, maar ze houdt zich in.

'Ik ken je baas, het is maar dat je het weet.'

'Welke baas?'

'Tormod Jahre.'

'Dat is mooi, doe hem de groeten. Hedda Fisk is mijn naam. F-i-s-k. De persoon die alleen maar probeert uw zoon te bereiken. Ik zal ondertussen noteren dat u er niet bijzonder in geïnteresseerd bent behulpzaam te zijn.'

Het wordt stil aan de andere kant.

'Alvast fijne paasdagen,' besluit Hedda in de overtuiging dat ze dit gesprek waarschijnlijk beter anders had kunnen aanpakken. Maar jammer dan.

'Wat irritant dat het Goede Vrijdag is.'

Waage nipt van de gloeiend hete kop koffie in zijn hand. Zelf heeft Hedda er ook een vast.

'Hoe bedoel je?'

'Niemand is aan het werk.'

'Wíj zijn aan het werk.'

'Ja, maar onze beste IT'er, bijvoorbeeld, zit in Marrakech en komt pas maandag terug, die kan hier op z'n vroegst in de nacht van maandag op dinsdag zijn. Ik had gehoopt dat we voor die tijd wel toegang konden krijgen tot Bjørn-Erik Bakeruds computer.'

Hedda kijkt op de klok. Over tien uur is het paaszaterdag. Dan zouden er nog even weinig mensen aan het werk zijn, zowel bij hen als elders.

'Heb je soms honger?'

'Waarom vraag je dat?'

'Je wordt altijd zo chagrijnig als je maag begint te knorren. En ik zie geen Chocolate Decadence.'

Hij kijkt haar mokkend aan.

'Heb je er nu al genoeg van?'

‘Je moest eens weten,’ zegt hij.
Hedda grijnst.
Het volgende ogenblik gaat de telefoon. Waage neemt vlug op. Terwijl ze naar hem kijkt, neemt Hedda een slokje van haar koffie. Zijn blik wordt geconcentreerder.
‘Prima. We zijn onderweg.’
Hij hangt op en wacht een paar seconden.
‘We moeten terug naar Helsfyr,’ zegt hij dan, en hij kijkt haar aan. ‘Er is weer een incident in het appartementengebouw van Eva Kranz.’

Tien minuten later zitten ze in de auto. Ze hebben al een tijdlang geen van beiden iets gezegd als Waage vraagt: ‘Is alles goed met je?’
Hedda, die net uit het raam zat te staren, schrikt op.
‘Hmm?’
Haar baas herhaalt zijn vraag en voegt eraan toe: ‘Je... lijkt een beetje afwezig de laatste dagen.’
‘Afwezig? Nee... ik ben gewoon... moe.’
‘Moe?’
‘Uitgeput. Ik had wel een paar vrije dagen kunnen gebruiken.’
Ze bedoelt het niet als verwijt en Waage gaat er niet op in.
‘Hoe lang werken we nu al samen?’ vraagt ze na een tijdje.
‘Ik weet niet... zeven jaar misschien?’ Waage knikt.
‘Zeven lange, lange jaren,’ voegt Hedda er grappend aan toe.
Maar Waage glimlacht niet. ‘Vergeet niet dat ik jou behoorlijk goed ken,’ zegt hij in plaats daarvan.
Hedda is direct op haar hoede.
‘En ook al is mijn vrouw het waarschijnlijk niet eens met wat ik nu ga zeggen, ik ben best goed in registreren of iemand een goed humeur heeft of juist niet. Of dat iemand... ergens mee zit.’

Hedda staart weer recht voor zich uit. 'Het gaat prima,' zegt ze, iets zachter dan haar bedoeling is.

'Weet je het zeker?'

'Zeventien procent zeker.'

Hij keert zich naar haar toe.

'Ik maak maar een grapje,' zegt ze met een glimlach. 'Het gaat prima met me. Niets aan de hand.'

'Maar...' zegt Waage na een tijdje, zoekend naar woorden. 'Maar...'

'Zestien procent,' valt Hedda hem in de rede. 'Zo meteen zakt het naar vijftien.'

'Goed, goed,' zegt Waage, en hij steekt zijn handen in de lucht. 'Laat maar zitten.'

Waage rijdt door naar Helsfyr.

'En jij dan?' vraagt Hedda. 'Gaat het goed met jou?'

'Met mij? Met mij gaat het geweldig. Ik ben al bijna driehonderdvijftig gram afgevallen.'

Een man van begin zestig is neergeslagen in de kelder van Fredrik Selmers vei 7. Een van de buren heeft hem gevonden. Als Waage en Hedda arriveren, is de ambulance er al.

De man, die op de grond tegen de muur zit, heeft een besmeurd en verwond gezicht. Het lijkt alsof hij met zijn gezicht op het stoffige beton heeft gelegen. Hij heeft een verwarde blik.

'Daniel Kjærvik,' zegt Waage nadat hij zichzelf en Hedda heeft voorgesteld, 'wat kun je ons vertellen over wat er is gebeurd?'

Kjærvik knippert een paar keer met zijn ogen en kijkt naar de wonden op zijn handen. Hij heeft enkele ogenblikken nodig om zichzelf bijeen te rapen.

'Ik ging alleen even iets uit de berging halen, toen ik een stukje verderop geluiden hoorde,' begint hij, naar Waage opkijkend. 'Iemand was iets... aan het doen. Normaal is dat niet zo'n punt, er zijn vaak mensen hierbeneden. Er zijn veel woningen in dit gebouw.'

Kjærvik strijkt langzaam over zijn wang en bestudeert het vuil aan zijn vingers. 'Toen ik... klaar was met wat ik kwam doen, liep ik hierlangs om te kijken wie het was. Even een praatje maken, je kent dat wel.'

Kjærvik wijst naar de gemeenschappelijke ruimte achter Waage en Hedda, waar fietsen, sleeën en een paar tuinmeubels staan. Er staat ook iets wat afgedekt is met een groen zeil, waardoor Hedda niet kan zien wat het is.

'En toen ik hem niet herkende,' ging Kjærvik verder, 'vroeg ik wie hij was en wat hij hier deed.'

Hij pauzeert even.

'Ik kreeg geen antwoord. Ik begreep meteen dat hij iets deed wat niet in de haak was.'

'Waaraan zag je dat?' vraagt Waage.

'Aan zijn houding, hoe hij als het ware bevroor toen ik tegen hem praatte. Maar in plaats van antwoord te geven stond hij op en liep achteruit in mijn richting, tot hij vlak bij me was. Toen draaide hij zich vliegensvlug om en sloeg toe.'

'Zag je zijn gezicht?' vraagt Waage.

Kjærvik schudt zijn hoofd. 'Het duurde nog geen seconde, toen was hij al over me heen gestapt. En... dat is wat ik me herinner.'

'Was het een dakloze of zo?' vraagt Hedda.

Kjærvik verplaatst zijn blik naar haar.

'Hij droeg heel normale, schone kleren.'

'Wat betekent dat?'

'Zwarte schoenen, spijkerbroek. Een zwarte winterjas. Handschoenen. Die uithaal was geen half werk.'

'En het kan niet iemand geweest zijn die hier woont?' vraagt ze.

Kjærvik wacht even.

'Dat kan ik natuurlijk niet uitsluiten,' zegt hij.

'Heb je gezien wat hij deed toen je hem overrompelde?'

'Hij deed iets met een rugzak, volgens mij. Zo klonk het in elk geval. Je weet wel, van die klikgeluiden van zo'n plastic clip die vastklikt.'

Hij brengt zijn handen naar elkaar toe als om de beweging te demonstreren.

'Misschien had hij hierbeneden iets gestolen,' oppert Waage. 'Iets uit de algemene ruimte?'

'Er is maar weinig van waarde hier wat je in een rugzak kunt stoppen. Ik zou niet weten wat dat zou moeten zijn.'

Enkele ogenblikken gaan voorbij.

'Kun je je nog iets anders over hem herinneren?' vraagt Hedda.

Kjærvik bevochtigt zijn droge lippen en denkt na.

'Je zag hem van achteren,' zegt Hedda behulpzaam. 'Had hij iets op zijn hoofd, bijvoorbeeld?'

'Nee.'

'Is het je opgevallen welke kleur haar hij had?'

'Het... was donker. Een beetje grijs, misschien.'

'Was het een oudere man?'

'Ja, dat weet ik wel zeker. Maar hij was niet zo oud als ik. Die klap die hij me gaf... Nou ja, ik heb vroeger aan boksen gedaan... Dat was een flinke rechtse, om het zo maar te zeggen.'

'Hij was een ervaren vechter?'

'Ja, dat had hij eerder gedaan, ja.'

Klinkt als een crimineel, denkt Hedda. Of misschien een uitsmijter.

10

Tom Rustad eet zijn bord köfte leeg en betaalt. De man in het verwassen T-shirt volgt hem met zijn blik als hij de warme buitenlucht in stapt.

Op het trottoir steekt hij een sigaret op, pakt zijn telefoon en belt naar huis.

'Hallo, junior. Ben je aangekomen in Turkije?'

'Ik ben er al sinds gisteren, pa. Ik bel alleen even om te horen hoe het met Roger gaat.'

'Met Roger gaat het... prima.'

'Weet je het zeker?'

Tom neemt een trekje.

'Tuurlijk.'

'Je hebt hem niet weer pinda's gegeven, hè?'

'Nee, zeg.'

'Wat is er dan?'

'Hij... was begonnen aan de kabel van mijn telefoonoplader.'

'Pa...'

Tom schudt zijn hoofd.

'Jaja, ik weet het. Ik had beter op moeten letten. Maar ik heb hem nog kunnen redden.'

'Ik hoop dat je het over Roger hebt.'

'Eh... ja. Hij is nog erger dan jij toen je klein was. Je moest eens weten waar jij allemaal op geknaagd hebt.'

Tom glimlacht en schudt zijn hoofd, dan draait hij zich om en kijkt om zich heen naar de stad. Aan de overkant van de straat staat een meisje naar hem te kijken. Hij twijfelt er geen moment aan wie het is.

'Ik moet ophangen. Bel me als er iets is.'

'Wat zou dat moeten zijn?'

'Inderdaad, geen idee.'

Tom stopt zijn mobieltje in zijn jaszak en laat de sigaret op de grond vallen, terwijl hij Meleks blik vasthoudt. Ze verroert zich niet. Ook zij blijft hem aankijken.

Hij kijkt naar links en naar rechts en steekt dan tussen twee auto's door de straat over. Op een meter afstand blijft hij voor haar staan. De eerste ogenblikken zeggen ze geen van beiden iets.

'Waarom... wil je me spreken?'

Meleks stem is zacht, maar licht vijandig. Ze draagt een wit shirt en een extreem korte spijkerbroek. Een zwarte zonnebril, die nu in haar haar geschoven is. Tom kijkt in haar donkerbruine ogen terwijl hij uitlegt wie hij is en dat hij in Turkije is vanwege Magdalena.

Melek kijkt om zich heen alsof ze wil weten of iemand hen ziet. Tom volgt haar voorbeeld. Voor het raam van het café staat de man met de leeuwentatoeage hen in de gaten te houden.

'Jij was Magdalena's beste vriendin, toch?' gaat hij verder.

Melek antwoordt niet.

'Begrijp je wat ik zeg?'

Er gaan een paar ogenblikken voorbij voordat ze knikt.

'Je zei... "was"?'

'Hmm?'

'Dat ik Magdalena's beste vriendin wás. Betekent dat dat ze dood is?'

Uiteraard.

Niemand weet wat er met haar gebeurd is. Snel besluit Tom dat het niet aan hem is om een doodsbericht over te brengen, dus zegt hij: 'Ik weet dat ze vermist wordt. Ik zou het graag met je over haar hebben.'

'Maar je bent helemaal uit Noorwegen hiernaartoe gekomen. Dat moet dan toch betekenen dat er daar sporen van haar zijn?'

Tom weet niet wat hij moet antwoorden.

'Ik weet alleen dat er wat Noorse mensen zijn die misschien contact met haar hebben gehad,' zegt hij.

'En dat is genoeg voor jou als journalist om helemaal naar Turkije te komen om míj te spreken?'

Tom beseft dat hij zichzelf in een hoek heeft gedreven. Hij is niet alleen dom, maar ook ongevoelig geweest.

'Ik denk net als jij,' zegt hij met een kuchje, 'dat Magdalena iets is overkomen, en dat dat misschien in Noorwegen gebeurd kan zijn. Kun je je daar op enige manier in vinden?'

Ze kijkt hem lange tijd aan zonder iets te zeggen.

'Dat... kan ik wel, ja,' zegt ze ten slotte.

Tom zegt niets, hij wacht tot ze haar verhaal doet.

Ze kijkt hem kort aan, alsof ze zich afvraagt of ze hem kan vertrouwen. Met een vlugge beweging van haar wijsvinger activeert ze het scherm van haar mobiele telefoon en kijkt ernaar.

'Laten we naar het park gaan,' zegt ze. 'Er zijn iets te veel ogen hier in de buurt.'

Zwijgend lopen ze naar het park. Dat geen park is, maar een speeltuin met een afgeleefde schommel en een bankje, waarop ze gaan zitten. Een paar door de zon uitgedroogde bomen staan langs de rand ervan.

'Heb je een sigaret?' vraagt ze.

Tom haalt zijn pakje tevoorschijn en biedt haar er een aan. Hij geeft haar een vuurtje en neemt zelf ook een sigaret.

Snel neemt Melek een trekje en blaast de rook van zich af de lucht in.

Haar ogen zijn plotseling vochtig geworden.

'Magda en ik...' zegt ze. 'We waren bijna altijd samen. Behalve als ze aan het werk was of op haar moeder of broertje moest passen.'

Tom heeft inmiddels zijn notitieboekje tevoorschijn gehaald. Hij klikt zijn pen open.

'Het is niet makkelijk voor ons om werk te vinden,' vervolgt ze in Engels waarvan hij onder de indruk is. 'Meestal zijn we blij met wat we kunnen krijgen. Magda werkte in een hotel. Ikzelf heb een baan gevonden in een kledingzaak. Ik heb eigenlijk echt geluk gehad.'

Melek neemt nog een trekje.

'De politie denkt dat Magda een hoer is. En om hoeren bekommert niemand zich in deze stad, in dit land. In elk geval heeft de politie zich niet om haar bekommerd.'

De eerste tranen rollen over haar wangen.

'En als een meisje naar een feestje gaat en niet meer terugkomt...' Ze schudt haar hoofd. 'Het hielp denk ik ook niet dat ik hun vertelde dat ze ervoor betaald werd.'

Melek moet even pauzeren.

'Het... is een beetje mijn schuld dat ze weg is,' zegt ze dan, waarop ze in snikken uitbarst. 'Ik heb haar aangespoord om naar dat feest te gaan. Ik heb haar ook een alibi verschaft voor de dag dat ze zou gaan. Ze zou bij mij blijven slapen, zeg maar, zodat haar ouders het niet zouden weten.'

'Dus je wist waar ze heen ging?'

'Niet waarheen,' antwoordt ze. 'Dat wist Magda ook niet, volgens mij. Ze wist alleen dat ze die Noorse mevrouw bij het hotel zou ontmoeten en dat ze er een heleboel geld mee zou verdienen.'

Tom fronst zijn voorhoofd.

'Noorse mevróúw?'

Melek knikt.

'Was het... een vrouw?' vraagt hij.

'Ze logeerde in het hotel waar Magda werkte. Haar vader werkt er nog steeds. Ze gaf haar de eerste avond heel veel geld als fooi. Dúízend euro.'

Tom kijkt haar aan.

'Dat heb ik ook aan de politie verteld. Maar denk je dat ze er iets mee gedaan hebben?'

Ze schudt haar hoofd.

Tom leunt een stukje naar voren en zegt: 'Melek... dat hotel, waar zit dat?'

11

Geen van de buren op Fredrik Selmers vei 7 heeft de afgelopen uren een in het zwart geklede man met een rugzak gezien. Maar dat is niet de belangrijkste reden dat Hedda Volodymyr wil spreken.

Ze loopt naar de vijfde verdieping en belt aan.

Niemand doet open.

Ze doet een stap naar de deur toe en hoort dat de tv aanstaat. Ze bonst op de deur. Geen beweging binnen.

Hedda pakt de deurklink vast. Hij glijdt in haar richting open.

'Waage?'

Hedda's stem galmt door het trappenhuis naar beneden.

'Wat is er?'

'Wil je even bovenkomen?'

Hij maakt geen bezwaar. Als hij naast haar staat, knikt ze naar de deur en werpt hem een vragende blik toe.

'We kunnen toch niet naar binnen gaan?' fluistert hij.

'Vermoeden van een overtreding.'

'Hebben we dat dan?'

Ze snuift demonstratief. 'Moet je ruiken.'

Waage volgt haar voorbeeld en zegt: 'Marihuana.'

Hedda knikt.

Haar baas denkt een paar seconden na en gebaart dan met zijn hoofd. Hedda gaat naar binnen. Schreeuwend maakt ze zich kenbaar. Er komt geen reactie. Waarom niet, snapt ze als ze de woonkamer binnenloopt.

Volodymyr ligt op de bank met zijn ogen dicht.

Hedda gaat voor hem staan. 'Hallo,' zegt ze.

Geen enkele respons.

Ze knipt een paar keer vlak bij zijn gezicht met haar vingers. Ook daarvan gaan zijn oogleden nog niet een klein beetje open.

'Zal ik kijken of de ambulance er nog is?' vraagt Waage achter haar.

Ze legt twee vingers tegen Volodymyrs hals. Een duidelijke, regelmatige hartslag.

'Ik denk niet dat het nodig is,' zegt ze, 'maar misschien toch goed voor de zekerheid.'

Waage loopt naar de gang. Zijn snelle voetstappen klinken steeds verder weg in het trappenhuis.

Hedda kijkt om zich heen.

Op tafel ligt een stapel contant geld naast drie lege bierblikjes en een bord met een half opgegeten hamburger. In de asbak meerdere opgerookte joints. Vlak daarnaast een wat grotere plastic tas in dezelfde kleur als die waarmee Hedda Volodymyr de vorige dag de woning bij het Sofienbergpark had zien verlaten.

Ze kijkt erin.

Nog meer geld en marihuana. Er zit ook een pillenstrip in waar twee pillen uit zijn. Ze pakt hem eruit. NITRAZEPAM staat erop, een van de sterkste slaapmiddelen die er te krijgen zijn.

Als Waage terugkomt met een van de ambulancebroeders heeft ze het geld geteld.

'Er ligt hier drieëntwintigduizend kronen,' zegt ze tegen haar baas.

'Toe maar. Er zijn niet veel werkgevers die hun personeel nog contant betalen, behalve criminelen.'

De ambulancebroeder begint aan zijn onderzoek. Algauw heeft hij zijn conclusie getrokken.

'Hij slaapt,' zegt hij glimlachend. 'En dat zal hij ook nog wel even blijven doen. Hij is behoorlijk ver heen.'

Hedda knikt.

'Dank je wel,' zegt Waage.

De ambulancebroeder glimlacht nogmaals en vertrekt.

'Laten we maar even rondkijken nu we er toch zijn,' zegt Waage.

Het is een rommelige en vieze woning. Er moest al maanden niet zijn schoongemaakt. Waar Hedda vooral naar op zoek is, is een masker. Of liever nog: een schietwapen. Maar ze vindt geen van beide.

Terug in de woonkamer kijkt ze nogmaals naar Alexandra's slapende vader. Een man in een vreemd land met de verantwoordelijkheid voor een moederloos kind, zonder noemenswaardige opleiding, maar wel groot en sterk – wat in veel situaties uiteraard een pre is.

Maar is hij een moordenaar?

'Wat denk jij van dit alles?' vraagt Hedda als ze weer in de auto zitten.

'Ik weet het niet goed,' zegt Waage. 'Het is wel een beetje apart dat er iemand wordt aangevallen in de kelder van hetzelfde gebouw waar net een moord is gepleegd.'

Hij pakt met één hand zijn mobiel uit zijn jas en werpt er een snelle blik op. Daarna installeert hij hem op de middenconsole. 'Het kán uiteraard toeval zijn. Een of andere vent die heeft ingebroken om iets te stelen.'

'Maar daar geloof jij niet in?'

Waage wacht even met antwoorden. 'Ik weet het niet. Maar wat we hebben, is een persoon die twee mensen neerschiet en zijn actie staakt als hij op het punt staat zich ervan te verzekeren dat slachtoffer nummer twee ook dood is. Hij stopt vanwege een meisje dat de woning binnenkomt. Ofwel...'

Hij denkt even na en gaat dan verder.

'Als hij niet wil dat dat meisje hem iemand ziet vermoorden, kan dat verklaren waarom hij gewoon weggaat en haar niet ook neerschiet. Hij kan natuurlijk gedacht hebben dat zijn missie geslaagd was en dat Eva Kranz dood was, maar afgaande op wat Alexandra vertelde, lijkt me dat niet het geval. Dus moet Alexandra zélf de reden zijn dat hij het erbij heeft laten zitten.'

Hedda knikt, instemmend met zijn redenering.

'En op de vijfde verdieping ligt haar vader met zijn hoofd in een ander universum, met ruim twintigduizend kronen aan contant geld op de salontafel.'

'Dat wordt een interessant gesprek als hij straks wakker wordt,' zegt Hedda. 'Ondertussen zal ik proberen of ik Gorbatsjov te pakken kan krijgen.'

Ze rijden een stukje verder. Waage draait zijn hoofd in haar richting.

'Mikhail,' zegt Hedda. 'Die kameraad van Volodymyr, bij wie hij volgens hem was op woensdagmiddag. Jij was degene die hem Gorbatsjov noemde.'

'O ja.'

'Echt, Waage, dat was een beetje traag.'

'Veel te weinig koolhydraten.'

Hedda glimlacht.

'Maar als jij een moordenaar was,' zegt ze even later. 'Zou je dan witte kleren aantrekken? Alles wit, bedoel ik? Van top tot teen?'

Waage trommelt met zijn vingers op het stuur en denkt na over zijn antwoord.

'Dat is inderdaad een beetje vreemd. Je ziet elk vlekje. En als je iemand neerschiet, van dichtbij, nota bene, loop je een groot risico op bloedspetters.'

Hedda knikt. 'Er zijn een hoop vreemde dingen aan deze zaak.'

Ze rijden nog een stukje verder.

'Ik heb honger,' zegt Waage met een zucht.

'No kidding.'

'Ik heb trek in een stuk lamsvlees. Vanwege Pasen, bedoel ik.'

Hedda keert zich naar hem toe. 'Zijn die afslankproducten van jou ook te krijgen in lamsvleessmaak?'

'Heel grappig.'

'Lamb Decadence?'

'Haha.'

'Nu je bijna vierhonderd gram bent afgevallen?'

'Hé, vierhonderd gram is bijna een halve kilo, hoor.'

'Wishful thinking.'

12

Als Adam Eva's kamer binnenkomt, zit ze rechtop in bed met een dienblad vol eten op schoot.

'O, p-don...' zegt ze, en ze legt haar boterham met *brunost* weg en slaat haastig een hand voor haar mond.

Adam begint te lachen. 'Doe rustig aan.'

Ze kauwt flink door en slikt dan. Binnen een paar seconden is ze klaar.

'Het is die brunost,' zegt Adam. 'Die plakt zo aan je gehemelte.'

Eva knikt.

'Je moet het eens proberen met jam. Liefst aardbeien. Een Adam-klassieker.'

Daar moet ze om glimlachen.

'Nou,' zegt ze ten slotte. 'Klaar, denk ik. Hoi.'

'Dag Eva. Hoe gaat het met je?'

'Goed,' zegt ze.

Adam ziet dat dit niet helemaal de waarheid is.

'Het gaat prima,' herhaalt ze, alsof ze zichzelf wil overtuigen. 'Een beetje saai om hier te liggen.'

'Dat komt dan goed uit. Wat zeg je van een uitje?'

'Een... uitje?'

'Ik heb de artsen gesproken,' legt Adam uit. 'En die politieagent voor je deur. Niemand heeft er iets op tegen als we een ommetje maken, zolang die agent maar mee mag. En zolang jij het zelf leuk vindt en de puf hebt, natuurlijk.'

'Maar...'

Adam ziet Eva aarzelen. Misschien is het nog een beetje vroeg, denkt hij. Ook al hebben ze elkaar geappt, hij had gemeend een zekere terughoudendheid te bespeuren in haar formuleringen, en hij had ook niet echt veel vragen teruggekregen. Maar toen ze er niets op tegen had gehad dat hij nog een keer langskwam, was hij blij geweest.

'Het is heerlijk weer vandaag,' zegt hij. 'Zelfs met een zonnetje.'

'Een zonnetje,' zegt Eva, alsof ze daar al lang naar heeft verlangd. 'Dat klinkt zeker heerlijk.'

Een paar tellen staart ze recht voor zich uit.

'Ik weet niet eens wat voor dag het is vandaag.'

'Het is zaterdag,' zegt Adam. 'Paaszaterdag.'

'Paaszaterdag,' herhaalt ze dromerig.

Ze kijkt hem aan. 'Als we naar buiten gaan, heb ik wat hulp nodig bij het aankleden.'

'Dat is nou waarvoor we de beste gezondheidszorg ter wereld hebben,' zegt Adam met een knipoog. 'Wacht even.'

En voordat ze iets kan zeggen, staat hij al op de gang en zwaait naar de vriendelijke dame die hij een paar minuten eerder heeft gesproken. Met vlugge passen en een mooie, warme glimlach komt ze op hem aflopen. Adam steekt zijn duim naar haar op en wacht op de gang terwijl Eva andere kleren aan krijgt.

Een paar minuten later komt ze naar buiten in een rolstoel, flink ingepakt in een deken.

'We moeten snel naar buiten,' zegt ze. 'Anders smelt ik weg.'

Adam glimlacht en neemt de rolstoel over. De politieagent volgt hen. Hij gaat ook met hen mee in de lift.

'Zo meteen krijgen jullie wat meer ruimte,' belooft hij. 'Als we buiten zijn.'

Zodra ze de deur uit zijn, keert Eva haar gezicht naar de zon toe en zegt 'Mmm'. Het moet minstens tien graden zijn. In de zon misschien over de twintig.

'Heerlijk, toch?'

Ze knikt. Enkele voorjaarsvogels kwetteren en zingen in de buurt.

'Het is nog fijner als je hebt gedacht dat je het niet meer zou meemaken,' zegt ze. 'Ik vraag me af hoe het over een tijdje zal gaan.'

'Hoe bedoel je?'

'Of ik alles nu meer ga waarderen en appreciëren, of dat ik over een paar weken weer net zo geïrriteerd zal zijn als er een stomme reclame voorbijkomt op tv.'

Adam glimlacht. 'Ik heb eens gelezen dat geen mens ter wereld zich langer dan dertig dagen gelukkig kan voelen.'

'In totaal?'

'Nee, aan één stuk. Ook al zou je honderd miljoen kronen winnen in de loterij, dan is de mens nog niet in staat om langer dan een maand happy te zijn.'

'Jezus, wat een deprimerende gedachte.'

Adam dirigeert hen naar wat hij dacht dat een parkje aan de noordkant was, maar weldra een begraafplaats blijkt te zijn.

'Geweldig,' zegt Eva ironisch. 'En ik dacht dat ik het gedroomd had.'

Adam moet weer lachen. 'Sorry.'

Een taxi komt hun kant op en rijdt langzaam voorbij om hen niet nat te spatten. Adam duwt haar om een gigantische plas heen. De warmte heeft inmiddels echt vat gekregen op de bevroren kluiten en ijsplakkaten op de stoep.

'Dit is het heerlijkste wat ik ooit heb meegemaakt,' zegt ze.

'De eerste warmte na een lange winter is altijd de beste,' zegt Adam.

'Ontzettend bedankt.'

Haar stem klinkt ook warm. 'Ik waardeer dit echt heel erg.'

'Graag gedaan.'

Een tijdje later vraagt Eva: 'Is er ook een mevrouw Adam in je leven?'

Adam glimlacht inwendig en staat op het punt te antwoorden: dacht je dat ik dan hier geweest was? Maar hij weet zich nog net in te houden.

'Nee,' zegt hij. 'Niet meer.'

'Wat is er gebeurd?'

Ze rijden nog een stukje verder voordat Adam zegt: 'Ze... ging terug naar Macedonië.'

'Macedonië? Kwam ze daar vandaan?'

'Ja. We hebben een paar jaar samengewoond. Maar ik denk dat ze haar thuisland meer miste dan ze bereid was toe te geven, en op een dag zei ze gewoon dank je wel en tot ziens. Ze nam Sara mee en ging ervandoor.'

'Sara?'

'Ja, haar dochter. Ik kwam in haar leven toen ze twee was. Ze vertrokken toen ze negen was.'

'Je... woonde dus zeven jaar met hen samen?'

'We woonden niet al die tijd samen, maar... wel lang.'

'Lang genoeg om een soort vader voor haar te worden, zou ik zeggen.'

'Ja... zo zag ik het ook.'

Ze slaan links af, een ander pad in.

'Het spijt me dat te horen, Adam.'

Ze lopen een stukje verder. Adam draait zich om en ziet dat de politieagent hen nog steeds volgt.

'Mis je haar?'

'Wie?'

'Ik weet het niet,' zegt ze. 'Allebei, misschien.'

Adam bedenkt wat hij moet antwoorden.

'Ik mis Sara ontzettend,' begint hij. 'Ik had een buitengewoon mooie, goede band met haar. Ik heb haar leren skiën. En langlaufen. Het was... jammer dat ik geen contact meer met haar kon hebben.'

'Waarom kon dat niet?'

'Dat wilde haar moeder niet.'

'Waarom wilde ze dat niet?'

'Dat... is een goede vraag.'

'Jemig, wat wreed. Voor jullie allebei.'

'Ja, dat vond ik ook.'

Ze hebben een groot rondje gemaakt en zijn weer op weg

naar de entree van het ziekenhuis als Eva zegt: 'Ik werd laatst gebeld door een journalist.'

'O?'

'Tom Rustad, heet hij. Hij werkt voor *Dagens Næringsliv* en vroeg naar mijn vader.'

'Naar je vader?'

'Ja, ik vond het nogal vreemd. Dat hij daar nú mee kwam.'

'Wat zei hij?'

'Hij wilde met mij over hem spreken, omdat het bijna twee jaar geleden is dat hij verdween.'

Adam zegt een tijdje niets.

'Het kán toeval zijn.'

'Dat kan,' zegt Eva.

'Maar daar geloof je niet in?'

Ze draait haar hoofd naar hem toe en glimlacht flauwtjes.

'Ik denk dat ik weer even moet gaan liggen. Sorry.'

13

Voordat ze bij Alexandra naar binnen gaat, voelt Hedda een fysieke pijn in haar middenrif. Dat meisje dat zo'n verkeerde start had gekregen in het leven.

Ik ben echt bevoorrecht geweest, denkt ze, met een jeugd zonder al te grote tegenslagen, kwellingen of ziektes, en met twee ouders die beiden nog in leven zijn. Het is eigenlijk gewoon een kwestie van geluk. Het was puur toeval dat ze geboren was in een land als Noorwegen en dat ze zulke goede kaarten toebedeeld had gekregen.

Het tegenovergestelde gold voor Alexandra.

Hoe zou het met haar aflopen?

Zou ze uiteindelijk een normaal leven krijgen? Zou ze gelukkig worden?

Hedda treft haar aan bij een ronde houten tafel met een iPad voor haar neus. Petronella Harket verwelkomt haar met een warme glimlach en groet haar zachtjes.

'Hoi, Alexandra,' zegt Hedda. Maar het meisje kijkt niet op van haar scherm.

'De schermtijd geldt even niet,' zegt de therapeut met een knipoog.

'Hoe gaat het met haar?'

'Beter,' antwoordt Petronella. 'Volgens mij heeft ze best goed geslapen vannacht. Dat is altijd een goed teken.'

'Ik heb een paar foto's die ik haar graag zou laten zien. Kan dat, denk je?'

'Foto's... waarvan?'

'Van mannen,' zegt Hedda. 'Mensen die al dan niet interessant kunnen zijn voor het onderzoek.'

Hedda ziet dat de psychologe een beetje sceptisch wordt.

'We kunnen alle mogelijke hulp gebruiken,' zegt Hedda.

'Maar...'

'*I know,*' zegt Hedda. 'Ik zal voorzichtig zijn.'

Petronella geeft haar goedkeuring en loopt naar Alexandra toe, raakt voorzichtig haar arm aan en zegt zachtjes: 'Hedda is hier om nog even met je te praten.'

Hedda is blij dat de psychologe haar voornaam gebruikt en haar niet 'die dame van de politie' noemt.

Behoedzaam nadert Hedda de tafel waaraan Alexandra zit. 'Hoi, Alexandra,' herhaalt ze, terwijl ze aan de tafel plaatsneemt. 'Wat fijn om je weer te zien. Wat ben je aan het spelen?'

Ze krijgt geen antwoord, dus leunt ze naar voren. Niet uit ongeduld, maar om het scherm te kunnen zien.

'Mag ik even meekijken, terwijl je speelt?'

Alexandra antwoordt niet, maar toont ook geen bezwaar, met haar blik noch haar houding. Op het scherm loopt een mannetje met een rood hoedje razendsnel over iets wat eruitziet als een trambaan. Hij manoeuvreert zich langs alle hindernissen die hij onafgebroken met grote snelheid tegenkomt.

'Wauw,' zegt Hedda. 'Dat heb je vaker gedaan.'

Alexandra's vinger beweegt vliegensvlug over het scherm. Plotseling loopt het mannetje met het hoedje recht op een locomotief af. Het spel is uit.

'O, nee,' zegt Hedda. 'Dat is jammer. Maar je deed het heel goed.'

Alexandra zegt niets.

Petronella glimlacht en zegt: 'Je mag straks nog wel even spelen.'

Behoedzaam pakt ze de iPad uit de handen van het meisje. Alexandra slaat haar blik neer en begint aan haar vingers te pulken.

Hedda wacht even en zegt dan: 'Ik wil je heel erg bedanken dat je ons gisteren wilde helpen. Dat was echt geweldig. Ik vroeg me af of ik je om nóg wat hulp zou mogen vragen.'

Alexandra zegt niets. 'Volgens mij vind je het best leuk om te helpen, toch? Je vindt het leuk om Eva te helpen met broodjes bakken. Je vindt het zelfs leuk om haar te helpen met onkruid wieden in de tuin.'

Hedda vat Alexandra's zwijgen op als een antwoord en zoekt de map met foto's op die ze heeft klaargezet op haar mobieltje.

'Ik weet dat je hebt gezegd dat de man die woensdag in Eva's huis was, eruitzag als een spook en dat hij een masker ophad. Maar misschien heb je nog meer van hem gezien? Of misschien doet hij je denken aan iemand die je kent, of die je eerder hebt gezien?'

Hedda weet dat het een schot in het duister is, maar zo nu en dan treffen ook die doel. Ze laat een foto zien van Vegar Ventura, Eva's beste vriend. Een ogenblik lang kijkt Alexandra naar het scherm, dan schudt ze haar hoofd. Hedda scrolt door naar de volgende foto: een selfie van Morten Skaanes op een klimwand, die ze op zijn Instagram-pagina heeft gevonden. Weer schudt Alexandra haar hoofd, deze keer sneller.

'En hij?'

Met haar wijsvinger opent Hedda weer een foto op het scherm. Alexandra gaat wat meer rechtop zitten. Haar ogen worden groot. Hedda ziet dat het meisje tegenover haar sneller begint te ademen.

'Herken je hem?' vraagt Hedda. 'Was hij het?'

Alexandra antwoordt niet. Achter Hedda komt Petronella een stukje dichterbij. Alexandra schuift haar stoel abrupt naar achteren en loopt weg van de tafel, gaat op de bank zitten met haar benen tegen haar borst gedrukt. Hedda kijkt naar Petronella, die haar schouders ophaalt en haar armen spreidt.

Naderhand, als Hedda weer op straat staat, belt ze Waage en vertelt hem over Alexandra's reactie toen ze haar de foto van Adam Borg liet zien.

'Het kan net zo goed komen doordat ze hem de dag ervoor heeft gezien,' zegt Hedda, 'en dingen door elkaar haalt. Of doordat ze Adam associeert met wat er gebeurd is en dat ze daarom zo reageerde. Ik weet niet hoeveel waarde we hieraan moeten hechten.'

'Helemaal geen waarde, misschien. Maar toch.'

'Waar ben je? Wat ben jij aan het doen?'

'Ik ben op weg naar Tøyen. We hebben drie microfoons gevonden in de woning van Bjørn-Erik Bakkerud.'

14

Die nacht droom ik over Sofie.

Ze is samen met Alexandra ergens op een strand. Ze spelen in het water, onophoudelijk, Sofie met knalroze vleugeltjes, overal een witte laag zonnebrandcrème, Alexandra met een koolzaadgele zwemband. Ze lacht voortdurend, gaat tekeer in het water. Ik weersta de neiging om hen af te drogen, op te warmen, een ijsje te geven. Het water daar is vol gevaar: krabben, kwallen, haaien. Ik zit vlakbij op een stoel en let op hen, maar niet goed genoeg.

Het volgende moment is Sofie weg en zit Alexandra in haar eentje thuis in de gang, ze zit op de grond, doodsbang, en de man met het masker loopt haar voorbij, op weg naar buiten...

Ik doe mijn ogen open.

Haal adem, vluchtig.

Ineens zie ik hem ook voor me, terwijl hij de woonkamer binnenkomt met het wapen voor zich uitgestoken. Ik herinner me de zware voetstappen. Het masker. Lieve god, ik herinner me zelfs de kléren die hij droeg.

Ik strek mijn arm en trek mijn telefoon naar me toe. Ga rechtop zitten – dat gaat nu een stuk makkelijker – en ontgrendel het scherm, zoek vlug Hedda Fisks nummer op in mijn oproepenlijst.

Als ze eindelijk opneemt, klinkt ze slaperig.

'Stoor ik je?' vraag ik.

'Nee hoor,' antwoordt Fisk. 'Dan had ik niet opgenomen.'

Ik weet niet eens hoe laat het is, of het zaterdag of zondag is. Ik denk dat het zondag is. Ja, het is zondag. Adam was gisteren bij me.

'Ik herinner me hem,' zeg ik. 'De man die me neerschoot.'

Snel beschrijf ik de herinneringen die bovenkwamen, terwijl ik me verwonder over de werking van ons brein. De beelden die eerst volledig geblokkeerd waren, staan nu helder en scherp afgetekend.

'Hij had werkkleren aan.'

'Hmm?'

'Daarom zei Alexandra dat hij op een spook leek. Hij droeg kleren die helemaal wit waren, zeg maar. Zoals werklieden meestal aanhebben. Je weet wel, timmermannen of schilders.'

Ik begin steeds sneller te praten. 'Er wordt heel veel gerenoveerd bij mij in de wijk,' vervolg ik. 'Veel gevels en gebouwen die gerestaureerd worden. Misschien is het iemand die daaraan werkt...'

Haar gedachtegang stagneert.

Zou een wérkman dit gedaan hebben?

'Heb je gezien van welk merk die kleren waren?'

Ik denk na. 'Nee.'

'Waren er nog andere bijzondere kenmerken?'

'Niet dat me is opgevallen, behalve dat ze helemaal extreem wit waren.'

'Als nieuw, bedoel je?'

Ik zie het weer voor me. 'Ja, misschien.'

Ik noem het masker dat hij ophad en zeg dat ik ongetwijfeld ergens op internet een vergelijkbaar exemplaar zou kunnen vinden, want mijn herinnering eraan is nu kristalhelder.

'Dat zou geweldig zijn,' zegt Fisk. 'Met Alexandra zijn we niet echt verder gekomen op dat gebied.'

Ik ben klaarwakker van alle gewelddadige herinneringen. Mijn hart gaat nog steeds tekeer.

'Kun je je verder nog iets herinneren?'

Ik denk na.

'Hij zei "Sst".'

'"Sst"?'

'Ja, voordat hij me neerschoot. Jezus.'

Ik stond op van de bank en probeerde neer te hurken op de grond, terwijl ik met mijn handen mijn gezicht bedekte. Ik rolde mezelf op op de grond, onder de tafel, het enige wat ik kon verzinnen om me te verschuilen, te beschermen. Maar ik kwam niet ver voordat een scherpe pijn mijn bovenlichaam doorboorde. Daarna werd alles donker.

Ik vertel Fisk over mijn herinneringen. Mijn mond is uitgedroogd. Gelukkig heb ik een glas water op het tafeltje naast mijn bed staan.

'Hoe klonk zijn stem?'

Ik neem een slok terwijl ik probeer na te denken.

'Ik weet het niet goed.'

'Was hij licht, donker? Een donkere basstem, misschien?'

'Ik weet het niet.'

'Was hij nasaal, hoog, schel...?'

'Ik weet het niet,' zeg ik, iets harder deze keer. 'Hij had ook nog dat masker op.'

'Ik weet het. Herinner je je nog iets anders van hem?'

Mijn ademhaling gaat zwaar, ik merk dat ik ben gaan zweten van al die nieuwe feiten.

'Nee, ik geloof het niet.'

De daaropvolgende seconden zeggen we geen van beiden iets.

'Word je binnenkort ontslagen?' vraagt Fisk.

'Ik hoop het.'

'Wat denk je van bescherming, als dat moment aanbreekt?'

Ik kijk naar Adams tulpen, die inmiddels in volle bloei staan. Ik vraag me af wat hij aan het doen is. We hebben elkaar geappt gisteravond, langdurig. Over van alles en nog wat.

'Daar heb ik nog niet over nagedacht,' antwoord ik. 'Maar ik zie niet helemaal in waarom ik dat nodig zou hebben.'

'Er is nog genoeg tijd om daarover te beslissen,' zegt Fisk. 'Ga eerst maar even uitrusten.'

'Ik zal het proberen.'

We hangen op. Nu zie ik dat het pas even na acht uur 's ochtends is. Ik voel me schuldig over het feit dat ik die politiedame gebeld heb en waarschijnlijk wakker heb gemaakt.

Ik denk aan wat ze zei over bescherming. Het is bijna vijf dagen geleden. Ik ben geen moment bang geweest sindsdien, maar nu wel. En op internet naar maskers zoeken helpt ook niet. Ze zien er allemaal angstaanjagend uit.

Korte tijd later gaat de telefoon. Er verschijnt geen nummer op het scherm. Ik heb even pauze nodig van die verschrikkelijke maskers, dus neem ik op.

Een ruis op de lijn, maar geen stem.
Dan: ‘Hoi.’
De stem klinkt onbekend, maar toch ook niet. Als een verre echo uit het verleden.
‘Dag meisje. Ik ben het, je vader.’

Deel 4: In naam van de moeder

2001

Lille-Chris ging goed voor het scherm zitten, liet zijn vingers knakken en drukte zijn hoofd eerst tegen zijn linkerschouder en daarna tegen de rechter, tot zijn botten ervan kraakten – een geluid waar sommige meisjes in zijn klas misselijk van werden. Er was een feestje gaande in huis, wat betekende dat hij in zijn kamer moest blijven. Dat waren de regels.

Geen probleem.

Hij had mensen om af te slachten.

Het spel dat hij net had gekregen, heette Max Payne. De hoofdpersoon was een pillen slikkende politieagent die ervan hield om op mensen te schieten. Wat Lille-Chris het meest waardeerde, was hoe echt alles eruitzag: de kruitdamp uit Max Paynes pistolen, het realisme van de New Yorkse straten. Als je wilde, kon je zelfs dingen in slow motion bekijken, zodat alle details goed zichtbaar waren.

Wanneer Lille-Chris zat te gamen, kon hij alles en iedereen compleet vergeten. Urenlang hield hij het vol, vergat hij te eten of drinken. Alleen de enkele keren dat hij doodging, werd hij de werkelijkheid weer in gezogen.

Zoals nu.

Het was even na twee uur toen hij zijn kamer uit kwam. Er klonken nog steeds geluiden in huis. Er waren altijd wel mensen die tot laat bleven hangen. Soms kwam het voor dat mensen een van de slaapkamers binnengingen – een voordeel van een groot huis. Sommige geluiden drongen desondanks door de muren heen, maar daar maakte Lille-Chris zich niet druk om.

Hij maakte zich klaar in de badkamer en overwoog even of hij het voor gezien zou houden vannacht, maar een moment later zag hij zijn moeder zijn kant op komen. Normaal gesproken zou ze rond dit tijdstip een beetje wankelen, maar nu liep ze in een rechte lijn, zonder van de grond op te kijken.

'Ah, mooi, je bent wakker,' zei ze toen ze hem eindelijk aankeek. Ze bleef staan en maakte een autoritair handgebaar. 'Ik heb je nodig.'

Woorden die hij al vaak gehoord had.

Zonder op antwoord te wachten maakte ze rechtsomkeert. Lille-Chris volgde haar naar de bibliotheek. Daar stond Christian Berner met één hand rustend op zijn kin en een intens bezorgde uitdrukking op zijn gezicht. Al snel begreep Lille-Chris waarom.

Er lag een meisje op de grond.

Haar wijdopen ogen bewogen niet.

Niets wees erop dat iemand haar iets had aangedaan. Geen spoortje bloed, niet op de vloer en niet op het meisje zelf. Ze droeg een dunne donkerblauwe, nauwsluitende jurk. Haar schoenen, die niet meer aan haar voeten zaten, waren rood. Het was in alle opzichten een elegant, knap meisje. En dat was ook precies wat ze was: een meisje. Twintig jaar oud, misschien eenentwintig.

Naast haar lag een openstaande tas. Lille-Chris zag een condoom, nog in de verpakking. Lippenstift. Een klein, doorzichtig plastic zakje met een paar piepkleine pilletjes; ze zagen eruit als zoetjes. Hij had gelezen over verdovende middelen die zo gevaarlijk waren dat je al een overdosis kon krijgen van een zoutkorreltje. Die je ademhaling beïnvloedden en min of meer ogenblikkelijk een einde maakten aan je leven.

Vervelend spul.

'We moeten haar laten verdwijnen.'

Lille-Chris draaide zich om naar zijn moeder.

'We kunnen hier geen politie bij halen,' ging ze verder. 'Dat wordt een schandaal van jewelste. Dan gaat alles kapot.'

Ze keek hem aan.

'Je moet haar laten verdwijnen.'

Lille-Chris beantwoordde de blik van zijn moeder en besefte dat het weinig zin had te vragen wat ze precies bedoelde.

Hij keerde zich weer naar het dode meisje toe.

'Zijn jullie de enige twee die haar zo gezien hebben?'

Allereerst keek hij naar zijn moeder, daarna naar Berner. Beiden knikten.

'We denken van wel,' voegde zijn moeder eraan toe.

'Ze is niet samen met iemand hiernaartoe gekomen?'

'Nee,' antwoordde zijn moeder. 'Ik heb haar zelf opgehaald.'

Hij dacht nog even na.

'Maar op enig moment zal iemand haar missen. De persoon of personen met wie ze samenwoont, of vrienden en familie die een tijdje niets van haar gehoord hebben. Dat betekent dat de politie hier binnen de kortste keren op de stoep zal staan, want ik neem aan dat ze wel aan bekenden heeft verteld dat ze hierheen zou gaan.'

'Niet per se,' zegt zijn moeder. 'Ze heeft een geheimhoudingsverklaring ondertekend toen ik haar inhuurde.'

'Heb je haar... ingehúúrd?'

'Ja, het...'

Ze wendde haar blik af. 'Dat doet er nu niet toe.'

Berner mompelde iets wat Lille-Chris noch zijn moeder kon verstaan.

'Wat zei je?' blafte zijn moeder.

'Het is een te groot risico om meisjes uit Noorwegen te gebruiken,' zei Berner.

'Hoe bedoel je?' vroeg ze.

'Je weet nooit wat er kan gebeuren. Dat is veel moeilijker om... op te ruimen.'

'Dat is waar we Lille-Chris voor hebben.'

Ze draaide zich naar hem om en glimlachte gehaast, alsof ze

zichzelf even versprak. Hij had haar die naam wel vaker horen gebruiken, maar niet tegenover Berner. Die leek er niets van mee te krijgen, hij staarde nog steeds naar de grond voor zijn voeten.

Toen Lille-Chris klein was, kwam Berner regelmatig langs met cadeautjes en lekkernijen. Soms bleef hij overnachten, als zijn vader weg was. Ze dachten dat Lille-Chris dat niet doorhad. Er is een hoop wat ze niet van hem weten.

'We moeten iets meenemen wat van haar is,' ging Lille-Chris verder. 'Haar handtas, bijvoorbeeld. En die ergens achterlaten. Bij Huk, misschien, op het strand.'

Hij dacht nog even na.

'Zodat de politie hem over een paar dagen vindt. Het is niet ondenkbaar dat een mooie, jonge vrouw op het idee komt om bij maanlicht op pad te gaan en samen met iemand naar de fjord te kijken. Misschien denkt de politie dat iemand haar heeft verkracht, vermoord, achtergelaten...'

Hij richtte zijn blik op het plafond, op de camera's in de hoeken, die bijna niet te zien waren, behalve als je wist dat ze er hingen.

'Als die aangestaan hebben,' zei hij, en hij wees ernaar, 'dan moeten jullie om te beginnen de beelden van vanavond doornemen om te zien of er geen gasten aanwezig waren op het moment van haar dood, of iemand het gezien heeft, dus. En als dat het geval is: hoe willen jullie dat dan afhandelen?'

'Afhandelen?' vroeg Berner.

Lille-Chris keek hem aan.

'Ah, je bedoelt...'

Lille-Chris gaf geen antwoord.

'Vervolgens moeten jullie die beelden grondig wissen,' zei hij. 'Maar de rest niet, voor het geval de politie hier langskomt en ontdekt dat er camera's hangen. Dan zullen ze de beelden ongetwijfeld willen zien. Het is van belang dat er geen dingen zijn die argwaan wekken. Als alle opnames van vanavond gewist zijn, dan...'

Hij spreidde zijn armen.

Maar het grootste probleem was het meisje.

Er kwam een idee in hem op: het zomerhuisje. Het bos.

Daar kwam nu niemand, afgezien van een paar reeën en hazen, en misschien af en toe een eland. Maar het was wel een eind rijden, zo laat. Maar laat was goed, dacht hij. Laat betekende duisternis. Dekking. Het betekende ook licht dat door de nacht sneed.

Lille-Chris zette een paar passen in de richting van het lijk. Ze woog waarschijnlijk niet veel. Misschien vijfenveertig kilo. Hij pakte haar onder haar oksels vast en trok haar naar het kleed, rolde haar erop. Haar hoofd bonkte tegen de vloer. Het leek alsof haar nekwervels op slot schoten, want plotseling wilde het hoofd niet meer meegeven.

Lekker dan.

Het kleed zelf was ook zwaar. Je moet beginnen met trainen, zei Lille-Chris tegen zichzelf terwijl hij het oprolde.

'Ik denk dat ik moet overgeven,' zei Berner.

'Dat doe je dan maar in de badkamer,' zei zijn moeder.

Met snelle passen liep hij de kamer uit.

'Wat ga je doen?' vroeg zijn moeder toen ze met z'n tweeën waren achtergebleven.

'Ik... rij haar ergens heen.'

'Je hebt nog geen rijbewijs.'

'Nee, maar ik kan wel autorijden.'

Een automaat. Zo makkelijk dat het bijna saai was.

'Maar stel dat je wordt aangehouden?'

'Ik... zal voorzichtig rijden. Er is niets om je zorgen over te maken.'

De rit naar het landgoed zou ongeveer een uur duren. En op dit tijdstip was er niet veel politie op de weg.

'En het is nog winter ook. Hoe ga je...'

Winter, dacht hij. De grond zou keihard zijn.
'Denk daar maar niet aan,' zei hij. 'Ik regel het wel.'
Met een glimlach kwam hij overeind, hopend op een dankbaar knikje of een glimlach terug, maar dat gebeurde niet.
Lille-Chris voelde dat zijn handen verdoofd waren, zijn armspieren verstijfd. Hij schudde ze even los. Hij moest echt beginnen met trainen.

Het was leuk om 's nachts auto te rijden.
De wetenschap wat er in de kofferbak zat, bezorgde hem een gevoel van opwinding. Het liefst was hij wat meer verkeer tegengekomen, zodat het nog wat spannender was geweest. De rit ging helaas een stuk sneller dan hij had verwacht. Zo ging dat nou eenmaal als je lol had.
Het landgoed deed hem altijd denken aan zijn vader en de jacht. Aan het hert dat hij die ene keer had geschoten, en het in stukken snijden achteraf. Al het bloed. Het was een fascinerend schouwspel geweest, maar het had hem doen inzien dat bloed alleen het zijne niet sneller deed stromen.
Op het landgoed waren gelukkig allerlei materialen. Een garage vol scheppen en ijshouwelen, gereedschap en touw.
Hij kreeg een nieuw idee.
Of liever gezegd: een aandrang.
Lille-Chris pakte een schep en liep terug naar de auto. Deed de kofferbak open en tilde het loodzware kleed eruit. Met een enorme krachtsinspanning gooide hij het over zijn schouder. Hij slaagde erin het touw ook mee te krijgen, dat was het belangrijkste.
Hij liep het bos in, struikelde half over een uitstekende wortel, maar wist zijn evenwicht te hervinden. Lille-Chris had geen idee wat hij met haar moest doen, en of het hem zou lukken een gat te graven in de keiharde bodem. Hij moest hoe dan ook nog een keer terug om de schep te halen, en misschien ook een ijshouweel.

Maar eerst zou hij haar ophangen.

Hij koos een boom uit waarvan de onderste takken laag genoeg waren om het touw overheen te gooien. Daarna maakte hij een lus en rolde het kleed uit.

Het meisje was lichtblauw geworden in haar gezicht. Zo was ze misschien nog wel mooier.

Hij bond de lus om haar nek en tilde haar op. Liep naar de boom toe en legde haar naast de boomstam, waarna hij het touw van de grond opraapte. Hij zou het niet, kón het niet, lang volhouden, maar hij wilde het gewoon uitproberen. Voelen of er iets gebeurde.

Hij begon aan het touw te trekken. Het was zwaar genoeg, zelfs met een mens van niet meer dan vijfenveertig kilo. Die zich bovendien niet verzette. Het was goed dat zijn moeder hem gevraagd had dit te doen, dacht hij toen de voeten van de grond kwamen. Het was een goede oefening. Een goede voorbereiding. Hij moest dit niet doen met iemand die bij bewustzijn was, tenzij hij diegene op de een of andere manier kon misleiden.

Hij wond het andere eind van het touw om de boomstam en maakte een knoop, zodat hij achteruit kon stappen.

Om te kijken.

Haar ogen waren nog steeds open, maar de spieren van haar gezicht waren slap. Ze hing daar gewoon. Als hij het masker bij zich had gehad, was het misschien anders geweest.

Nee, dacht hij, en hij maakte het touw om de boom los. Hij had het moeten weten. Met zijn vader was het ook zo geweest. Er gebeurde geen snars.

Ze moesten simpelweg levend zijn.

2019

Het uiteinde van het touw voelde ruw aan zijn vingers. Het is ook een beetje uitgedroogd, poreus bijna, maar het ligt er natuurlijk ook al... – Lille-Chris moet even nadenken – bijna acht jaar.

Hij had het op een rommelmarkt in Havana gekocht. Handgemaakt, uniek. Oerdegelijke kwaliteit. Iets wat Juanita op een mooie nazomeravond zou mogen meemaken, zo'n avond dat het onweer en de bliksem elk moment leken los te barsten.

Juanita was achtendertig jaar en kinderloos. Op zoek naar liefde. Dorstend naar liefde, en iets anders; ze liet zich door Jan en alleman op een drankje trakteren, maar kon maar moeilijk een arm vinden om bij in slaap te vallen. Op weg naar huis had ze gezwalkt van vermoeidheid, een tikje neerslachtig – een emotie die makkelijk om te buigen was met een vriendelijke glimlach en een paar woorden over de vele louche types die 's avonds laat in het centrum van Havana rondliepen, met belangstelling voor zo'n mooie jonge vrouw als zij. Of ze er iets op tegen had als hij haar vergezelde naar huis? Om te zorgen dat ze veilig aankwam?

Ze had niet lang geaarzeld, daarna was ze overtuigd en was er een glimlach doorgebroken op haar gezicht. Ze had zich zelfs niet afgevraagd waarom hij een rugzak bij zich had.

Juanita was geen willekeurig slachtoffer.

Lille-Chris was op dat moment al weken in Havana. Hij had de straten en kroegen afgestruind, op jacht naar een geschikt slachtoffer om zijn tijd mee te verdrijven. Juanita sprong hem al snel in het oog: haar steevast onvaste pas, meestal luid zingend, dansend en flirtend. Op een van haar dronken, liefdeloze avonden was hij haar gevolgd en had hij uitgevonden waar ze woonde. Een paar dagen later, terwijl ze aan het werk was, brak hij in in haar woning om poolshoogte te nemen.

Ze woonde in zo'n eeuwig opknaphuis, maar de belangrijkste factoren waren aanwezig: twee etages en een trap naar boven. Trappen werkten het best, had hij geleerd. Vooral als er boven een balustrade was met een degelijke afstand naar de etage eronder. Een ander voordeel van trappen was dat mensen hun slaapkamer graag op de eerste verdieping hadden. Ze waren bekend met trappen, die waren ze al duizenden keren op en af gelopen, in tegenstelling tot bijvoorbeeld een ladder. Ladders waren gevaarlijk. Van een ladder kon je vallen. Het was bovendien niet makkelijk iemand over te halen om vrijwillig op een ladder of stoel te klimmen. Vooral niet als ze niets zagen.

Maar het liefst wilde hij dat ze het wel zagen.

Dat ze het wisten.

Wat inhield dat ze wakker moesten zijn. Als hij hen moest bedwelmen, duurde het altijd zo lang voordat ze weer bijkwamen. En als ze bewusteloos waren, wogen ze ook meer, als het ware. Een blinddoek werkte het best, een beetje speels flirten van tevoren, spanning, opwinding. Overgave hopelijk, maar niet iedereen was daar op de eerste avond al voor te vinden. In dergelijke gevallen kon hij niet anders dan verdovende middelen gebruiken.

Bij Juanita was dat niet nodig geweest. Juanita was bijna overal voor te vinden, hongerig als ze was naar de meeste vormen van liefde en aanraking.

Nadat hij lang en grondig met haar bezig was geweest op de benedenverdieping, had hij uiteindelijk zijn stropdas rond haar ogen gebonden en gevraagd waar haar slaapkamer was – alsof hij dat niet wist. Vervolgens liepen ze de trap op – zij voorop – terwijl hij haar hand vasthield. Lille-Chris had zijn rugzak met het touw erin gepakt, de strop kant-en-klaar. Hij wist precies wanneer en waar hij bij de balustrade zou stoppen, haar zou kussen en nog meer op zou winden, om vervolgens het touw om haar nek te haken. Hij wist hoe hij de strop zou straktrekken, zodat de luchttoevoer geblokkeerd werd en elke poging om te schreeuwen tevergeefs was. Dan... zou hij haar over de balustrade heen tillen.

Ze had zich natuurlijk verzet. Ze had de reling vastgegrepen en zich eraan vastgeklampt, waardoor hij zich even zorgen had gemaakt dat de politie verfresten onder haar nagels zou aantreffen of krassen in de balustrade zelf. Maar ze was niet heel sterk, Juanita. En Lille-Chris wist dat het niet lang zou duren of ze zou het moeten opgeven. Hij liet het touw een beetje vieren en maakte een knoop waarvan hij zeker wist dat hij haar gewicht zou dragen als ze ten slotte haar greep zou verliezen. Daarna liep hij naar de benedenverdieping en zette zijn masker op.

Keek toe.

Hij neemt een slok van zijn rode wijn en windt het uiteinde van het touw om zijn vingers. Zijn handen jeuken, zijn hele lichaam jeukt nu hij weer terug is. Nu hij weer iemand heeft gehad. Het was al een tijd geleden geweest.

Christian Berner en zijn moeder waren degenen die hem op het idee hadden gebracht om zijn behoeften in het buitenland te bevredigen. Om nauwkeurig te werk te gaan en nooit twee keer in hetzelfde land, anders zouden zijn buitenlandse reizen al snel in verband gebracht worden met de dood van die lokale vrouwen die allemaal een enigszins problematisch leven en een mogelijke neiging tot zelfmoord hadden.

Lille-Chris heeft het stuk touw net teruggelegd in de la bij de rest als de telefoon gaat. Hij werpt snel een blik op de klok aan de muur. Het is 1.37 uur, hij is amper een uur thuis. De alcohol stroomt nog door zijn aderen.

‘Dag mam,’ zegt hij. ‘Wat is er? Alles oké?’
‘Nee,’ antwoordt ze.
Lille-Chris gaat rechtop zitten. ‘Wat is er dan?’
‘Je moet komen.’
Hij trekt zijn schouders hoog op en blaast langzaam uit.
‘Wat is er nu weer?’
‘Je moet komen,’ herhaalt ze. ‘Nu meteen.’
Hij kijkt nog een keer op de klok, alsof hij zeker wil weten dat hij het de eerste keer goed gezien heeft.
‘Ben je nog steeds bij Berner?’
‘Ja.’
‘Ik kom eraan.’

Het is een koude nacht. Sneeuw dwarrelt langzaam omlaag. Onder de vlokken is het ijzig en glad. Het duurt nog een aantal uur voordat iedereen naar zijn werk gaat, voordat het licht wordt.

Hij is bijna in zijn eentje op de weg.

Hij rijdt hard, maar wel beheerst, het is bijna saai in de fourwheeldrive. Er is veel voor nodig om de achterkant te doen slippen.

Hij parkeert voor de oprit. Aan de andere kant van het smeedijzeren hek staan een Bentley SUV en een Aston Martin Vanquish. In de garage staat nog een Lamborghini, weet hij.

Ludvig Hessel, Berners advocaat, staat in een onberispelijke smoking bij de voordeur en blaast kringeltjes rook de nacht in. Als hij naar binnen gaat, knikken ze elkaar toe. Zijn moeder wacht hem op in de hal. Ze zegt niets, maar leidt hem naar een kamer dieper het huis in. Berner is er, Carl Figenschou junior is er. Geen van beiden heeft zijn masker nog op.

Op de chaise longue ligt een tenger meisje.

‘Als je ons hierbij helpt,’ zegt Figenschou junior, ‘zul je nooit gebrek hebben aan...’

‘Dat doet hij graag,’ valt zijn moeder hem in de rede. ‘Toch?’

Lille-Chris kijkt haar een moment aan en werpt dan een blik op het plafond, op de camera's.

Berner is hem voor: 'Daar zijn we al mee bezig.'

Lille-Chris heeft er een hekel aan om andermans rommel op te ruimen. Het is net alsof je aankomt op een feestje dat zojuist afgelopen is. In dit geval letterlijk.

Hij zet een stap in de richting van de chaise longue. Het is jammer dat zo'n mooi meubelstuk verbrand moet worden.

'Is ze hier samen met iemand naartoe gekomen?' vraagt hij.

'Ja,' antwoordt zijn moeder. 'Met vier anderen.'

'Waar zijn die?'

'Het Grand Hotel.'

'Zouden ze samen van het feest vertrekken? Allemaal tegelijk?'

'Ja.'

'Wat heb je tegen hen gezegd?'

'Waarover?'

'Over haar... hoe heet dat meisje?'

'Magdalena.'

'Dat Magdalena niet met hen mee zou gaan?'

'Ik heb gezegd dat een van de gasten graag wilde dat ze hem nog wat langer vergezelde.'

'Je moet morgen nog maar een keer bij hen langsgaan en dat verhaal opnieuw verkopen, en zeg erbij dat ze hier nog een paar dagen blijft.'

'Geen probleem, ik reis met hen mee terug.'

'Gaan die meisjes in het dagelijks leven met elkaar om?'

Zijn moeder snuift. 'Denk je dat ik dom ben of zo?'

Lille-Chris geeft geen antwoord.

'Magdalena's familie zal zich afvragen wat er met haar gebeurd is,' zegt hij. 'Daar moeten jullie ook rekening mee houden en op voorbereid zijn.'

'Hoe bedoel je?' vraagt Berner. Zijn stem klinkt nerveus.

'We moeten proberen te anticiperen op de gevolgen die het

zal hebben in haar thuisland. Hoeveel mensen zijn ervan op de hoogte dat ze naar Noorwegen zou gaan?'

'Niemand,' zegt zijn moeder.

'Dat weet je zeker?'

Hij ziet dat ze even aarzelt.

'Waar komt ze vandaan?'

'Turkije.'

'Op enig moment zal ze als vermist worden opgegeven. De politie zal onderzoek doen en er zullen nieuwsberichten in de media opduiken. Het zou het beste zijn als we...'

Hij bedenkt zich.

Nee. Dat is te ingewikkeld, te onoverzichtelijk. Eén verdwenen meisje is genoeg. Hij kan altijd nog over een dag of twee zelf naar Turkije afreizen en de anderen voor zijn rekening nemen. Ook al is het een hoop werk: plannen en uitvoeren in iets te weinig tijd. Te veel onzekere momenten om erg aanlokkelijk te zijn. En hij houdt ook niet per se van werk.

Het meisje heeft nog steeds een oogmasker op.

Lille-Chris vraagt zich af of de persoon die dit gedaan heeft zijn eigen masker ophad. Daar kan hij verder over nadenken in de auto, iets meer dan een uur rijden in het donker.

Het is 2.26 uur.

Het is nog steeds winter.

2021

1

Het gebeurt niet vaak meer dat zijn moeder bij hem langskomt. Meestal is hij degene die naar haar toe gaat – en dan het liefst als ze daarom gevraagd heeft, of als ze het heeft geëist. Het feit dat ze hem een halfuur geleden heeft geappt met de vraag of hij thuis was, en in het volgende bericht schreef dat ze onderweg was, heeft hem nieuwsgierig gemaakt.

'We hebben een probleem,' zegt ze nog voordat ze een voet over de drempel heeft gezet.

Lille-Chris doet de deur achter haar dicht en antwoordt kalm: 'Goeiemorgen.'

'Ik kon dit niet over de telefoon doen,' vervolgt ze, terwijl ze zich omdraait. Ze heeft veel te veel make-up op, zoals gewoonlijk, en bovendien had ze haast toen ze voor de spiegel stond: de knalrode lippenstift is helemaal tot over de randen van haar bovenlip uitgesmeerd. De gang ruikt intens zoet. Een nieuw parfum?

'Dat filmpje van Magdalena is uitgelekt,' zegt ze met een diepe zucht.

'Magdalena?'

'Jezus christus,' zegt zijn moeder snuivend. 'Herinner je je haar niet meer?'

Hij denkt één seconde na. Die lange nacht, de harde grond.

'Dat filmpje dat Peter Kranz destijds heeft gemaakt,' gaat ze verder, nog steeds geïrriteerd. 'Ik dacht dat je had geregeld dat het verdwenen was?'

Lille-Chris loopt in gedachten zijn ontmoetingen met Peter na. 'Dat dacht ik ook.'

'Nou,' zegt ze, 'het is niet verdwenen. Een of andere kerel probeert Christian ermee af te persen.'

'Hoezo af te persen?'

'Kijk zelf maar, hier.'

Ze opent de tas die ze bij zich heeft en haalt er een vel papier uit, geeft het hem met een bruusk armgebaar aan.

Het is een print van een e-mail die is gericht aan advocaat Ludvig Hessel, verzonden van een adres dat slechts uit willekeurige cijfers en letters bestaat.

Lille-Chris begint te lezen.

Dag,

Ik ben in het bezit gekomen van een filmpje waarvan uw cliënt Christian Berner ongetwijfeld niet wil dat het in de handen van de politie of de autoriteiten belandt. Op het filmpje is een jongedame te zien, overleden, in de residentie van uw cliënt op Bygdøy ten tijde van het jaarlijkse gemaskerde bal zo'n tweeënhalf jaar geleden. Ik sluit het gehele filmpje bij, dan kunt u het met eigen ogen zien.
Er heeft redelijk wat over de verdwijning van deze jongedame in de Turkse kranten gestaan, maar niets in die in Noorwegen. Wat betekent dat jullie een uitstekende prestatie hebben verricht wat betreft het verhullen van een bewezen moord. Een riem om iemands nek is moeilijk uit te leggen. Wat niet moeilijk te begrijpen is, is de behoefte om iets dergelijks te laten verdwijnen. Het is uiteraard desastreus voor een reputatie als een dergelijk schandaal bekend wordt. Ik kan u verzekeren dat dit filmpje echt is, dat zal iedere data- en video-expert in een rechtszaal bevestigen.

De kwestie kan nog steeds onder ons blijven. Ik zou bereid zijn de opname te wissen en de rest van mijn leven een andere kant op te kijken. Hiertoe zal uw cliënt 25 miljoen kronen moeten overmaken naar een rekening waar ik toegang toe heb. De details kunnen we later bespreken, maar ik moet het bedrag binnen drie dagen in handen hebben. En daarmee, beste advocaat, bedoel ik geen werkdagen. Drie dágen. Vanaf het moment dat deze e-mail verstuurd is.
En... jullie kunnen je de moeite besparen, het is onmogelijk mij te vinden.

Drie dagen, meneer Hessel.
Drie dagen.

'We hebben hem nog niet geantwoord,' zegt zijn moeder als Lille-Chris haar het vel papier heeft teruggegeven. 'Christian heeft hemel en aarde bewogen om die klootzak te vinden.'

'Ook al schrijft hij dat dat onmogelijk is?'

Ze snuift. 'Niets is onmogelijk.'

Niet als je Christian Berner heet en stinkend rijk bent, denkt Lille-Chris.

'Maar... wat heeft dit met míj te maken?'

Ze kijkt hem met een harde blik aan.

'Ben je niet goed wijs? Peter Kranz leeft nog en heeft dat filmpje overduidelijk naar iemand toe gestuurd. God weet wie hier nog meer kennis van hebben. We moeten hier een einde aan maken voordat het volslagen uit de hand loopt.' Ze zucht. 'Je had korte metten met hem moeten maken toen je de kans had. Dan was dit nooit gebeurd.'

'Hoe bedoel je?'

'Je weet best wat ik bedoel.'

'Maar dat... was toen niet de opdracht.'

'Het is anders niet verboden om zelf na te denken. Nu staan

we hier dus weer in een klotezooi, omdat jij je werk niet hebt gedaan.'

Dan had je het maar aan een professional moeten vragen, denkt Lille-Chris bij zichzelf. Hij houdt er niet van om steeds weer haar troep op te moeten ruimen, ook al doet hij het toch elke keer weer.

'Die kerel,' zegt hij nadenkend, 'heeft er geen baat bij om naar de politie te gaan. Dan zullen ze alleen maar vragen waarom hij dat niet eerder heeft gedaan en van wie hij het filmpje heeft gekregen. Het is niet gezegd dat hij dat wil onthullen.'

'Dus dat risico moeten we dan maar nemen, vind jij? Dat filmpje kan alles voor ons ruïneren,' snauwt zijn moeder.

'Dat weet ik nog niet zo zeker.'

'Niet?' schreeuwt ze.

'Er is op dat filmpje eigenlijk niets te zien,' zegt hij. 'Behalve een dood meisje. Misschien kun je zien dat het Berners huis is, maar niemand heeft haar als vermist opgegeven. Er is geen reden te denken dat dat meisje in het filmpje echt bestaat.'

'Niet in Noorwegen, misschien. Maar wel in Turkije.'

Turkije.

Lille-Chris denkt even na over Turkije. Turkije zou een probleem kunnen vormen. Ook al is Peter Kranz nog steeds het grootste probleem.

'Hoe dan ook,' vervolgt zijn moeder. 'Het is niet meer dan een kwestie van tijd om die afperser te vinden. Ik neem aan dat jij je troep wel wilt opruimen als dat moment aanbreekt?'

Twee dagen later zit Lille-Chris in een auto voor de deur van de flat van Eva Kranz in Helsfyr. In de wijk wordt veel gerenoveerd: gevels, ramen, daken. Overal staan steigers en ligt bouwafval, vrachtwagens pendelen heen en weer tussen de wijk en diverse leveranciers van materialen verspreid over Oslo. Timmermannen en schilders zijn aan het werk.

Lille-Chris slaat de bedrijvigheid gade, iedereen die komt en gaat. Ouderen hebben de overhand in deze wijk. Dat is een voordeel. Ouderen zien en horen slecht en zijn ook niet al te best in dingen onthouden – sommigen althans. Maar vraag hun eens naar de oorlog.

Lille-Chris heeft nooit begrepen wat mensen allemaal verzinnen om te doen met hun leven. Sommigen kiezen ervoor om in een vuilniswagen te rijden. Daar kíézen ze nota bene voor. Of misschien dat het leven hen na een tijdje gewoon die kant op stuurt en dat dat is wat het is. Anderen schijnen er plezier aan te beleven om in een klaslokaal te staan schreeuwen tegen een stelletje snertkinderen, en vervolgens de wind van voren te krijgen van hun ouders. Maar het zijn natuurlijk die lange vakanties die het 'm doen.

Eva vertaalt boeken.

Het voordeel is dat ze overal kan werken, wanneer ze maar wil. Ze heeft geen baas boven zich die eist dat ze vergaderingen bijwoont of powerpointpresentaties maakt. Ze is alleen met haar woorden. En de deadlines waaraan ze zich te houden heeft.

Maar jezus, wat saai.

Wóórden.

Lille-Chris houdt meer van actie. Hij zou willen dat hij haar niets hoefde aan te doen. Hij mag Eva wel. Mocht haar al vanaf het begin.

Met Peter, haar vader, is het anders. Die man wist niet wat goed voor hem was. Een zwakkeling die van de aardbodem verdween, als een rat op de vlucht. Die ervoor gekozen had uit de afgrond op te krabbelen vanwege zijn wens om dat filmpje dat hij had gemaakt in te zetten om Christian Berner en zijn vrienden te gronde te richten. Een filmpje dat in handen was gevallen van ene Bjørn-Erik Bakkerud, de man die net als Kranz zelf de grote vergissing had begaan het op te nemen tegen iemand met Berners mogelijkheden en die arrogant genoeg was om te denken dat hij ermee weg kon komen.

Zelfs als een e-mailadres vals is, is het niet moeilijk de plaatsnaam en het gebied waaruit de e-mail verstuurd is te achterhalen. Het precieze adres is lastiger, maar als je de omgeving kent en bovendien over voldoende menselijke capaciteiten beschikt om in kaart te brengen wie er in die omgeving wonen en wie zich kunnen beroepen op een zekere kennis van data, duurt het niet lang om je zoekactie te beperken.

Daarna hadden Berners mensen de personen in kwestie tot in detail onderzocht, een voor een, en uitgevonden wie ze waren, met wie ze contact hadden en hoe. Wat hun financiële situatie was. Toen ze ontdekten dat Bjørn-Erik Bakkerud een IT-expert was die de zak had gekregen en een grote behoefte had aan geld, schoot hij direct naar de top van de lijst met verdachten, ook al duidde het taalgebruik in de afpersingsbrief misschien op een oudere persoon.

Zodra Bakkerud zijn huis verliet om een broodje shoarma te halen, waren enkele van Berners mannen zijn woning binnengedrongen en hadden daar drie microfoons verstopt. De bevestiging dat Bakkerud hun man was, kwam later die avond, nadat Berners advocaat had gereageerd op de afpersingsbrief.

Ludvig Hessel was goed met woorden, dat moest je hem nageven. Hij had gezegd dat Berner aan de lopende band te maken kreeg met pogingen tot afpersing en dat Berner uiteraard volledig afstand nam van beweringen van dergelijke ernst. En dat niet alleen, Hessel had ook plechtig benadrukt dat de zaak was overgedragen aan de politie en dat ze ernaar uitkeken dat de kwestie onder de loep zou worden genomen en zou worden afgehandeld; met andere woorden: dat Bakkerud zou worden opgespoord en de gevangenis in zou draaien.

Het was allemaal bluf, natuurlijk, maar wel goed ingecalculeerde bluf. Ze wisten dat Bakkerud geldproblemen had en dat het filmpje voor hem waardeloos zou zijn als hij het naar de politie stuurde. De woede-uitbarsting die Bakkerud enkele minuten nadat Hessel zijn reactie had verstuurd kreeg, was het teken dat ze konden stoppen met zoeken en konden bedenken hoe ze zich van hem konden ontdoen – een taak waarvan Lille-Chris' moeder had gevonden dat híj die op zich moest nemen, aangezien hij de persoon was die hen in deze ellende had doen belanden.

In eerste instantie had Lille-Chris Bakkerud in zijn woning willen ombrengen, aangezien de kerel vrijwel nooit zijn huis uit kwam, maar gisterochtend had hij een gesprek tussen Eva en Bakkerud opgevangen waarin Bakkerud Eva informatie aanbood over haar vermiste vader – mits ze hem honderdduizend kronen betaalde. Lille-Chris kreeg zelfs te horen wanneer en waar de transactie moest plaatsvinden. Wat hem op het idee bracht hoe hij twee vliegen in één klap kon slaan: Bakkerud uitschakelen en tegelijkertijd werk maken van zijn eigen dreigement dat hij een of meer dierbaren van Peter Kranz iets zou aandoen als hij de kwestie Magdalena niet liet rusten. Lille-Chris is tenslotte een man van zijn woord.

Maar de entree van het gebouw is minder beschut dan hem lief is. Allerlei mensen kunnen hem vanuit verschillende hoeken zien, herkennen. En dat is een risico, gezien het feit dat hij bloed op zich zal krijgen. Hij kan daar niet zomaar met vieze kleren naar buiten wandelen. Er moet een manier zijn om het gebouw te verlaten zonder dat hij te zeer opvalt bij anderen.

Dat betekent: normale kleren zonder bloedvlekken.

Een werkauto rijdt voorbij. Er zitten een paar schilders in, volledig in het wit gekleed. Wat hem op een idee brengt voor de volgende dag. Hij moet voor die tijd het gebouw in.

Een oude man, licht voorovergebogen met zijn armen op zijn rug, nadert de grote flat waar Eva woont. Lille-Chris pakt zijn rugzak en stapt uit. Hij kijkt op naar de ramen van het flatgebouw. Witte gordijnen, een oude elektrische kandelaar die brandt, ook al is het allang geen kerst meer. Geen gezichten die naar buiten kijken.

Lille-Chris haast zich naar de deur, terwijl de man met bibberende vingers het slot openmaakt.

'Zal ik de deur voor u openhouden?' vraagt Lille-Chris vriendelijk.

'O.'

Eerst schrikt de man, maar dan lijkt Lille-Chris' hartelijke glimlach hem gerust te stellen.

'Dank je wel. Hij is zo zwaar, die deur. Ik snap niet waarom ze hem zo zwaar gemaakt hebben.'

Lille-Chris trekt de deur met gemak naar zich toe en laat de man voor hem naar binnen gaan. Hij houdt er niet van als hij door buren gezien wordt, maar vandaag zal het weinig verschil maken, er zijn er behoorlijk veel van in het gebouw. Wat op zich een probleem zou kunnen vormen bij de uitvoering, maar dat is ook de reden dat hij naar binnen moet om de boel te verkennen en een goed plan te bedenken.

'Ga jij maar voor,' zegt de man als ze allebei binnen staan. 'Ik doe zo lang over die trap.'

Lille-Chris neemt twee tellen de tijd om de situatie te overdenken en te beslissen of hij zal zeggen dat hij eerst naar de kelder moet, maar hij weet niet of hij daar een sleutel voor nodig heeft. Als hij dat doet en de man krijgt in de gaten dat Lille-Chris geen sleutel heeft, zal hij zich afvragen waarom hij er geen heeft en wat hij hier doet. Dus kijkt Lille-Chris hem glimlachend aan en loopt voor hem de trap op. Op de eerste verdieping werpt hij een lange blik op Eva's deur en loopt dan door naar boven, uit alle macht wensend dat die man niet op de bovenste etage woont. Wat niet waarschijnlijk is bij iemand van zijn leeftijd in een gebouw zonder lift.

Op vierhoog blijft Lille-Chris staan. Hij hoort de man hijgen en stampen. Hij is gestopt, op de tweede verdieping misschien, en doet de deur achter zich op slot. Lille-Chris wacht een paar seconden en begeeft zich dan weer naar beneden, blij dat hij verder niemand tegenkomt. Dat belooft veel goeds voor morgen. Midden op de dag zullen er waarschijnlijk weinig mensen komen en gaan.

Hij vindt een deur naar de kelder, waar gelukkig geen slot op zit. Een muffe, vochtige lucht slaat hem uit de kelder tegemoet. De houten trap kraakt als hij naar beneden loopt.

Overal in de kelder zijn bergingen en algemene ruimten, waaronder een sportruimte met een loopband en een stang om je aan op te trekken, plus een berg matten, gewichten en elastieken. En spiegels. Uiteraard, spiegels aan de muur.

In een wat opener opslagruimte staan fietsen, skiuitrustingen en verfemmers. Tuinmeubels, een afdekzeil met iets eronder waarvan hij niet kan zien wat het is. Een stoppenkast, weer een deur, die naar een wasruimte leidt. Hij bedenkt dat het waarschijnlijk een fluitje van een cent is om in dit gebouw iets te stelen. Het is makkelijk om binnen te komen.

Hierbeneden, denkt hij, moet hij wel een rugzak met extra kleding kunnen verstoppen. Hij kan Eva's huis binnengaan, doen wat hij moet doen, en dan is hij zo in de kelder, waar hij zich kan omkleden als dat nodig is, om vervolgens naar huis te gaan. Het zou hem niet meer dan een seconde of tien moeten kosten om van Eva's woning op de eerste verdieping naar de kelder te komen. En bovendien, heeft hij zojuist vastgesteld, is er een goede kans dat niemand hem ziet.

Als hij weer op weg naar boven is, hoort hij de voordeur opengaan. Iemand komt binnen. Lille-Chris wacht, hij hoort kleine, lichte voetstappen die stoppen op de eerste etage.

Behoedzaam doet hij de deur open en kijkt langs de trap omhoog. Zijn blik valt op de lange bruine krullen van een klein meisje. Ze klopt niet aan, maar loopt direct door naar binnen.

Bij Eva.

Hmm.

Vreemd.

Lille-Chris kan zich niet herinneren dat Eva een kind had, daar moet hij meer over te weten komen, denkt hij.

2

Lille-Chris weet dat het erg gewaagd is, maar toch parkeert hij op bijna exact dezelfde plek als de dag ervoor. Het is belangrijk om zicht te hebben op de entree en dit was de enige plek die vrij was.

Het is halftien.

Hij heeft voldoende tijd. Van haasten wordt het nooit beter, zoals zijn vader altijd zei wanneer ze samen gingen jagen. *Als je haast hebt, maak je fouten.* Een zin die hij eigenlijk op een T-shirt moest printen, vond zijn vader; alsof het een gouden vondst was waar nooit eerder iemand op gekomen was. Maar zoals met veel dingen in het leven had zijn vader er niets mee gedaan.

Lille-Chris heeft nog nooit op deze manier iemand gedood. Als opdracht: erin en eruit. Zonder enig plezier. Geen voeten die boven het parket zweven. Hij houdt er niet van om zichzelf zo bloot te geven, in zijn eigen stad, maar hij heeft geen keus.

Hij stapt uit en loopt naar de entree. Het voelt vreemd om in zulke kleren rond te lopen. Ze voelen ook stijf. Maar hij kan zijn armen en schouders goed bewegen. Dat is het belangrijkste.

Hij belt bij meerdere mensen aan totdat een mannenstem reageert en hem zonder vragen binnenlaat. Toen Lille-Chris de dag ervoor het gebouw verliet, had hij de buitendeur gecontroleerd en gezien dat er aan de binnenkant van het slot een mechaniek zat dat je gewoon op kon tillen, waardoor de deur niet in het slot viel wanneer hij dichtsloeg. Dat is dus wat hij nu doet. Daarna kuiert hij op zijn gemak terug naar de auto. Alsof hij een bouwvakker is die hier in de buurt aan het werk is.

Korte tijd later is het tien uur.

Dan kwart over, zonder dat Bakkerud verschijnt.

Halfelf.

Hij heeft nog steeds de tijd, stelt Lille-Chris vast, maar de klok passeert elf uur zonder dat de afperser opduikt. Misschien heeft hij zich bedacht? Misschien is hij bang geworden? Het zit Lille-Chris niet lekker, maar hij probeert kalm te blijven.

Om 11.27 uur komt er over de stoep een man aanlopen vanaf een aantal meters achter de auto waarin Lille-Chris zit te wachten. De man heeft zijn handen in zijn zakken. Hij kijkt naar links en rechts als hij de straat oversteekt en naar de entree loopt. Hij heeft rood haar en enig overgewicht. Zijn grote spijkerbroek zit wijd en los.

Bjørn-Erik Bakkerud.

Zonder twijfel.

Dat is de man die daar het paneeltje op de muur naast de deur bestudeert en op een knop drukt. Een paar seconden later wordt hij binnengelaten.

Lille-Chris grijpt de rugzak die op de bestuurdersstoel ligt en wacht even, controleert of er geen andere mensen op straat zijn.

Dan stapt hij haastig uit.

Sluit de auto af.

Slaat de rugzak over zijn schouder en begint te lopen, alsof hij bekend is met de omgeving en precies weet waar hij moet zijn. Geen enkele aarzeling. Mensen die proberen zich te verschuilen of iets te verstoppen, trekken over het algemeen de meeste aandacht.

De deur is nog steeds open. Een klein risico om daarop te gokken misschien, maar... het is goed gegaan.

Binnen gaat hij vlug naar de kelder, waar hij zijn rugzak met extra kleding openmaakt en het masker eruit haalt. Hij trekt de rits van de overall omlaag en hangt het masker om zijn nek onder zijn overall. Haalt het wapen tevoorschijn, schroeft de geluiddemper erop, doet dan de rugzak weer dicht en verstopt hem onder het afdekzeil. Hij begint het warm te krijgen, maar het is een aangename warmte, de adrenalinekick die van zich laat horen. Niet helemaal hetzelfde als anders, wanneer hij iemand doodt, maar... misschien zou hij er wel van kunnen genieten.

De trap op vanuit de kelder.

Vlak bij de deur naar de entree blijft hij staan. Hij luistert. Hoort bewegingen ergens boven hem. Hij besluit te wachten. Het duurt een eeuwigheid voordat de voetstappen stoppen. Gerinkel van sleutels. Een slot en een deur die geopend wordt. Gesloten.

Hij wacht nog een paar seconden, dan verstopt hij het wapen onder zijn overall, doet resoluut de deur voor zich open en kijkt vlug door het raam naast de voordeur. Er komt niemand aan. Hoe dan ook, het moet nu gebeuren. Zelfs als hij niet langer dan een paar seconden op de trap is, kunnen er elk moment getuigen opduiken, overal vandaan. Terwijl hij de trap naar de eerste etage op loopt, vraagt hij zich af of hij aan alles gedacht heeft.

Waarschijnlijk wel.

Voor de deur van Eva's woning blijft Lille-Chris staan. Hij haalt diep adem, concentreert zich. Haalt het masker tevoorschijn en kijkt er even door, zet het op zijn gezicht en controleert of hij goed genoeg kan zien. Of het goed zit, of hij fatsoenlijk kan ademhalen.

Hij is klaar.

Met een ferme beweging duwt hij Eva's deur open en gaat naar binnen, pakt het wapen. Met snelle passen loopt hij de gang door naar de woonkamer, waar Bakkerud half opstaat van zijn stoel. Hij is nog net in staat een verbijsterd gezicht te trekken voordat Lille-Chris het wapen naar hem opheft en de trekker overhaalt.

Het projectiel dringt tussen twee diepe rimpels zijn hoofd binnen, waardoor zijn hoofd achteroverslaat. Hij smakt tegen de salontafel, zakt slap in elkaar en blijft beweginglo os liggen.

Max Payne zou trots geweest zijn.

De pistoolmond rookt nog als Lille-Chris hem op Eva richt. Ze is opgestaan van de bank, de paniek op haar hele gezicht geëtst. Lille-Chris ziet dat ze op het punt staat te gillen en zegt simpelweg: 'Sst.'

Het geluid komt van onder het masker, en klinkt daardoor ietwat gedempt en verdraaid. Misschien dat hij iets minder cool klinkt dan Max P., maar dat is dan maar zo. Terwijl Eva dekking probeert te zoeken onder de salontafel haalt hij de trekker nogmaals over. Waar het schot haar treft, ziet hij niet – de bovenkant van haar borst misschien – maar ze blijft levenloos op de grond liggen, deels uit het zicht door het tafelblad.

Lille-Chris stapt langs Bakkerud om de tafel heen. Van de achterkant van de bank heeft hij beter zicht op Eva's vitale lichaamsdelen. Hij heft zijn wapen op en richt opnieuw.

Een geluid in de gang doet hem stokken.

De deur gaat open.

Hij verplaatst het pistool naar rechts, naar het meisje dat binnenkomt. Ze ziet hem niet. Nog niet. Dan valt haar blik op hem en blijft ze staan. Spert haar ogen open. Lille-Chris heeft het wapen nog steeds op haar gericht. In de volgende seconden worden de pijpen van haar broek vochtig. Het vocht loopt weg via haar enkels, over haar schoenen. Ze verroert zich niet.

Lille-Chris evenmin.

Hij staart naar de urine die een plasje rond haar voeten vormt. Knippert een paar keer met zijn ogen. Hij is terug in zijn ouderlijk huis, zijn ouders maken ruzie. Het geluid komt uit de bibliotheek. Lille-Chris staat voor de deur in de gang.

Ze maken ruzie over Cornelia; zijn moeder roept dat het een ongeluk was, zijn vader schreeuwt dat hij het haar nooit zal vergeven dat ze niet beter op zijn lievelingskind heeft gepast. Dan een harde klap, en nog een. Iets zwaars wat op de grond valt. Een glas dat breekt. Het... klinkt alsof ze vechten. Kleren worden opengescheurd, stukgescheurd, zijn moeder die een hard geluid uitstoot. Lille-Chris gaat wat dichterbij. De deur staat op een kier. Hij kan naar binnen kijken.

In de bibliotheek ziet hij zijn moeder op de grond. Zijn vader achter haar, over haar heen. Met één hand drukt hij zijn moeders hoofd tegen de grond. Zijn broek hangt op zijn enkels. Op de grond schreeuwt zijn moeder in het vloerkleed. Zijn vader maakt ook vreemde geluiden. De geluiden nemen toe in tempo, in kracht.

Zijn moeder schreeuwt, steeds harder.

Lille-Chris bedekt zijn oren, wil dat het ophoudt. Hij wil niet dat zijn moeder pijn heeft. Maar zijn vader begint steeds harder te hijgen en brult het dan uit, op hetzelfde moment dat de bewegingen stoppen. De harde geluiden. Het wordt doodstil. Geen van beiden beweegt.

Zijn vader staat op, haalt zijn broek op en trekt zijn overhemd omlaag.

Zijn moeder blijft liggen. Lille-Chris ziet dat ze huilt. Dat ze een stukje bij zijn vader vandaan kruipt. Ze... bloedt. Tussen haar benen.

Lille-Chris stapt weg bij de deuropening en loopt langzaam achteruit. Hij kijkt omlaag. Nu pas merkt hij dat de pijpen van zijn pyjamabroek nat zijn geworden.

Lille-Chris knippert nog een paar keer met zijn ogen. Het meisje heeft zich niet bewogen. Rond haar voeten heeft zich nog meer urine verzameld. Hij beseft dat hij zijn wapen heeft laten zakken. Hij kijkt omlaag naar Eva, die in een poel van bloed ligt, roerloos.

Hij moet daar weg.

Hij moet daar onmiddellijk weg.

Hij beweegt zich langs de stoel waar Bakkerud zat, stapt langs het lijk op de vloer en loopt snel de gang in, waar het meisje zich tegen de muur aandrukt. Zonder haar aan te kijken loopt hij snel langs haar heen en steekt zijn hoofd het trappenhuis in. Er is niemand. Nog steeds met het masker op loopt hij via de trap naar de kelder; het kost hem luttele seconden.

De loop van het pistool is nog warm als Lille-Chris de geluiddemper eraf schroeft en hem op de betonnen vloer legt. Zijn handen zoeken de rugzak die hij verstopt heeft onder het afdekzeil. Hij maakt hem vlug open en stopt het wapen erin, zet het masker af en doet ook dat in de rugzak. Nu pas heeft hij door hoe bezweet hij is.

Het is een eigenaardig gevoel.

Lille-Chris worstelt om de overall uit te krijgen, de stof is stijf, maar uiteindelijk lukt het hem. Terwijl hij zich omkleedt, denkt hij: dit was eigenlijk niet bijzonder slim. Ze weten nu niet hoe Bakkerud aan dat filmpje gekomen is en of hij anderen erover verteld heeft. Dat had je hem eerst moeten vragen, zegt Lille-Chris tegen zichzelf. Je had er eerst achter moeten komen wat Bakkerud Eva had verteld, voordat je de trekker overhaalde. En Peter Kranz is nog steeds ergens. Hij heeft het filmpje nog in zijn bezit.

Moorden in opdracht is niet zijn specialisme.

Hij houdt er niet van om andermans rommel op te ruimen. Hij wil zijn eigen ding doen. Op zijn eigen manier.

Een knagend gevoel blijft aan hem kleven.

Het schot op Eva.

Ze had bewogen, precies op het moment dat hij de trekker overhaalde. Ja, hij had haar geraakt, maar hij weet nog steeds niet zeker waar, en hoe goed.

Kwetsbaar.

Beangstigend.

Als je haast hebt, maak je fouten.

Hij snoert zijn rugzak stevig dicht, terwijl hij bedenkt wat hij zal doen. Het is een te groot risico om weer terug te gaan. Het meisje kan er nog steeds zijn. Ze kan de politie gebeld hebben. Er kunnen elk moment anderen opduiken. En had hij de deur eigenlijk wel dichtgedaan?

Nee, dat had hij misschien niet gedaan.

Hij moest een nieuw plan maken.

Hij moest de rommel opruimen.

Moest...

... misschien een andere dag nog een keer terugkomen?

3

Adam heeft net de resten van een laat ontbijt in de vuilnisbak gegooid als de telefoon gaat. De drie letters op het schermpje brengen een glimlach op zijn gezicht.

'Hoi Eva.'

'Adam, raad eens wie ik net aan de telefoon had.'

En voordat hij de kans krijgt te antwoorden: 'Mijn vader! Hij is onderweg naar huis.'

'Maar...'

'Ik geloofde eerst niet dat hij het was,' zegt Eva – ze praat een stuk sneller dan normaal. 'Maar het was hem, het was mijn vader! Hij is onderweg naar huis.'

'Maar dat is... maar... Wat zei hij?'

'Niet zoveel, alleen dat hij alles uit zou leggen als hij thuis was.'

'Zei hij ook waaróm hij thuiskomt?'

'Hij heeft gehoord wat er is gebeurd,' legt Eva uit. 'Met mij. Hij zei dat het tijd werd dat hij stopte met zich verbergen.'

Adam had in een van de kranten Eva's naam gelezen. 'Dus hij weet dat het iets met hem te maken heeft?'

'Zo klonk het.'

'Zei hij waar hij was?'

'Nee, dat heb ik ook niet gevraagd. Hij klonk gestrest. Hij wilde vooral weten of het goed met me ging.'

'Heb je het aan de politie verteld?'

'Nee, hij wilde niet dat ik dat zou doen.'

'Waarom niet?'

'Volgens mij wilde hij eerst mijn moeder en mij spreken. En mij als eerste.'

Er klinkt blijdschap en opwinding in Eva's stem. Het is natuurlijk ook fantastisch nieuws.

'Heb je het nog aan iemand anders verteld?' vraagt Adam.

'Nee, jij bent de eerste die ik bel.'

'Oké, misschien kun je het voorlopig beter tussen ons houden. Vergeet niet dat je vader de reden is dat dit allemaal is gebeurd. Dat betekent ongetwijfeld dat hij nog steeds gevaar loopt, en als te veel mensen weten dat hij naar huis komt en dat jullie hebben afgesproken, dan loop jij ook gevaar. Alweer.'

Hier lijkt ze niet aan gedacht te hebben.

'Volgens mij wil hij proberen een deal te sluiten met de politie,' gaat Eva verder. 'En wil hij hun alles vertellen wat hij weet.'

'Dat is heel mooi en aardig,' antwoordt Adam, 'maar waar en wanneer gaan jullie elkaar ontmoeten?'

'Hij wist niet precies wanneer hij thuis zou komen en wilde er over de telefoon ook niets over zeggen.'

'Het is denk ik geen slecht idee om voorzichtig te zijn. En dat zou jij ook moeten zijn.'

Eva zegt niets.

'Als je vader niet meteen naar de politie wil stappen,' gaat Adam verder, 'dan moet hij in de tussentijd toch ergens verblijven. En dat kan niet bij jou of je moeder. Het ontbreekt die types kennelijk niet aan middelen, dus hij kan geen hotel nemen, want dat zullen ze controleren.'

'Jezus,' zegt Eva. 'Het klinkt zo dramatisch als je dat soort dingen zegt.'

'Het ís ook dramatisch, Eva. Jij weet beter dan wie ook dat die mensen gevaarlijk zijn.'

Daar gaat ze niet tegen in.

Adam denkt nog even na. 'Ik heb een voorstel,' zegt hij. 'Als je interesse hebt. Ik heb toegang tot verschillende vakantie-huisjes in de omgeving en ik kan vast wel regelen dat jullie in een daarvan kunnen logeren.'

'Echt? Kun je dat?'

'Ja, dat is geen probleem, ik organiseer soms jachttripjes en heel wat huiseigenaren zijn me nog iets verschuldigd. En bovendien ken ik ze goed. In zo'n huisje zijn jullie veilig.'

Adam wacht op Eva's antwoord.

'Je hoeft het maar te zeggen en ik bel even rond. Geen probleem.'

'Geweldig bedankt voor het aanbod.'

Een ogenblik lang zeggen ze niets.

'Ben je nog steeds in het ziekenhuis?'

'Ja, maar... ze zeggen dat ik vanavond naar huis mag, als ik wil.'

'En wil je dat?'

'Ja. Ik word er schijtziek van om hier te zijn.'

'Dus... je gaat naar huis? Naar je eigen huis?'

Ze aarzelt even en zegt dan: 'Ik weet het eigenlijk niet, ik weet niet of ik dat al aankan.' Ze zucht diep. 'Maar ik heb niet de puf om naar mijn moeder te gaan. Niet nu. Ik zou... Vegar kunnen vragen of ik een aantal dagen bij hem mag slapen. Hij heeft het al zo ongeveer aangeboden.'

'Dan vertel je hem vast over je vader.'

Ze geeft geen antwoord.

'Je kunt wel...'

Adam weet niet of hij verder moet gaan, maar dan doet hij het toch.

'Je kunt wel hierheen komen, als je wilt?'

De plotselinge stilte aan de andere kant van de lijn maakt hem bezorgd. Het is nog steeds stil.

'Ik kan je hoe dan ook komen ophalen,' zegt hij gauw. 'En je ergens naartoe brengen...'

Ook nu geeft Eva geen antwoord.

Waarop hij zegt: 'Het was maar een voorstel.'

'Nee, nee, zo... dank je wel. Heel erg bedankt, dat is lief van je. Laat me er alleen... even over nadenken. Goed?'

'Natuurlijk. Neem de tijd.'

'Dank je. Echt bedankt, Adam.'

4

Als het tien uur geweest is, belt Hedda Waage. Het is tenslotte zondag.

'Zat je... te ontbijten?' vraagt ze als haar baas eindelijk opneemt.

'We zijn net klaar.'

'Bacon met roerei en... alles wat erbij hoort om van het leven te genieten?'

'Belde je daarvoor?' vraagt hij. 'Om me dat in te wrijven?'

Na de lamskebab die hij de vorige avond had gegeten, had Waage een slecht geweten gekregen en gezworen dat hij per direct weer zou overstappen op naar schimmel smakende gezondheidsproducten.

'Als het een troost is...' zegt Hedda. 'Ik heb zelf net een paar lepels havermoutpap naar binnen gewerkt.'

'Dat is geen troost.'

Hedda lacht. De halve minuut die volgt, gebruikt ze om te vertellen wat Eva Kranz zich had herinnerd over de dader.

'Het lijkt me niet waarschijnlijk dat een schilder dit heeft gedaan,' vervolgt ze. 'Hoogstwaarschijnlijk hebben we te maken met een of andere vermomming. Maar het zou kunnen dat die schilderskleren nieuw zijn. Als de dader ze onlangs heeft gekocht, kunnen we de winkel opsporen waar ze vandaan komen.'

'Dat is een goed idee.'

'Het hoeft niet per se in Oslo te zijn,' zegt Hedda. 'Als ík een moordenaar was, zou ik hier geen spullen kopen, maar het is natuurlijk niet gezegd dat onze man daar ook zo over dacht.'

'Of dat hij tijd had om ergens anders zijn inkopen te doen.'

'Inderdaad.'

'Denk je dat we moeten proberen uit te vinden hoeveel bedrijven in Oslo en omstreken zulke kleding verkopen en hen dan de facturen laten opsturen?'

'Zoiets, ja.'

'Dat gaat een week duren.'

'Ik weet het.'

'Zelfs als we twintig man hebben die rondbellen, duurt het nog een week.'

'Ik weet het.'

'En het is nog Pasen ook.'

'Het is niet de hele week Pasen, Waage, hou eens op met zeuren en eet een paar koolhydraten. Het kan natuurlijk ook zo zijn dat de dader die kleren al een tijdje had liggen zonder dat hij ze gebruikte, of zonder ze vies te maken. Voor hetzelfde geld heeft hij ze zelfs geleend. Maar het is het waard om te onderzoeken.'

'Dat is zo.'

Maar Waage heeft gelijk, het is een hoop werk.

'Ik zou contant betaald hebben.'

'Hmm?'

'Als ik had willen voorkomen dat er digitale sporen naar mij toe zouden leiden. Maar dat kan ook in ons voordeel werken, aangezien tegenwoordig bijna niemand meer met contant geld betaalt.'

'En een winkelmedewerker zal zich dat misschien herinneren.'

'Dat is precies wat ik dacht, ja. Met een beetje geluk zal hij of zij zich ook herinneren hoe die persoon eruitzag. En als we nog meer geluk hebben, hangt er misschien een bewakingscamera in de winkel. Het is bovendien nog geen zeven dagen geleden, dus wie een camera hééft, heeft de beelden waarschijnlijk nog niet gewist.'

'Hoop doet leven.'

Hermelien miauwt aan Hedda's voeten, krult zich langs haar been. Misschien had ze haar vandaag even naar buiten moeten laten. Of misschien ook niet.

'Ik denk niet dat we meer dan een week terug moeten zoeken,' gaat Hedda verder. 'Aangezien Eva op maandag dat telefoontje kreeg, twee dagen voor haar ontmoeting met Bjørn-Erik Bakkerud. Vóór die tijd kan de dader niet van hun afspraak geweten hebben, ongeacht hoe lang die microfoons al in zijn woning aanwezig waren. We hebben dus te maken met een dader die heel snel actie ondernomen heeft. Als hij nieuwe werkkleding gekocht heeft, is het waarschijnlijk voldoende om te kijken naar de maandag, dinsdag en woensdag tot ongeveer tien uur. Misschien zelfs alleen de maandag en dinsdag, omdat een hoop winkels pas om tien uur opengaan.'

'Dat beperkt onze zoektocht aanzienlijk.'

'Ja.'

'Je bent wakker vandaag, Fisk.'

'Haha. Ik heb goed geslapen.'

Waarom ze dit zegt, weet Hedda niet, want de waarheid is compleet omgekeerd. Vol verlangen naar Kaluza's lippen en aanraking was ze naar bed gegaan, een verlangen dat haar niet alleen rusteloos, maar ook geïrriteerd had gemaakt. Ze had geprobeerd haar gedachten op Alexandra en haar vader te richten – plus alle andere elementen van de zaak – maar zonder resultaat. Daarna had ze aan haar ouders gedacht, en hoe lang het al geleden was dat ze hen had gebeld of opgezocht. Ten slotte was ze afgedwaald naar haar trainingen volgende week met Waages dochter en de overige losgeslagen achtjarigen. De laatste keer dat ze op de klok had gekeken, was het iets over halfdrie geweest.

Hedda denkt aan het masker waarvan Eva Kranz een foto had gestuurd. Ze had zo'n ding weleens gezien bij ijshockeykeepers, een masker met twee openingen voor de ogen en een heleboel kleine luchtgaatjes bij de wangen. *Scary* als de pest. Maar wie zet er nou een masker op voordat hij een moord pleegt als het de bedoeling is beide slachtoffers te vermoorden? Dat kan niet zijn om zijn identiteit te verbergen, want dode mensen kunnen niet praten. Ook de microfoons in Bakkeruds woning brengen haar in de war. Waarom zou hij hem niet dáár vermoorden en dan naar Eva gaan?

'Ik vertrek over een uur naar kantoor,' zegt ze, terwijl ze een gaap onderdrukt. 'Om een lijst op te stellen. Ook al is het zondag en een feestdag en zo.'

'Je bent een ware inspiratie, Fisk.'

'Dus daarom krijg ik zo'n hoog salaris.'

Ze rolt met haar ogen.

'Neem morgen maar een dagje vrij,' antwoordt Waage. 'Er is toch niemand aan het werk.'

'Dat is heel genereus van je, baas. Nu Pasen er bijna op zit en zo.'

5

'Je had hem moeten zien gisteren.'

Ik kijk op naar mijn moeder. Ze zit op het randje van haar stoel en gebaart druk tijdens het praten. 'Ik hield die hondenriem omhoog en vroeg: "Zullen we een eindje gaan wandelen?" Waarop hij zich ogenblikkelijk omdraaide en onder de tafel ging liggen.'

Daar moet ze om lachen.

'Hij wilde alleen maar liggen en luieren. Ik had nooit verwacht dat het zo makkelijk zou zijn om een hond te hebben. Maar voor mij is het minder leuk, want nu heb ik geen wandelingetje kunnen maken. De dokter zegt dat ik elke dag moet wandelen als ik niet...'

Ze schudt haar hoofd, alsof het uitblijven van een wandeling de doodsteek kan zijn.

'Kun je niet sowieso gaan wandelen?'

Ze kijkt me aan alsof ik iets ontzettend doms heb gezegd.

'En Bosse alleen laten? Dat vindt hij eng, die arme ziel. Dan staat hij te blaffen en te piepen.'

Er verschijnt een tedere uitdrukking op haar gezicht. 'Hij volgt me overal. Zelfs als ik op de wc zit, staat hij voor de deur te wachten tot ik weer naar buiten kom.'

'Dat moet fijn zijn, om iemand te hebben die je zo verafgoodt,' zeg ik – vermoeidheid klinkt door in mijn stem. De eindeloze verhalen van mijn moeder hebben me nog meer afgemat.

Het is de tweede keer dat ze langskomt sinds de moordpoging. Op de eerste minuut na, toen ze buiten zinnen was van bezorgdheid, draait alles voortdurend om háár, alles wat ze doet, gaat doen of zou moeten doen voor haar gezondheid. En niet in de laatste plaats gaat het over Bosse, die zo schattig en lief is. Elke keer dat mijn moeder haar liefde over die vierpotige haarbal uitstort, voelt het alsof ze eindelijk het kind heeft gekregen dat ze altijd al had willen hebben.

'Met andere woorden: ik kan beter niet te lang blijven zitten,' zegt ze, en ze begint weer te lachen.

Ik ben vergeten waar ze het over had. Ik kan het niet opbrengen ernaar te vragen.

Voordat ze kwam, was ik van plan geweest te vragen of ik een tijdje bij haar mocht logeren, maar nu begrijp ik dat dat een slecht idee is. Ik heb behoefte aan iemand die voor me zorgt. Die me ziet en hoort, en niet over van alles en nog wat loopt te zeuren. Nog steeds hebben we het niet over mijn vader gehad, bijvoorbeeld. Maar hij is bij ons in de kamer, altijd. Misschien is dat de reden dat mijn moeder altijd in één adem door over andere dingen praat. Omdat ze zich dan niet met de werkelijkheid bezig hoeft te houden.

Míjn werkelijkheid bestaat uit werk dat op me wacht en een leven in een appartement waar iets afschuwelijks gebeurd is waar ik mee moet proberen te leven. Na Sofie en mijn vader vraag ik me af hoeveel meer ik nog kan verdragen. Maar ik kan het niet aan om voortdurend een politie-escorte om me heen te hebben, als een eeuwige herinnering. Daarom heb ik tegen Hedda Fisk gezegd dat ik me wel red, dat ik niet bang ben. Dat is in feite ook zo, ik heb niemand nodig om me te beschermen. Fisk zei ook dat ze de risico's minimaal achten, nu ik alles heb verteld wat ik me herinner en weet.

De dokters zeggen dat ik voorzichtig moet zijn. Rustig aan doen, geen stress. Als het kan, niet overhaast weer aan het werk gaan. Rust nemen is het belangrijkste, en dus moet ik 'mensen die ik ken om hulp vragen. En de tijd nemen'.

Ik heb veel over de tijd nagedacht sinds ik in het ziekenhuis met Adam heb gepraat over waar ik naartoe zou gaan en hoe de tijd niet per se een bondgenoot is. Degenen die me het meest teleurgesteld en in de steek gelaten hebben, zijn mensen die ik al heel lang ken. Mijn vader. Morten. Een hele lading vriendinnen. Mijn moeder ook, deels. Terwijl Vegar, een persoon die ik bij toeval heb ontmoet en die ik amper twee jaar ken, een van de loyaalste en zorgzaamste personen is gebleken van iedereen die ik in mijn leven ben tegengekomen.

En Adam...

Tja.

Hij heeft tenslotte mijn leven gered.

En er is iets aan de manier waarop hij voor me zorgt. Voor me opkomt.

Dat is waarom ik hem terugbelde nadat mijn moeder was vertrokken, met de vraag of hij me naar huis wilde brengen. Even bij me wilde blijven als ik mijn huis binnen was gegaan, voor het geval ik helemaal zou flippen.

Ik kan niet ontkennen dat ik bang ben. Ik ben eigenlijk doods- en doodsbang. Maar het leven gaat door, nietwaar?

6

Vorma komt binnen om afscheid te nemen. Ik begin te huilen. Ik ben haar dankbaar voor zoveel dingen, misschien nog wel het meest voor het feit dat ze er was en haar werk deed. Ook al dekt 'werk' niet helemaal de lading.

'Doe rustig aan,' zegt ook de verpleegkundige. 'Het is belangrijk dat je regelmatig bij een psycholoog langsgaat. Wat je hebt meegemaakt, zul je op de een of andere manier altijd met je meedragen. Het is belangrijk om die herinneringen goed te verwerken.'

Datzelfde zeiden de artsen.

En ik weet dat het maanden of jaren kan duren voordat het tot me doordringt hoe onbevattelijk weinig het had gescheeld of ik was vermoord. Het was misschien maar een verschil van een millimeter of drie, een of twee seconden, maar daar wil ik nu niet aan denken. Ik heb geen zin om erover te piekeren. Ik kan simpelweg besluiten er niet over te piekeren, toch? En het dan niet doen?

Ik wil nérgens over piekeren. Ik heb al genoeg ellende gehad. De rest moet mooi zijn. Dat heb ik verdiend. En ik heb het ook verdiend dat een man als Adam ineens in mijn leven kwam.

Het is bijna zes uur als hij komt. Met langzame, haast behoedzame passen stapt hij de kamer binnen. Hij loopt op me af en omhelst me vlug. Hij ruikt lekker, ik weet niet of het shampoo of parfum is. De geur van buitenlucht, natuur. Hout. Het ruikt veilig. Moeilijk uit te leggen.

'Ben je klaar?' vraagt hij me.

Ik weet het eigenlijk niet, maar ik knik toch.

De afgelopen dagen heb ik steeds langere stukjes gelopen in het ziekenhuis, ook zonder rollator, maar onderweg naar de auto moet ik toch steun zoeken bij de reling en Adams arm vasthouden. Hij helpt me om plaats te nemen.

Bijna in volkomen stilte rijden we naar huis. Het voelt... vreemd. Alsof we iets heel intiems doen maar allebei niet goed weten hoe.

'Daar had ik niet aan gedacht,' zeg ik als ik de benedendeur heb opengemaakt en we in het trappenhuis staan. Ik knik naar de trap. Ik heb nog geen enkele trap beklommen sinds het gebeurd is. En er is geen lift. Ik weet niet of het me zal lukken.

'We zullen het treetje voor treetje moeten doen,' zeg ik enigszins nerveus.

'Ik kan je wel dragen.'

Ik lach. 'Doe niet zo gek.'

Maar Adam kijkt me enkel aan. Ik geloof dat hij het echt meent.

'Het lukt wel,' zeg ik, terwijl ik mijn voet op de eerste trede zet. Daarna de volgende. Het gaat prima. Nee, dat gaat het niet, ik ben nu al uitgeput. Ik probeer nog een paar treden, dan moet ik weer stoppen. Mijn benen voelen alsof ze het gaan begeven. Ik ben duizelig.

Voorzichtig legt Adam zijn hand op mijn arm.

De andere hand legt hij onderaan mijn rug. Zonder erbij na te denken heb ik één arm om zijn schouder geslagen. De andere moet ik langs mijn zij laten hangen.

Adam bestudeert me alsof hij wil controleren waar mijn operatiewond precies zit. Terwijl hij me optilt, alsof ik helemaal niets weeg, vraagt hij of het goed gaat, of ik iets voel.

'Dan moet je het zeggen,' zegt hij. 'Dan nemen we een pauze.'

Ik schud mijn hoofd. 'Ik voel niets,' zeg ik. 'Het gaat prima.'

Terwijl hij me pasje voor pasje naar boven draagt, zijn onze gezichten een paar centimeter van elkaar verwijderd. Zijn ademhaling strijkt over mijn gezicht, een warme bries.

Voor de ingang van mijn woning zet hij me voorzichtig neer. Ik heb de sleutels in mijn hand, maar maak het slot niet open. Blijf hem slechts aankijken. Het is alsof we niet in staat zijn bij elkaar vandaan te stappen. Plotseling is het moment verdwenen en steek ik de sleutel in het slot.

De gang is nog zoals ik me hem herinner. Schoon, netjes. Het voelt als een eeuwigheid geleden dat ik hier voor het laatst was. Alsof het in een ander leven heeft plaatsgevonden. Ik voel druk op mijn borst, krijg moeite met ademhalen. Vlug trek ik mijn schouders op, om mijn longen te helpen.

Ik ga naar binnen, langzaam.

Het ruikt... nergens naar.

In de woonkamer wordt mijn blik onmiddellijk getrokken naar de hoek waar de bank vroeger stond. De politie zal hem wel in beslag genomen hebben, samen met de fauteuil waar Bjørn-Erik Bakkerud in had gezeten voordat hij...

Het is onmogelijk de film die zich achter mijn oogleden afspeelt tegen te houden, de beelden die me direct hartkloppingen bezorgen en een scherpe, pijnlijke druk op mijn borst. Maar ik sluit mijn ogen en laat de film tot aan het einde doorlopen. Dan doe ik mijn ogen open en draai me om naar Adam. Hij staat bij de ingang van de woonkamer en kijkt me aan met een blik vol medeleven.

'Gaat het?' vraagt hij zacht.

Ik antwoord niet, loop slechts naar hem toe. Pas als ik vlak voor hem ben, blijf ik staan. Dan druk ik mijn lippen tegen de zijne.

Zonder dat we iets zeggen, helpt Adam me uit mijn jas en schoenen. Als we in de slaapkamer zijn, helpt hij me uit de rest van mijn kleren. Rond mijn schouders is hij extra voorzichtig.

Zijn blik blijft hangen bij de hechtingen van de operatie. Langzaam strijkt hij er met zijn vinger overheen.

'Gaat het goed?' fluistert hij. 'Doet het pijn?'

Ik schud nogmaals mijn hoofd. Ook al is het een beetje gevoelig.

Hij komt dichterbij. Deze keer is hij het die mij kust. En ik weet niet waarom, maar het lukt me niet mijn tranen te bedwingen. Ik ben niet van streek, ik heb geen pijn, maar ik moet toch huilen.

Adam merkt het. 'Wat is er?' vraagt hij plotseling angstig.

'Niets,' zeg ik sniffend. 'Niet stoppen, alsjeblieft.'

Ik heb amper in de gaten dat zijn handen vlak bij mijn gezicht zijn. Zijn armen. Ik krijg kippenvel. Over mijn hele lijf. Hoe lager hij komt, hoe beter ik zijn vingers kan voelen: lang en sterk, maar tegelijk teder. Met zijn blik vraagt Adam me of het oké is wat hij doet.

Ik sluit een paar tellen mijn ogen. Ze lopen vol onder mijn oogleden. Dit gebeurt niet. Het mág niet gebeuren, niet nu, ik moet voorzichtig zijn, maar als ik Adams hand dichterbij voel komen tussen mijn dijbenen, wil ik me op geen enkele manier meer inhouden. Als hij me aanraakt, lijkt het alsof de muren om me heen oplossen. Ik val achterover, maar voel onmiddellijk zijn hand tegen mijn onderrug, de andere achter mijn schouderblad. Voorzichtig legt hij me op het zachte bed. Opnieuw kust hij me, voorzichtig. En als ik het puntje van zijn tong tegen het mijne voel, is het mijn eigen zout dat ik proef.

Adam kust mijn arm, mijn buik, zijn handen zijn onder me in beweging. Behoedzaam trekt hij mijn slipje uit. Hij drukt zichzelf op en kleedt zich uit, zonder zich te haasten, zonder zijn ogen van me af te wenden. Opnieuw leunt hij over me heen, maar hij houdt zijn gewicht van me af, ik voel alleen zijn geslacht tegen mijn buik, voel dat hij langs me omlaagbeweegt. Maar hij komt niet in me. In plaats daarvan kijkt hij me aan met een blik die nogmaals vraagt of het goed gaat, of het oké is om dit te doen.

Ik ben vergeten adem te halen.

Als ik het ten slotte doe, lijkt het of ik hijg.

Opnieuw kust Adam me, hij kijkt me in de ogen.

De eerste stoot is traag. Voorzichtig.

Zalig.

Ik adem met open mond. Probéér te ademen, terwijl ik mijn ogen sluit.

Teder.

Tegelijkertijd schiet er een fel gevoel van welbehagen door me heen, als een pijl. Levendig, wispelturig. Ik wil hem daar, in me. Ik wil alles voelen, elke beroering, elke stoot.

Nog een, dieper. En nog een, iets sneller.

Ik doe mijn ogen open en kijk in die van Adam. Hij maakt geen enkel geluid. Hij heeft een ernst over zich die ik nog niet eerder heb gezien, een gezichtsuitdrukking die de indruk wekt dat hij een andere atmosfeer is binnengegaan. Hij stoot opnieuw in me. De lucht wordt nogmaals uit me gezogen, het maakt me duizelig, maar op een goede manier, en ik kan niets, wil niets zeggen, ik wil niet dat hij stopt. Wil niet dat deze roes overgaat.

Adam drukt zich wat verder omhoog en boort zijn gezicht in de matras naast het mijne. Ondertussen stoot hij nog wat harder, sneller. Voor het eerst voel en hoor ik zijn ademhaling, een door de lakens gedempt kreunen. Hij drukt zich weer op op zijn handen. De spieren in zijn armen spannen aan. Dan opent hij zijn ogen, wordt hij tederder, langzamer – alsof hij even was weggedroomd. Hij kust me opnieuw en legt zijn wang tegen die van mij en fluistert: 'Gaat het, Eva? Heb je pijn?'

Ik sla mijn hand om zijn warme nek.

'Het gaat goed,' hoor ik mezelf zeggen. 'Het gaat goed.'

De tranen stromen nog steeds over mijn wangen.

7

Met Pasen hadden ze een paar prachtige lentedagen in Oslo, die helemaal aan Hedda voorbij zijn gegaan door haar werk. Nu ze eindelijk een dagje vrij is, is het weer koud en bewolkt. Het voorjaar in Noorwegen is als een geliefde naar wie je intens verlangt, maar die je steeds om de tuin leidt en je misschien wel mee naar binnen vraagt, maar vervolgens de deur in je gezicht dichtsmijt als je een stap dichterbij zet om je te laten omhelzen.

Wat heeft ze aan haar vrije dag als ze niet op haar balkon kan zitten? Als ze niet bij Kaluza kan zijn? En zelfs niet kan slapen.

Hedda stuurt een berichtje naar de behandelaar van Alexandra, Petronella Harket, van het Centrum voor Stress- en Traumapsychologie, en vraagt om een update. Petronella belt haar direct en vertelt dat het een stuk beter gaat met Alexandra, dat ze is begonnen met eten, antwoord geeft op vragen en wat meer onderneemt.

Hedda vertelt haar over Volodymyr en wat ze gevonden hebben toen ze zijn woning binnengingen, in welke toestand ze hem hebben aangetroffen.

'O, dat is spijtig te horen.'

'Heb jij nog iets van hem gehoord de laatste tijd?'

'Ik kreeg vanochtend een berichtje van hem,' antwoordt Petronella. 'Hij vroeg hoe het ging.'

Dan is hij in elk geval weer wakker, denkt Hedda.

'We hadden het er eigenlijk over of Alexandra misschien binnenkort kon proberen naar huis te gaan,' vervolgt Petronella, 'maar met wat je me zojuist vertelde, weet ik niet zeker of dat zo verstandig is. Jeetje.'

'Ik zal morgen even bij hem langsgaan,' zegt Hedda. 'Wacht dat nog even af, dan kunnen we het er daarna verder over hebben, goed?'

'Oké.'

Hedda rondt het gesprek af en maakt een ommetje tegen de vermoeidheid en om haar hoofd wat op te frissen. Het helpt, ze bedenkt dat er één persoon is met wie ze lang geleden al had moeten praten, maar die ze te midden van alles een beetje vergeten is. Zodra ze de deur achter zich dichttrekt, zoekt ze het nummer op van Vegar Ventura en belt hem.

'Met rechercheur Hedda Fisk,' zegt ze als hij opneemt. 'Het spijt me dat ik je stoor.'

'Geen zorgen,' antwoordt Ventura, 'er gebeurt hier niets bijzonders, behalve de floorballtrainingen op dinsdag en onze zomervakantie in Stavern.'

Ventura klinkt opgewekt.

'Waar kan ik je mee helpen, Fisk?'

'Ik... weet het eigenlijk niet,' antwoordt ze met een lachje. 'Maar ik bedacht plotseling dat we de persoon die Eva misschien wel het beste kent, namelijk jij, nog niet gesproken hebben.'

'Nou, dat weet ik niet, hoor.'

'Je bent in elk geval wel een van de personen die Eva het vaakst spreekt, volgens haar moeder.'

Er had een vleugje minachting doorgeklonken in de stem van Amalie Kranz, wat ervoor had gezorgd dat Hedda zich had afgevraagd of Eva's moeder de band die ze met hem had misschien niet op prijs stelde.

'Hoe lang ken je Eva al?'

'Nou, het voelt als honderd jaar,' antwoordt hij met een kort lachje. 'Maar wat zal het zijn... we hebben elkaar pakweg twee jaar geleden ontmoet.'

Twee jaar, herhaalt ze in zichzelf. 'Hoe hebben jullie elkaar leren kennen?'

'We kwamen elkaar tegen bij een steungroep voor mensen die een... familielid zijn kwijtgeraakt.'

'Ah.'

'Zij was natuurlijk haar dochter verloren, spijtig genoeg, en daarna gebeurde dat met haar vader. We zaten toevallig naast elkaar, Eva en ik, en... toen raakten we aan de praat. Vanaf het begin konden we heel makkelijk met elkaar praten, heel ongedwongen.'

'Wat fijn.'

'Ja, toch? Heb jij weleens iemand ontmoet met wie je gewoon een klik had?'

Jawel, zegt Hedda in stilte. Dat was precies hoe het met Kaluza was gegaan, ook al had het een tijd geduurd voordat Hedda zich dat realiseerde, of het begreep. Is er misschien ook een aantrekkingskracht tussen Eva en Ventura, zonder dat ze zich daarvan bewust zijn?

'Het "klikte" niet echt tussen Eva en haar ex, begreep ik?'

'Wie heb je in gedachten? Morten?'

'Hmm.'

'Nee, een grotere klootzak dan hij bestaat er bijna niet. Stel je voor dat je de benen neemt zodra je hoort dat je vriendin zwanger is? Wie doet nou zoiets?'

Iemand die geen vader wil zijn, denkt Hedda. Morten Skaanes leek er ook nu weer vandoor te zijn gegaan. Hedda had nog twee pogingen gedaan om hem te pakken te krijgen, maar zonder resultaat.

'Heeft Eva jou verteld dat ze hem pasgeleden is tegengekomen bij het boodschappen doen en dat hij weer met haar probeerde af te spreken om een biertje te gaan drinken?'

'Ja, daar heeft ze inderdaad iets over gezegd. Jezus. Alsof dat óóit ging gebeuren.'

Hedda kan zich voorstellen hoe Ventura met zijn ogen rolt.

'Eva heeft de afgelopen jaren weinig geluk gehad in de liefde, dat is in elk geval zeker. Maar misschien dat daar nu verandering in gaat komen.'

'Hoe bedoel je?'

'Volgens mij is er iets tussen Eva en die vent, Adam.'

'Ah.'

'Maar niet zeggen dat je het van mij hebt.'

Hedda was enigszins verbaasd, omdat ze zelf ook een lichte indruk had gekregen dat Adam haar misschien leuk vond, maar blijkbaar niet dus. Misschien zat haar radar er volledig naast de laatste tijd.

'De dag dat Eva werd neergeschoten,' zegt ze dan. 'Toen zat jij klaar bij de telefoon, te wachten tot Eva je een foto zou sturen van de man die over haar vader kwam vertellen. Heb je aan iemand verteld dat ze hadden afgesproken?'

'Ik?'

Hedda geeft geen antwoord.

'Ben je gek? Natuurlijk heb ik dat niet gedaan.'

'Je hebt het ook niet aan je vrouw verteld?'

Een seconde aarzeling. 'Nee. Dat eh... heb ik niet gedaan.'

'Dat weet je zeker?'

'Ja. Ja, jezus.'

Hedda twijfelt eraan of hij haar of zichzelf probeert te overtuigen. Ze wacht even voordat ze verdergaat.

'Je hebt er vast wel over nagedacht wie Eva dit aangedaan kan hebben...'

Het blijft een ogenblik stil.

'Is het geen huurmoordenaar die hierachter zit?'

'Dat weten we nog niet,' antwoordt Hedda. 'We houden alle opties open.'

'Eva is de liefste, aardigste persoon ter wereld,' zegt Ventura dan. 'Ik kan me niet voorstellen dat iemand een persoonlijke reden heeft om haar iets aan te doen.'

'Hoe komt het, Vegar, dat... Ken jij Alexandra?'

Opnieuw aarzelt hij even.

'Tja, ze komt natuurlijk vaak bij Eva langs. Waarom vraag je dat?'

'Ik... vroeg het me gewoon af.'

Hedda weet geen zinvolle vragen meer te bedenken voor Eva's beste vriend, maar later, als ze hebben opgehangen, is ze benieuwd naar de reden waarom *híj* de behoefte voelde om lid te worden van een steungroep. Ze zet de gedachte snel van zich af. Daar heeft ze niets mee te maken, en het heeft al helemaal niets met de zaak te maken.

8

Het scherpe geluid van de huistelefoon in de gang deed me opschrikken. Mijn gedachten gingen onmiddellijk een week terug in de tijd, naar het moment dat er een onbekende man had aangebeld en mijn leven totaal veranderd was. Ik sluit mijn ogen en haal een paar keer diep adem. Ik sta op van de keukenstoel en loop met enigszins onvaste, bibberige benen naar de gang.

'Ik ben het, Vegar,' klinkt er door de hoorn. Bij het horen van zijn stem begin ik onmiddellijk lichter te ademen. Maar pas als ik zijn voetstappen achter de deur hoor, doe ik open.

Vegar glimlacht. Zoals hij meestal doet.

'Hoi,' zegt hij.

'Hoi.'

Ik duw de deur iets verder open en geef hem een knuffel. Zijn wangen zijn lentefris. Hij ruikt lekker, zoals altijd.

'Is Adam er?' vraagt Vegar, terwijl hij wat afstand van me neemt.

'Niet meer.'

'En ik had nog wel gehoopt hem te ontmoeten.'

Dat zul je snel genoeg doen, denk ik bij mezelf. Een warm gevoel golft door me heen.

'Hij moest naar zijn werk,' leg ik uit. 'Hij komt terug als hij klaar is.'

‘Hij... komt als hij komt?’

‘Haha. Ja.’

Vegar heeft me gisteravond en vanochtend meerdere keren geappt, hij wilde weten hoe het ging, of hij langs moest komen. Ik vertelde hem de waarheid: dat Adam bij me was en dat hij hier ook de nacht heeft doorgebracht, maar dat ik later in de ochtend graag een beetje gezelschap wilde.

We gaan aan de keukentafel zitten met ieder een kop thee. De plek waar ik zo'n beetje onafgebroken gezeten heb sinds ik weer thuis ben.

‘Ik ben zo blij voor je,’ zegt Vegar, nadat ik hem wat meer heb verteld over Adam zonder al te veel op persoonlijke details in te gaan. ‘Niemand verdient dit meer dan jij.’

‘Dat weet ik nou ook weer niet.’

‘Jij bent zo ongelooflijk sterk.’

‘Hoe bedoel je?’

‘Dat je hier wilt zijn,’ zegt hij. ‘Nu. Zo kort daarna.’

Ik kijk naar de lege ruimte waar de bank vroeger stond en bedenk wat ik zal antwoorden.

‘Het gaat er niet alleen om dat ik probeer me mijn eigen huis weer eigen te maken,’ zeg ik, terwijl ik mijn blik op mijn theekopje richt. Ik vouw mijn handen eromheen, terwijl ik Sofie op me af zie komen, haar hoor roepen, praten, babbelen. ‘Ik heb het nu nodig om in de buurt van mijn dochter te zijn,’ ga ik verder, waarna ik een paar keer luid slik. ‘Hoe vreemd dat misschien ook klinkt.’

‘Het klinkt helemaal niet vreemd.’

‘Niet?’ zeg ik, en ik kijk naar hem op. ‘Ík vind het vreemd klinken.’

We lachen alle twee.

‘Ik bedoel: dat ik heel bewust nóg meer verdriet opzoek, op een moment als dit? Dat is niet heel normaal, volgens mij.’

‘Wat maakt het uit wat normaal is?’ zegt Vegar. ‘En zoals je al zei: dit is je huis. Jóúw huis. Je hebt hier al je spullen. Herinneringen. Ik denk dat veel mensen heel goede therapie mislopen omdat ze op de vlucht slaan. Dingen wegdrukken.'

'Zoals mijn vader?'

Vegar wacht even met antwoorden. 'Ja, misschien wel.'

'Over mijn vader gesproken,' zeg ik – ik kan het niet laten. 'Hij... komt morgen thuis.'

'Wat?'

'Hij belde me gisteren. Hij is onderweg naar huis.'

'Je neemt me in de maling.'

In Vegars voorhoofd staan diepe rimpels.

'Nee.'

'Maar... hoe dan?'

Ik vertel over het korte gesprek dat we hebben gehad, en over de berichten over en weer daarna, waarin mijn vader iets gedetailleerder vertelde wanneer hij thuis zou komen.

'Morgen, zeg je? Waar ontmoeten jullie elkaar?'

Ik aarzel even. 'Oslo-Centraal.'

'Komt hij met de trein?'

'Ja.'

'Met welke trein?'

'Dat weet ik niet, maar we hebben om elf uur afgesproken.'

'Shit zeg, dat is...'

Vegar stokt.

'Ik weet het, het is behoorlijk onwerkelijk. En je moet me beloven dat je het aan niemand vertelt. Het is natuurlijk niet geheel zonder gevaar dat hij terugkomt, zowel voor hem als voor mij.'

'Je moet de politie informeren, Eva.'

Ik schud mijn hoofd.

'Ik heb mijn vader beloofd dat hij eerst naar huis kon komen en de dingen op zijn eigen manier kon doen. Als we de politie erbij betrekken, dan storten ze zich direct op hem. Hij, wíj, hebben het nodig om eerst elkaar te spreken.'

Ik vertel Vegar over onze plannen voor de volgende dag.

Dat Adam een plek geregeld heeft waar we ongestoord samen kunnen zijn, mijn vader en ik.

'Dat eh... is heel aardig van hem,' zegt hij.

Ik kan zien dat Vegar zijn bedenkingen heeft.

'Wat is er?'

'Nee, niets.'

'Zeg op.'

Ik wacht tot hij verdergaat. Wat even tijd kost.

'Ik maak me gewoon zorgen om je.'

'Dat hoeft niet.'

'Hallo, het is pas een week geleden dat iemand je probeerde te vermoorden.'

'Vreemd genoeg ben ik niet bang.'

'Misschien zou je dat wel moeten zijn.'

Ik haal mijn schouders op en vul mijn longen met lucht.

'Het klinkt misschien stom, maar... ik heb het gevoel dat dit de reden is dat ik dat schot heb overleefd. Snap je wat ik bedoel? Dat ik daarna een man als Adam tegen zou komen, en dat mijn vader thuis zou komen... dat is toch bijna niet te geloven? Maar daarvoor moest er dus eerst zoiets gebeuren.'

Vegar zegt niets. Ik zie dat hij niet overtuigd is.

'Ik weet dat je je zorgen maakt,' zeg ik. 'Maar ik beloof je: ik zal voorzichtig zijn.'

Dan moet hij glimlachen.

Het volgende ogenblik gaat de telefoon. Ik pak mijn mobieltje van tafel en laat Vegar de vier letters op het schermpje zien.

'Sorry,' zeg ik, en ik sta op.

'Ga je gang.'

'Hoi,' zegt Adam.

'Hoi.'

Ik hoor de mildheid in mijn eigen stem. Ik kijk naar Vegar, die met zijn ogen rolt. Ik glimlach naar hem.

'Ik wilde alleen even horen hoe het met je gaat.'

Er klinken geluiden op de achtergrond; iemand is aan het praten, in de verte klinkt een liedje. Ineens bedenk ik dat ik Adam niet gevraagd heb waar zijn winkel is, of hij in een winkelcentrum zit of zo.

'Het gaat prima,' antwoord ik. 'Vegar is nu hier. Hoe gaat het met jou?'

'Goed. Veel te doen. Terwijl ik het liefst gewoon bij jou ben.'

Ik sluit mijn ogen. 'Hoe lang moet je nog werken?'

'Moeilijk te zeggen, ik moet nog beginnen met het uitpakken van de dozen die we voor Pasen binnen hebben gekregen.'

Ik loop de slaapkamer in en doe de deur achter me dicht.

'Heb je nog verzoekjes wat eten betreft?' vraagt hij. 'Iets wat ik voor je mee kan nemen?'

Ik probeer iets te bedenken. Eigenlijk heb ik helemaal nergens behoefte aan. Sushi zou wel lekker zijn, maar misschien wil Adam dat we zelf iets klaarmaken?

'Dus je wilt wel bezoek hebben?'

Dit laatste zegt hij met een plagerige stem.

'Neem maar mee waar jij zin in hebt,' zeg ik.

'Sushi goed?'

Mijn glimlach is zo breed dat het pijn doet.

'Sushi is perfect,' antwoord ik.

'All right, ik stuur je wel een berichtje als ik onderweg ben.'

We hangen op. Ik krijg een gevoel waarvan ik me niet meer herinner wanneer ik dat voor het laatst gehad heb. Het is alsof ik Adam al eeuwen ken. Alles voelt zo vertrouwd.

Ik loop terug naar de woonkamer en keuken, waar Vegar me met een scheef glimlachje opwacht.

'Ik wist niet dat er ook mobiele ontvangst in het paradijs was?'

'Haha. Het signaal komt en gaat.'

'In en uit, kennelijk.'

Ik lach hard. 'Zo vaak mogelijk.'

9

'Oké, bedankt.'

Hedda hangt op en kijkt naar de lijst van bedrijven die schildersmaterialen verkopen. Ze heeft er elf afgevinkt. Geen van de bedrijven die ze gesproken heeft, weet zich een klant te herinneren die nieuwe schilderskleren heeft gekocht.

Ze hebben de taken binnen de afdeling verdeeld, maar het duurt eindeloos. Ze is blij dat Pasen voorbij is, er zijn nu meer mensen aan het werk, de winkels zijn open.

Kaluza komt naar Hedda's bureau lopen met een kop koffie in haar handen. Ze leunt ertegenaan en zegt: '*Hey.*'

Hedda kijkt op en glimlacht naar haar. '*Hey you.*'

'Hoe... was het met Pasen?'

Snel werpt Hedda een blik om zich heen, terwijl ze bedenkt wat ze moet antwoorden.

'Druk,' zegt ze ten slotte. 'Er was een hoop te doen.'

'Dat dacht ik al. Nauwelijks appjes.'

Hedda voelt dat haar wangen beginnen te gloeien.

'Gaat het goed?' vraagt Kaluza.

'Ja hoor, het gaat prima.'

Kaluza blijft nog even naar haar kijken.

'Misschien kunnen we vanavond afspreken?'

Voordat Hedda de kans krijgt te antwoorden, stapt Kaluza haastig weg van haar bureau. Waage komt op hen aflopen.

'Morten Skaanes,' zegt hij, terwijl hij zich tot Hedda richt. 'Die is nu wel weer op kantoor, met de paasdagen achter de rug. Laten we hem eens een bezoekje brengen.'

Hij werpt een korte blik op Kaluza. 'Of onderbreek ik iets belangrijks?'

Er klinkt een vleugje ironie in zijn stem door. Hedda kijkt naar de lijst voor zich. Haar wangen branden.

'Nee hoor,' zegt ze, en ze kijkt naar Kaluza. 'Ik had toch even pauze nodig.'

De bank waar Skaanes werkt, zit in de Essendrops Gate, vlak bij de Colosseum-bioscoop.

'Ik kan me niet herinneren wanneer ik hier voor het laatst geweest ben,' zegt Hedda dromerig, en ze knikt naar het zandkleurige, koepelvormige gebouw.

'De laatste film die ík in de bioscoop gezien heb, was *Bodyguard*.'

'Dat meen je niet.'

Ze draait zich om naar Waage.

'Nee, misschien niet.'

Hij glimlacht even. 'Misschien was het *Gladiator*.'

Ze vinden een parkeerplaats in de buurt van de ingang van de bank en gaan naar binnen. Bij de receptie stelt Waage zich duidelijk articulerend voor en vraagt naar Skaanes. De jongeman in kostuum achter de balie kijkt hen enkele tellen aan en zegt: 'Eén ogenblik.' Hij pakt de telefoon en wacht een paar seconden.

'Er is bezoek voor je.'

Hedda kijkt naar de jongen en bedenkt dat dat precies is hoe hij eruitziet: als een jongen. Waardoor de jaren die ze zelf met zich meedraagt nog zwaarder voelen, ook al zijn het er pas zevenendertig.

'Oké.' De jongen kijkt hen aan en zegt: 'Hij komt zo naar beneden.'

'Zo?' vraagt Waage ongelovig.

'Ja, hij zei dat hij nog even bezig was.'

'Bel hem terug,' zegt Waage. 'En zeg dat het de polítie is.'

Bij deze laatste woorden verheft hij zijn stem. Iedereen in de omgeving van de receptie draait zich om en de jongen achter de balie heeft vuurrode vlekken in zijn hals gekregen. Hij doet wat hem is gevraagd, maar toch duurt het nog bijna tien minuten voordat Morten Skaanes zelfverzekerd de lift uit stapt en om zich heen kijkt. Hedda en Waage lopen naar hem toe.

'Sorry,' zegt Skaanes. 'Ik zat in een conferencecall.'

Eva Kranz' ex-geliefde is gekleed in een grijs pak met pikzwarte stropdas en net zo zwarte glimmende schoenen. Het overhemd onder zijn jasje is zo wit dat het pijn doet aan Hedda's ogen. Zijn lange haar is met een elastiekje op zijn achterhoofd bijeengebonden.

Hij neemt haar nauwkeurig van top tot teen op en richt zich dan tot Waage: 'Wat kan ik voor jullie doen?'

'Je bent geen makkelijke man om te pakken te krijgen, Skaanes.'

De ex van Eva spreidt zijn armen.

'Als je vrij bent, ben je vrij,' zegt hij met een voldane verkopersglimlach.

'We hebben je meerdere keren ge-sms't,' voegt Hedda eraan toe. 'En laten weten dat we van de politie zijn en dat we je dringend moesten spreken. Maar misschien betekent dat niet zoveel voor je?'

'Agent, als je eens wist...'

'Rechercheur,' valt Waage hem in de rede.

'Hmm?'

'Wij zijn rechercheurs,' antwoordt Waage kortaf. 'Geen agenten.'

'O, sorry,' zegt Skaanes met een scheef glimlachje. 'Ik weet niet hoeveel verstand je hebt van private banking, rechercheúr, maar wij krijgen hier honderden telefoontjes per dag. Ik was op vakantie en dat was hoognodig ook, aangezien ik twaalf tot veertien uur per dag werk en dat al bijna vijftien jaar lang. Als ik op vakantie ben, dan negeer ik mijn telefoon. Anders zou het geen vakantie zijn.'

'Je kijkt dus helemaal niet op je telefoon als je op vakantie bent?'

'Jawel, uiteraard wel.'

'Dus als je ziet dat iemand van de politie probeert je te bereiken, dan denk je dat het wel even kan wachten?'

Hij spreidt zijn armen. 'Ik dacht dat jullie wel verteld zouden hebben waar het over ging als het echt belangrijk was, in plaats van me alleen maar te vragen terug te bellen. En volgens mij is de wereld niet vergaan sinds vorige week, ook al was ik met Pasen eventjes op vakantie.'

'Dat hangt ervan af aan wie je het vraagt. Waar ben je geweest?'

Skaanes kijkt Waage aan alsof de vraag hem overvalt.

'Eh... Kroatië.'

'Kroatië?' vraagt Waage.

'Ja, in Kroatië kun je fantastisch klimmen, zeker nu. Het is er warmer dan hier, uiteraard, maar niet té warm. Perfect voor een klimfanaat zoals ik.'

'Je was dus in Kroatië om te klimmen?'

'Dat zei ik toch net.'

'Waar in Kroatië?'

'In Istrië. Ik logeerde in Rijeka. Ben je daar weleens geweest?'

Waage schudt zijn hoofd.

'Een geweldig mooie stad.'

'Hoe lang was je daar?' vraagt Hedda.

Skaanes draait zich naar haar toe met een blik waaruit blijkt dat hij er niet van gediend is om door een vrouw ondervraagd te worden.

'Sinds Witte Donderdag,' antwoordt hij ten slotte.

De dag nadat Bjørn-Erik Bakkerud was vermoord, bedenkt Hedda.

'Alleen?'

'Ja, ik... hou ervan om in mijn eentje op reis te gaan. Ik kan je wel foto's laten zien als je wilt.'

Hij staat op het punt zijn mobiele telefoon tevoorschijn te halen.

'Dus foto's maken met je mobieltje, daar had je geen problemen mee?'

'Zoals ik al zei...'

'Je was op vakantie.'

Skaanes knipt met zijn vingers en wijst naar Waage. 'Jij hebt het begrepen.'

Waage kijkt kort naar Hedda en probeert met zijn blik duidelijk te maken dat hij Skaanes zelfingenomen gezicht graag eens zou verbouwen.

'Welke berg heb je beklommen?'

'Goede vraag, dat weet ik eigenlijk niet. Ik weet niet of die berg een naam heeft. Vast wel, maar ik ken alleen de namen van de routes. De secties.'

'En hoe heten die?'

'Eh... de routes die ik gedaan heb, heten Liganj, Tuliševica en... Lovranska, geloof ik dat het was. Ik weet niet zeker hoe je het uitspreekt.'

'Soloklimmen of met touw?'

'Eh... met touw. Ik ben niet volslagen gek.'

'Veiligheid voor alles, daar is je moeder vast blij mee. Als ik zeg: Peter Kranz... Wat zeg jij dan?'

Skaanes kijkt vlug naar Hedda en laat zijn blik dan weer naar Waage gaan.

'De vader van Eva,' antwoordt hij. 'Mijn ex. Hij is ervandoor gegaan en nooit meer teruggekomen. Wat is er met hem?'

Koele reactie, denkt Hedda.

Waage wacht even, waarop Skaanes vraagt: 'Is hij weer boven water? Of hebben jullie hem gevonden?'

'Wat voor soort relatie had je met hem?' vraagt Waage.

Skaanes haalt zijn schouders op. 'Een heel normale, denk ik. Hij was de vader van het meisje met wie ik een tijdje iets had. Zoals de meeste vaders stond hij nogal sceptisch tegenover de persoon met wie zijn dochter het bed deelde, maar... daar ben ik na een tijdje ook mee gestopt.'

'Zo ongeveer rond de tijd dat ze zwanger werd, toch?'

Hedda's vraag wekt een schaapachtige glimlach op bij Skaanes.

'Heeft iemand dat gezegd?'

Daar geeft Hedda geen antwoord op.

'We hadden niet bijzonder veel met elkaar te maken, Peter en ik,' gaat Skaanes verder. 'Ik bemoeide me over het algemeen niet met hun familiedrama's.'

Charmant, denkt Hedda.

'Afgelopen woensdag,' zegt Waage. 'Wat deed je toen?'

Skaanes slikt een paar keer.

'Waar gaat dit over?'

Hedda en Waage zeggen geen van beiden iets.

'Afgelopen woensdag?' vraagt hij zichzelf hardop af. 'Ik...'

Hij denkt na. 'Niets bijzonders, behalve dan... ik was hier, denk ik.'

'De hele dag?'

'Ja. Ik kan het wel laten nakijken door de administratie. Het zou kunnen dat ik een afspraak had met een klant.'

'Waar dan?'

'Dat... moet ik ook nakijken. Ik heb veel klantafspraken buiten de deur.'

'Was een ervan in Helsfyr?'

'Helsfyr... Waarom vraag je dat?'

'Geef gewoon antwoord, alsjeblieft.'

Skaanes denkt nog even na. 'Nee, volgens mij niet.'

'Woensdag tussen tien en een. Het zou mooi zijn als je de administratie ook kunt laten bevestigen waar je op dat tijdstip was.'

'Ja... uiteraard, dat gaan we regelen, maar... ik snap niet goed waar dit over gaat.'

Waage en Hedda kijken elkaar aan.

'Dit,' zegt Waage, 'gaat over Eva, je ex-vriendin. Zes dagen geleden heeft iemand geprobeerd haar te vermoorden.'

Skaanes kijkt hen beurtelings aan. Er is een diepe frons in zijn voorhoofd verschenen. Zijn wenkbrauwen zijn opgetrokken.

'Moord?'

'Het is bij een poging gebleven,' zegt Hedda. 'Ze heeft het overleefd.'

'Maar... hoe...?'

'Je hebt Eva vorige week ontmoet, klopt dat?'

De vraag lijkt Skaanes nerveus te maken. Hij heeft een vuurrode kleur op zijn wangen gekregen.

Hij zoekt weer naar woorden. 'Ik kwam haar tegen in een winkel, ja. Dat klopt.'

'En daarna probeerde je haar mee uit te vragen?'

'Uit vragen... nou ja, ik vroeg of ze een biertje wilde gaan drinken. Voor zover ik weet is dat niet verboden.'

'Dat verliep niet zo goed, hebben we begrepen?'

'Nee, het... ik kreeg geen reactie.'

Hij kijkt Waage abrupt aan.

'Vragen jullie je af of... of ík...'

Waage steekt zijn handen in de lucht. 'We hebben je al lang genoeg gestoord,' zegt hij. 'Je hebt vast nog allerlei afspraken met klanten naar wie je toe moet.'

'Of secties om te beklimmen,' voegt Hedda eraan toe.

Het lijkt alsof Skaanes iets wil zeggen, maar er komt geen woord uit hem.

Waage zet een paar stappen in de richting van de uitgang, maar blijft dan staan en draait zich nogmaals om. 'We moeten alleen nog even de factuur zien van het hotel waar je gelogeerd hebt toen je in Kroatië was, en je vliegticket.'

Skaanes gaapt hem aan.

'Meen je dat serieus?'

Waage knipt met zijn vingers en wijst naar Skaanes. 'Jij hebt het begrepen.'

10

'Jezus, wat een walgelijke vent,' zegt Hedda als ze weer in de auto zitten. 'Het komt natuurlijk wel mooi uit dat hij die dagen na de moord weg was. En dat hij "op vakantie" was...' Hedda vormt aanhalingstekens met haar vingers. '... en het zijn policy is om de telefoon dan niet op te nemen.'

Waage zegt niets.

Hedda gaat verder: 'En het is best bijzonder dat hij nú ineens toevallig zijn ex tegenkomt en probeert om weer contact met haar op te nemen. Met hun historie. Op mij kwam hij niet bepaald over als een nostalgische persoon.'

Waage start de motor, maar zegt nog steeds niets.

'Goed gesprek, baas,' merkt Hedda op. 'Heel stimulerend.'

'Ik denk gewoon even na,' antwoordt hij.

'Ja, dat zie ik. Maar wáár denk je aan?'

'Dat weet ik niet zo goed.'

'Dat belooft wat.'

Waage parkeert achteruit uit en schakelt de versnelling van R naar D, maar rijdt nog niet meteen weg.

Hedda kijkt hem aan. 'Oké, nu maak je me echt bang,' zegt ze. 'Het is ook weer niet zó lang geleden dat je gegeten hebt.'

Ze ziet dat haar baas nog steeds in gedachten verzonken is, dus zegt ze niets meer en laat hem verder nadenken.

'We weten zo ongeveer honderd procent zeker dat wat er met Bjørn-Erik Bakkerud en Eva Kranz gebeurd is, te maken heeft met haar vader,' zegt hij na een tijdje. 'Het probleem is dat we geen idee hebben wat Peter Kranz weet, of heeft gedaan.'

Hedda knikt, tot zover kan ze hem volgen.

'Maar in het criminele circuit is het momenteel doodstil. Als een van onze bekenden hier op de een of andere manier bij betrokken was, dan zouden we het wel geweten hebben, denk ik.'

'Nou ja, het kan toch dat...'

'Wacht even. Laten we, hypothetisch gezien, ervan uitgaan dat het géén klus was waarvoor iemand werd ingehuurd. En ook al vind ik zowel Morten Skaanes als de vader van Alexandra nogal verdacht overkomen, ik vind het toch moeilijk te geloven dat iemand met een nauwe band met Eva hierachter zou kunnen zitten.'

'Het zou kunnen dat ze erbij betrokken waren.'

'Hoe bedoel je?'

'Dat ze betrokken waren bij wat Peter Kranz heeft gedaan of waarover hij zijn mond heeft gehouden.'

'Dat het in hun eigen belang is, bedoel je, dat dat misdrijf niet aan het licht komt?'

'Ja.'

Waage denkt weer na.

'Het zou ook kunnen dat de dader die mensen kent en iemand een dienst bewees met die aanslag.'

'Of dat hij iemand een dienst verschúldigd was.'

'Bijvoorbeeld.'

Waage wrijft zijn handen kort over het stuur.

'We moeten ons nog maar eens verdiepen in Peter Kranz' contacten,' zegt hij. 'Kijken met wie hij de meeste tijd doorbracht voordat hij verdween, en of sommigen elkaar kruisen.'

'Ik ben dit weekend door zijn bestanden heen gegaan,' zegt Hedda. 'Er zijn maar weinig mensen verhoord na zijn verdwijning. Vrienden, familie, een paar van zijn meest directe collega's. Er waren veel aanwijzingen dat het om een vrijwillige verdwijning ging, mogelijk zelfs met de gedachte om zelfmoord te plegen, dus het was niet echt een grondig onderzoek.'

'Dat moeten wij dan maar doen,' zegt Waage, terwijl hij de rem loslaat, zodat de auto begint te rijden. 'We moeten zelfs nog ruimer zoeken. Meer mensen spreken, meer mensen die indirect onderdeel waren van zijn leven. Hij moet iets hebben gedaan met iemand, ergens zijn geweest, iets hebben gezien. We moeten zijn afspraken nalopen, zijn reizen, etentjes, hobby's. Alles is van belang. Als ik het me goed herinner, heeft Bjørn-Erik Bakkerud tegen Eva Kranz gezegd dat dat misdrijf dat Peter Kranz had helpen verhullen een aantal maanden voor zijn verdwijning heeft plaatsgevonden. Dat wil zeggen rond de jaarwisseling, zo'n tweeënhalf jaar geleden.'

Waage geeft gas.

'Dat is waar we moeten zoeken.'

Al snel moeten ze stoppen voor een verkeerslicht. Hedda kijkt van opzij naar haar baas.

'Ik vind dat jij wat vaker moet nadenken,' zegt ze. 'Daar ben je goed in.'

'Ha, dat zegt mijn vrouw ook. Maar om de een of andere reden geloof ik jullie geen van beiden.'

11

Lille-Chris neemt de telefoon op, ook al heeft hij eigenlijk geen tijd. Vooral om geen gezeur achteraf te krijgen.

'Waar ben je?' snauwt zijn moeder, zoals gewoonlijk.

'Maakt dat wat uit?'

'Tom Rustad heeft om een interview gevraagd.'

Rustad, denkt Lille-Chris. De journalist van *Dagens Næringsliv* met wie Peter Kranz contact had opgenomen.

'Ik heb ja gezegd, maar het bevalt me niks.'

Waarom ben je dan akkoord gegaan met dat interview, wil Lille-Chris vragen, maar hij heeft geen zin om haar te provoceren.

'Wanneer heb je met hem afgesproken?'

Lille-Chris kijkt hoe laat het is.

'Morgen om tien uur, op kantoor.'

'Waarom wilde hij je interviewen?'

'Hij zei dat hij een profielinterview wilde doen.'

'Hmm.'

Terwijl hij nog een tijdje naar het geklaag en gejammer van zijn moeder luistert, zoekt Lille-Chris op internet naar Rustad en ziet dat hij al een aantal dagen geen krantenartikelen meer gepubliceerd heeft. Het was natuurlijk wel Pasen, maar normaal gesproken deed Rustad geen persoonlijke interviews. Hij is een nieuwsjager. En had Lille-Chris niet ergens gelezen dat Bjørn-Erik Bakkerud op de IT-afdeling van *Dagens Næringsliv* heeft gewerkt?

'Eigenlijk is dit positief,' zegt hij.

'Hoe bedoel je?'

'Nu kun jij uitvinden of hij iets weet.'

'Maar wat doen we als...'

Ze stokt. Lille-Chris weet welke kant zijn moeders gedachten op gaan. Hij kijkt weer naar de tijd.

'Gewoon kalm en rustig blijven. Charmant zijn, net als anders. En dan vertel je me daarna welke kant het op gaat.'

'Zorg maar dat je in de buurt blijft.'

'In de buurt?'

'Je weet wat ik bedoel.'

Voordat hij antwoord kan geven, heeft ze opgehangen.

Lille-Chris vult zijn longen met lucht.

Hij heeft het druk gehad de laatste tijd. Een beetje risico vindt hij geen punt, dat maakt het leven spannend, maar dat hij die man tegenkwam in de kelder van Fredrik Selmers vei 7 was wel op het randje. Het had hem laten inzien dat hij onvoorzichtig was geweest, te overmoedig, door niet alleen zijn wapen, maar ook zijn handschoenen en masker twee dagen lang in die kelder achter te laten, ook al had hij de rugzak goed verstopt. Een oplettende agent van de Oslose politie had hem kunnen vinden als ze die kelder grondig hadden doorzocht. Aan de binnenkant van het masker zouden ze ongetwijfeld zijn DNA kunnen aantreffen.

Maar het was goed gegaan.

Niets wees erop dat de buurman hem had gezien. En het was Lille-Chris gelukt de rugzak mee te nemen. Voortaan moest hij nog beter plannen en rekening houden met de verschillende mogelijkheden.

Iets wat zijn moeder niet had gedaan.

Het was de bedoeling – het plan – geweest om iets te hebben tegen Carl Figenschou junior, een man die een tikje te groot, te invloedrijk en te *cocky* was geworden. Hij moest worden ingetoomd, en daarbij had Christian Berner zijn zinnen gezet op een van diens bedrijven. Ze wisten hoe dol Figenschou junior was op mooie jonge meisjes, liefst meisjes die nog té jong waren en die nooit eerder seks hadden gehad.

Maar ze hadden moeten weten dat Figenschou van ruige seks hield, van wurgseks, waarbij hij bij voorkeur zijn eigen riem gebruikte, en dat er dingen uit de hand konden lopen. In dat opzicht kon je hetgeen er gebeurd was ook zien als goed geslaagd, aangezien Figenschou junior hun nu eeuwig dankbaar was. Berner had zijn bedrijf gekregen en Lille-Chris' moeder zou blijven meeliften op diens succes.

Maar er kúnnen dingen uit de hand lopen.

En dat is waarom Lille-Chris met een goed plan moet komen voor morgen.

En de dagen daarna.

12

Kaluza werpt Hedda over de bureaus heen een blik toe en zegt: 'Shit, ik begin er genoeg van te krijgen.'

Hedda glimlacht. Zelf voelt ze zich net zo.

Het was een lange dag geweest met een hoop telefoontjes naar Peter Kranz' voormalige collega's en vrienden, op zoek naar abnormaliteiten in zijn activiteiten van de laatste maanden voordat hij verdween, tot nu toe zonder resultaat. Verder hebben Hedda, Kaluza en drie andere collega's bedrijven in Oslo en omstreken gebeld en van zes winkels facturen opgestuurd gekregen van klanten die de afgelopen week schildersskleding hebben gekocht. Het is een tijdrovend proces om de identiteit van de kopers te achterhalen. Bovendien heeft Hedda het gevoel dat ze er weinig mee op zullen schieten.

Als Kaluza nogmaals haar hoofd omdraait en haar aankijkt, lijkt ze te willen zeggen: zullen we de benen nemen?

Hedda zucht diep en kijkt op de klok. Het is iets over zessen.

Ze wendt zich naar haar collega toe en knikt.

Twintig minuten en een gevaarlijke taxirit door de straten van Oslo later trekt Hedda de deur van haar woning in Marienlyst achter hen dicht. Al binnen een seconde vinden hun lippen elkaar.

'Hoeveel tijd heb je?' vraagt Hedda als ze Kaluza uit haar kleren helpt.

'Veel te weinig.'

'Dan moeten we er maar goed gebruik van maken.'

Niet veel later liggen ze verstrengeld in elkaars armen in Hedda's bed, terwijl hun vingers zachtjes de nog warme huid van de ander beroeren.

'Gaat het goed?' vraagt Kaluza.

Hedda schrikt op. Even was ze helemaal van de wereld.

'Ja hoor,' antwoordt ze. 'Het gaat prima. Nu wel, in elk geval.'

'Maar anders niet?'

Ze voelt Kaluza's ogen op zich gericht. Haar eigen ogen doet ze dicht, terwijl er een heerlijke huivering door haar heen trekt, opgewekt door de handen van Kaluza, die langzaam en voorzichtig over haar dijen bewegen. Hedda heeft wel vaker handen op haar lichaam gevoeld, zowel vrouwelijke als mannelijke, maar geen van alle hadden ze haar aangeraakt zoals de handen van Kaluza. Alsof ze plekjes van genot ontdekten waarvan Hedda niet eens wist dat ze bestonden.

'Soms vraag ik me af waar we mee bezig zijn,' zegt ze ten slotte.

Kaluza trekt haar handen terug. 'Hoe bedoel je?'
'Dit,' zegt Hedda, terwijl ze haar ogen opendoet en naar het plafond staart. 'We zien elkaar af en toe een kwartiertje hier, twintig minuten daar... Een heel klein beetje lol, en dan moet je weer naar huis.'
Kaluza zegt niets.
'Word jij niet moe van dat stiekeme gedoe?' vraagt Hedda, en ze draait haar hoofd om naar Kaluza. 'Van een dubbelleven leiden? Van genoegen moeten nemen met het kleine beetje dat we krijgen?'
Kaluza wacht even. Dan zegt ze zachtjes: 'Jawel.'
Er gaan nog een aantal seconden voorbij. 'Ik word er heel moe van.'
Ze gaat op haar rug liggen en zoekt Hedda's rechterhand met haar linker. Zo liggen ze minutenlang naar het witgeverfde plafond te staren en te luisteren naar elkaars ademhaling.
'Maar ik heb een jongetje van vier thuis.'
'Ik weet het.'
'En een jongetje van acht, een meisje van tien.'
'Ik weet het, Elisabeth.'
'Ik kan niet zomaar hun wereld laten instorten. Niet zonder...'
Kaluza maakt haar zin niet af.
'Niet zonder wat?'
'Niet zonder te weten dat het goed zal komen met hen. Dat ze ze zich erdoorheen zullen slaan.'
'En wanneer denk je daar een antwoord op te hebben? Hoe kom je daarachter?'
'Ik... heb geen flauw idee.'
'Dat geeft vertrouwen.'
Kaluza draait zich weer op haar zij, met haar gezicht naar Hedda toe. 'Jij vindt misschien dat ik bij Arild weg moet gaan en moet gokken dat de kinderen er geen schade aan overhouden?'

'Dat heb ik niet gezegd.'
'Wat zeg je dan?'
'Dat... weet ik niet.'
Hedda zucht diep en wacht een tijdje voordat ze zegt: 'Ik weet alleen dat ik je zelfs mis als ik bij je ben. En telkens als ik iets verder vooruitdenk dan de volgende dag, het volgende uur, de volgende záák, dan krijg ik alleen maar zin om in een hoekje te gaan liggen en de hele wereld buiten te sluiten. En dat zou vast een tijdje gewerkt hebben als ik had kunnen slapen, maar dat kan ik niet, en dan ben ik binnen de kortste keren weer terug in het nu, in de realiteit die me dwingt om aan het werk te gaan, om te gaan trainen, en jou af en toe een kwartiertje of twintig minuten te zien – meestal híér, als het jóú uitkomt.'
Hedda praat sneller en met meer agressie in haar stem dan ze bedoelde.
Kaluza zegt niets. Maar ze heeft Hedda's hand losgelaten.
'Het is niet oké om per kwartier te leven,' zegt Hedda. 'Dat ís geen leven.'
'Wat... vind je dan dat we moeten doen?'
Hedda is een tijdje stil. Dan zegt ze: 'Ik weet het niet. Maar ik weet wel dat ik veel afhankelijker van je ben geworden dan goed voor me is. En ik weet niet hoe lang ik het nog volhou om op deze manier te leven.'

13

Van slapen kwam weinig terecht, alweer, maar ze hadden niks besloten voordat Kaluza vertrok, misschien juist daarom. Het was een moeilijk afscheid geweest, met veel onuitgesproken zinnen en een afstand die vertrouwde handen noch voorzichtige lippen konden overbruggen.
Bij haar kop koffie vanmorgen had Hedda een guaranapil ingenomen, waarvan ze nu, onderweg naar Helsfyr, de effec-

ten merkte. Haar lichaam was wakker en haar hoofd ook.

Ze moet deze keer antwoorden zien te krijgen als ze aanbelt bij Volodymyr. De benedendeur gaat meteen open. Als ze buiten adem van de trappen aanklopt op de vijfde verdieping, hoort ze binnen iemand lopen en daarna voetstappen die blijven staan aan de andere kant van de deur. Ongeveer ter hoogte van haar ogen zit een kijkgaatje.

'Ik weet dat je daar bent, Volodymyr,' zegt ze.

Een paar seconden gaan voorbij, dan klinkt er een klikgeluid van het slot. Volodymyr opent de deur en kijkt naar buiten. Hij heeft gelukkig een wakkere blik, maar ze leest er ook angst in. Niet per se voor haar, maar voor iemand zoáls zij.

Voor de politie.

'Mag ik binnenkomen?'

'Nee.'

Hedda knikt langzaam.

'Ik ben aan het schoonmaken,' voegt Volodymyr eraan toe.

Ze gelooft er niets van, maar dan drijft de geur van groene zeep haar tegemoet.

'Mooi zo,' zegt ze. 'De laatste keer dat ik bij je was, zag het er niet uit hier.'

'Je...'

Hij zoekt in zijn geheugen.

'Jij was niet wakker op dat moment,' gaat Hedda verder. 'Je lag op de bank.'

Volodymyr slaat zijn blik neer.

'Dus jij hebt... het meegenomen...'

'We hebben inderdaad je marihuana meegenomen,' zegt Hedda.

'Is dat legaal?'

'Wat?'

'Zomaar bij mensen naar binnen gaan en...'

Hij onderbreekt zichzelf.

'We hadden een aannemelijke verdenking tegen je,' zegt

Hedda. 'Dat is waarom we naar binnen zijn gegaan.'

'Aannemelijk...'

Hedda confronteert hem met het contante geld dat ze op de salontafel hadden gevonden en de inconsequentie van Volodymyrs verklaring over waar hij was geweest op de dag dat Bjørn-Erik Bakkerud en Eva Kranz neergeschoten waren.

'En dat heeft jou tot een voor ons interessante persoon gemaakt,' zegt Hedda. 'Aangezien we de dader nog steeds niet gevonden hebben.'

'Dader...' roept Volodymyr. 'Nee, luister... ik was het niet, dat kan ik je beloven.'

Hij houdt zijn handen omhoog. Zijn ogen zijn groot. Dan begint hij te vertellen over een klusje als sjouwer dat zijn vriend Mikhail af en toe voor hem regelt. Het wordt goed betaald, meestal zwart, en daarom heeft hij niet zo vaak bij Alexandra langs kunnen gaan de afgelopen dagen. Hij heeft dag en nacht gewerkt om de eindjes aan elkaar te kunnen knopen, vertelt Volodymyr, iets krachtiger nu.

'Om te moeten zorgen voor een kind...' zegt Volodymyr met een zucht. Plotseling lijkt hij vreselijk uitgeput. '... terwijl ze haar moeder is verloren. En ondertussen voor mezelf te zorgen...' Hij schudt zijn hoofd. 'Er zijn periodes dat het redelijk goed gaat, maar andere dagen, zoals vrijdag, toen had ik zo'n pijn in mijn hele lijf dat ik...'

Hij kijkt omlaag.

'Ik moest me weer even goed voelen,' gaat hij verder. 'Ik moest slapen. Rusten. Ik was zo uitgeput. Af en toe stort ik in.'

Hedda zegt niets.

'Het is ook niet een kwestie van teruggaan naar Oekraïne,' gaat hij verder, 'nu Alexandra hier op school is begonnen. Ze heeft al wat vrienden. Niet veel, maar... wel een paar. En er is hier meer geld te verdienen dan thuis. Ook al gaat dat... misschien niet helemaal legaal. Maar dat is het enige wat ik heb gedaan, dat garandeer ik. Ik heb niemand vermoord.'

Hedda vindt dat hij een oprechte indruk wekt.

Volodymyr vertelt dat hij aan het schoonmaken is omdat Alexandra misschien binnenkort naar huis komt, wat dus betekent dat hij het probeert, denkt Hedda.

Hij probeert het.

Als Hedda de trap af loopt, gaat haar telefoon. Ze haalt hem tevoorschijn en neemt op.

'Waar ben je?'

Er klinkt opwinding in Waages stem.

'Helsfyr,' antwoordt ze. 'Ik ben over twintig minuten op kantoor.'

'Het is ons gelukt om in Bjørn-Erik Bakkeruds computer te komen,' gaat haar baas verder. 'Jij kent Tom Rustad wel een beetje, toch?'

'Ja.'

'Hij is degene die Bakkerud op het spoor van Peter Kranz heeft gebracht.'

'Shit.'

'Ik zit hier te kijken naar een heel interessante e-mailuitwisseling tussen die twee.'

Hedda blijft staan op de tweede etage en luistert naar Waage.

Als hij klaar is, vraagt hij: 'Wil jij proberen Tom Rustad te pakken te krijgen, of zal ik het doen?'

'Laat mij maar,' antwoordt Hedda. 'Maar laat me eerst even naar het bureau komen.'

'All right. Tot zo.'

Eén verdieping lager komt Hedda een oudere, voorovergebogen man tegen die op weg is naar boven en even schrikt als ze hem gedag zegt. Hij begint te glimlachen.

'Ik was helemaal in gedachten verzonken,' legt hij uit.

Als hij opkijkt en Hedda's uniformjas ziet, fronst hij zijn voorhoofd en zegt: 'Is er alweer iets gebeurd in het gebouw?'

Hedda glimlacht. 'Nee, vandaag niet.'

'Gelukkig maar,' zegt de oude man – zijn longen piepen als hij ademhaalt. 'Ik was helemaal in shock toen ik na Pasen thuiskwam van vakantie en hoorde wat er was gebeurd. Misschien kan ik voortaan maar beter thuisblijven. Een oogje in het zeil houden.'

Hij lacht om zijn eigen grapje.

'Hoe gaat het met het onderzoek?' gaat hij verder. 'Als ik vragen mag?'

'Het gaat wel,' zegt Hedda. 'Stapje voor stapje.'

'Dat is fijn om te horen. Ik heb altijd al veel vertrouwen gehad in jullie politieagenten.'

'Dat is mooi, dank u wel.'

'Ik hoorde dat er beneden in de kelder ook iets gebeurd is?'

Hedda, die eigenlijk door had willen lopen om zich terug te haasten naar het hoofdbureau, blijft staan.

'Ja, op vrijdag. Maar toen was u weg, dus...'

'Zijn jullie naar iemand op zoek?'

Hedda slaakt een inwendige zucht. 'In verband met de gebeurtenissen van afgelopen vrijdag zoeken we een in het zwart geklede man die hier vermoedelijk met een rugzak naar buiten is gelopen.'

Ze forceert een glimlach. 'Het is niet veel om mee te werken, uiteraard.'

Ze wil net verder lopen, maar bedenkt zich dan, de oude man glimlacht niet meer. Ze ziet dat hij ergens over nadenkt.

'Een man met een rugzak,' zegt hij peinzend. 'Ik heb een man met een rugzak gezien. En hij was ook in het zwart gekleed, volgens mij.'

Zijn blik kruist die van Hedda. 'Maar dat was niet op díé dag, dat was eerder vorige week. Dinsdag, volgens mij. Ja, het moet dinsdag geweest zijn.'

Een dag voor de aanslag, denkt Hedda.

'Hij woont hier niet, dat weet ik zeker. Ik woon hier zelf al dertig jaar.'

'U... hebt die man gezien?'

'Ja, en ik heb ook met hem gepraat. Hij moest hier in het gebouw zijn.'

Hedda stapt weer een trede omhoog op de trap.

'Hoe zag hij eruit? Weet u dat nog?'

De man denkt na. 'Hij was van gemiddelde lengte, misschien iets langer dan ik. Maar ik ben dan ook een paar centimeter gekrompen door de jaren heen.'

Hij lacht weer, maar wordt direct weer ernstig en bedachtzaam.

'Denkt u dat u hem zou kunnen herkennen als u hem weer zag?'

'Namen kan ik niet onthouden,' zegt hij, 'maar gezichten wel.'

Hedda denkt enkele ogenblikken na. Alexandra's vader is het niet, die woont immers in het gebouw, dus hem zou de buurman wel herkend hebben. Wie hadden ze nog meer in het vizier gehad?

Adam Borg, natuurlijk. Morten Skaanes, Eva's ex, de man die nog steeds geen bewijs had laten opsturen van waar hij was geweest op het tijdstip van de moord. Vegar Ventura, Eva's goede vriend. Een hele berg vrienden en collega's van Peter Kranz.

Hedda pakt haar mobiel.

'Ik zal u een paar foto's laten zien,' zegt ze. 'Zegt u het maar als u iemand herkent. Goed?'

'Ik heb mijn bril niet op.'

'Probeert u het toch maar.'

Ze opent de map met foto's die ze had klaargezet om aan Alexandra te laten zien en selecteert de eerste portretfoto, zodat hij groot in beeld komt. De oude man knijpt zijn ogen tot spleetjes en schudt zijn hoofd. Hedda zoekt de volgende foto op. Weer schudt hij zijn hoofd. Bij de derde...

De man wijst naar het scherm.
'Hij was het.'
Hedda voelt haar hartslag versnellen.
'Weet u het zeker?'
De man knikt volhardend. 'Heel zeker.'
'Goed,' zegt ze, en ze stopt haar mobieltje terug in haar jaszak. 'Ontzettend bedankt, u bent een grote hulp geweest.'
'Echt?'
Hedda bedankt hem nogmaals en haast zich de laatste traptreden af.
Dit was toch zeker niet te geloven.

Deel 5: De rots waarop ik mijn kerk zal bouwen

1

De plafonds van Jørgine Solstads kantoor aan Bygdøy Allé zijn hoog. Een glinsterende kroonluchter werpt een gelijkmatig licht over de antieke eikenhouten tafel. De vloer, schat Tom Rustad zo in, moest pas geschuurd zijn, was misschien zelfs nieuw, maar is zo behandeld dat hij er karakteristiek en oud uitziet. Aan de muur hangt een portretschildering van Solstads overleden echtgenoot, die zich bijna vijfentwintig jaar geleden heeft verhangen. Tom had verwacht dat het kantoor nog wel meer dure en exclusieve details zou hebben. Een Perzisch tapijt, misschien.

Of een uit Turkije.

Jørgine ontving hem met een warme glimlach en uitgestrekte hand. Ze keek hem diep in de ogen en ging hem voor naar haar kantoor. Daarna verontschuldigde ze zich, omdat ze midden in een belangrijk telefoongesprek verwikkeld was dat ze moest afronden.

Toen ze terugkwam, had Tom minutenlang om zich heen zitten kijken.

'Het spijt me,' zegt ze.

'Geeft niets.'

'Sommige mensen kunnen maar niet ophangen.' Ze rolt met haar ogen en glimlacht. 'Heb je al koffie gekregen?'

'Die is me wel aangeboden,' antwoordt Tom, dankbaar dat de jonge assistente in plaats daarvan een glas water voor hem heeft geregeld.

Terwijl Jørgine Solstad achter haar grote bureau gaat zitten, kijkt Tom haar aan. Een vrouw van eind zestig bij wie de jaren haar geen kwaad gedaan hebben. Of misschien was dat een verdienste van de chirurgen, denkt hij. Ze heeft zeker de middelen om haar uiterlijk op te vijzelen. Volgens de laatste vergelijking was ze goed voor een vermogen van 327 miljoen kronen. Haar inkomen daarentegen was een bescheiden 214.800 kronen.

Ze trekt haar stoel wat dichterbij en zegt: 'Hoe gaat het met *Dagens Næringsliv*, in deze voor de media veeleisende tijden?'

'O, niet al te slecht,' zegt hij. 'We houden ons hoofd boven water. Veel abonnementen.'

'Hoe lang werk je daar al?'

'Wat zal het zijn... negen jaar?'

'En jij, hoe oud ben jij?'

'Drieënveertig.'

'Hmm,' zegt ze, alsof vooral deze onthulling haar goed bevalt. 'Een jonkie nog.'

'Nou ja,' zegt Tom. 'Soms voel ik me dubbel zo oud.'

Daar moet ze om lachen.

'Ben je getrouwd, Tom? Heb je kinderen?'

'Twee keer "nee".'

'Echt waar?' Ze bekijkt hem wat nauwkeuriger.

Tom begint zich af te vragen of hij degene is die geïnterviewd wordt in plaats van omgekeerd.

'Wat kan ik voor je doen, Tom?'

Een licht flemende toon.

'Ik denk dat de meeste mensen die de krant lezen of tv-kijken wel weten wie je bent,' zegt hij. 'Maar ik denk niet dat ze weten wie je écht bent. Waar je je mee bezighoudt.'

Ze vouwt haar handen voor zich.

'Dat is niet zo spannend als een hoop mensen misschien denken.'

‘Niet?’

‘Nee, ik... leid een redelijk normaal leven.’

‘Taco’s op vrijdag?’

Ze lacht opnieuw.

‘Nee, ik hou niet zo van Mexicaans.’

‘Hou je meer van Turks?’

Jørgine kijkt hem aan. ‘Heeft iemand dat gezegd?’

‘Nee, maar je bent best vaak in Turkije, toch?’

Ze houdt haar hoofd een stukje schuin.

‘Het komt weleens voor dat Christian me meeneemt naar zijn golfhotel, ja.’

‘Christian Berner.’

‘Ja. Christian en ik kennen elkaar al heel lang.’

Tom knikt.

‘Je gaat dus niet mee voor het eten?’

Ze wacht even en zegt: ‘Nee.’

‘Zou je in drie woorden kunnen omschrijven waar je je in het dagelijks leven mee bezighoudt, Jørgine?’

‘Zo weinig mogelijk,’ zegt ze met een witte tandpastaglimlach. ‘Dat waren drie woorden.’

Tom lacht, maar stelt geen nieuwe vraag. Hij wacht tot ze uitweidt.

‘Om te beginnen zorg ik dat ik geïnformeerd blijf over alles wat er speelt op de beurs.’

‘Je koopt en verkoopt.’

Ze spreidt haar armen. ‘Zo werkt dat, ja.’

Hij kijkt haar enkele seconden aan en zegt: ‘Over Turkije gesproken, ik ben daar pas nog geweest.’

‘O ja?’

‘Heerlijk,’ zegt hij.

‘Ja, het klimaat is er aangenaam.’

‘En veel moois om te zien.’

Ze kijkt hem aan. De verleidelijke glinstering in haar blik is verdwenen.

'Ik heb een tour gemaakt langs Berners golfhotel toen ik er was.'

'Echt waar?'

'Prachtige baan. Ik had helaas geen tijd om een rondje te spelen.'

'Je speelt dus golf?'

Hij moet glimlachen om haar poging het gesprek een andere richting op te sturen.

'Zo nu en dan,' antwoordt Tom.

'Dan moet je de volgende keer je clubs maar meenemen.'

Hij slaat zijn benen over elkaar en zegt: 'Ik heb een van de medewerkers gesproken. Aaron, heet hij. Vriendelijke kerel, werkt bij de receptie. Hij werkte vroeger in de keuken, deed de afwas, maar na een tijdje heeft hij zich opgewerkt. Een beter salaris gekregen. Vooral sinds kerst, zo'n tweeënhalf jaar geleden.'

'Dat is fijn voor hem,' zegt Jørgine. 'Maar ik snap niet goed wat dit met mij te maken heeft.'

'Best veel, eigenlijk,' zegt Tom. 'Aaron heeft een vrouw, Anastasia, en zij heeft parkinson. Het is niet duidelijk hoe lang ze nog heeft. Samen hebben ze een zoon, Erdem, die nogal wat uitdagingen heeft wat leren betreft. Hen heb ik ook gesproken toen ik in Turkije was. In de eerste plaats over hun dochter, die ook in Berners hotel werkte.'

Jørgine verschuift een stukje op haar stoel.

'Magdalena, heet ze. Ze is niet ouder geworden dan vijftien. Maar dat weet jij natuurlijk wel, Jørgine, jij hebt haar immers naar Noorwegen gehaald voor dat gemaskerde bal van je goede vriend Christian Berner, vlak voor kerst tweeënhalf jaar geleden.'

'Ik?'

Jørgine kijkt hem recht aan. 'Wat zijn dat voor absurde beweringen?'

'Ik heb onomstotelijk bewijs dat zij daar is overleden. Een

filmpje waarin Magdalena dood te zien is, op een chaise longue in het huis van Berner, met een riem om haar nek.'

Jørgine slikt en zegt: 'Dat klinkt allemaal afschuwelijk, maar ik kan je verzekeren dat ik...'

'Ik heb ook een goede vriendin van Magdalena gesproken,' onderbreekt Tom haar. 'Die zich zelfs wist te herinneren dat Magdalena duizend euro had gekregen als fooi van een Noorse dame die in het hotel logeerde. En met Magdalena's vader achter de receptie was het niet moeilijk uit te vinden wie daar die avond te gast waren. Jíj was daar. En Peter Kranz, de bankier die een aantal maanden na dat gemaskerde bal verdween, plus nog een hele rits andere Noorse mensen uit de financiële wereld en een paar kleine celebrity's.'

'Nou ja, zeg, ik weet niet waar je het vandaan...'

Jørgine onderbreekt zichzelf en maakt een paar bewegingen met haar mond, alsof ze op de binnenkant van haar lip kauwt.

'Ik weet niet wat er gebeurd is,' gaat Tom verder, 'of wat jullie met Magdalena gedaan hebben toen ze dood was, maar dat is een vraag die de politie mag oplossen. Ze zullen vast erg veel interesse hebben in dat filmpje dat Peter Kranz me heeft toegestuurd, het filmpje dat mijn voormalige vriend en collega Bjørn-Erik Bakkerud bij zich had toen hij vorige week naar Eva Kranz' huis ging, vlak voordat hij werd vermoord en zij gewond raakte.'

Jørgine zegt niets, ze staart hem enkel aan.

'Wat ik me afvraag...' zegt Tom. Hij schuift een stukje naar voren op zijn stoel. '... is waarom een vrouw als jij zoiets doet bij een jong meisje. Waarom je haar gouden bergen belooft in de vorm van geld, omdat je weet dat daar een tekort aan is bij haar thuis, en haar dan meelokt naar Noorwegen zodat mensen die veel te rijk zijn haar als speelgoedje kunnen gebruiken.'

'Dit is ongehoord,' zegt Jørgine. 'Ik wil dat je nu vertrekt.'

‘Doe je het voor Berner?’ gaat Tom verder. ‘Heeft hij iets wat hij tegen je kan gebruiken, misschien? Ik weet dat hij een hoop spelers uit de financiële wereld stevig bij de ballen heeft.’

‘Dit interview is voorbij.’ Ze staat op. Kwaad, woest, wanhopig. ‘Met je absurde beweringen.’

Tom ziet haar halsslagader kloppen onder haar huid, tegen de schakeltjes van haar gouden ketting.

‘Eruit,’ zegt ze, waarop ze naar de deur marcheert en hem openduwt.

Tom blijft een paar seconden zitten, neemt een slok uit het glas water en staat dan langzaam op. Onderweg naar buiten blijft hij vlak voor haar staan en zegt: ‘Bedankt voor het gesprek. Je bent een afschuwelijk mens.’

Het was misschien niet slim, denkt hij als hij buiten in de frisse lucht staat, om op deze manier het hol van de leeuw op te zoeken. Maar wat nu met grote zekerheid tot hem doordringt, is dat hij onmiddellijk de politie moet spreken. Zijn hoofd is een schietschijf geworden.

Zodra hij goed en wel het gebouw uit is, haalt hij zijn mobieltje tevoorschijn en ziet dat Hedda Fisk heeft geprobeerd hem te bellen. Hij moet glimlachen vanwege het toeval. Ongeveer tien jaar geleden was Tom een keer uit geweest met Hedda. Het had nergens toe geleid, maar sindsdien hadden ze zo nu en dan contact met elkaar.

Omdat het te veel is om over de telefoon te vertellen, stuurt hij haar een berichtje waarin hij vertelt dat hij essentiële informatie heeft over de moord in Helsfyr en dat hij in de eerstvolgende taxi kan stappen om haar te ontmoeten. Of ze op het hoofdbureau is?

Daarna loopt hij Bygdøy Allé in, waar de bussen in beide richtingen langzaam voorbijrollen. Geen taxi te zien voorlopig.

Tom begeeft zich naar de dichtstbijzijnde taxistandplaats en draait zich regelmatig om om te kijken of hij een taxi kan aanhouden die toevallig passeert, maar er is er niet één vrij. Een ogenblik overweegt hij of hij de bus zal nemen, maar dat idee zet hij snel van zich af.

Als hij de straat wil oversteken, ziet hij een auto die ongeveer dezelfde snelheid aanhoudt als hijzelf, op zo'n twintig meter afstand. Hij bedenkt dat hij het wel moet kunnen redden naar de overkant en zet een stap de weg op, werpt nog een blik op de auto, op de chauffeur.

Maar...

Was dat niet vreemd, vraagt hij zichzelf af?

Dat die chauffeur een masker op leek te hebben?

2

Het voelt alsof er iemand naar me staat te kijken.

Die kans is ook best groot, ik sta hier niet in mijn eentje voor de grote borden van Oslo-Centraal waarop de aankomst- en vertrektijden van de treinen vermeld staan.

Met een rusteloos gevoel kijk ik op de klok. Eigenlijk zou ik graag naar de wc hebben willen gaan, maar dat ga ik hier van mijn leven niet doen.

Adam vond het maar niets dat ik alleen naar binnen ging. 'Je kunt amper op je benen staan,' zei hij met een twinkeling in zijn blik. Hij stelde voor om de auto in een parkeergarage te zetten en mee naar binnen te gaan, maar ik weigerde. Juist dat eerste moment dat ik mijn vader weer zag, wilde ik voor mezelf hebben – hoe graag ik Adam ook in de buurt heb.

Mijn moeder had me net geappt, ze wilde weten hoe het met me ging, maar ik heb haar nog niet geantwoord. Ook Hedda Fisk belde op weg naar het station, zonder dat ik heb opgenomen – uit angst dat ze zou willen dat ik naar het bureau kwam. Ik had ook geen zin om te vertellen dat ik onderweg was om mijn vader te ontmoeten.

Met een extra oplettende blik kijk ik om me heen. Mensen die zich langs me haasten met paniek in hun ogen, die hun blik gauw op de borden richten om daarna weer verder te lopen. Anderen drentelen rustig naar een van de perrons beneden of gaan een winkel binnen. Drie spoormedewerkers staan op een kluitje met elkaar te babbelen. Beveiligers lopen kalm rond en houden toezicht op alles wat er gebeurt.

Een man van wie ik zeker weet dat ik hem ergens eerder gezien heb, staat tegen de muur geleund naast een van de groepjes met zitplaatsen bij de toegang tot spoor 11. Naast hem zijn nog veel lege plekken, maar hij geeft kennelijk de voorkeur aan staan. Hij kijkt me recht aan.

Ik krijg de neiging me te verplaatsen, om te zien of hij me volgt, of zijn blik me volgt. Hij heeft geen reistas of koffer bij zich, hij staat daar gewoon, ik zie zelfs geen mobiele telefoon. Zijn handen zitten in zijn broekzakken.

Misschien wacht hij ook op iemand.

Ik haal mijn mobieltje tevoorschijn en open een krantenwebsite, om iets te doen te hebben tijdens het wachten. Helemaal bovenaan de pagina van *VG Nett* staat een bericht over een aanrijding op Bygdøy Allé, een uur en een kwartier geleden. Ooggetuigen beschrijven het geheel als een moordpoging, omdat de auto direct daarna in allerijl was weggereden. Over de toestand van het slachtoffer vermeldt het artikel niets.

Ik bel Adam.

'Hoe gaat het?' vraagt hij.

'Ik ben zenuwachtig.'

'Wil je dat ik naar binnen kom?'

'Nee, nee.'

'Hij komt vast snel. Je vader, bedoel ik.'

Ik kijk weer naar de man bij de muur. Op dit moment heeft hij zijn blik ergens anders op gericht.

'Je hebt het niet aan iemand verteld?' vraagt Adam. 'Dat je met je vader hebt afgesproken?'

'Ik... heb het aan Vegar verteld.'
'Dat was misschien niet zo slim.'
'Nee, maar het voelde ook vreemd om het niet te doen. En ik vertrouw Vegar, voor honderd procent.'
'Daar twijfel ik niet aan. Maar stel dat iemand je telefoon in de gaten houdt? Afluistert? Dat is heel goed mogelijk, ook als niemand er fysiek een microfoontje in heeft gestopt.'
Daar had ik geen idee van.
'Misschien kun je hem beter helemaal uitzetten.'
'Ja, misschien.'
De man kijkt weer naar mij. Deze keer blijft hij kijken. Ik overweeg of ik iets tegen Adam moet zeggen, maar ik zet het van me af. Ik wil hem niet óók ongerust maken.
We hangen op.
De klok staat over elven. Geen teken van mijn vader. Ik heb het gevoel dat hij niet zal verschijnen. Maar dan, ineens, staat hij naast me.
Het lijkt alsof ik niet echt registreer dat hij het werkelijk is. Ik kijk hem slechts aan alsof hij een vreemde is. Een seconde later begin ik te huilen en zet een stap naar hem toe, sla mijn ene arm om hem heen. Mijn vader pakt ook mij vast, voorzichtig met waar hij me aanraakt met zijn handen. Zijn armen lijken kleiner dan vroeger, minder krachtig, en ik ruik dat hij gedronken heeft. Misschien niet vandaag, maar kortgeleden. Het maakt niet uit.
Het is mijn vader.
Mijn papa.
Er gaat een huivering door hem heen, het lijkt alsof hij naar adem snakt. En als hij bij me vandaan stapt, alsof hij me beter wil bekijken, vraag ik me af of hem dat zal lukken met al zijn tranen.
Ik heb mijn vader nog nooit zien huilen.
Het is alsof ik niet echt ervaar wat ik ervaar. Ik weet niet hoe lang we daar staan te huilen en naar elkaar kijken, zon-

der dat een van ons iets zegt.

'Dag meisje van me,' hoor ik ten slotte.

'Dag,' antwoord ik stilletjes.

'Hoe gaat het met je?'

Plotseling klinkt er bezorgdheid in zijn stem, die rauwer klinkt dan vroeger. Schor, bijna. Hij is ook magerder dan voorheen, dunner. Zijn kleren blijven bijna niet zitten. De huid van zijn gezicht is slap geworden.

'Niet al te slecht,' zeg ik.

'Ik... dacht dat ik je nooit meer zou zien.'

Zijn onderlip trilt en hij knippert een paar keer met zijn ogen, terwijl de tranen over zijn wangen stromen. Van het ene op het andere moment gaan blijdschap en opluchting, het besef dat mijn vader nog leeft en weer thuis is, over in woede.

'Ja, dat dachten mama en ik ook,' zeg ik met een stem vol verwijt.

Hij antwoordt niet.

In plaats daarvan zegt hij: 'Sorry dat ik te laat ben. Ik moest zeker weten dat je hier alleen was.'

'O?'

'Ja, voor het geval dat.'

Hij gaat er verder niet op in, maar dat hoeft ook niet. Ik werp snel een blik op de muur waar de starende man stond. Hij staat er niet meer. Ik zie hem nergens.

'Adam wacht op ons,' zeg ik.

'Adam?'

Ik zie dat mijn vader op zijn hoede is.

'Dat leg ik je later wel uit,' zeg ik. 'Het is een lang verhaal.'

3

'Waar gaan we naartoe?' vraagt Peter.

Hij houdt de arm van zijn dochter vast terwijl ze zich langzaam bij de grote borden van Oslo-Centraal vandaan bewegen.

'Een vakantiehuisje in Hurdal.'

'Hurdal?'

Ze draait zich naar hem om.

'Je had toch niet gedacht dat je zomaar naar huis kon gaan, naar mama?'

Eerlijk gezegd was dat precies wat hij van plan was geweest. Eerst een paar uur met Eva praten en dan...

'Je kunt haar niet ook blootstellen aan gevaar,' zegt Eva. 'En je zei toch dat je nog even wilde wachten met naar de politie gaan?'

'Ja.'

Peter denkt aan Tormod Jahre, het hoofd van de politie, die ook op Christian Berners gemaskerde bal was geweest.

'Het is van belang dat je je in de tussentijd gedeisd houdt. Heb je het er nog met anderen over gehad, dat je weer thuis bent?'

'Nee, ik...'

'En hoe zit het met paspoortcontroles en zo? Gaat er geen waarschuwing uit of iets dergelijks, als een vermiste persoon plotseling weer opduikt?'

'Ik... heb niet mijn eigen identiteit gebruikt,' zegt Peter. Hij kijkt snel om zich heen, voor het geval iemand hun gesprek kan opvangen. 'Die heb ik al een hele tijd niet meer gebruikt.'

Ze kijkt hem met opgetrokken wenkbrauwen aan.

'Ik zal je alles vertellen,' zegt Peter. 'Dat beloof ik. Ik zal antwoord geven op alles wat je wilt weten.'

'Mooi. Het is die kant op.'

Voortdurend kijkt Peter van links naar rechts, naar iedereen die hun kant op komt of hun voorbijloopt. Telkens als iemand langer dan een fractie van een seconde terugkijkt, is hij bang dat iemand hem heeft herkend. Dat zíj er zijn. De man met de bivakmuts.

Het is een lange reis geweest.

Niet alleen fysiek.

De dag nadat hij geprobeerd had zichzelf van het leven te beroven, was hij wakker geworden met zijn wang in zijn eigen braaksel. Eerst had hij niet geweten waar hij was, en vervolgens niet hoe hij het had kunnen overleven. Het had uren geduurd voordat hij in staat was geweest zich te bewegen. Na te denken.

Zijn lichaam wilde hem niet laten gaan. Dat was zijn straf: verder te leven. Leven met wat hij had gedaan.

Gedurende de dagen die volgden, had hij overwogen een andere methode te proberen: een wapen aanschaffen of simpelweg het broodrooster in de badkuip gooien terwijl hij erin zat met het water tot aan zijn borst. Maar daar had hij zich ook niet toe kunnen zetten, de gedachte aan nog meer pijn had hij niet aangekund. Hij wilde de pijn alleen verdoven met nog meer Halico. Eén dag, één uur tegelijk.

Totdat hij over Eva had gelezen.

Over de moordpoging.

Totdat hij zich had gerealiseerd dat dat de reden moest zijn dat hij het had overleefd. Hij moest terug. Hij had een nieuwe kans gekregen om te doen wat hij direct had moeten doen maar waar hij niet de moed of de kracht voor had gehad. Een halfuur later had hij de deur van zijn woning in Hanoi voor de laatste keer achter zich dichtgetrokken.

Hij was bang en zenuwachtig geweest over hoe iedereen hem zou ontvangen. De onzekerheid had hem volkomen uitgeput, en om Eva nu weer te zien, in het besef hoe weinig het had gescheeld of zij was ook dood geweest...

Voor Oslo-Centraal wijst Eva naar een grote zwarte auto die met draaiende motor een eindje voorbij de taxi's staat. De chauffeur krijgt hen in de gaten en stapt uit.

'Is dat Adam?' vraagt Peter.

'Ja.'

'Wie is hij?'

'Mijn reddende engel,' antwoordt Eva met een korte glimlach. 'Hij gaat ons helpen.'

Adam is een robuuste man met een ernstig gezicht, die Peter snel en stevig de hand drukt terwijl hij Eva ondersteunt met zijn arm.

'Waar willen jullie zitten?' vraagt hij.

'Voorin,' zegt Eva. 'Naast jou.'

Adam knikt en doet het achterportier open voor Peter. Samen met Eva loopt hij om de auto heen naar de andere kant. Peter aarzelt even, maar gaat dan zitten.

De stationair draaiende motor is bijna niet te horen. Het is een mooie, grote auto.

Peter voelt zich misselijk. Onwel. Ongerust. Zijn maag is voortdurend van streek. Ongetwijfeld omdat hij al zo lang niets gegeten en gedronken heeft. Ongetwijfeld omdat hij geen gevoel van controle heeft. En hij heeft ook last van een jetlag. Duizeligheid.

Eva draait zich naar hem om en glimlacht. 'Niet bang zijn,' zegt ze.

Hij is blij om de tederheid in haar stem te horen.

'Het komt allemaal goed. Het belangrijkste is dat je weer thuis bent.'

Peter knikt.

Adam stapt in en maakt zijn gordel vast, zet de auto in de versnelling. Hij kijkt in de achteruitkijkspiegel en zegt: 'Welkom thuis.'

'Eh, dank je wel.'

Kalm en gemoedelijk rijden ze weg.

4

Peter leunt naar voren tussen de stoelen.

'Hoe... gaat het met je moeder?'

Zijn stem klinkt zwak en voorzichtig.

'Het gaat wel goed, volgens mij. Ze heeft een hond genomen.'

'Echt?'

Adam kijkt in de spiegel en ziet Peter zijn voorhoofd afvegen, slikken.

'We hebben nog best een rit voor de boeg,' zegt Eva na een tijdje. 'Je kunt wel beginnen met vertellen.'

'Ik... weet niet of ik dat... híér wil doen.'

'Je bedoelt met Adam erbij?'

Hij antwoordt niet, maar het is overduidelijk dat dat precies is wat hij bedoelt.

'Hoe eerder we alles afhandelen,' zegt Eva, 'hoe sneller we plannen kunnen gaan maken. Vind je ook niet?'

Peter blijft tussen de twee stoelen in zitten, maar zegt niets. Zijn hoofd is gebogen. Ze rijden langs Helsfyr. Eva kijkt uit het raam alsof ze haar eigen gebouw kan zien vanaf de snelweg.

'Ze hebben me onder druk gezet.'

Er zit bijna geen kracht in Peters stem.

'Wie?' vraagt Eva, terwijl ze zich naar hem omdraait.

'En ze hebben me bedreigd,' gaat hij verder. 'Ze hebben gezegd dat ze de volgende keer achter jou of je moeder aan zouden gaan als ik... mijn mond niet hield.'

'Je mond hield waarover?'

Eva's stem klinkt harder dan Adam hem ooit eerder heeft gehoord.

'Ik wilde niets doen wat jou of je moeder in gevaar bracht,' zegt hij dan, alsof hij de vraag niet gehoord heeft. 'Dus deed ik... wat ze zeiden en probeerde ermee te leven.'

Hij haalt diep adem.

'Maar dat kon ik niet. Ik kon je moeder niet meer in de ogen kijken, of mezelf... het werd gewoon ondraaglijk.'

'Waarover moest je je mond houden?' herhaalt Eva.

Haar vader wacht weer even. Een ogenblik is Adam bang dat Peter zal gaan overgeven in de auto, maar hij lijkt erin te slagen zichzelf bij elkaar te rapen. Hij zucht diep en zegt: 'Het begon met een golftoernooi.'

Terwijl ze de stad uit rijden langs Furuset en Lørenskog, in de richting van Olavsgård, vertelt Peter over zijn miraculeuze golfswing en de rijke vrienden die hij eraan overhield. De onwerkelijke reis waar hij later deel van uitmaakte. Naar het golfhotel van Christian Berner in Turkije, met Berners privévliegtuig, en daarna het gemaskerde bal met fatale afloop bij hem thuis, vlak voor kerst tweeënhalf jaar geleden. Het feest waar een jong meisje stierf.

Vol afschuw draait Eva zich naar hem om, terwijl Peter doorgaat met vertellen over wat hij zag, wat hij deed en wat er gebeurde toen Berners advocaat bij hem op de stoep stond. Dat hij contact opnam met Tom Rustad. En over de onderwereldfiguur die de volgende ochtend in zijn garage verscheen. De schade aan zijn knie. De bedreigingen.

Zijn capitulatie.

'Het was onmogelijk om nog iets te doen,' zegt Peter. 'Ik had het lef niet om de waarheid naar buiten te brengen. Daar konden jullie het slachtoffer van worden.'

'Dat gebeurde ook,' zegt Eva.

'Ja,' zegt hij zwakjes. 'Dat gebeurde inderdaad, denk ik.'

'Wij bleven achter met zoveel onbeantwoorde vragen,' gaat Eva verder. 'Heb je enig idee hoe het voor ons is geweest?'

Daar geeft hij geen antwoord op.

'Maar die dreiging ten opzichte van jullie verdween in elk geval,' zegt hij na een tijdje. 'Dat was het belangrijkste. De rest deed niet ter zake.'

Adams telefoon gaat over in zijn binnenzak. Hij pakt hem er snel uit en stopt hem dan weer terug. Merkt dat Eva naar hem kijkt.

'Mijn werk,' zegt hij. 'Ik bel ze later wel terug.'

Ze rijden verder. Adam houdt zich aan de snelheidslimiet.

'Dus wat is je plan eigenlijk?' vraagt Eva even later aan haar vader. 'Als je zo bang was dat mama of ik vermoord zou worden, wat is er nu dan zo anders volgens jou? Op welke manier komen we hier nu allemaal beter uit? Hoe gaat het jou lukken om ons te beschermen?'

'In de eerste plaats door... met de politie te praten,' zegt Peter. 'Hun alles te vertellen wat ik weet en heb gezien. En hén dan over te halen jullie te beschermen.'

'En deze oplossing kwam pas in je op nadat je twee jaar in Vietnam had gezeten?'

Hij lijkt na te denken over wat hij moet antwoorden.

'Ik dacht dat ik jullie beschermde door weg te gaan,' zegt hij. 'Maar dat bleek niet zo te zijn.'

Adam voelt zijn jaszak opnieuw trillen. Een bericht deze keer. Hij besluit er pas naar te kijken als ze stoppen. Zoveel haast kan het niet hebben.

Nadat Peter een tijdje stil is geweest, leunt hij weer een stukje naar voren en vraagt: 'Wiens vakantiehuisje is het eigenlijk, waar we naartoe gaan?'

Adam kijkt in de achteruitkijkspiegel en zegt: 'Dat van mij.'

5

'Ik geloof dat hij nu bijkomt.'

De stem bereikt hem van ver. Tom Rustad knippert met zijn ogen – eerst langzaam, dan iets sneller – totdat de kamer scherp is. Hij ziet zijn vader, wiens wenkbrauwen omhooggaan. De rimpels in zijn voorhoofd zijn diep. De groeven in zijn gezicht ook.

'Ik zal het hem laten weten,' zegt zijn vader.

Hij hangt op.

'Hoi.'

Zijn vaders stem klinkt voorzichtig, bijna fluisterend. Hij komt een stukje dichterbij. Tom voelt niets, maar hij heeft de indruk dat zijn lichaam helemaal verlamd is.

'Ro...' Tom schraapt zijn keel. 'Roger?'

'Met Roger gaat het goed,' zegt zijn vader. 'Ik was even bij jou thuis voordat ik hierheen kwam, omdat ik wist dat je dat zou vragen.'

'Fijn,' zei Tom. 'Dank je wel.'

Ze kijken elkaar aan. Zijn vader met zorgelijke rode ogen.

Tom knippert. 'Welke dag is het?' vraagt hij traag.

'Woensdag.'

'Dat zegt me niets.'

'Woensdag is de dag na dinsdag.'

'Ja, dát weet ik wel.'

Zijn vader lacht even, maar wordt dan weer ernstig. 'Het is de eerste woensdag na Pasen. Je bent... eerder vandaag aangereden. Je hebt ontzettend veel geluk gehad. Het lijkt erop dat het goed is afgelopen met je.'

Zo voelt het anders niet, vindt Tom.

'Drie gebroken ribben,' gaat zijn vader verder. 'Een polsbreuk en verder nog wat kneuzingen en schaafwonden. Afgezien daarvan...'

'Ben je bij Roger geweest?'

Zijn vader kijkt hem aan. Niet goed wetend wat hij moet antwoorden.

'Grapje,' zegt Tom. 'Ik wilde even kijken of je zou denken dat ik gek geworden was.'

Zijn vader lacht nerveus.

'Ik heb de politie gesproken,' zegt hij even later. 'Ze zijn onderweg. Ze hebben vast een hoop te doen vandaag.'

Het begint tot Tom door te dringen waarom hij in het ziekenhuis ligt. De zoetige geur van Jørgine Solstad kleeft nog aan zijn neus.

Hij had gedacht dat hij meer tijd zou hebben.

Kennelijk niet.

Zijn vader gaat zitten en slaat zijn benen over elkaar. Tom ligt te luisteren naar zijn verhaal over hoe hij het bericht had gekregen, wat hij op dat moment had gedaan, wat hij had gedacht, hoe bang hij was geweest.

'Vertel maar gewoon de waarheid,' zegt Tom. 'Je was vooral bang dat je voortaan voor Roger zou moeten zorgen.'

'Dat is helemaal juist. Dat stinkbeest. Hij poept overal.'

'Alleen als jíj op hem past.'

Ze glimlachen naar elkaar. Dan zegt Tom: 'Het is fijn dat je er bent.'

'Het is ook fijn om hier te zijn,' zegt zijn vader.

De deur gaat open.

Met snelle passen komt Hedda Fisk de kamer binnen. Haar wangen zijn rood. Ze knikt naar Toms vader en richt dan haar blik op Tom, vraagt hoe het gaat.

'Best aardig,' antwoordt hij, verdoofd door alle pijnstillers. 'Ik heb blijkbaar heel veel geluk gehad.'

Hij werpt een korte blik op zijn vader, die knikt.

'Heb je de man die je aanreed gezien?' vraagt Fisk.

Tom knikt. 'Hij droeg een masker.'

'Wat?'

'Een masker. Voor zijn gezicht.'

Een aantal seconden lang staat Fisk hem aan te staren, dan haalt ze haar mobiel tevoorschijn en doet er iets op met snelle vingerbewegingen.

'Zag het er ongeveer uit als dit?'

Ze loopt om het bed heen en draait het schermpje van de telefoon naar hem toe. In een fractie van een seconde zegt Tom: 'Zo een was het precies, ja. Hoe wist je dat?'

Fisk geeft geen antwoord. In plaats daarvan zegt ze: 'In het sms'je dat je me stuurde, zei je dat je belangrijke informatie voor me had over die moord in Helsfyr. We zijn op de hoogte van de inhoud van die e-mail die je hebt doorgestuurd naar Bjørn-Erik Bakkerud. Wat heb je nog meer ontdekt?'

Binnen een paar minuten vertelt Tom dat hij naar Turkije is gereisd, waar hij Melek en Magdalena's familie had gesproken, waarna hij één en één bij elkaar had opgeteld.

'En je was net bij Jørgine Solstad geweest toen je werd aangereden?' vraagt Fisk. 'Je hebt haar geconfronteerd met wat je hebt ontdekt?'

Hij knikt.

'Jezus, Tom, het enige wat ze nu nog kan doen, is een vliegticket naar Verweggistan boeken en zich daar tot in de eeuwigheid verschuilen. Als ze dat niet al gedaan heeft. Hetzelfde geldt voor die andere rijkelui die hier misschien bij betrokken zijn.'

'Dan zullen ze op z'n minst schuldig lijken.'

'Hoe het lijkt, maakt niet uit,' zegt Fisk. 'Het is van belang dat we ze tegenhouden. Dat we ze pakken.'

Ze zucht diep. 'Je hebt ons in een afschuwelijk lastige situatie gebracht, want nu zijn we genoodzaakt snel te handelen om te voorkomen dat ze ervandoor gaan. Met alle formaliteiten die we moeten doorlopen, we moeten...'

Ze onderbreekt zichzelf en ademt luid uit.

'Dit is weer typisch iets voor jou,' zegt ze. 'Eerst je case, als je naam er maar onder staat, jij ook altijd met je ijdelheid. Is dát waar het om draait?'

Tom weet niet wat hij moet zeggen. Ze heeft helemaal gelijk. Bovendien wilde hij Jørgine in de ogen kijken terwijl hij haar confronteerde. Hij wilde zien hoe ze reageerde. Wilde dat ze wist dat hij degene was die haar had ontmaskerd.

De wereld veranderen, één zaak per keer. Was dat niet waar ze allemaal wel van hadden gedroomd op de School voor Journalistiek?

Fisks telefoon gaat. Ze kijkt Tom streng aan terwijl ze hem uit haar jaszak haalt.

'Ja?'

Terwijl ze luistert, richt ze haar blik schuin omhoog. Dan knikt ze. En nog een keer.

'Oké, kun je haar moeder bellen? Ik zal het Vegar vragen, die vriend van haar. Misschien weet híj waar ze is.'

Fisk hangt op.

Het volgende moment belt ze een nummer en houdt de telefoon weer tegen haar oor.

'Hoi, je spreekt nog even met Hedda Fisk. Ik probeer Eva te bereiken. Is ze bij jou?'

Fisk wacht op antwoord.

Tom merkt dat hij een sigaret nodig heeft, maar het is de vraag of hij er een zal vinden in het ziekenhuis.

'Oké. Heb je haar vandaag gesproken?'

De rechercheur loopt wat heen en weer voor Toms neus.

'Heeft ze iets gezegd over waar ze naartoe zou gaan?'

Fisk blijft staan en knijpt haar ogen tot spleetjes. 'Ik kan horen dat je aarzelt, Vegar. Als je weet waar Eva is of wat ze aan het doen is, dan moet je het me vertellen. Nu.'

Dan wordt ze moedeloos. 'Ja, dat besef ik, maar het is van belang dat ik haar snel te pakken krijg.'

Tom probeert wat meer rechtop te gaan zitten. Alles doet pijn.

Fisks lippen gaan een eindje van elkaar. 'En dat zou vandáág gebeuren?'

Een kort antwoord aan de andere kant. 'Maar je weet niet waar, of waar ze zijn?'

Fisk knikt. 'Oké. Bedankt.'

Ze hangt op en staart een paar seconden voor zich uit.

'Wat is er aan de hand?' vraagt Tom.

Opnieuw brengt Hedda Fisk haar telefoon naar haar oor. Ze kijkt hem kort aan, dan kijkt ze naar Toms vader. 'Het spijt me,' zegt ze onderweg naar de deur, 'maar ik moet gaan. Ik kom nog terug.'

6

Ik kijk Adam snel aan.

'Nou ja, het is het huisje van mijn familie,' zegt hij. 'Het is niet echt van mij.'

'Ik dacht dat je zei dat je een vakantiehuisje zou lénen?'

'Ja, dat was ook de bedoeling,' zegt hij. 'Maar dat viel op zo'n korte termijn niet zo makkelijk te regelen als ik dacht. Ik dacht dat we in plaats daarvan misschien naar dat van ons konden gaan.'

'Dat van ons... maar... waarom zei je dat niet?'

'Jij was zo in beslag genomen door andere dingen.'

Hij gebaart met zijn hoofd in de richting van mijn vader en werpt me een korte glimlach toe, kijkt even in de achteruitkijkspiegel. Remt af voor een rotonde. Naar rechts ligt Nebbenes Kro.

'Ik wist niet dat je, júllie, ook een vakantiehuisje hadden?'

'Er zijn ruim een miljoen vakantiehuisjes in dit land,' zegt Adam. 'Voor bijna elk gezin een.'

'Dat weet ik, maar...'

Ik weet niet waarom ik er een 'maar' aan toevoeg. Het is een beetje vreemd dat Adam niets heeft gezegd over zijn gewijzigde plannen. Hij had het kunnen melden voordat hij vanochtend bij zijn werk langsging. Of gisteren. We hebben gisteren heel wat uren samen doorgebracht.

Maar het zal ook wel niet zoveel uitmaken. We hebben het tot nu toe weinig over Adams familie gehad. Het is een aanleiding om hem wat beter te leren kennen.

'Kom je daar vaak?' vraag ik.

'Nee, niet meer.'

'En de rest van je familie?'

'Die is er ook niet zo vaak meer, volgens mij.'

'Volgens jou?'

'Ja, ik eh... heb niet zoveel contact met ze in het dagelijks leven. Maar iedereen heeft een sleutel.'

'Iedereen... Heb je een grote familie?'

'We waren met drie kinderen. De andere twee hebben een gezin met hun eigen kinderen en zo. Dat heb ík nooit gehad, dus...'

'Maar je had Sara wel een tijdje.'

'Sara?'

'De dochter van die vrouw met wie je iets had. Uit Macedonië.'

'O. Ja. Ja, inderdaad. Maar we waren niet zo vaak samen met z'n allen.'

We rijden over een veerooster en Adam grijpt het stuur steviger beet. Ik realiseer me dat ik bijna niets gegeten heb vandaag. Het was al met al overweldigend geweest om mijn vader weer te zien, zijn stem te horen, de opluchting te voelen, de razernij, alle vragen die weer opduiken en tegelijkertijd alle onzekerheden over wat er hierna zal gebeuren. Hoe mijn moeder zal reageren. Hoe het leven voortaan zal zijn. Of alles wat mijn vader weet genoeg zal zijn om die mensen onderuit te halen, of dat we straks genoodzaakt zijn te leven met beveiliging. Misschien dat we dat hoe dan ook wel moeten. Die lui kunnen best eens wraakzuchtig worden, en ook al belanden ze in de gevangenis, dan kunnen ze nog dingen van binnenuit regelen.

'Heb ik jou niet eerder ontmoet?'

De vraag komt van de achterbank.

Adam kijkt weer in de achteruitkijkspiegel. 'Waarom vraag je dat?'

'Je stem,' zegt mijn vader. 'Die heeft iets bekends.'

Adam knippert een paar keer met zijn ogen.

'Volgens mij niet,' zegt hij. 'Dat had ik me wel herinnerd.'

Adam maakt snel een wuivend gebaar met zijn hand. 'Misschien ben je een keer in mijn winkel geweest. We verkopen jacht- en vismaterialen.'

'Ik heb al jaren niet meer gevist,' zegt mijn vader.

'We verkopen ook vrijetijdskleding. Schoenen.'

Adam glimlacht.

Mijn vader antwoordt niet.

Een tijdlang zegt niemand van ons iets. Een groot meer

– dat moet Hurdalsjøen zijn – verschijnt in zicht aan de linkerkant van de weg. Aan de andere kant: bomen. Heel veel bomen. Achter bijna elke bocht verwacht ik een eland tegen te komen.

'Je telefoon,' zegt Adam. 'Heb je die uitgezet, of staat hij nog aan?'

Ik pak hem uit mijn tas. Het scherm komt tot leven. Zeven onbeantwoorde oproepen van Hedda Fisk. Vier van een nummer dat ik niet ken.

'Hij staat nog aan,' zeg ik, terwijl ik me afvraag waarom dat zo belangrijk is.

Ik voel een duw in mijn rug. De knie van mijn vader. Er gaan een aantal seconden voorbij, dan voel ik het nog een keer. Weer een duw. Ik draai me naar hem om.

'Wat is er?' vraag ik.

Maar hij zegt niets. Kijkt me alleen maar aan.

Alsof hij plotseling doodsbang is.

7

Het is hem, denkt Peter.

De man voor hem.

Zijn stem.

Het had even geduurd voordat hij hem herkende, maar de toon is hetzelfde. Peter weet het heel zeker. De man voor hem is dezelfde die zijn knie heeft verbrijzeld en hem heeft bedreigd. Misschien is hij ook wel degene die geprobeerd heeft Eva te vermoorden. En nu heeft hij hen beiden bij elkaar, zodat hij...

Wat is hij van plan?

Hen allebei vermoorden?

Omdat ze het weten?

Omdat ze... de mensen voor wie Adam werkt kunnen ruïneren?

Ik moet iets doen, denkt Peter. Mijn telefoon pakken, misschien, de politie bellen. Maar wat moet hij zeggen? 'Hallo, u spreekt met Peter Kranz, ik ben al bijna twee jaar vermist, maar nu ben ik weer thuis en mijn dochter en ik worden gekidnapt?'

Zolang ze in de auto zitten, kan hij überhaupt niets zeggen, omdat hij dan verraadt dat hij Adam heeft doorzien. En Peter heeft ook geen Noorse nummers opgeslagen waar hij een sms naartoe zou kunnen sturen. En hij kent er geen uit zijn hoofd. Hij weet dat hij in geval van nood een sms kan sturen naar 112, maar dan moet je mobiele nummer geregistreerd staan bij de hulpdiensten. Dat staat het zijne niet.

Hij weet niet of Eva iets had opgemaakt uit zijn blik, maar hij mag er niet van uitgaan. Hij weet ook niet hoe lang het nog duurt voordat ze er zijn, maar het kan niet meer dan een paar minuten zijn, Hurdalsjøen ligt links van hen.

Wat gaat Adam doen?

Hij moet uitgaan van het ergste.

Wat betekent dat hij iets moet verzinnen als ze zich hieruit willen redden.

Hij voelt aan zijn zakken. Hij heeft niets anders bij zich dan de kleren aan zijn lijf, zijn mobiele telefoon, het valse paspoort, een balpen. Zijn golfbal. De golfbal met de handtekeningen erop had hij ook meegenomen, voor het geval hij zou vergeten waarom hij terug moest gaan.

'Eh... blijf jij daar ook?' vraagt hij, terwijl hij weer een stukje naar voren leunt.

Adam kijkt hem aan via de spiegel. 'Nee, ik moet terug voor mijn werk,' zegt hij. 'Maar ik ben telefonisch bereikbaar. En ik kom jullie halen als jullie klaar zijn voor... wat jullie ook besluiten.'

Hij kijkt naar Eva, die even glimlacht, maar alleen met haar mond. Peter ziet dat ze nadenkt.

'Ik zal jullie daar eerst op weg helpen,' gaat Adam verder.

'Daarna zal ik even boodschappen doen en alles halen wat jullie nodig hebben. Ik ben er al een tijd niet geweest. Misschien kunnen jullie alvast nadenken over wat jullie willen eten en drinken.'

Peter leunt achterover op zijn plek, haalt een hand door zijn haar en voelt dat het nat is van het zweet. Het is allemaal een spel, denkt hij. Zodra ze er zijn, zodra Adam hen 'op weg' heeft geholpen, is het voorbij.

Een idee begint vorm aan te nemen.

Hij heeft geen tijd er grondig over na te denken: 'Adam, kun je...'

Peter schraapt zijn keel en probeert moed te verzamelen. 'Ik geloof dat ik moet overgeven. Je moet stoppen.'

Het is niet helemaal gelogen, zijn maag keert zich om.

'Weet je het zeker?'

De stem van Eva. Op hetzelfde moment draait ze zich naar hem om. Peter krult zich op en trekt een grimas.

'Hij is lijkbleek,' zegt ze tegen Adam. 'Kun je stoppen?'

'Het is niet makkelijk om zomaar... op deze weg, bedoel ik. Kun je het ophouden? Het is niet ver meer.'

'Ik denk het niet.'

Peter kreunt even om zijn misselijkheid geloofwaardig over te doen komen.

'Oké.'

Adam remt af, abrupt. Een paar seconden later staat de auto stil. Peter doet het portier open en ziet dat de klootzak erin is geslaagd een grindweggetje zonder huizen in de buurt te vinden, met slechts een bordje dat verwijst naar wat Peter aanneemt dat een bedrijfsterrein is ergens verderop tussen de bomen. Hij strompelt naar een greppel en buigt voorover, gaat op zijn knieën zitten en hoopt en bidt dat er iemand langskomt.

Maar het is een weg met weinig verkeer.

Hij hoort het geluid van een paar auto's, maar of ze deze

kant op komen of juist verder weg rijden, is niet goed op te maken. En hij kan hier niet een eeuwigheid op zijn knieën blijven zitten kotsen.

Hij zet allebei zijn handen op de grond en voelt de Noorse, ijskoude en steenharde aarde tegen zijn ruwe vingers, terwijl zijn lijf siddert en beeft. Hij draait zijn hoofd om naar de auto. De bijrijdersdeur gaat open. Eva stapt uit.

'Gaat het goed, pap?' vraagt ze.

Peter antwoordt niet. Hij wil wachten tot ze dichtbij genoeg is, zodat hij haar kan waarschuwen zonder dat die klootzak hen hoort. Dan gaat de deur aan de bestuurderskant ook open.

De klootzak stapt uit. Kijkt naar hem. Ernst in zijn blik, geen greintje medeleven.

Weet hij dat ik het weet, vraagt Peter zich af? Heeft hij door dat hij zichzelf heeft ontmaskerd? Of dat ik hem heb ontmaskerd?

Peter probeert te doen alsof hij pijn heeft. Allemaal om tijd te rekken, zodat er misschien een auto langskomt.

Maar die komt niet.

Eva heeft haar rug naar de klootzak toegekeerd, die de kofferbak opendoet en in de weer is met iets in een rugzak. Dan komt hij naar hen toe. Peter herkent nu ook zijn bewegingen. Zijn postuur. Met opengesperde ogen kijkt Eva haar vader aan, ze probeert hem zonder woorden te vragen, ziet hij, wat er aan de hand is.

'Dat is hem,' fluistert Peter.

'Hmm?'

Hij staat op en zet zijn handen op zijn knieën, leunt naar voren. Eva komt naar hem toe en legt een hand op zijn rug.

'Dat is hem,' herhaalt Peter. 'De man die...'

'Hoe gaat het?' vraagt Adam als hij een paar meter bij hen vandaan is. 'Is alles eruit?'

Peter antwoordt niet, maar denkt na over hoe ze weg kunnen komen, of hij tegen Eva had moeten zeggen dat ze moest wegrennen, zo ver als ze kon, zodra ze uit de auto stapte, maar nu is het te laat. Ze was sowieso niet heel ver gekomen in haar toestand. En het is te ver naar het dichtstbijzijnde huis.

Peter kijkt op.

Geen auto's.

Maar hij ziet een fietser, een behoorlijk eind verderop. Hij komt dichterbij. Ze hebben misschien een minuut de tijd, dan is hij hier.

Een minuut.

Kan hij het voor elkaar krijgen hen nog een minuut hier buiten te houden?

Hij draait zich om en werpt zich nog een keer op zijn knieen, probeert braaksel op te wekken, maar het lukt hem niet er iets uit te krijgen. Hij hoest een paar keer, kucht en spuugt, uitsluitend om tijd te rekken. Telt in stilte de seconden.

Eva gaat op haar hurken naast hem zitten en fluistert: 'Wat bedoel je, pap?'

'Dat...'

Peter weet niet hoe hij alles moet uitleggen zonder veel woorden te gebruiken. Hij fluistert: 'Adam gaat ons vermoorden.'

Hij krabbelt weer overeind. De fietser is dichterbij gekomen. Veel dichterbij. En zonder er nog over na te denken begint Peter te roepen en met zijn armen te zwaaien.

'Hallo!' roept hij. 'Hallo!'

Hij wil net nog een keer om hulp roepen, als Adam ineens bij hem is; Peter voelt zijn handen over zijn mond terwijl hij achter hem staat. Ook voelt hij iets hards en puntigs in zijn rug. Hij twijfelt er geen moment aan wat het is.

'Sst,' fluistert Adam in Peters oor. 'Gewoon je mond houden. Stilstaan, dan gaat het allemaal goed. Dat geldt ook voor jou, Eva.'

8

'Als hij hier komt,' zegt Adam in papa's oor, 'haal ik mijn handen van je gezicht. Schreeuw je, dan vermoord ik die fietser.'

Ik kan amper op mijn benen staan.

Ik kan niet geloven wat ik zie, wat ik hoor.

Adam.

Míjn Adam.

Die... die...

'Ga je schreeuwen?'

Adams stem is ijskoud. Mijn vader denkt een paar seconden na, dan schudt hij zijn hoofd.

'Mooi zo.'

Ik ben niet in staat me te bewegen. Ik kijk Adam enkel aan, maar hij ontwijkt mijn blik. Het is alsof hij van het ene op het andere moment een andere persoon is geworden.

Hij laat mijn vader los, die een aantal tellen naar lucht hapt. Hij ziet eruit alsof hij nu echt gaat overgeven. Ik houd mijn adem in, terwijl ik grip probeer te krijgen op wat er gebeurt. Wat er gáát gebeuren.

Wat er gaat gebeuren, valt niet te betwijfelen.

Adam gaat ons vermoorden.

Ik snap alleen niet waarom hij me niet vermoord heeft toen hij de kans had. Hij had het overduidelijk geprobeerd.

Alexandra.

Natuurlijk, Alexandra. Ze was langsgekomen en had hem tegengehouden. Hem onderbroken. Hij wilde geen kogel door me heen jagen terwijl zij toekeek. Wat betekent dat? Betekent het überhaupt iets?

Achter me hoor ik het gesuis van de banden van de fietser die ons passeert. Een paar seconden lang vraag ik me af of ik moet schreeuwen om hem zover te krijgen dat hij ons helpt, maar Adams woorden – *dan vermoord ik die fietser* – zorgen ervoor dat ik het achterwege laat.

Ik kan niet ademhalen.

Mijn maag keert zich om. Het is alsof de grond onder me beweegt. Adams laserogen kijken de fietser na tot hij weg is. Dan zet hij een stap naar achteren en slaat mijn vader tegen zijn achterhoofd met het stompe uiteinde van het pistool.

Ik herinner me niets van de laatste minuten. Maar ik zit in Adams auto, alweer, naast hem. Mijn lichaam beeft. Ik heb geen idee hoe ik in de auto ben gekomen. Of Adam me heeft gedwongen, geduwd. En mijn vader... waar is mijn vader?

Het komt weer terug, stukje bij beetje.

Adam die mijn vader overeind hield, hem snel naar de auto sleepte. De kofferbak opende, hem erin tilde. Hij bond hem niet vast, deed enkel de klep dicht en kwam toen ook naar mij toe en greep me bij mijn arm zonder me aan te kijken. Pakte mijn telefoon af en stampte erop, schopte hem weg. Hield het portier voor me open en duwde me naar binnen, bij lange na niet zachtzinnig meer.

Een warmte stijgt op van mijn rug en verdampt als ijskoud zweet. Ik ben duizelig. Mijn handen liggen op mijn dijbenen. We rijden langzaam.

'Waarom doe je dit?' vraag ik met trillende stem.

Adam antwoordt niet.

'Toe nou,' smeek ik. 'Het maakt nu toch niet meer uit. Je gaat ons toch vermoorden.'

Adam vouwt zijn handen om het stuur.

'Die dag dat je me neerschoot,' zeg ik. 'Toen vermoordde je me niet. Je liep naar buiten en kwam weer terug. Om... waarom eigenlijk?'

Hij blijft recht voor zich uit staren, maar zegt niets.

'Alsjeblieft,' smeek ik. 'Ik... moet het weten.'

Ik kijk naar hem. Wacht. En wacht.

Dan: 'Ik wist dat ik je niet goed genoeg geraakt had. Maar

toen realiseerde ik me dat het eigenlijk een gelukstreffer was geweest. Het was veel beter dat je bleef leven.'

'Waarom?'

Hij snuift.

'Vanwege je vader. Hij was degene die ik moest vinden. Hij was degene die ik moest...'

Hij onderbreekt zichzelf.

'Je dacht dat ik je beste kans was om mijn vader te vinden. Dat was waarom je zo lief en geweldig was, en... behulpzaam en...'

Ik wil bijna 'schattig' zeggen, maar ik ben niet in staat het woord in mijn mond te nemen. Ik dacht dat hij een goed hart had. Hij was zelfs lief voor...

'Dus dat met Alexandra,' zeg ik. 'Dat had je gewoon verzonnen?'

'Wat?'

'Dat je haar in het centrum was tegengekomen bij de pinautomaat en dat je haar naar huis was gevolgd?'

Hij schudt zijn hoofd. 'Ik ben haar gevolgd vanaf jóúw huis. Naar het centrum.'

'Je... was bij mij... de dag daarvoor...'

Hij knikt. 'Ik was in het gebouw, ja. Ik zag haar bij je naar binnen gaan. Ik... was me aan het voorbereiden en wilde net wegrijden, toen ze weer naar buiten kwam, in volle vaart, overduidelijk kwaad om het een of ander. Ik was al nieuwsgierig, want ik wist niet wie ze was. Daarom stapte ik uit mijn auto en ben ik haar gevolgd. Naar de pinautomaat. Ik snapte het niet helemaal toen ze zei dat ze Sofie heette, maar...'

'Je dacht dus dat je dat verhaal kon gebruiken, nadat je me had neergeschoten. Dat je mij, ons allemaal, kon doen geloven dat je een zorgzame persoon bent die alleen maar wilde helpen.'

Daar geeft hij geen antwoord op.

Alles wat hij de afgelopen week heeft gezegd en gedaan, was een spel om mij te leren kennen, om mijn vertrouwen en vertrouwelijkheid te winnen, in de hoop dat het hem op enig moment naar mijn vader zou leiden.

Ik had gedacht dat hij de man van mijn dromen was.

Ik had hem in me gehad.

Jezus christus...

'Maar wat heb jíj hier allemaal mee te maken?' vraag ik, en ik probeer te slikken. 'Waarom jij? Heb jij meegemaakt wat er met Alexandra is gebeurd?'

Hij kijkt me aan. 'Niet direct, nee. Maar...'

Hij gaat niet verder.

Ik sluit mijn ogen. Om de een of andere reden zie ik Vegar voor me. Hij huilt. Ik zie ook mijn moeder, aan het wandelen met Bosse, mager en bleek in haar gezicht.

De auto mindert vaart. Adam zet het knipperlicht aan, ook al komen er geen auto's van achteren of voren. We slaan af tussen twee grote stenen, langs een klein groepje bomen, en komen bij een omheind perceel met een groot huis met een opslagschuur ernaast. Aan weerszijden van het huis ligt bos.

Het is vreemd, maar ik ben niet bang. Misschien ben ik verlamd door de shock. Misschien is het de wetenschap dat het snel voorbij zal zijn. Ik heb al eens in een vergelijkbare situatie gezeten, bijna althans. Ik had een aantal dagen langer mogen leven dan ik had verwacht. En misschien, denk ik, is het maar goed ook als alles voorbij is, want hoe zou ik verder moeten kunnen leven na zoiets als dit?

We stoppen.

Adam zet de motor uit.

'Deze keer is het lente,' mompelt hij.

'Hmm?'

Hij kijkt me aan en zegt: 'Niets.'

9

Binnenkort is het voorbij.

Of nou ja, niet helemaal.

Hij heeft nog steeds de politie om zich zorgen om te maken. Hedda Fisk, die god weet hoeveel keer heeft gebeld gedurende de dag. Het zit Lille-Chris niet lekker. Hij heeft niet de kans gehad haar te bellen om te vragen waar het over gaat. Hij weet dat ze ook heeft geprobeerd om Eva te bereiken.

Uiteindelijk zal Fisk zich afvragen of hij weet waar Eva is. Maar daar heeft Lille-Chris een plan voor. Hij zal zeggen dat hij met haar mee was gegaan naar Oslo-Centraal, waar ze had afgesproken met haar vader, en dat ze alleen naar binnen wilde gaan. Dat gedeelte is zelfs waar. Daarna, zal hij zeggen, had hij niets met hen afgestemd. Er hangen camera's in het treinstation die kunnen bevestigen dat Eva alleen binnenkwam en die ongetwijfeld hebben geregistreerd dat Peter opdook, en dat ze samen naar buiten gingen.

Lille-Chris had er nauwkeurig voor gezorgd dat hij buiten het bereik van de camera's voor het station bleef. En zelfs al had een van de taxichauffeurs die vlakbij stonden te wachten op passagiers opgemerkt dat Peter en Eva bij een derde persoon in een grote zwarte Mercedes waren gestapt, dan was het nog iets heel anders om diegene te herkennen.

Het was hoe dan ook heerlijk om geen toneel meer te hoeven spelen. En het zal prettig zijn een einde te maken aan dit gezanik. Lille-Chris heeft besloten de winkel te verkopen, die past niet bij hem, ook dat niet – dingen doen waar hij geen zin in heeft, alleen maar om een façade te hebben, om zo normaal mogelijk over te komen. Hij wil zijn eigen leven leiden, op de manier die híj verkiest. Reizen. Plaatselijk touw kopen.

Het voelt goed om plannen te hebben.

De erfenis van zijn vader heeft bijna twintig jaar op hem liggen wachten. Om geld zal Lille-Chris zich nooit zorgen hoeven maken. Als hij tegen alle verwachtingen in toch iets nodig mocht hebben, hoeft hij het alleen zijn moeder maar te vragen. Of Carl Figenschou junior.

Eva blijft zitten nadat Lille-Chris het portier heeft ontgrendeld. Hij loopt om de auto heen en maakt de kofferbak open. Peters ogen zijn nog steeds dicht, maar hij ademt. Lille-Chris tilt hem eruit – de man kan niet veel kilo's aan zijn lijf hebben – en gooit hem over zijn schouder. Hij haalt het pistool uit zijn binnenzak en houdt de deur voor Eva open.

'Kom op,' zegt hij.

'Nee,' zegt ze.

'Nee?'

'Ik ben niet van plan om uit te stappen.'

Lille-Chris zakt een stukje door zijn knieën en komt dan met een snelle beweging weer omhoog, zodat hij Peters houding corrigeert.

'Maak het nu niet moeilijker dan nodig.'

'Ik ga nergens heen.'

Lille-Chris zucht diep, richt zijn pistool op haar en drukt het tegen haar hoofd zodat de huid om de pistoolmond wit wegtrekt.

'Doe het maar gewoon,' zegt Eva, terwijl ze haar hoofd naar hem opheft. 'Doe het hier. Het kan me niet schelen.'

Haar stem klinkt ijzig. Ze blaast snel en hard uit door haar neus, alsof ze klaar is om te sterven.

Maar Lille-Chris is níét klaar.

Hij wil het niet hier doen. In de auto. Dat geeft een hoop rotzooi en hij heeft ook geen zin om het op deze manier te doen. Nul plezier.

Lille-Chris trekt zijn pistool terug en stopt het in de binnenzak van zijn jas. Eva ademt haastig en snel uit door haar mond. Hij legt Peter op de grond en leunt voorover de auto in, maakt de veiligheidsgordel los en begint Eva er hardhandig uit te trekken. Ze stribbelt tegen en schreeuwt het uit van de pijn; ze was zeker even vergeten dat ze nog een operatiewond had. Uiteindelijk weet Lille-Chris haar eruit te krijgen en duwt haar omlaag zodat ze naast haar vader belandt.

Peters ogen zijn nog steeds gesloten. Lille-Chris moet hem goed geraakt hebben met het pistool, of Peter heeft simpelweg geen verzet meer in zich. Dat heb je vaak met alcoholisten.

Lille-Chris kijkt om zich heen.

Terug op het landgoed waar het allemaal begon. Waar hij de eerste heeft begraven. Of dat heeft geprobeerd althans; het was winter geweest en er zat vorst in de grond. Hij had nog niet zoveel kracht in zijn zeventien jaar oude armen. Hij was zo zwak dat hij nog een keer terug moest toen de lente aanbrak, om een dieper graf te graven.

Lille-Chris loopt weer naar de kofferbak en pakt de rugzak eruit. Zet hem op de grond en klikt de plastic sluitingen open. Trekt het koord los en haalt het touw eruit. Genoeg voor hen allebei.

10

Peter is aan het wiegen.

Op en neer, op en neer. Hij voelt druk op zijn borst, zijn buik. Zijn onderlijf. Hij doet zijn ogen open en kijkt omlaag naar de grond.

Het natte gras onder hen maakt zompige geluiden. Adams schoen laat afdrukken achter in de aarde, terwijl ze zich meter voor meter bij de auto vandaan bewegen. Het doet pijn om zo over zijn schouder te liggen. Alles doet pijn.

Eva.

Waar is Eva?

Hij ziet haar niet, hoort haar niet. Is ze al dood? Heeft die klootzak haar vermoord?

Peter verzet zich tegen de neiging zich los te wurmen om naar de grond te komen en...

Hij wil niet dat Adam weet dat hij wakker is.

Ze komen bij een pad. De geur van vochtige, rauwe natuur.

Dit is het moment dat hij zal sterven.

Terwijl hij eindelijk zin heeft om te leven.

Hij wil opnieuw beginnen met Amalie – als ze hem terug wil – en het beste van zijn leven maken. Hij wil de dingen rechtzetten. Maar het is slechts een kwestie van minuten, dan is zijn leven voorbij. Dat van Eva ook, als die klootzak het niet al van haar heeft afgepakt.

Eva.

Het is allemaal mijn schuld, denkt Peter.

Hij had nooit mee moeten gaan naar Turkije. Had zich er niet mee moeten bemoeien, had er nooit vandoor moeten gaan. Hij had nooit dat filmpje moeten versturen, had nooit...

Peter knijpt zijn ogen hard samen.

Hij kan dit niet laten gebeuren.

Maar wat kan hij doen? Die klootzak is veel sterker. Het enige wat Peter bij zich heeft, zijn een golfballetje en een pen, en die zitten in de binnenzak van zijn jas. Het stelt niet veel voor als wapen.

Een gedachte komt in hem op.

Jezus, zegt hij tegen zichzelf.

Kun je dat?

Hij weet het niet. Maar hij moet. En hij krijgt misschien maar één kans.

Hij haalt de pen tevoorschijn en verplaatst hem naar zijn broekzak.

Het is tijd om te stoppen met vluchten, zegt Peter tegen zichzelf.

Het is tijd om te stoppen met laf zijn.

Het is nu of nooit.

11

Ik zit op de grond voor een boom, met mijn handen om de stam achter me gebonden. Het dikke touw heeft de huid rond mijn polsen kapotgeschuurd. Mijn operatiewond doet onbeschrijfelijk veel pijn en jeukt tegelijk. Brandt. Ik denk dat er een paar hechtingen opengegaan zijn.

Adam komt op me af. Zijn passen zijn doelbewust, maar hij heeft geen haast.

'Wat heb je met mijn vader gedaan?' vraag ik als hij vlakbij is.

'Niets.'

'Is hij dood?'

'Nee.'

Ik heb geen schot gehoord, dus misschien spreekt Adam voor één keer de waarheid. Hij loopt om de boom heen en maakt het touw los, maar doet niets met de knopen om mijn pols.

'We kunnen dit op de makkelijke manier doen,' zegt hij, terwijl hij voor me komt staan. 'Of we kunnen het op de moeilijke manier doen. Moeilijk betekent pijn. Het is aan jou.'

Verdwenen is de wil die ik had om me tegen hem te verzetten, om te vechten. Ik kan geen pijn meer aan.

'Makkelijk,' zeg ik – mijn stem is krachteloos. 'Laten we het makkelijk maken.'

Adam helpt me overeind en knikt met zijn hoofd in de richting waarin hij een paar minuten geleden mijn vader heeft weggedragen. We beginnen te lopen. Ik heb bijna geen kracht meer in mijn benen. Ademhalen gaat moeizaam.

Dan is er bos om ons heen.

Ik ben nooit een bosmeisje geweest, ik heb altijd al eenzaamheid gevoeld tussen de bomen, maar ook een irrationele vrees dat er iets kan gebeuren, dat ik nooit gevonden zal worden.

Deze keer is die vrees reëel.
Niemand zal mij of mijn vader vinden.

Misschien dat iemand mijn mobiel langs de kant van de weg vindt, waar Adam hem heeft neergegooid, maar... híér zal niemand ons vinden. Ik heb Vegar niet verteld waar we heen gingen, omdat ik dat niet wist. Het enige waar we op kunnen hopen, is dat Adam op de een of andere manier onder verdenking is komen te staan bij de politie en dat ze een poging hebben gedaan hem te vinden. We hebben in zijn auto gereden – als die inderdaad van hem is – en zijn zonder twijfel langs een aantal tolwegen gekomen. Zijn telefoon heeft hij kortgeleden nog aan gehad. Misschien staat hij nog steeds aan.

Maar dan moeten ze wel opschieten.

We komen bij mijn vader, die op de grond zit, vastgebonden, net als ik een paar minuten geleden. Zijn ogen zijn open. Opluchting golft door me heen. Hij is ook blij om mij te zien, maar zijn blik verschuift snel naar Adam en ketent zich aan hem vast.

Een windvlaag krijgt vat op de takken en blaast aangenaam in mijn oren.

'Wat... ga je doen?' vraag ik. 'Waarom precies hier?'

'Vanwege die daar,' zegt Adam, en hij wijst naar een dikke tak die uitsteekt van een van de sparrenbomen, misschien tweeënhalve meter boven de grond. 'Die werkt goed.'

Hij maakt de knopen om mijn handen los en begint een strop te maken.

Lieve god...

Ik ben niet in staat me te verzetten.

Ik heb geen kracht, de tranen stromen over mijn wangen als ik het ruwe touw over mijn hoofd voel gaan. Het schraapt langs de huid van mijn hals. Adam trekt het strak, maar niet helemaal. Nog niet. Als hij klaar is, verroert hij zich niet, hij blijft gewoon staan met zijn gezicht enkele centimeters van het mijne. Net als bij mij thuis, toen Adam nog Adam was.

Voordat ik me bewust word van de gedachte en neiging heb ik hem al in zijn gezicht gespuugd.

Het zijn geen grote klodders, ik had niet de kans om genoeg spuug te verzamelen voordat ik het naar hem toe blies, maar het was voldoende om hem zijn ogen een paar seconden te laten sluiten om zichzelf weer bij elkaar te rapen en geen lik op stuk te geven. Dat zag ik wel. Hij neemt niet de moeite het weg te vegen, hij staat daar gewoon en knippert een paar keer met zijn ogen. Dan streelt hij me over mijn wang.

12

Dit was waar Lille-Chris aan had gedacht toen ze seks hadden.

Hoe haar ogen eruit zouden zien als ze een touw om haar nek had. Het had alles zoveel eenvoudiger gemaakt op dat moment. Hij had kunnen presteren.

'Je zult al snel flauwvallen,' zegt hij. 'Maar het kan ook gebeuren dat je hart ermee stopt, omdat je hersenen niet genoeg zuurstof krijgen. Je halsslagaderen...' Hij wijst op die van zichzelf. '... worden samengedrukt en dan gaat er geen bloed of zuurstof meer naar je hersenen. Het is een pure reflex, eigenlijk, als je precies op de plek duwt waar de halsslagaderen zich splitsen. Dat is wat maakt dat je hart stopt. En dan... is het voorbij.'

Eva kijkt hem aan.

'Je hebt dit eerder gedaan,' zegt ze met trillende stem.

Lille-Chris voelt niet de behoefte te vertellen over zijn successen. In plaats daarvan voert hij Eva mee naar de boom en werpt het uiteinde van het touw over de tak. Hij trekt eraan en bedenkt hoe slim het was geweest om op tijd te beginnen met trainen.

Lille-Chris loopt naar de rugzak, nog steeds met het touw in zijn hand.

Hij haalt het masker eruit.

Zet het op zijn gezicht en maakt het vast met een bandje achter zijn hoofd. Altijd een speciaal moment: als hij weet dat het bijna zover is.

Hij loopt naar Eva, wier ogen ineens groot zijn geworden.

Ze herkent hem nu.

Ze weet wat er te gebeuren staat. De laatste seconden voor de dood. Terwijl hij het masker ging halen, heeft ze twee vingers onder het touw gekregen. Koortsachtig probeert ze de strop los te maken, maar dat zal haar niet lukken.

'Adam.'

Lille-Chris draait zich om naar Peter.

'Neem mij eerst,' zegt hij. 'Ik smeek het je.'

Zijn stem heeft bijna geen kracht. 'Neem mij eerst,' herhaalt hij. 'Alsjeblieft. Ik kan het niet aan om te zien hoe...'

Hij stokt.

'Dus,' zegt Lille-Chris nadenkend, 'je wilt dat de laatste aanblik van je eigen dochter is dat jíj doodgaat?'

Peter slaat zijn blik neer, maar antwoordt niet.

'Is dat niet een beetje egoïstisch?'

Lille-Chris draait zich om naar Eva, die zich niet meer verzet.

'Mooie vader heb jij.'

Lille-Chris heeft nooit rekening gehouden met de wensen van zijn slachtoffers. Hij ziet geen reden daar nu mee te beginnen. Maar op zich zit er wel wat in om het beste voor het laatst te bewaren.

'All right,' zegt hij, en hij loopt om de boom waar Peter voor zit heen. Hij maakt de knoop los en legt een strop. Hij helpt Peter overeind en schuift het touw over zijn hoofd. Trekt het strak, zodat de vezels in zijn slappe huid snijden. Peter snakt naar adem; het lijkt bijna alsof de luchttoevoer nu al geblokkeerd is.

Om hem op te trekken heeft Lille-Chris het andere eind

van het touw nodig, dus maakt hij de knopen om zijn handen los en vraagt of hij klaar is.

Peter beweegt zijn handen even. Steekt één hand in zijn broekzak.

'Ik ben klaar,' zegt hij.

Lille-Chris kijkt op.

Hij ziet Peters ogen plotseling stralen van vechtlust.

13

Peter tilt zijn hand op.

Hij beweegt snel en steekt de pen door een van de ooggaten in het masker, zo hard en diep als hij kan, met een brul die zich vermengt met die van Adam, die het uitschreeuwt van de pijn en naar achteren strompelt. Hij laat het touw los en grijpt naar zijn gezicht.

Peter kan niet geloven wat hij heeft gedaan, dat het hem zowaar gelukt is. Maar hij weet dat ze slechts een paar seconden hebben, Adam heeft een wapen binnen handbereik. Zelfs met één functionerend oog kan hij hen van korte afstand makkelijk raken.

Eva staat als aan de grond genageld.

'Snel,' zegt Peter, terwijl hij het touw in zijn handen verzamelt en dat van Eva van de tak omlaagtrekt. 'Rennen!'

Hij wijst naar de bomen en struiken, grijpt haar bij haar arm en sleurt haar mee. Terwijl Adam nog steeds kreunend van de pijn rondstrompelt, rennen Peter en Eva het bos in, met ieder hun tros touw in hun handen en om hun nek. Maar Peters benen zijn verzwakt en hij krijgt bijna geen zuurstof. Hij probeert de strop losser te maken tijdens het rennen, maar dat lukt hem niet.

Het volgende ogenblik klinkt er een schot. Een projectiel boort zich in een boomstam vlakbij. Peter hinkt verder, Eva bevindt zich een aantal meter voor hem. Schoenen knarsen door de sneeuw, takjes eronder breken. Ze ademen allebei luid.

Weer een schot, nog dichterbij.

Peters longen branden. Hij heeft in geen eeuwen zo bewogen als nu, en gaat niet snel. Plotseling klapt hij dubbel en valt over een dik stuk opeengepakte sneeuw. Hij vangt zijn val op met zijn handen. Een scherpe pijn schiet door zijn handpalmen.

Eva draait zich om en snelt op hem af om hem overeind te helpen. Peter haalt adem, probeert weer op zijn benen te gaan staan.

'Mijn knie,' zegt hij. 'Ik weet niet of ik het nog volhou.'

'Je móét,' zegt Eva, aan zijn arm trekkend.

Peter zet een wankele stap en hervindt zijn evenwicht, hapt naar adem. Eva trekt hem mee achter een boom en ze proberen zich te oriënteren.

Gestamp op de grond, niet ver bij hen vandaan.

'Laat mij hier blijven,' bedelt Peter. 'Het is beter als...'

'Geen sprake van,' zegt Eva, waarna ze hem achter zich aan sleept in haar vlucht, op wankele benen, alles doet pijn. Bewegingen, geluiden, dan direct een nieuw schot dat door de lucht snijdt en het projectiel dat zich in een boom op enkele centimeters bij hen vandaan boort. Deze keer stoppen ze niet; ze rennen in de richting van een open plek in het bos, een klein stukje verderop. Misschien kunnen ze de weg bereiken, denkt Peter. Auto's, mensen.

Eva heeft een pad gevonden, dat ze volgen. Ze komen bij een open weide, maar Peter ziet geen wegen in de buurt en ze kunnen zich niet in een open veld begeven.

Ze lopen verder langs de rand van de weide, doen hun best om de afstand tussen Adam en henzelf zo groot mogelijk te maken. Maar Peter raakt steeds meer uitgeput, steeds zwakker. Opnieuw moet hij stoppen om adem te halen.

'Ik kan niet meer.'

Eva houdt hem overeind, maar zegt niets. Ze leidt hem slechts naar de achterkant van een dikke dennenboom. Daar blijven ze op hun hurken zitten, terwijl ze luisteren of ze iets horen. Peter hoort niets anders dan zijn eigen ademhaling en het sporadische suizen van de wind. Hij denkt dat ze Adam toch gehoord zouden moeten hebben als hij in de buurt zou zijn.

'Sst,' zegt Eva.

'Wat is er?' fluistert Peter.

Ze zegt niets. Vertelt hem alleen dat hij moet luisteren.

Nu hoort Peter het ook.

Een sirene.

14

Het erf van de familie Borg wordt verlicht door blauw opflitsende lichten, die Hedda het merkwaardige gevoel geven dat het avond is, ook al is het pas vroeg in de middag. Het is nog geen twee uur geweest.

Waage trapt op de rem. Een seconde later is hij uit de auto. Hedda gaat achter hem aan. Haar oog valt op Eva, die op een kleed voor de trap naar het huis zit. Ze leunt naar voren en klampt zich als het ware vast aan haar eigen benen. Een tros touw ligt voor haar voeten. Een plaatselijke agent die Hedda niet kent, staat op de trap boven haar, maar het lijkt er niet op dat ze in gesprek zijn.

'We hebben honden nodig,' zegt Waage.

En we hebben bewapening nodig, denkt Hedda.

Ze heeft wel foto's gezien van Peter Kranz, maar nu ze hem in levenden lijve ziet – mager en bleek, met zijn bovenlichaam licht naar voren gebogen – bedenkt ze dat de jaren hem tijdens zijn afwezigheid moeten hebben ingehaald. Met trillende handen drinkt hij uit een fles water. Hij heeft een merkwaardige glimlach om zijn lippen. Hij lijkt iets uit te stralen...

maar wat eigenlijk? Tevredenheid? Rust, in elk geval. Geluk, misschien.

Boven hen klapwieken wat vogels over het bos. De bewolking is dicht maar hangt hoog in de lucht. De zon vormt een scherp, geel oog in het grijs. Door piepkleine openingetjes schieten rechte lijnen in dezelfde kleur schuin omlaag naar de grond.

Hedda loopt naar Eva en haar vader toe en stelt zich aan Peter voor. 'Goed om u eindelijk te zien.'

Daar moet hij om glimlachen.

'We hebben het een en ander te bespreken,' gaat ze verder, 'maar laten we met het belangrijkste beginnen. Wat is hier vandaag gebeurd?'

Ze kijkt naar Eva, wier ogen nog steeds bloeddoorlopen en angstig zijn. Ze staart leeg voor zich uit. Peter strijkt haar even over haar rug en begint te vertellen. Zijn handen houdt hij stevig in elkaar gevouwen, alsof hij zichzelf niet wil loslaten.

'Jullie hebben geen idee waar Adam is?' vraagt Hedda als Eva's vader klaar is. 'Of wat er daar met hem gebeurd is?'

Hij schudt zijn hoofd.

Hedda keert zich om en ziet dat Waage bezig is de manschappen te organiseren die zo meteen het bos in zullen gaan om te zoeken.

'Hij kan onmogelijk ver gekomen zijn,' zegt ze. 'We vinden hem wel.'

'Hoe... hebben jullie óns gevonden?' vraagt Peter.

Hedda neemt een paar minuten de tijd om te vertellen dat ze vanochtend vroeg, dankzij een oplettende buurman van Fredrik Selmers vei 7, reden had om aan te nemen dat Adam had gelogen over de eerste keer dat hij in het gebouw was geweest. Als de observaties van de buurman nauwkeurig waren, was Adam daar de dag vóór de aanslag al geweest, ruim een uur voordat een bewakingscamera in Majorstua hem vastlegde bij een pinautomaat, samen met Alexandra.

Die nieuwe wetenschap plaatste alles wat Adam had gezegd en gedaan in een nieuw licht, en toen een alerte medewerker van een winkel in schildersbenodigdheden in Skui, even buiten Sandvika, wist te vertellen dat een man die precies op Adam leek daar dezelfde dag vlak voor sluitingstijd was geweest om schilderskleren te kopen, viel er nog een stukje op zijn plek. En toen ze erachter kwamen dat Jørgine Solstad Adams moeder was, maar dat Adam de achternaam van zijn overleden vader had behouden, waren ze er zo goed als zeker van dat Adam de dader was naar wie ze op zoek waren.

Daarna had alles erom gedraaid hem te vinden, met inzet van alle mogelijke digitale hulpmiddelen. Dat hij volgens Vegar Ventura samen met Eva onderweg was naar een vakantiehuisje, had het eenvoudiger gemaakt om hun bewegingen na te gaan. De familie Borg had een landgoed niet ver van het centrum van Hurdal. Het was voor de hand liggend om aan te nemen dat dat de plek was waar ze naar op weg waren.

'Jullie moeten hem vinden,' zegt Eva zacht.

'We gaan hem ook vinden,' verzekert Hedda haar.

'Ik denk dat hij nog meer mensen heeft vermoord,' zegt Eva, terwijl ze naar Hedda opkijkt.

'Hoe bedoel je?'

'Hiervoor,' zegt Eva met bevende stem. Ze wijst naar de tros touw die voor haar op de grond ligt. 'En als jullie hem niet tegenhouden, zal hij het weer doen.'

Zeven weken later

Maak een veilige plek voor jezelf.

Een plek waar je het fijn en warm hebt, waar alles goed is. Als het een keer een zware, pijnlijke dag is: sluit je ogen en stel je die veilige plek voor. Ga erheen. Kijk hoe het er ruikt, luister naar de geluiden om je heen. Ga naar díé plek en nergens anders.

Ik probeer me, zoals de psychotherapeut me heeft gevraagd, een badhanddoek voor te stellen op een kale rots met uitzicht op de Færder-vuurtoren, maar telkens als ik mijn ogen sluit en het beeld van de zee oproep, de donkerblauwe horizon, het geklaag van de zeemeeuwen en geruis van de golven, duikt Adam op, naakt, met een blik waarvan ik dacht dat het begeerte was, maar waarvan ik nu besef dat hij zijn oorsprong aan iets heel anders ontleende. En de geluiden komen van Adam – zijn kalme stem, vol warmte en vervuld van wat ik had geïnterpreteerd als opbloeiende liefde, zorgzaamheid, maar die een ondertoon bleek te hebben die zo onderkoeld was dat het moeilijk te begrijpen is.

Ik voelde me veilig bij een monster.

Ik had het heerlijk gevonden om bij hem te zijn. De liefde met hem te bedrijven. Hem te voelen.

Ik had me laten misleiden.

Wat zegt dat over mij?

Wat zegt dat over hoe mijn leven er in de toekomst uit zal zien?

De psychotherapeut – een hartelijke vrouw die Ingvild

heet – heeft me allerlei vragen over mijn vader gesteld toen we begonnen met onze afspraken, vooral over hoe hij tijdens mijn jeugd was. Zonder dat ze het direct zei, wist ik dat ze vermoedt dat hij me al lang voordat hij ervandoor ging heeft verraden, en dat dat de reden is dat mijn kompas wat mannen betreft zo kapot is – en was. Ik weet niet of Ingvild gelijk heeft. Nu ik nadenk over mijn jeugd met mijn vader is mijn algemene indruk vooral dat hij er was, dat hij me hielp, altijd van me hield, onvoorwaardelijk. Of is er misschien iets gebeurd wat ik heb verdrongen?

Ik weet het niet.

Het helpt in elk geval niet om mijn ogen te sluiten. Ik voel me nergens veilig. Zelfs niet op het hoofdbureau van de politie. Niet omdat ik denk dat Adam hier zou kunnen zijn, maar alleen al de aanblik van agenten in uniform doet me denken aan die afschuwelijke dag in Hurdal. De blauwe zwaailichten, de sirenes. Adam. Alweer.

Hedda Fisk wacht me beneden bij de ingang op met een grote glimlach. Ze wilde graag dat ik even langskwam, had ze door de telefoon gezegd, 'om even te praten'. Ik vroeg of ze Adam gevonden hadden, maar het antwoord was nee.

'Hoe gaat het met je?' vraagt Fisk als ze me door de beveiligingspoortjes loodst.

'Het... gaat wel.'

Het is prettig dat iemand me een vraagt stelt en dat ik ook het gevoel heb dat Fisk werkelijk geïnteresseerd is in het antwoord en er niet zomaar een zin uit gooit. Ze heeft iets echts over zich wat ik op prijs stel. Het maakt dat ik bijna zin krijg om met haar te delen hoe ik me daadwerkelijk voel, ook al laat ik dat achterwege. Ik wil alleen maar zo snel mogelijk weg hier.

We stappen in de lift.

'Hoe gaat het met slapen?'

Ik aarzel even en antwoord dan: 'Een klein beetje slapen lukt me wel.'

‘Thuis?’

‘Nee, maar... ik trek later vandaag weer in mijn eigen huis.’

‘Echt?’

Binnen in de krappe lift voelt en klinkt het alsof Fisk schreeuwt.

‘Ik moet wel,’ voeg ik eraan toe. ‘Het wordt tijd om te proberen verder te gaan.’

Na die afschuwelijke dag in Hurdal heb ik een paar dagen bij mijn moeder gelogeerd, maar de meeste tijd heb ik bij Vegar en zijn gezin doorgebracht. Terwijl Vegar de broer werd die ik nooit heb gehad, heeft Anna – zijn vrouw – me geaccepteerd als zus. Het was een verademing om onderdeel te kunnen zijn van hun hectische alledaagse leven met twee kinderen, zonder dat ik ook maar één seconde het gevoel had dat ik mezelf opdrong. Er werd gelachen en af en toe gehuild, geschreeuwd. Eén grote chaos. Maar er was léven, en licht. En dat was precies wat ik nodig had.

Maar voor alles is een tijd.

‘Hoe zal dat gaan, denk je?’ vraagt Fisk.

Ik haal kort mijn schouders op. ‘Ik weet niet. Vast wel een beetje vreemd. En ook vast een beetje moeilijk.’

Het understatement van de eeuw, vermoed ik.

‘Wil je dat ik erbij ben als je de deur achter je dichttrekt?’

Ik kijk haar vlug aan en glimlach.

‘Dat is heel lief,’ zeg ik. ‘Dank je wel. Maar het gaat prima, ik heb hulp.’

De lift stopt op de vijfde verdieping. We stappen uit. Fisk vraagt of ik koffie wil.

‘Ja, lekker,’ zeg ik. Niet omdat ik bijzonder prijs stel op die bruine brandstof, maar omdat ik iets nodig heb om vast te houden. Binnen een paar minuten heeft ze twee mokken voor ons geregeld. Het voelt alsof iedereen in de ruimte naar me staart. Ik ben natuurlijk ook een soort beroemdheid geworden de afgelopen weken.

We gaan in een van de vergaderruimten zitten, met grote glazen wanden gericht op het kantoorlandschap van de rechercheurs. Geen gordijnen, helaas.

'Het leek me tijd voor een korte evaluatie,' begint Fisk. 'Er is natuurlijk het een en ander gebeurd sinds Hurdal.'

Ik neem een slok van mijn koffie, voel een trilling in mijn hand.

'Maar... er is nog steeds geen spoor van Adam?'

Fisk kijkt me een ogenblik aan en schudt haar hoofd.

Er zijn maar weinig minuten op een dag dat ik niet denk aan wat Adam die dag heeft gedaan, waar hij gebleven is. Ineens stopte hij met schieten en toen verdween hij. Hoe lang het duurde vanaf het moment dat pap en ik de eerste sirene hoorden totdat we ons kenbaar durfden te maken aan de politie weet ik niet. Misschien een halfuur. Daarna kostte het ook nog wat tijd voordat de politie overzicht kreeg over de situatie en een zoekactie kon opzetten. Het duurde nog langer om de honden ernaartoe te krijgen. Tijd genoeg, neem ik aan, voor Adam om weg te komen.

Maar wegkomen waarnaartoe?

Hoe kon hij dat voor elkaar krijgen met één geruïneerd oog? Op zulk terrein, ver verwijderd van zijn auto?

En áls het hem gelukt is, waar is hij dan nu?

Iemand suggereerde dat hij zich misschien had gerealiseerd dat het spel uit was en dat hij, omdat hij de bossen en de omgeving zo goed kende, ergens een plekje had gevonden waar hij in alle rust een einde aan zijn leven kon maken, zonder ooit gevonden te worden. Maar ik weet het niet. Adam lijkt me geen type om zelfmoord te plegen.

'We werken nauw samen met de Turkse autoriteiten,' zegt Fisk. 'En met je vader, natuurlijk. We letten goed op hem.'

Ze glimlacht even.

Ik heb mijn vader sinds Hurdal niet meer gezien, maar ik heb toestemming gekregen af en toe even met hem te bellen.

Zelfs mijn moeder weet niet precies waar hij is, als kroongetuige in deze zaak, met alles wat hij weet over Christian Berner en zijn vrienden. Het is een soort mengeling van hechtenis en getuigenbescherming. Wat voor straf mijn vader kan krijgen voor het feit dat hij niet heeft ingegrepen of melding heeft gemaakt van wat hij heeft gezien, weet hij niet. 'Maar ik accepteer het onmiddellijk,' aldus mijn vader. 'Het is een kleine prijs om te betalen voor wat ik heb gedaan. Of liever gezegd: niet heb gedaan.'

Een aantal dagen geleden heb ik het nog met Vegar over mijn vader gehad. Ik heb hem laten weten hoe anders ik mijn vader nu vind klinken als ik met hem praat. Zo opgewekt en tevreden met alles. Vegar zei half grappend dat hij misschien Jezus heeft gevonden.

'Hij had geen toepasselijker naam kunnen hebben, toch,' zei Vegar.

'Hoe bedoel je?' vroeg ik.

'Petrus, die volgens de Bijbelverhalen een lafaard was, maar toen weer terugkwam en het als het ware rechtzette. Je zou kunnen zeggen dat jouw vader dat ook heeft gedaan, of doet.'

Dat viel niet te betwijfelen.

'Jij bent Petrus,' ging Vegar verder, met plechtige stem, 'de rots waarop ik mijn kerk zal bouwen, en de poorten van het dodenrijk zullen haar niet kunnen overweldigen.'

Vegar grijnsde breed.

'Nu neem je me in de maling, hoop ik?'

'Matteüs, hoofdstuk 16, vers 18.'

'En hoe komt het dat jij zoiets weet?'

'Voormalig lid van de pinksterbeweging. Heb ik je dat nooit verteld?'

Ik schud mijn hoofd.

'En Petrus was bereid de gevangenis in te gaan...'

'Oké, prima, zo is het wel genoeg.'

We lachen allebei.

'Zo luidt het woord van de Heer.'

Fisk ziet dat mijn gedachten zijn afgedwaald, want ze glimlacht en wacht tot ik haar mijn onverdeelde aandacht geef.

'Zoals je ongetwijfeld hebt meegekregen uit de media,' gaat ze verder, 'hebben we het lijk van Magdalena Ural gevonden op het perceel van Adams familie bij Hurdalsjøen. We hebben ook nog een ander lijk gevonden, dat binnenkort geïdentificeerd wordt, maar het heeft een aanzienlijk langere tijd onder de grond gelegen, dus wat precies het verband is met dit alles weten we voorlopig niet. Hoe dan ook zijn we bezig met het opbouwen van een zaak tegen Jørgine Solstad, Christian Berner en Carl Figenschou junior.'

'Ze ontkennen nog steeds?' vraag ik.

'Alles.'

'Adam heeft dit dus allemaal op eigen houtje gedaan?'

Fisk spreidt haar armen.

Er valt weinig meer te zeggen, eigenlijk.

'Die aanrijding van Tom Rustad,' zegt ze dan. 'Het lijkt er in elk geval op dat Adam daar ook achter zat. Tom kon ook zijn moeder en haar vrienden ruïneren. Hij was net bij haar kantoor langs geweest om haar te confronteren met wat hij in Turkije had ontdekt. Adam stond waarschijnlijk ergens in de buurt stand-by in een gestolen auto, te wachten op groen licht van zijn moeder. We weten dat ze hem een aantal minuten voordat Tom werd aangereden, heeft gebeld.'

Adam was die ochtend bij mij geweest, in mijn huis, maar hij had 'even kort naar zijn werk' gemoeten voordat hij terugkwam om me met de auto naar mijn vader te brengen. Volkomen onaangedaan.

Het is niet te geloven.

Hedda Fisk verschuift een stukje op haar stoel. 'Bij hem thuis... hebben we verschillende stukken touw gevonden. Soorten die in Noorwegen niet verkocht worden.'

Haar woorden snijden door me heen. Ik kan het touw dat

langs mijn nek schuurde nog steeds voelen. Ik zie nog steeds de verontrustende schittering in Adams ogen toen hij naar me stond te gluren en over mijn wang aaide.

'En dat deed me denken aan wat je die dag vertelde,' vervolgt Fisk, 'over dat Adam al vaker had gedood. Veel moordenaars nemen iets mee, een soort trofee die ze erbij kunnen pakken om van tijd tot tijd naar te kijken. Om het moment te herbeleven, dat is de reden waarom ze in de eerste plaats moorden.'

Ik kijk weg.

'Als elk stuk touw een slachtoffer representeert... dan kan dat betekenen dat Adam eenzelfde aantal slachtoffers op zijn geweten heeft.'

'Jezus.'

Ik word weer misselijk.

Ik heb dat monster vastgehouden. Hij heeft in mijn bed gelegen. Ik heb me door hem laten aanraken, ik heb hem in me gelaten. Ik heb hém aangeraakt, omdat ik dat wilde.

'We zijn een internationale samenwerking gestart met collega's,' gaat Fisk verder. 'Zoals je ongetwijfeld weet, is het lastig en tijdrovend om te achterhalen wie zijn slachtoffers waren, maar Adam wordt ook internationaal gezocht. Het is niet meer dan een kwestie van tijd voordat we hem vinden.'

Dat zei je zeven weken geleden ook, wil ik opmerken, maar ik laat het achterwege.

'Hoe zit het met zijn dochter?'

'... zijn dochter?'

'Ja, of... hij zei dat hij lange tijd een verhouding heeft gehad met een vrouw uit Macedonië. Ze had een dochter, Sara. Op wie hij nogal dol was.'

Fisk kijkt me aan.

'Er is niets waaruit blijkt dat hij de afgelopen vijftien, twintig jaar een relatie heeft gehad, Eva.'

Natuurlijk.

Het was gewoon gelogen, zelfs dat. Alles om de indruk te wekken dat hij een goede kerel was, dat hij om kinderen gaf. Ik heb het allemaal geloofd. Ik slikte het rauw.

'Is er nog iets wat je wilt weten, Eva?'

Ik denk na. 'Nou ja,' zeg ik, 'in de eerste plaats: hoe heeft die Bakkerud-kerel mijn vader kunnen vinden?'

'Dat hebben wij ons ook afgevraagd,' antwoordt Fisk met een korte glimlach.

'Ik weet dat hij een tijdje met Tom Rustad heeft samengewerkt,' ga ik verder, 'en dat Tom de persoon is met wie mijn vader contact heeft opgenomen.'

Fisk knikt. 'Het heeft even geduurd, maar uiteindelijk is het ons gelukt om in Bakkeruds computer in te breken. Daardoor kwamen we erachter dat hij had achterhaald vanuit welke plaats Peter zijn e-mail verstuurde, maar om een exact adres in Hanoi te vinden had Bakkerud de hulp nodig van een internetvriend, een lokale IT-expert die zichzelf Chong noemt. We hebben alle communicatie tussen hen op papier.'

Fisk neemt een slok van haar koffie en gaat verder.

'Chong heeft een zoekmachine gemaakt die namen van een specifieke nationaliteit kan opsporen op social media. Hoe dat precies werkt, daar zal ik niet op ingaan, dat is nogal technisch, maar er zijn niet heel veel Noren in Vietnam, en als je naar Noorse namen zoekt, en daarbij je zoekgebied kunt verkleinen tot een klein stukje van Hanoi, dan krijg je niet veel treffers.'

'Zat mijn vader... op social media?'

Fisk schudt haar hoofd. 'Nee, Chong vond een Noors klinkende naam in de notulen van een of andere woningcorporatie op Facebook. Ze hadden een algemene vergadering gehouden en de notulen achteraf op hun Facebook-pagina gezet. Daar stond in: "Niet aanwezig: Sebastian Torstveit".'

Het begint me te dagen. Sebastian Torstveit was de valse identiteit die mijn vader gebruikte.

'En die woningcorporatie had natuurlijk een adres. Chong heeft toen een bewakingscamera gehackt – overal in Hanoi hangen camera's – die op de ingang van het gebouw gericht was. Zijn theorie was dat een Noorse persoon in Hanoi wel zou opvallen qua uiterlijk. En vroeg of laat moest je vader het huis uit om boodschappen te doen.'

Ik denk aan de foto die Bakkerud me stuurde, nu bijna twee maanden geleden. Mijn vader die een straat overstak.

'Gezichtsherkenning is tegenwoordig een heel normale zaak,' zegt Fisk. 'Ook voor mensen die niet bij de politie werken. Er zijn veel aanwijzingen dat Bakkerud er nadat hij die foto toegestuurd had gekregen, achter is gekomen wie Sebastian Torstveit in werkelijkheid was en daarna één en één bij elkaar heeft opgeteld. Dat hij plannen is gaan maken. Eerst heeft hij geprobeerd Christian Berner af te persen voor geld, 25 miljoen kronen om precies te zijn, maar dat is hem niet gelukt. Vervolgens...'

Vervolgens probeerde hij het bij mij.

Ik slik.

Fisk heeft niet veel meer te vertellen, behalve dat het onderzoek met onverminderde kracht voortgezet zal worden en dat ze me 'op de hoogte zullen houden'. Ik heb vooral zin om te zeggen dat ik er niets over wil horen, dat ik alles wil vergeten. Maar dat kan natuurlijk niet.

Op enig moment zal er een rechtszaak komen en zal alles weer opgerakeld worden. En niet alleen dat, alles over mijn relatie met Adam zal aan het licht komen. Mensen zullen weten – iedereen – dat ik de vrouw was die viel voor een seriemoordenaar. Die seks met hem had. De schaamte zal me de rest van mijn leven achtervolgen. Ze zullen zich misschien afvragen of ik gek was. Soms vraag ik me dat zelf ook af.

Vroege zomer in Noorwegen.

Bijna twintig graden met zon de ene dag, zes graden met

regen de andere. De weersvoorspellingen zijn niet te vertrouwen en je kunt er geen plannen op baseren. Als alles niet in bloei stond, zou de wind – die door je heen snijdt en nooit gaat liggen – je doen geloven dat het late herfst was. Maar de koude wind voelt aangenaam op mijn verhitte wangen.

Vegar wacht op me voor het hoofdbureau van de politie. Hij staat onder een paraplu. Ik zie dat hij het koud heeft, maar hij glimlacht toch. Zelfs als we het hebben over zijn zus, die bijna drie jaar geleden bij een afschuwelijk auto-ongeluk om het leven is gekomen, stuurt hij het gesprek in de richting van de fijne herinneringen. Ik zou willen dat ik dat kon.

Ik praat hem snel bij over wat er uit mijn ontmoeting met Fisk naar voren is gekomen.

'Hij wordt vast opgegeten door een beer,' zegt Vegar.

Ik kijk hem aan en begin te lachen.

'Serieus,' gaat hij verder. 'Leven er geen beren in dat gebied? Volgens mij heb ik daar een keer iets over gelezen.'

We nemen de metro naar Helsfyr. Ik kruip bij hem onder de paraplu en klamp me tijdens het lopen vast aan zijn arm.

'Ik denk dat we moeten vluchten,' zegt hij. 'Het is niet te doen om in zo'n koud land te leven.'

Dat was ook mijn eerste gedachte na Hurdal: om mijn woning te verkopen en ergens anders opnieuw te beginnen. Het zou kunnen dat ik dat op enig moment alsnog moet doen, maar ik heb besloten om niet te vluchten. Ik laat Adam niet m'n eigen leven uitwissen. Het verwisselen van plaatsen en fysieke zaken gaat me niet redden. Dat kan ik alleen zelf doen.

Maar mijn bed heb ik de deur uit gedaan.

En ik heb een nieuwe bank gekocht.

Sinds het gebeurde, ben ik terug geweest in mijn huis om de post te bekijken en te zorgen dat mijn planten in leven bleven. Altijd met het gevoel dat Adam er was, dat hij op me wachtte, zich verstopte. Ook nu, terwijl we de entree van Fredrik Selmers vei 7 naderen. Ik neem de stapel post mee en loop samen met Vegar de trap op. Mijn borst voelt bekneld.

Ik maak de deur voor ons open en doe hem óók weer achter ons dicht.

Geen bewegingen. Geen geluiden. Het ruikt nergens naar.

'Sorry, maar ik moet echt vreselijk nodig plassen,' zegt Vegar. 'Gaat het een beetje?'

'Prima,' zeg ik. 'Doe rustig aan.'

Vegar trekt de deur van de wc achter zich dicht.

Langzaam loop ik verder naar binnen.

De woonkamer in.

Mijn ogen worden onmiddellijk naar de bank getrokken, ook al is hij nieuw en heeft hij een heel andere kleur dan de vorige. Ik haal een paar keer diep adem en ga zitten op een stoel in de keuken, leg de stapel post op tafel en blijf secondelang gewoon zo zitten, de armleuning van de stoel vastgrijpend. Als ik mijn ogen sluit en de film ongestoord laat afdraaien achter mijn oogleden, zie ik de korte plof uit Adams pistool, de vlam die uit de mond komt, het hoofd van Bjørn-Erik Bakkerud dat achteroverslaat, zijn lichaam dat valt, het bloed. Daarna hoor ik de warmte in Adams stem. Ik voel de zon in mijn nek als hij me die dag in mijn rolstoel naar buiten duwt, het ziekenhuis uit. Ik voel hem om me heen, in me...

Ik knipper een paar keer met mijn ogen.

Het doet misschien iets minder pijn vandaag.

Misschien.

Kleine stapjes.

Grote stappen.

Alles telt.

Ik begin aan de stapel voor me. Elke keer dat ik de post had doorgebladerd, had ik een paniekerige angst gehad. Een deel van me had half verwacht iets van Adam tegen te komen

– een ansichtkaart uit de hel, zonder iets erop, misschien, of een pakketje met een masker erin – maar zulke dingen gebeuren alleen in films, en ook deze keer gebeurt dat niet. Het zijn alleen rekeningen en reclame, plus een brief van een van de uitgevers voor wie ik af en toe werk. Allemaal heel normaal.

Vegar komt naar me toe.

'Gaat het goed?' vraagt hij.

'Hmm.'

'Ik zal wat theewater opzetten. Ik zie blauw van de kou.'

Een paar minuten later wordt er op de deur geklopt. Ik voel onmiddellijk een scherpe steek in mijn borst. Stijf van de zenuwen blijf ik aan de keukentafel zitten, terwijl Vegar gaat kijken wie het is. Ik hoor hem opendoen, een hartelijk 'Hé, hallo!' uitstoten, maar daar volgt geen reactie op.

Ik sta op.

In de gang staat Alexandra.

De eerste keer dat ze hier weer kwam, sinds het gebeurde, was haar therapeut Petronella bij haar geweest. Net als die keer staart Alexandra nu stilletjes en gespannen naar de vloer.

'Dag, lieverd,' zeg ik.

Ik loop naar haar toe en buk. Ze heeft een grijze fluffy joggingbroek aan en een zachte, wijde hoody die veel te groot voor haar is.

Ik trek haar tegen me aan.

'Hoi,' fluister ik vriendelijk. 'Dag, Alexandra.'

Haar zachte krullen ruiken naar bloemenweide.

'Wil je wat warme zwartebessendrank? We hebben net water gekookt.'

Ze antwoordt niet, maar kijkt me aan en pakt mijn hand vast als ik overeind kom. Langzaam begeven we ons verder naar binnen. Alexandra gaat aan de keukentafel zitten, maar zegt niets. Niet voordat ik ben opgestaan om mijn theekop te vullen.

‘Het is eigenlijk een perfecte dag om broodjes te bakken, vind je ook niet?’

Ik draai me naar haar om.

En glimlach.

Ik denk aan de koude temperatuur, aan de regen. Ik kijk naar de kamer om me heen, waar ons leven hopelijk opnieuw zal beginnen, stapje voor stapje.

‘Ik vind van wel,’ zeg ik, en ik geef haar een knipoog. ‘Met een heleboel kardemom erin.’